乐府诗断代研究

吴相洲 主编

社会科学文献出版社

SOCIAL SCIENCES ACADEMIC PRESS (CHINA)

乐府诗断代研究

吴相洲　主编

乐府诗研究

魏晋

THE RESEARCH ON YUEFU POEMS
OF THE WEI AND JIN DYNASTY

著

社会科学文献出版社
SOCIAL SCIENCES ACADEMIC PRESS (CHINA)

总　序

　　"乐府诗断代研究"是我主持的教育部人文社会科学重点研究基地重大招标项目，起止时间为 2007～2010 年。项目最初设计是将汉唐乐府诗分成十个时段研究，即两汉、魏晋、晋宋、齐梁、陈隋、北朝、初唐、盛唐、中唐、晚唐五代，每个时段研究成果为一部专著，结项鉴定等级为优秀。这次推出其中 5 部成果，即《两汉乐府诗研究》《魏晋乐府诗研究》《齐梁乐府诗研究》《北朝乐府诗研究》《初唐乐府诗研究》。在结项之后的打磨过程中，魏晋、齐梁、初唐三个时段的研究成果，都作为前期成果单独申请到了国家社科基金项目，因而《魏晋乐府诗研究》《齐梁乐府诗研究》《初唐乐府诗研究》同时也是国家社科基金前期成果或阶段性成果。另外王淑梅的《魏晋乐府诗研究》作为其博士毕业论文，2008 年获北京市优秀博士论文奖，2009 年获教育部百篇优秀博士论文提名奖。

　　对乐府诗展开断代研究的目的在于深化对汉唐诗歌史的认识。乐府诗最为兴盛的汉唐时期也是中国诗歌史上最为辉煌的时期。深入认识汉唐乐府对于更加清晰地描述汉唐诗歌史有着重要意义。乐府诗是诗中精品,在诗歌发展史上往往具有标志性意义,离开这些诗中精品去描述诗歌史是无法想象的。汉代诗歌自不必说,离开《蒿里行》《短歌行》《步出夏门行》《燕歌行》《白马篇》《从军行》《饮马长城窟》,就无法描述建安诗歌;离开《拟行路难》,就无法描述鲍照诗歌;离开吴声西曲,就无法描述南朝诗歌;离开《临高台》《行路难》《从军行》《独不见》《春江花月夜》《代悲白头翁》,就无法描述初唐诗歌。盛唐边塞诗代表作几乎都是乐府诗;大诗人李白的代表作也几乎都是乐府诗;元白新乐府在诗歌史上影响极其深远。然而,长期以来,人们都未能从乐府学角度深入解读这些作品,这直接影响到了汉唐诗歌史描述的清晰度。所以用乐府学方法重新认识这些诗歌,对于提高诗歌史描述的清晰度具有重要意义。

近十年来我一直倡导乐府学,并为我的团队拟定了研究规划,包括"乐府诗分类研究""乐府诗构成要素研究""乐府诗断代研究""乐府诗史写作""乐府学概论""《乐府诗集》整理""《乐府诗集》续编""乐府学全书编纂"等课题。课题有的已经完成,有的正在研究当中。"乐府诗分类研究"是北京市"十五"社科规划项目和北京市教委人文社会科学重点项目,对《乐府诗集》所收 12 类乐府的概念定义、收录标准、音乐特性、流传情况、文学特点进行研究,成果 9 部专著 2009年 8 月由北京大学出版社出版。"乐府诗构成要素研究"是北京市"十一五"社科规划项目和北京市教委人文社会科学重点项目,对乐府诗题名、曲调、本事、体式四个构成要素进行研究,成果 4 部专著即将于2013 年 8 月由北京大学出版社出版。"乐府诗断代研究"是分类研究的综合,是要素研究的运用,是诗史写作的准备。

乐府诗断代研究目前学界所做工作还不够充分。20 世纪 30 年代到80 年代出版的罗根泽《乐府文学史》、朱谦之《中国音乐文学史》、萧涤非《汉魏六朝乐府文学史》、杨生枝《乐府诗史》等,都是通史写作。断代研究成果较少，大陆有张永鑫《汉乐府研究》、姚大业《汉乐府小论》、钱志熙《汉魏乐府的音乐与诗》和《汉魏乐府艺术研究》；台湾有亓婷婷《两汉乐府诗研究》、张修蓉《中唐乐府诗研究》、谭润生《北朝民歌》和《唐代乐府诗》；日本有佐藤大志《六朝乐府文学史研究》等著作。通史虽然能提供乐府诗的总体发展线索，但因篇幅和体例所限，难以深入剖析每个时段乐府诗的特点。断代研究如果时间跨度过大也会遇到同样问题。现有断代研究大多集中在汉魏，南北朝到唐五代成果不多。汉魏乐府虽然重要，但作品留存少，与以后各代留存数量无法相比。尤其唐代，是中国诗歌史上最为辉煌的时期，乐府诗创作数量巨大，值得仔细研究。将汉唐乐府诗分成十个时段逐一考察，就是想改变这种前重后轻的局面。

本课题的基本研究思路是从文献、音乐、文学三个层面考察一个时段的乐府诗。文献层面主要关注乐府诗的文本留存，包括作品种类、留存数量、作者参与等情况。音乐层面主要考察乐府活动，追寻乐府诗的音乐形态，包括创调情况、表演情况、流变情况、创作情况。文学层面主要关注乐府诗的文学特点，包括题材、主题、人物、情节、体式、风格、文学史意义等情况。总体目标是将每个时段乐府诗的文献留存、音乐特性以及文学特点清晰地描述出来，从而提高描述汉唐诗歌史的清晰度。这5部著作都按照这一思路展开，均有一系列创获。

两汉是乐府诗的创始和繁盛时期，两汉乐府一直被后人视为经典，相关研究很充分，创新难度较大。《两汉乐府诗研究》从汉乐府题名、音乐、体式、题材几个角度考察汉乐府，尤其是将汉乐府与《诗经》进行比较，既避免了蹈袭前人之弊，又提出了自己的见解。如提出：汉乐府不同于《诗经》以篇首命名为主，题名中包含了音乐性、文学性等多种因素，且越到后来所含音乐因素越丰富；相和歌在流传过程中音乐品味日趋文人化；汉乐府语言比《诗经》更加接近音乐表演形态，等等。隋代王通开始把乐府看作《诗经》后继，宋代郑樵明确把乐府作为《诗经》的正宗嗣响，并按《诗经》的分类方法给乐府诗分类。但是长期以来，学界很少有人将汉乐府与《诗经》进行体统比对。该项成果在这方面作出了努力，值得肯定。

建安是中国诗歌史上的黄金时代，同样也是乐府诗创作的黄金时代。乐府诗实现了从无主名到有主名的转化，在很多人心目中魏乐府与汉乐府地位同等重要，"汉魏乐府"一直被看作古乐府的典型代表。魏晋在继承汉乐府体制，建立新乐府体制，模拟古乐府等方面，都作了突出贡献。深入考察这一时期的乐府，对描述乐府诗史和乐府学史都有重要意义。《魏晋乐府诗研究》集中探讨了魏晋乐府诗创作与音乐活动的关系。对魏晋乐府诗著录形态及其内涵的辨析，对魏晋乐府活动机制的考察，对鼓吹曲辞、相和歌辞、杂曲歌辞音乐形态和创作情况的研究，都提出了新见。例如对"本辞"含义的考证，对缪袭鼓吹曲辞创作时间的考辨，对魏晋鼓吹树立创作范式的评价，对曹植杂曲歌辞创作与宫廷乐舞关系的考证，都发前人所未发。

齐梁是诗歌由汉魏向唐代演变的重要过渡阶段，而诗歌每个新动向的出现又都与乐府诗创作息息相关。齐梁诗人的许多诗歌革新都是在乐府诗创作中完成的，其中就包括永明体的创立。梁朝君臣诗乐造诣俱高，制礼作乐有很多新举措，南朝乐府活动至此发展到极盛。《齐梁乐府诗研究》考察了齐梁乐府文献著录和创作背景，通过考察齐梁雅乐歌辞、俗乐歌辞文献著录情况，揭示了乐府文献著录背后的音乐观念、创作情境、创作风尚所发挥的重要作用。并以此为基础，考察了萧齐、萧梁宫廷音乐建设与乐府文学的发展过程，描述了中原旧曲、流行新声、鼓吹曲、北方乐歌、杂曲音乐传播等情况。所论问题都很重要。

北朝乐府是北朝礼乐文化建设留下来的诗歌精品。但长期以来人们习惯于把北朝乐府称作民歌，很少从北朝礼乐文化入手研究这些乐府诗。《北朝乐府诗研究》首次从乐府学角度对这些乐府诗进行系统研究。通过对北朝乐府音乐、歌辞使用与分布情况及其文献著录来源的考察，指出北魏是北朝乐府发展的关键时期。指出北魏乐府音乐来源极为广泛，除了北狄乐，尚有中原、江南、西域、辽东、西凉、龟兹、高昌等各国各地的音乐。对《真人代歌》和《梁鼓角横吹曲》的研究也很深入。

初唐上接陈隋，下启盛唐，诗歌演变一直伴随着乐府创作：近体诗律在乐府诗创作中得以完善定型，四杰在长篇乐府中寄托对社会的深度思考，张若虚、刘希夷乐府为初唐诗歌革新画上了圆满的句号。《初唐乐府诗研究》综论初唐乐府诗题名、曲调、本事、体式、风格等各要素，探讨了《长安古意》《临高台》等长篇乐府诗出现的原因，考察了沈佺期、宋之问的乐府诗创作，分析了《代悲白头吟》《回波乐》等乐府名篇，都很有新意。

限于篇幅，上述成果只是探讨了各自时段乐府诗的一些问题，还有许多问题值得深入研究。且已有研究也一定会有不到位甚至错误之处，我们真诚地欢迎广大读者批评指正。因为所有批评指正都是对乐府学事业的有力推进。

吴相洲

2013 年 7 月 18 日

序

今年夏天，淑梅的博士毕业论文《魏晋乐府诗研究》获北京市优秀博士学位论文，作为导师，为她三年苦读得到了社会的一份肯定而感到高兴。如今论文即将付梓，嘱我作序，自感责无旁贷，愿意对论文做一个简单的介绍。

近年来，我一直致力于乐府学的创建工作，目前已经率领学生展开了三个系列的研究，分别是"乐府诗分类研究""乐府诗专题研究""乐府诗断代研究"。其中"断代研究"是教育部人文社会科学重点研究基地重大招投标项目，将由汉到唐五代之间的乐府诗分成十个时段，一一进行全面深入的研究，旨在考察每个历史时期乐府诗的特点。断代研究是对分类研究的综合，是专题研究的具体运用，是重新写作乐府诗史的必要准备，是将乐府学研究引向深入的必不可少的研究阶段。淑梅的《魏晋乐府诗研究》便是断代研究当中最早取得的两项成果之一（另一项为其同门师妹王志清的《晋宋乐府诗研究》，河北大学出版社，2007）。

魏晋（指西晋）是乐府诗发展重要的历史阶段。此前的汉乐府大都是无主名乐府，许多作品是音乐表演脚本的片段记录。而到了魏晋时期，乐府则变成了有主名诗歌，虽然与音乐继续保持着密切的关系，但同时也具有了抒情诗的特性。这是乐府诗史上的一个重大转变，为以后的乐府诗创作开启了新的传统，值得特别关注。论文从文献、音乐、文学三个层面对魏晋乐府诗进行全面考察，使我们对这一时段乐府诗的活动情况有了更加清晰的认识。

在文献学研究方面，通过对魏晋乐府诗的补录、统计和分析，复现魏晋乐府诗创作的历史原貌。针对魏晋乐府诗的著录文献当中存在的问题进行了考辨，解决了"西山一何高"的曲调问题，魏晋乐府诗的著录形态及本辞内涵问题，缪袭鼓吹曲辞的创作时间问题。

在音乐学研究方面，考察了魏晋时期的音乐机构，清晰展示了魏晋乐府诗创作和传播情况。对魏晋乐府诗作者的职官职能、乐府诗创作与入乐过程中诗人与乐人的分工情况进行了深入的探究。这些研究对于了解魏晋乐府诗创作、入乐、传播的过程，展示魏晋乐府诗的音乐文化内涵有着重要意义。

在文学研究方面，重点考察了三类乐府诗。鼓吹曲辞是魏晋时期一种重要的仪式乐歌辞，通过对其创制背景、创制方式、体式特点等的纵向和横向比较研究，展示出魏晋鼓吹曲辞在创作队伍的专业化、创作方式的系统化与模式化、曲辞风格的雅化以及辞乐关系的变化。相和歌辞是魏晋乐府诗当中最重要的一种类型。论文对魏晋相和歌辞的入乐情况进行了细致辨析，对魏晋时期的挽歌、艳歌进行了深入研究。杂曲歌辞研究主要考察了曹植杂曲歌辞与音乐的关系问题，指出了杂曲歌辞与音乐疏离而向文学过渡的观点的缺陷。通过对《齐瑟行》《桂之树行》及杂曲中的游仙、宴饮乐府诗的个案探讨，揭示出杂曲歌辞与音乐和诗歌的关系。

关于魏晋乐府诗，前人研究已经非常充分，但以上所列皆为前人研究中未曾予以充分关注和深入阐释的问题。这些论述不仅是乐府学研究的深化，也是对魏晋诗歌认识的深化，对于更加深入地了解当时诗歌活动的情况，提高对这一时期诗歌活动描述的清晰度，都是大有帮助的。论文略显不足的是对这一时期诗人在乐府诗创作中开启出来的各种传统，以及对后人的影响，没有给予特别的强调。

在三年的合作当中，淑梅的表现是令我满意的。我认为好的学生应该做到四条：坐得住、有悟性、能办事、有良心。我曾以此四条就教于前辈学者，都认为我的要求太高了，通过几年的观察，自己也觉得太高了，没有人能同时做到四条。淑梅却是极少数能接近这四条的学生。她的求学是很不容易的，孩子刚上小学，她便负笈北上，三年当中，除了寒暑假，都在校学习，没有迟到早退过。由于对学术有着明确的认识，她能够静下心来读书，听从老师安排，先读一年典籍，再写论文。由于所选题目难度很大，写作中也曾为不得其门径而苦恼，但她始终坚持，沉潜其间，终于发现了一个又一个问题，并对这些问题作出了合情合理的解释。对老师的批评，她没有任何怨言，能够理解这是老师对自己的真正关心。同门之间遇到问题，她总是耐心地帮助，关爱有加，颇有师姐风范。也许正是这些品质，使她在首都师范大学的三年读书生活当中，交出了令人满意的答卷。相信她在以后的学术研究中，能够走得更高，更远。

以上所述，聊作为序。

吴相洲

2008 年 9 月

目　录

001　　绪　论

013　　第一章　魏晋乐府诗文献学研究

013　　　第一节　魏晋乐府诗补录及分析

024　　　第二节　《乐府诗集》与《先秦汉魏晋南北朝诗》的比对
　　　　　　　　　分析

030　　　第三节　"西山一何高"曲调辨疑

035　　　第四节　魏晋乐府诗著录形态考论

052　　　小　结

054　　第二章　魏晋音乐体制研究

055　　　第一节　魏晋时期的音乐机构及其性质

059　　　第二节　乐府诗人职官职能与仪式乐辞创作

072　　　第三节　乐府诗创作主体的音乐素养

079 　　　小　结

080 　第三章　魏晋鼓吹曲辞研究

080 　　引　言

082 　　第一节　魏晋鼓吹曲辞的创制背景及原因

085 　　第二节　缪袭鼓吹曲辞的创作时间考辨

093 　　第三节　魏晋鼓吹曲辞的体式特征

119 　　第四节　魏晋鼓吹曲辞创作的新变与影响

131 　　小　结

133 　第四章　魏晋相和歌辞研究

134 　　第一节　魏晋相和歌辞的曲调与题名

141 　　第二节　魏晋相和歌辞的入乐传播

166 　　第三节　魏晋"挽歌"考论

199 　　第四节　魏晋"艳歌"考论

226 　　小　结

228 　第五章　魏晋杂曲歌辞研究

228 　　概　说

230 　　第一节　魏晋杂曲歌辞的曲调、曲题特点及创作情况考察

235 　　第二节　曹植杂曲歌辞的创作与音乐之关系

248 　　第三节　杂曲歌辞的音乐学考察

　　　　　　　　——以《齐瑟行》与《桂之树行》为例

255 　　第四节　杂曲歌辞与歌乐传统

264 　　小　结

266　　第六章　魏晋游仙乐府诗研究

266　　　第一节　魏晋游仙歌辞的创作情况及特点

270　　　第二节　从汉乐府游仙诗看游仙乐歌传统的实质及功能

274　　　第三节　曹魏游仙乐府诗对汉代乐歌传统的创新

284　　　第四节　西晋游仙乐府诗的创作特点

293　　　小　结

296　　结　语

300　　参考文献

308　　后　记

绪 论

本卷是对曹魏至西晋时期的乐府诗所作专题研究。

魏晋时期是中国诗歌史上少有的黄金时代之一，乐府诗是其中重要的组成部分，研究魏晋乐府诗对于充分理解这个黄金时代的形成具有重要意义。

魏晋乐府诗是继汉乐府以后文人乐府创作的第一个高峰，此时的乐府诗创作在曲调、曲题、体式、风格等各构成要素方面极尽丰富和变化，对传统辞乐关系进行了大胆尝试和推新，乐府诗由此进入一个更具个性魅力的艺术时代。有些乐府诗甚而获得了经典化意义，对绵延不绝的乐府传统产生了顽强而深远的影响，因而具有重要的研究价值。

一 本论题研究现状及存在问题

魏晋乐府诗研究已经取得了不少成果，可为本论题的展开提供借鉴。以下从文献学、音乐学、文学研究三个层面分作综述。

文献学研究属于基础研究，包括相关文献资料的整理、笺释、考订，成果包括别集、总集的辑校、笺注，作品的编年、补正，作家年谱、评传的编著，音乐史料的辑注、考释等。《乐府诗集》是乐府歌辞的集大成之作，对魏晋乐府诗分类进行著录、题解，文献价值最高。逯钦立《先秦汉魏晋南北朝诗》著录魏晋乐府诗最为全面，又因资料翔实，考辨细致，利用价值很高。此外黄节《汉魏乐府风笺》，余冠英《乐府诗选》《汉魏六朝诗选》，徐澄宇《乐府古诗》，叶菊生校订的《曹集诠评》，王运熙、王国安《汉魏六朝乐府诗评注》，曹道衡《乐府诗选》等，对魏晋部分乐府诗所作校释、选评，凝结了诸位先生研究乐府的心得，具有极高的参考价值。文学史料方面，陆侃如《中古文学系年》、曹道衡《中古文学史料丛考》、张可礼《三曹年谱》、刘知渐《建安文学编年史》、周建江辑校《三国两晋十六国诗文纪事》、易健贤《曹丕乐府诗本事系年综论》，音乐史料方面，陆侃如《乐府古辞考》、邱琼荪《历代乐志律志校释》、中央音乐学院《中国古代音乐史料辑要》、吉联抗《魏晋南北朝音乐史料》、苏晋仁、萧炼子《〈宋书·乐志〉校注》、崔炼农《〈乐府诗集〉本辞考》①、喻意志《〈歌录〉考》②、田青《沈约及其〈宋书·乐志〉》③ 等研究成果，对魏晋乐府诗文献学研究皆是极其重要的学术铺垫。

不过上述研究还存在不足之处，表现在对魏晋乐府诗所涉曲调、曲

---

① 崔炼农：《〈乐府诗集〉本辞考》，《文学遗产》2005 年第 1 期。作者认为，《乐府诗集》所录乐辞具有曾经入乐的明显痕迹，"本辞"则是最初或前次入乐之辞，二者的分判本是歌辞文本记录的传统，是配乐歌辞历史发展脉络的片断显现，《乐府诗集》对二者的收录具有深厚的古代音乐文化背景和文献资料基础。

② 喻意志：《〈歌录〉考》，《天津音乐学院学报》2004 年第 2 期。作者认为，《歌录》是产生于西晋至南朝宋时（270～475 年）的记录乐府音乐的典籍，集歌辞与乐曲解题为一体，共十卷，唐开元时已佚两卷，至唐末宋初全部散佚。郭茂倩与萧士赟都没有见到原书，《乐府诗集》及《分类补注李太白诗》萧注所引《歌录》皆源于《文选》李善注。

③ 田青：《沈约及其〈宋书·乐志〉》，《中国音乐学》2001 年第 1 期。作者认为，《宋书·乐志》始修于齐永明五年至六年（487～488 年），全部完成当在梁代，在刘宋何承天旧稿本《宋书》基础上完成，是梁武帝乐议以后的产物，此书对中国历代官方音乐史书影响极为深远。

题、流传情况的文献研究较少；研究不够系统，某些观点还存有分歧，需进一步深化研究。

音乐学研究是乐府学研究的核心。与乐府诗创作、演唱、流传相关的音乐研究都属于音乐学研究的范畴，除了乐律、乐调、乐谱、曲调等，相关的礼乐活动、歌辞作者、乐工艺人、乐府机关、乐舞表演等均在其列。目前魏晋乐府诗研究的主要成果集中于以下几个方面。

（1）相和歌与清商三调。相和歌与清商三调的研究，继陆侃如之后，杨荫浏、邱琼荪、逯钦立、王运熙、曹道衡、王小盾、林谦三、刘崇德、刘明澜、崔炼农又作探讨。杨荫浏《中国古代音乐史稿》对相和歌的乐器及表演特点、发展阶段作了论析。邱琼荪、林谦三、刘崇德主要对乐调、乐律特点作了考释，不过所论尚有争议。王运熙《清乐考略》《相和歌、清商三调、清商曲》对相和与清商的源流关系、音乐风格及乐器使用所作论述与杨荫浏基本一致。王小盾《论〈宋书·乐志〉所载十五大曲》认为相和与清商的本质区别在于清唱与披之管弦的不同。刘明澜《中国古代诗词音乐》认为二者在辞乐关系、唱奏方式上都有显著区别。崔炼农《歌弦唱奏方式与辞乐关系——乐府唱奏方式研究之二》①对相和歌的唱奏方式、"行"的演奏特点作了论析。认为相和曲与三调歌均曾以"行"命名，二者共有"丝竹相和"的音乐特性，丝竹表演是"行"的本质特征。孙尚勇《乐府史研究》对以相和唱奏方式作为相和歌本质特点又提出质疑。杨明《〈乐府诗集〉"相和歌辞"题解释读》认为三调歌诗并不始于西晋荀勖，早在汉末应已产生，《宋书·乐志》所说"清商三调歌诗，荀勖撰旧词施用者"应

---

① 崔炼农：《歌弦唱奏方式与辞乐关系——乐府唱奏方式研究之二》，《西南民族大学学报》2004 年第 2 期。作者的主要观点为：丝竹表演是"行"的本质。魏明帝相和改制与列和笛律的使用直接相关，多种表现手法与技巧的综合运用、叠奏和"相和"等唱奏方式的交错组合皆因笛律的统领而得以实现。"歌弦"的本义乃"歌所弦之曲"，有用器与不用器之分，后者的普及产生出了歌乐重奏的"歌弦"唱奏方式，后世称为"着辞"。

理解为"下面所录载的三调歌辞乃荀勖所定，而不是说三调之称始于荀勖"。[①] 以上观点虽不尽相同，但魏晋乐府诗创作、表演的音乐特点已逐渐明晰，基本勾勒了魏晋音乐变化的总体轮廓。

（2）魏晋大曲研究。魏晋大曲研究主要集中于魏晋大曲的产生时间、形成原因、唱奏方式及表演特点几个方面。王小盾《论〈宋书·乐志〉所载十五大曲》在邱琼荪《汉大曲管窥》基础上，对魏晋大曲的形成、体制、流行时代重作考论。他认为大曲成于魏，流行于晋，清商署设立是其形成的重要标志。刘明澜《中国古代诗词音乐》、崔炼农《汉魏六朝辞乐关系》、吴大顺《魏晋南北朝音乐文化与歌辞研究》所论与之基本一致。

（3）魏晋乐府制度研究。王运熙《乐府诗述论》、刘怀荣《魏晋乐府官署演变考》、曾智安《清商曲辞研究》等皆就魏晋乐府官署设置、职能、音乐活动等作了考察。王运熙、刘怀荣主要就汉、魏、晋等朝官署机构设置、演变情况作了比较探讨。曾智安对清商署的设置时间、初衷等作了综合考论，确立清商署设置于魏明帝时期，一改过去学界对于清商署的模糊认识，澄清了清商署与清商乐之关系。

（4）魏晋乐谱研究。王德埙《中国乐曲考古学理论与实践》对汉魏时代马融的古琴佛曲《止息》、嵇康《广陵散》、琴叙谱古曲《碣石调·幽兰》及汉隋"声曲折"乐符体系进行了考古发掘性研究，改变了汉魏乐谱研究的空白面貌。

以上研究的不足在于：由于音乐文献不足，对乐府诗表演的具体情形、音乐发展变化的具体事实、音乐术语的内涵等所作猜论成分偏多，歧解之处不易达成共识。音乐研究的思路有待拓展，主要从音乐史料的整理辨析入手，而对于其他方面的结合则不多，比如魏晋乐府诗本身就

---

① 杨明：《〈乐府诗集〉"相和歌辞"题解释读》，《古籍整理研究学刊》2006 年第 3 期。

隐含有许多音乐方面的信息，却很少利用。音乐研究的目的还主要局限在音乐本身，未能实现与文学研究的结合。另外音乐方面还有大量的空白尚未触及，如对魏晋乐府诗中各种调式、曲名术语的内涵，歌辞与音乐加工、表演的具体配合，歌辞与谱曲的关系等，相关研究还很少见。

文学研究成果最为丰富。崔炼农《官私目录中的歌辞著录——古代歌辞文献研究之一》指出，官私目录中的著录歌辞，自来有别于一般文学作品，即具有音乐文学的本质，是音乐中的文学，是与音乐发生密切关系的文学。① 但目前的研究大多仍是将乐府诗等同于诗歌，以诗歌研究的思路和方法切入乐府诗研究，触及不到乐府诗的本质，探讨不能切中肯綮。比如关于魏晋游仙诗，仅从期刊网的数据显示，1979 年至今已发表相关单篇论文近百篇，如王太阁《曹操游仙诗主旨何在》②、贺秀明《曹操与曹植游仙诗的成因与异同》、贺天舒《论曹植及其游仙诗》③、张宏《曹操曹植游仙诗的艺术成就》等。此外不少学位论文、学术专著也有涉及，如各种文学史、乐府文学史著作，孙昌武《诗苑仙踪——诗歌与神仙信仰》，任伟《魏晋南北朝文人游仙诗论略》。综观他们的研究，全面涉及了游仙诗的思想内容、艺术特色、源流发展及变化成因等各个方面，虽然论题及论述角度各不相同，但观点及论证上的重复雷同之处仍然显而易见。由于未能将游仙乐府诗与音乐的关系纳入研究视野，使得游仙乐府诗中的音乐特质不能得到合理阐释。再如

---

① 崔炼农：《官私目录中的歌辞著录——古代歌辞文献研究之一》，《中国韵文学刊》2004 年第 2 期。
② 王太阁：《曹操游仙诗主旨何在》，《殷都学刊》1985 年第 2 期。作者认为："曹操游仙诗的主导思想是积极进取的。他慨叹人生短暂而不感伤人生无常，企慕神仙而不高蹈遁世，实际是理想与现实激烈矛盾的折光反映。"（第 51 页）
③ 贺天舒：《论曹植及其游仙诗》，《山东社会科学》1999 年第 2 期。作者认为，曹植是第一个以"游仙"命题的人，他的游仙诗作由于其个人经历的独特性，"骨气奇高，辞采华茂"的才情，呈现出别具一格的风格。突出了对理想信念执著的心态，改变了以前游仙诗浓重的宗教压抑感，建立了强大的主体性。（第 80 页）

吴怀东《建安诗歌形态论》① 《建安乐制及拟乐府形态考述》《论曹植与中古诗歌创作范式的确立》,刘晓莉《曹操诗歌对汉乐府叙事题材的突破》,李锦旺《汉魏六朝乐府的分期与阶段特征》② 等论文,将建安乐府诗与汉乐府作对比,强调了建安乐府诗的抒情特质及个性化、文学化特点,无疑这种描述是准确的。然而略去魏晋乐府诗创作的音乐文化背景,将抒情化、文学化的乐府诗与诗歌等量齐观,无法切中乐府诗诗乐结合的艺术本质,妨碍我们全面探明古代诗歌的历史真相,重新认识和阐释其发展规律,实现学术突破和创新。

不过诸多前辈学者已从音乐角度切入乐府诗研究,比如王易《乐府通论》、朱谦之《中国音乐文学史》、萧涤非《汉魏六朝乐府文学史》、罗根泽《乐府文学史》、杨生枝《乐府诗史》、徐公持《魏晋文学史》,开启了文学音乐学研究的新路,给后人以深刻启迪。不过,要在音乐与文学之间切实搭建起立体研究框架,不应忽略钱志熙《汉魏乐府的音乐与诗》一书。该书虽然对魏晋的乐府诗着力不多,但其中体现的音乐学思考,音乐与文学的结合,值得珍视。此后赵敏俐提出"中国古代歌诗艺术生产"理论,对古代歌诗(《诗经》到元曲)进行了系统研究。吴相洲《唐代歌诗与诗歌》《唐诗创作与歌诗传唱关系研究》《永明体与音乐关系研究》等也从音乐的角度对歌、诗关系深入探索,由于采用了新视角和新方法,通过细致论证,改变了学界长期以来奉为圭臬的某些结论。要之,诗歌嬗变的目的正是围绕着如何与音乐更好地结合,而不像过去所认为的是与音乐脱离的产物。歌诗更是在与音

---

① 吴怀东:《建安诗歌形态论》,《安徽大学学报》1996 年第 2 期。作者认为,诗歌的存在形态直接影响其功能与特质。从合乐可唱的乐府经由拟乐府发展到五言的建安文人诗歌,建安文人根据自己的需要标准接受传统,形成了"歌消诗兴、以诗代歌"的文化现象。

② 李锦旺:《汉魏六朝乐府的分期与阶段特征》,《阜阳师范学院学报》2004 年第 1 期。作者认为,魏晋乐府诗较汉乐府有两个变化,一是在乐府诗增强了抒情成分,二是开始创作乐府徒诗。(第 36～37 页)

乐的结合中体现其价值，入乐与传唱的需要很大程度上决定了歌诗的创作及其他诸环节。这些研究启示我们，音乐作为贯穿乐府诗创作动机、价值实现、流传影响等环节的重要因素，必须作为学术研究中的核心环节予以加强！

吴相洲主持完成的《乐府诗集》研究，对本论题具有直接的启发和借鉴意义。一方面总结提出了"乐府学"理论和研究方法，既明确了乐府研究的目的和意义，又指出了行之有效、便于操作的切入角度和研究内容。另一方面，《乐府诗集》各类歌辞的研究首次运用了乐府学研究方法，创获颇丰，其中不少研究成果可作为本论题的学术资源。比如王传飞《相和歌辞研究》对汉魏相和歌辞的"乐辞"体式及表演特征、较汉乐府的承变关系所作的系统研究，向回《杂曲歌辞与杂歌谣辞研究》关于曹植杂曲的音乐性质探讨，韩宁《鼓吹曲辞与横吹曲辞研究》中关于鼓吹曲辞的音乐性与概念的辨析，曾智安《清商曲辞研究》关于清商与清商署关系的考察，梁海燕《舞曲歌辞研究》所涉魏晋部分的一些探讨等。另外，邹晓艳《魏晋文人乐府研究》、李媛《魏晋乐府诗的文化特点与文化阐释》、吴大顺《魏晋南北朝音乐文化与歌辞研究》等硕博论文，也有不少可资借鉴之处。以下按照与乐府诗诸要素密切相关的内容作分类总结。

（1）乐府诗本事与题材的研究。萧涤非《汉魏六朝乐府文学史》采用诗史互证的方式挖掘乐府诗的本事或题材来源，提出"叙事乐府""故事乐府""讽刺乐府"的概念。陆侃如、朱谦之、罗根泽、杨生枝作曲调名考述时曾对一些乐府诗本事作过考察，葛晓音等对"秦女休行"的本事作过考察。

（2）乐府诗体式特点研究。体式特点是乐府诗在句式、韵式、韵部等方面表现出来的与音乐表演密切相关的歌辞特征。杨荫浏《中国古代音乐史稿》、余冠英《乐府歌辞的拼凑与分割》、李济阻《乐府音乐中的"解"与歌辞中的"拼凑分割"》①、冯洁轩《说"解"》② 等对乐府诗的分解及拼凑、分割现象及其形成原因，作了翔实周密的论析；萧涤非论析魏晋乐府叙事体、故事体、代言体特征，王传飞《相和歌辞研究》论析相和歌辞的表演特征。刘怀荣《西晋故事体歌诗与后代说唱文学之关系》《曹魏及西晋歌诗艺术考论》③ 等论文也从歌诗创作表演、朝廷礼乐建设及精神消费需求的角度，探讨了魏晋乐府诗的体式特点及其繁荣原因。这些研究皆能从乐府诗的音乐表演功能对体式特征的影响入手，探析乐府诗的体式特点，对于认清乐府诗与诗歌文本的本质区别意义极大。

（3）乐府诗所涉音乐术语的研究。杨荫浏《中国古代音乐史稿》最早对乐府诗中的艳、趋、乱等术语的内涵及表演性作全面论述。安海民《试论汉魏乐府诗之艳、趋、乱》对诗歌文本中的音乐术语所作探讨较为深入细致。"艳"是乐曲的序曲，置于曲之前，"艳"的歌辞内容与全诗有关，相当于诗歌起兴，有引起、发端作用。"趋"附于曲之后，相当于"尾声"，其内容分为两种情况：一是原诗的结尾，一是借用他曲作"趋"。前"艳"后"趋"，相当于今天大型乐歌的序曲和尾声。"艳"的内容起到总领全诗的作用，"趋"则起着概括内容和点明

---

① 李济阻：《乐府音乐中的"解"与歌辞中的"拼凑分割"》，《天水师范学院学报》1985 年第 1 期。该文在余冠英先生的研究基础上，进一步通过"解"来解释歌辞拼凑分割的原因。作者认为，乐府有以带辞的歌曲解他曲的情形，以甲曲解乙曲，并不问两曲歌辞在意义上有无联系，这些解曲歌辞一经乐工抄写，便与被解的本辞连在一起，形成"拼凑"。解曲有采整曲为之者，也有截取某曲中的一段或数段为之者，这样的截取就是"分割"。另外，被解之曲，其辞往往有数段，若前段用解，乐工便极有可能将解辞抄写在两段之间，这样当然也就形成两段之间的"分割"，以及解曲与本辞之间的"拼凑"（第 6 页）。

② 冯洁轩：《说"解"》，《艺术探索》1995 年第 1 期。作者认为，隋唐以前音乐中的"解"，作为单位词，是沿用文章的单位词"解"，但单位量视其所属而有所不同。属于一种音乐门类的，一解相当于一曲；属于短小的乐曲的，一解相当于一乐句；属于较长的乐曲的，一解相当于一乐段，而乐段本身甚至是可以单独存在的一首歌曲。这一重意思自汉至唐沿用不废（第 9 ~ 10 页）。

③ 刘怀荣：《曹魏及西晋歌诗艺术考论》，《东南大学学报》2003 年第 6 期。

题意的效果。"乱"的情况与"趋"相似，一般在叙事性乐府诗中出现。[①] 黄震云《"乱曰"的乐舞功能与诗文艺术特征》指出，"'乱曰'在《诗经》的时代是声乐与舞容相配合的诗性表达，主要起调节诗乐以及结构照应、调整场景或主体转换的作用"，汉乐府歌诗中仍然保留了这种功能和方式，[②] 这些研究对于还原和把握乐府诗的音乐内涵及文学特征具有重要的启发和借鉴意义。

（4）辞乐关系探讨。对这一问题探讨最为细致是徐公持《魏晋文学史》。曹操是在保留旧有乐曲基础上创作新歌辞，乐府歌辞开始向乐府诗演化；曹植进一步使音乐与文学灵活化，形成多种曲、题、辞的关系，改变了音乐第一、文学第二的关系，突出了文学的地位，乐府歌辞完成了向乐府诗的过渡，由俗文学变为雅文学。显然徐公持先生已经注意到魏乐府诗与汉乐府歌辞的不同，由重乐向重辞，由俗向雅，这是魏乐府与汉辞的显著区别。钱志熙认为曹植杂曲以"篇"系题，"可能正说明这种拟乐府诗是以文章辞藻为主，不同于真正的乐歌"[③]，王立增也认为"'篇'题与'拟'题、'当'题、'代'题、'效'题、'学'题等都属于拟辞，非为真正的歌辞"。[④] 徐公持还注意到魏晋游仙诗常与宴饮诗结合，但无从解释这种现象。可见传统的文学研究方法存在局限，应综合考虑乐府诗的创作动机、入乐表演、传唱过程对乐府诗的限制、影响等因素，方能探寻乐府诗与入乐歌辞、文学化"诗歌"之间的联系与区别。顾农《建安时代诗—乐关系之新变动——以"魏之三祖"为中心》认为，建安诗歌创作的不少问题都可以由当时诗—乐关系的新变动得到某种解释和说明，比如曹操自己写诗，由倡伎配乐，形

---

① 安海民：《试论汉魏乐府诗之艳、趋、乱》，《青海民族学院学报》1991 年第 1 期。
② 黄震云、孙娟：《"乱曰"的乐舞功能与诗文艺术特征》，《文艺研究》2006 年第 7 期，第 61 页。
③ 钱志熙：《汉魏乐府的音乐与诗》，大象出版社，2000，第 152 页。
④ 王立增：《乐府诗题'行''篇'的音乐含义与诗体特征》，《文学遗产》2007 年第 3 期。

成乐章。将"述酺宴""伤羁戍"内容的诗与音乐全面配合，带来了诗歌的革命，使得主流音乐和诗歌创作都呈现崭新面貌。[①]

总之，魏晋乐府诗研究亟须运用新方法，以音乐环节的考察为核心，还原乐府诗创作的历史情境，分析其特点，考察它们与音乐的关系、对汉乐府乐歌传统的继承与新变，揭示其时段特征。

二 本论文研究方法与思路

乐府诗的艺术本质是诗乐结合的表演艺术。从音乐视角系统考察乐府诗的创作情境、传播机制、作家活动，才能探明古代诗歌的历史真相，重新认识和阐释其发展规律，实现学术突破与创新。

本论文采用"乐府学"研究方法，对魏晋乐府诗展开全面系统研究。"乐府学"的主要思想是基于乐府诗、乐、舞密不可分的特点，将乐府诗视为一种综合艺术，进而对这种综合艺术形态进行"还原"性研究。诗乐之间的内在联系是乐府学的学理基础：诗需要乐，诗待乐而升华，而传播，而实现感人心的价值。配乐以后的诗从声、乐、舞、容等各个方面同时引发人们的美感，诗的内涵也因此得到淋漓尽致的表达。乐府诗的创作动机和价值实现的过程始终不离音乐这一核心因素，因此，必须加强与音乐相关的研究，方能在前人基础上实现突破和创新。

对魏晋乐府诗的全面系统研究便是根据上述乐府学的原理。所谓系统研究，是将魏晋乐府诗创作、入乐、传播各环节视作一个有机联系的整体，从创作动机、价值实现、流传变化等层面展开系统研究。所谓全面研究，则是将魏晋乐府诗视作兼具音乐、政治、文学特性的社会文

---

① 顾农：《建安时代诗—乐关系之新变动——以"魏之三祖"为中心》，《广西师范大学学报》2002 年第 3 期。

化共生现象，从文献、音乐、文学三个层面进行全面研究。

本研究注重魏晋乐府诗综合艺术形态的还原和复现，尤其注重对魏晋乐府诗音乐性的探讨，注重魏晋乐府诗与音乐关系的阐释和总结。这些恰恰是学界以往较少关注的地方。

三 本论文主要内容和基本构想

虽然前辈学人已经取得了不少研究成果，特别是《乐府诗集》的歌辞分类研究也使用乐府学的方法，对歌辞分门别类（含魏晋部分）作过研究。但总的来看，还存在着明显不足：第一，没有专门针对魏晋乐府诗作专题研究，无法呈现魏晋乐府诗的时段总体特征。现有研究较为零散，不成系统，对一些问题的探讨缺乏深入性和针对性。第二，大多数研究是将魏晋乐府诗当做纯粹的文学文本，没有和其所属的音乐特性联系起来，因而难以准确把握这些作品的文学特点。第三，以往乐府诗研究的最大缺憾在于，没有实现文献、音乐、文学研究的立体交叉和有机结合，各执一端，各处一隅，不利于学术创新。本论文拟对魏晋乐府诗展开时段与分类相结合的研究，在具体问题的探讨过程中，描述和分析魏晋乐府诗的发展演变特征，揭示这一时段乐府诗的独特风貌。基本构想如下。

第一部分（第一、二两章），总体考察魏晋乐府诗的创作体制、音乐流传、文献著录情况。在补录和数据分析的基础上，展现魏晋乐府诗总体风貌。以个案形式探讨"西山一何高"曲调问题、乐府诗的著录形态问题、乐府诗创作的职能分工及与礼乐文化的关系问题、乐府诗的流传等问题，澄清疑义，展现魏晋乐府诗创作的立体文化内涵。

第二部分（第三、四、五章），对魏晋乐府诗进行分类（鼓吹曲辞、相和歌辞、杂曲歌辞）研究。各章均采取先总述各类歌辞的创作风貌，再针对重要问题进行重点探讨的方式进行。鼓吹曲辞分别考察其创制背景、体式特征与汉乐府的承变关系。相和歌辞重点考察入乐情况及挽歌、艳歌的演变。杂曲歌辞分别探讨曹植杂曲创作与音乐的关系、《齐瑟行》与《桂之树行》的音乐性、杂曲歌辞创作与歌乐传统问题。

第三部分（第六章）专章探讨魏晋游仙乐府诗。本章着意研究游仙乐歌传统、歌辞体式特征及成因、魏晋游仙诗创作的阶段性特征等问题。相对于以往的研究来说，坚持乐府学的研究理念，突出音乐文化内涵对游仙诗的塑造、魏晋游仙诗对乐歌传统的改造和创新，是本章的研究特点。

第一章
魏晋乐府诗文献学研究

　　文献学研究是音乐学、文学研究展开的重要基础。魏晋乐府诗的辑录以郭茂倩的《乐府诗集》与逯钦立的《先秦汉魏晋南北朝诗》最为全面详赡。歌辞选释以余冠英、曹道衡的《乐府诗选》，王运熙的《汉魏六朝乐府诗评注》较为突出。黄节的《汉魏乐府风笺》、陆侃如的《中古文学系年》所作笺释、考订，对本论题研究可资借鉴最多。在此基础上，本章首先对魏晋乐府诗的创作情况、歌辞类别进行统计、补录，继而考察其著录情况及特点，分析其中存在的问题。

第一节　魏晋乐府诗补录及分析

　　《乐府诗集》集汉唐乐府歌辞之大成，但它收录的是历代相沿、见诸文献的乐府诗，实际上魏晋乐府诗失传、缺佚现象十分严重。从西晋荀勖的《荀氏录》、崔豹的《古今注》、无名氏《歌录》、刘宋张永的《元嘉正声伎录》、萧齐王僧虔的《大明三年宴乐技录》、梁沈约的《宋书·乐志》、陈释智匠的《古今乐录》、唐吴兢的《乐府古题要解》等相关文献中,我们仍可补辑部分缺佚的魏晋乐府诗题或曲名。现据以补录如下。

一 郊庙歌辞

(1) 王粲《安世诗》(亦曰《享神哥》)。

明帝太和初,缪袭奏曰:"自魏国初建,故侍中王粲所作登哥《安世诗》,专以思咏神灵及说神灵鉴享之意……无事哥后妃之化也。自宜依其事以名其乐哥,改《安世哥》曰《享神哥》。"[①]《安世诗》现已不传,由缪袭奏议可知,此曲曾作郊庙享神之用,相当于郊庙歌辞。

(2) 傅玄《先农先蚕夕牲》《迎送神》《社稷》《先农》《先圣》《先蚕》(按:疑"先圣"衍)。

《南齐书·乐志》曰:"晋傅玄作祀《先农先蚕夕牲》歌诗一篇八句,《迎送神》一篇,飨《社稷》《先农》《先蚕》歌诗三篇,前一篇十二句,中一篇十六句,后一篇十二句,辞皆叙田农事。"[②]可补傅玄祭社稷农神的五篇曲辞。

以上补录四首,魏一首,晋五首。

二 燕射歌辞

①魏武帝、文帝时《鹿鸣》《驺虞》《伐檀》《文王》四曲;②魏

---

① 沈约:《宋书》第 19 卷,中华书局,1974,第 536 ~ 537 页。
② 萧子显:《南齐书》第 11 卷,中华书局,1972,第 184 页。

明帝时《鹿鸣》"於赫"、《驺虞》"巍巍"、《文王》"洋洋"三篇。

《宋书·乐志》云："魏雅乐四曲：一曰《鹿鸣》，后改曰《於赫》，咏武帝。二曰《驺虞》，后改曰《巍巍》，咏文帝。三曰《伐檀》，后省除。四曰《文王》，后改曰《洋洋》，咏明帝。《驺虞》《伐檀》《文王》并左延年改其声。正旦大会，太尉奉璧，群后行礼，东箱雅乐郎作者是也。今谓之行礼曲，姑洗箱所奏。"① 曹操令杜夔创制雅乐，有《鹿鸣》《驺虞》《伐檀》《文王》四曲，杜夔主要负责造制乐器、为乐器定调等，并非歌诗专业作者，王粲等人也无作歌诗的记录，故此推测，武帝时的雅乐四曲可能仍用《诗经》旧辞。到魏明帝时期，据此四曲重制新辞，分别歌颂武帝、文帝与明帝三人功德。

以上共补录四曲三首。魏武帝时四曲，明帝时三首。

三　相和歌辞

（1）相和曲：魏武帝《阳春篇》《往古篇》。

《乐府诗集》引《古今乐录》曰："《觊歌》，张录云无辞，而武帝有《往古篇》。《东门》，张录云无辞，而武帝有《阳春篇》。"② 魏武帝《往古篇》《阳春篇》乃分别据汉旧曲《觊歌》《东门》所制新辞，均已失传。

（2）清调曲：武帝《董逃行》"白日"。

《乐府诗集》引《古今乐录》曰："王僧虔《技录》清调有六曲：'一《苦寒行》，二《豫章行》，三《董逃行》，四《相逢狭路间行》，五《塘上行》，六《秋胡行》。'荀氏录所载九曲，传者五曲。晋、宋、

---

① 《宋书》第19卷，第539页。
② 《乐府诗集》第26卷，中华书局，1979，第382页。

齐所歌，今不歌。武帝'北上'《苦寒行》，'上谒'《董逃行》，'蒲生'《塘上行》、'晨上''愿登'并《秋胡行》是也。其四曲今不传。明帝'悠悠'《苦寒行》，古辞'白杨'《豫章行》，武帝'白日'《董逃行》，古辞《相逢狭路间行》是也。"① 魏武帝曾作有《董逃行》"白日"，见于《荀录》、王僧虔《技录》，后失传。

（3）平调曲：文帝《长歌行》"功名"、明帝《长歌行》"青青"、武帝《猛虎行》"吾年"、明帝《猛虎行》"双桐"、无名氏《君子行》"燕赵"、左延年《从军行》"苦哉"、无名氏《短歌行》"雉朝飞"。

《乐府诗集》引《古今乐录》曰："王僧虔《大明三年宴乐技录》，平调有七曲：一曰《长歌行》，二曰《短歌行》，三曰《猛虎行》，四曰《君子行》，五曰《燕歌行》，六曰《从军行》，七曰《鞠歌行》。荀氏录所载十二曲，传者五曲：武帝'周西''对酒'，文帝'仰瞻'，并《短歌行》，文帝'秋风''别日'，并《燕歌行》是也。其七曲今不传：文帝'功名'，明帝'青青'，并《长歌行》，武帝'吾年'，明帝'双桐'，并《猛虎行》，'燕赵'《君子行》，左延年'苦哉'《从军行》，'雉朝飞'《短歌行》是也。"② 武帝《猛虎行》"吾年"、文帝《长歌行》"功名"、明帝《长歌行》"青青"、明帝《猛虎行》"双桐"、左延年《从军行》"苦哉"既见载于《荀氏录》，理应入晋乐所奏，歌辞后来失传。《短歌行》在汉代已有古辞，故"雉朝飞"应为曹魏歌辞。另据《广题》曰：左延年辞云："苦哉边地人，一岁三从军。三子到敦煌，二子诣陇西。五子远斗去，五妇皆怀身。"③ 据《乐府诗集》，魏明帝辞曰："双桐生空枝，枝叶自相加。通泉溉其根，玄雨润

① 《乐府诗集》第33卷，第495页。
② 《乐府诗集》第30卷，第441页。
③ 《乐府诗集》第32卷，第475页。

其柯。"《古今乐录》曰："《猛虎行》，王僧虔《技录》曰：'荀录所载，明帝《双桐》一篇，今不传。'"①

以上共补录魏相和歌辞9首。

四　舞曲歌辞

（1）魏明帝鼙舞辞：《明明魏皇帝》《大和有圣帝》《魏历长》《天生烝民》《为君既不易》。

《乐府诗集》引《古今乐录》曰："魏曲五篇：一《明明魏皇帝》，二《大和有圣帝》，三《魏历长》，四《天生烝民》，五《为君既不易》，并明帝造，以代汉曲。其辞并亡。"② 可知魏明帝曾造鼙舞曲辞五篇，惜辞失传。

（2）明帝时无名氏铎舞曲《太和时》。

《乐府诗集》引《古今乐录》："古《铎舞曲》有《圣人制礼乐》一篇，声辞杂写，不复可辨，相传如此。魏曲有《太和时》，晋曲有《云门篇》，傅玄造，以当魏曲，齐因之。"③ 可知魏明帝时曾有铎舞曲《太和时》，辞失传。

（3）明帝时无名氏巴渝舞曲《武始》《咸熙》《章斌》。

《晋书·乐志》云："黄初三年，又改《巴渝舞》曰《昭武舞》。至景初元年，尚书奏，考览三代礼乐遗曲，据功象德，奏作《武始》《咸熙》《章斌》三舞，皆执羽籥。"④ 景初元年为魏明帝年号，羽籥舞即巴渝舞，新作《武始》《咸熙》《章斌》三舞，统称为《昭武舞》，而不用《巴渝舞》旧名。辞已不传。

---

① 《乐府诗集》第 31 卷，第 462 页。
② 《乐府诗集》第 53 卷，第 772 页。
③ 《乐府诗集》第 54 卷，第 784 页。
④ 《晋书》第 23 卷，中华书局，1974，第 694 页。

（4）晋《幡舞歌》一篇、《鼓舞伎》六曲。

《宋书·乐志》云："晋《鞞舞哥》亦五篇，又《铎舞哥》一篇，《幡舞哥》一篇，《鼓舞伎》六曲，并陈于元会。今《幡》《鼓》哥词犹存，舞并阙。"① 《乐府诗集》载录傅玄《鼙舞歌》五篇、《铎舞歌》"云门篇"，这两篇则无记载，应予补录。据西晋舞曲歌辞皆出傅玄一人的情况，推测这几曲歌辞出自傅玄之手的可能性较大。

以上共补录舞曲歌辞 16 首。魏 9 首，晋 7 首。

五　杂曲歌辞

（1）魏明帝《悲哉行》。

《乐府诗集》引《歌录》曰："《悲哉行》，魏明帝造。"② 但并未载录魏明帝歌词，理应补录。

（2）曹植《上仙篆》《神游》《苦热行》。

《乐府解题》曰："《升天行》，曹植云：'日月何时留。'鲍照云：'家世宅关辅。'曹植又有《上仙篆》与《神游》《五游》《龙欲升天》等篇，皆伤人世不永，俗情险艰，当求神仙，翱翔六合之外，与《飞龙》《仙人》《远游篇》《前缓声歌》同意。"③ 其中《五游》《龙欲升天》（即《当墙欲高行》）已见著录，故此补录《上仙篆》《神游》两首。另外，《乐府诗集》在鲍照《苦热行》解题中曰："魏曹植《苦热行》曰：'行游到日南，经历交趾乡。苦热但曝露，越夷水中藏'，④ 也应补录。

以上共补录杂曲歌辞 4 首，魏明帝 1 首、曹植 3 首。

---

① 《宋书》第 19 卷，第 551 页。
② 《乐府诗集》第 62 卷，第 899 页。
③ 《乐府诗集》第 63 卷，第 919 页。
④ 《乐府诗集》第 65 卷，第 937 页。

补录以后的魏晋乐府诗实际创作情况详见表1-1。

表1-1 魏晋乐府诗歌辞类别总量统计表

类别 / 朝代	郊庙歌辞	郊庙补录	燕射歌辞	燕射补录	鼓吹曲辞	横吹曲辞	相和歌辞	相和补录	清商曲辞	舞曲歌辞	舞曲补录	琴曲歌辞	杂曲歌辞	杂曲补录	总计
汉	38				18		35			3		10	15		119
魏		1		3	14		80	9		9	9	1	24	4	154
蜀					1										1
吴					12										12
西晋	21	5	56		24		48			27	7	6	25		219

注：此表基本数据的统计以郭茂倩《乐府诗集》（中华书局，1979）为依据，其中西晋舞曲歌辞中涉及无名氏《晋白纻舞歌诗》三首，不好判定究为西晋还是东晋。本文根据西晋乐舞隆盛、东晋雅乐缺失的情况及歌辞当中对于"晋世方昌乐未央"的基本描述，认为此白纻舞歌诗可能为西晋统一后，从吴地进献或流入到西晋宫廷的舞曲，在此将其归入西晋，并特作说明。

从数量看，魏晋乐府诗（不计杂歌谣辞）总计386首，分别为：曹魏154首，西晋219首，蜀1首，吴12首，以魏、西晋朝为主，西晋数量最丰。从歌辞类别看，曹魏相和歌辞居多，其次为杂曲歌辞，再次为鼓吹曲辞，舞曲歌辞18首。创作较少的是郊庙、燕射、琴曲三类。横吹无辞。西晋燕射歌辞最多，其次为相和，舞曲、杂曲、鼓吹、郊庙四类的歌辞数量也很可观，琴曲歌辞较少，横吹无辞。蜀、吴的歌辞类别较单一。

与汉乐府相比，曹魏时期相和歌辞为乐府诗创作的主流，舞曲歌辞也有明显增加，而郊庙、燕射等仪式乐辞只维持在最低限度内。这说明，曹魏创作的重心在于娱乐歌辞。到西晋时期，各类歌辞的创作极大丰富，特别是郊庙、燕射歌辞数量显著增加，说明西晋在礼仪歌辞方面加强了建设力度。另外，舞曲歌辞也得到充分重视，较汉曲增长了十倍之多，即便与魏相比，也多出近一倍。

从《乐府诗集》著引文献来看，主要依据梁沈约《宋书·乐志》及陈释智匠《古今乐录》，《古今乐录》对《宋书·乐志》《元嘉正声伎录》《大明三年宴乐技录》多所择取，而刘宋时期的张录、王录以及《宋书·乐志》又对荀勖《荀氏录》多所引用。可大致认定，《乐府诗集》著录"魏晋"乐府诗，合理汲取了唐前官方音乐文献。依次《荀氏录》、张永《元嘉正声伎录》、王僧虔《大明三年宴乐技录》、陈释智匠《古今乐录》等。歌辞"题解"还直接、间接地参考了其他典籍。所涉音乐典籍有西汉刘向《琴颂》、旧题蔡邕所作《琴操》、西晋崔豹《古今注》、无名氏《歌录》、刘宋谢希逸《琴论》，唐李勉《琴说》、房玄龄《晋书·乐志》、杜佑《通典》、吴兢《乐府古题要解》、无名氏《乐府广题》；史传类典籍有左丘明《春秋左氏传》、班固《汉书》、范晔《后汉书》、刘向《列女传》、旧题刘向《列仙传》、应劭《风俗通义》、旧题班固《汉武帝故事》、无名氏《陈武别传》、唐马温《邺都故事》等；地理类典籍包括《禹贡》、北魏郦道元《水经注》等；文学类典籍包括《楚辞》《文选》及曹植、鲍照、谢惠连、李贺等人相关作品。

《乐府诗集》主要收录历代歌辞集中的乐府诗，并非魏晋乐府诗全貌。从补录情况来看，这些歌辞皆曾在郭茂倩所引文献中提到，但并未收录，个中原因令人深思。细加分析，郭氏不予收录的原因，一是歌辞已失传，如魏武帝《董逃行》"白日"等，虽然其曲名、曲调还可从文献转引中知道，但辞已失传，无法再行收录。二是歌辞缺佚现象严重或者后世不再传唱，此种情况也不予收录。比如曹植《苦热行》《秋胡行》，左延年《苦哉》等，这些乐府诗的面貌多已残缺不全，且在后世歌辞集中不见记载。可见《乐府诗集》所著录的魏晋乐府诗，基本上都与朝廷乐府有关。反之，则不予收录。

从补录乐府诗的作者来看，曹操、曹叡皆系帝王，左延年系魏文帝至明帝时期的宫廷乐师，傅玄是西晋的首席乐府作家，他们的乐府诗在当时都应是入乐的；从歌辞类别看，包括郊庙、舞曲、相和三种类型。导致它们在后世失传的具体原因何在呢？以下逐一分析，以明个中缘由。

曹操《阳春篇》《往古篇》在荀录、王录、《宋书》中均不载，张录云无辞，《古今乐录》据张录记载还能略知其曲调。说明《往古篇》《阳春篇》可能在晋至刘宋时期已不入乐，空余曲调、曲题，终致歌辞失传。王粲《安世诗》，《宋书·乐志》记载：

> 侍中缪袭又奏："《安世哥》本汉时哥名。今诗哥非往时之文，则宜变改。……今思惟往者谓《房中》为后妃之哥者，恐失其意。方祭祀娱神，登堂哥先祖功德，下堂哥咏燕享，无事哥后妃之化也。自宜依其事以名其乐哥，改《安世哥》曰《享神哥》。"奏可。①

侍中缪袭既对其议奏改名，想必当时歌辞还在，且仍入乐演唱。后来傅玄创作了新辞，完全代替了《安世诗》的礼乐功能，异代之文未必相袭，缪袭《安世诗》可能废而不用，后此文献均不见《安世诗》本辞，可以推断，王粲《安世诗》可能至西晋以后已失传。曹植《鼙舞歌》，据其《鼙舞歌自序》，曹操曾喜获汉西园鼓吹艺人李坚，但其技艺已中废，兼之古曲多谬误，需重创新辞，恢复旧乐。曹植和魏明帝皆依汉曲创作了《鼙舞歌》五首，明帝辞入魏乐当无可怀疑，曹植辞入乐则应存在身份及政治资格的限制，其辞原

---

① 《宋书》第19卷，第536~537页。

本只能在其藩国演奏，但他可能通过向皇帝献乐，得到在魏宫廷乐府演唱的机会。① 至西晋，傅玄新创鼙舞辞，以代魏曲，曹魏之辞不再入乐。明帝辞失传当与不入乐相关，但同样皆不入乐，何以曹植《鼙舞歌》能够传世？笔者以为，明帝之辞主要在魏乐府演唱，而曹植之辞除了在乐府演唱，还可在其藩国演唱，如此一来曹植之辞的流传范围、接受人群反而更为广泛。另外，曹植集的编纂自其死后不久就着手进行，其鼙舞歌辞通过文集的编纂得以流传，也是原因之一。燕射歌辞、舞曲歌辞皆曹魏朝廷使用的仪式乐歌，西晋时期则不再入乐，随之渐渐失传。以上所补歌辞还包括魏明帝及曹植的部分杂曲。关于"杂曲"歌辞，郭茂倩曰：

> 杂曲者，历代有之，或心志之所存，或情思之所感，或宴游欢乐之所发，或忧愁愤怨之所兴，或叙离别悲伤之怀，或言征战行役之苦，或缘于佛老，或出自夷虏。兼收备载，故总谓之杂曲。自秦、汉已来，数千百岁，文人才士，作者非一。干戈之后，丧乱之馀，亡失既多，声辞不具，故有名存义亡，不见所起，而有古辞可考者，则若《伤歌行》《生别离》《长相思》《枣下何纂纂》之类是也。复有不见古辞，而后人继有拟述，可以概见其义者，则若《出自蓟北门》《结客少年场》《秦王卷衣》《半渡溪》《空城雀》《齐讴》《吴趋》《会吟》《悲哉》之类是也。又如汉阮瑀之《驾出北郭门》，曹植之《惟汉》《苦思》《欲游南山》《事君》《车已驾》

---

① 曹植《鼙舞歌》序中写道："汉灵帝西园鼓吹有李坚者，能鼙舞，遭乱西随段颎。先帝闻其旧有技，召之。坚既中废，兼古曲多谬误，异代之文，未必相袭，故依前曲，改作新歌五篇。不敢充之黄门，近以成下国之陋乐焉。"（见赵幼文《曹植集校注》，人民文学出版社，1998，第323页）从这句话可知，曹植改作新歌应当在曹丕登帝之后、魏明帝之前。从序的口吻来看，曹植是将已成下国之陋的这五首鼙舞歌辞向朝廷进献时，才写这篇序以陈述进献理由。

《桂之树》等行,《磐石》《驱车》《浮萍》《种葛》《吁嗟》《鰕
䱇》等篇,傅玄之《云中白子高》《前有一樽酒》《鸿雁生塞北
行》《昔君》《飞尘》《车遥遥篇》,陆机之《置酒》,谢惠连之
《晨风》,鲍照之《鸿雁》,如此之类,其名甚多,或因意命题,或
学古叙事,其辞具在,故不复备论。[①]

由于编纂、设类的"兼收备载",题曰"杂曲"。这些歌辞"或心志之
所存,或情思之所感,或宴游欢乐之所发,或忧愁愤怨之所兴,或叙离
别悲伤之怀,或言征战行役之苦",可见其内容之"杂";"或缘于佛
老,或出自夷虏",可见其来源之"杂";"自秦、汉已来,数千百岁,
文人才士,作者非一",叹其作者情况之"杂";既包括"干戈之后,
丧乱之馀,亡失既多,声辞不具,故有名存义亡,不见所起,而有古辞
可考者",又包括"复有不见古辞,而后人继有拟述,可以概见其义
者",如此等等,又见其流传、创作之"杂"。不过以上补录的四首
"杂曲歌辞",其曲调情况仍有文献可征,惜歌辞不存。

　　从补录歌辞的创作时代看,以曹魏为主,共补录 26 首,又以相和
歌辞失录最多;而西晋歌辞只补录郊庙歌辞 5 首,皆傅玄所作祭祀农神
的仪式乐歌,杂舞 7 首,可能也出于傅玄之手。相比较而言,西晋的歌
辞缺佚较少。而据《宋书》《南齐书》记载,这几首歌辞其时犹能见
到,其失传时间应为南朝梁陈以后。那么曹魏歌辞失录较多的原因何
在?也许可从文献方面追寻其原因。《乐府诗集》中已不见曹魏时期的
音乐文献,西晋时期则还有荀勖《荀氏录》及崔豹《古今注》。曹魏时
期既然已无音乐文献,那么其乐府乐歌的表演情况就难以考知。荀勖
《荀氏录》选录汉魏旧辞配入晋乐演奏,这就是"清商三调歌诗",经

---

① 《乐府诗集》第 61 卷,第 885 页。

由荀勖的整理和加工,"清商三调"歌诗得到了完好保存,但问题的另一面则是,那些未被选入晋乐的旧辞则被汰择,所以荀勖对汉魏歌辞保存的消极影响也不可忽略。

综上所述,魏晋乐府诗失传的原因不外两个方面:第一,由于音乐或曲辞某一因素的残缺,影响了音乐艺术的完整性,最终导致歌辞失传。音乐与曲辞作为音乐艺术的两个有机组成部分,两者之间既有本质区别,又互相联系互有影响。音乐的失传可能导致曲辞的缺佚,同样曲辞的失传,可能也会影响到音乐的流传。上述歌辞或不再入乐,或被其他新辞代替。随着时代变迁,音乐失传,导致歌辞失传。第二是音乐文献记录或保存的缺陷。音乐毕竟是时间艺术,随时间流逝,曾经的流行音乐不再流行,或被其他歌辞代替,但音乐仍可以用文献记录的方式留存下来,或以歌辞形式,或以曲谱形式。如果失去了文献著录这一保障,那些乐歌就只能永远地消失在历史的长河当中,再难觅其影迹。

第二节 《乐府诗集》与《先秦汉魏晋南北朝诗》的比对分析

逯钦立《先秦汉魏晋南北朝诗》以时代为经,作者为纬,编织了魏晋乐府诗的全貌。其可贵之处,在于收录之全,标注之详,考订之精审,能补《乐府诗集》之不足。将《乐府诗集》与《先秦汉魏晋南北朝诗》两书进行对比研究,可以更清楚地了解魏晋乐府诗的全貌及特点。以下不妨按照《先秦汉魏晋南北朝诗》的体例特点,以作者为单元,结合《乐府诗集》的类别、特点,对魏晋乐府诗的创作特点再作考察。笔者根据《乐府诗集》和《先秦汉魏晋南北朝诗》两书乐府诗的著录情况,择其收录有差异者,分析列表如表1-2。

表 1-2　《乐府诗集》与逯诗著录差异比对分析表

序号	作　者	曲　类	乐府诗集	逯　诗	备　注
1	曹　操	相和曲	气出唱 3、精列、度关山、薤露、蒿里、对酒、陌上桑，计 9 首。另据《古今乐录》补录《觐歌·阳春篇》《东门·往古篇》（辞佚）	同前，只是未补录《阳春》《往古》，计 9 首	增补相和 2 首
		平调曲	短歌行 3，计 3 首	同前，计 3 首	
		清调曲	苦寒行 2、塘上行、秋胡行 2，计 5 首。据《古今乐录》补《董逃行白日》（辞佚）	去掉《塘上行》（归为甄皇后之作），计 4 首	
		瑟调曲	善哉行 2、步出夏门行、却东西门行，计 4 首，据《古今乐录》增《猛虎行》1 首（辞佚）	据《文选》注增《善哉行》《饮马长城窟行》，据《寰宇记》增《有南篇》，计 7 首	
		总　计	25 首，歌辞现存 21 首	23 首	
2	王　粲	郊庙歌辞	安世诗（辞佚）	同前	增补相和 2 首
		平调曲	从军行 5 首	从军诗 5 首，另从《文选》《太平御览》各补 2 首，皆五言残句。计 7 首	
		舞曲歌辞	魏俞儿舞歌 4 首	同前，计 4 首	
		总　计	10 首，歌辞存 9 首	11 首	
3	曹　丕	相和曲	十五、陌上桑，计 2 首	同前	增补相和 2 首
		平调曲	短歌行、猛虎行、燕歌行 2 首，计 4 首。据《古今乐录》增《长歌行》2 首（辞佚）	同前	
		清调曲	秋胡行 3，计 3 首	同前	
		瑟调曲	善哉行 4、丹霞蔽日行、折杨柳行、饮马长城窟行、上留田行、大墙上蒿行、艳歌何尝行、煌煌京洛行、月重轮行，计 12 首	据《文选》增《折杨柳行》1 首（残句），据《御览》增《董逃行》1 首。（六言五句）	
		鼓吹曲辞	钓竿、临高台计 2 首	同前	
		总　计	25 首，歌辞存 23 首	27 首	

序号	作者	曲类	乐府诗集	逯诗	备注
4	左延年	平调曲	从军行（补录）	据《初学记》增1首	增补相和1首
		杂曲歌辞	秦女休行	同前	
		总 计	2首	3首	
5	曹叡	平调曲	长歌行、短歌行、燕歌行，计3首	同前	增补4首，其中相和2首，杂曲2首
		清调曲	苦寒行，计1首。据《古今乐录》补《苦寒行》（辞佚）	同前，据《文选》补《豫章行》1首	
		瑟调曲	善哉行2、步出夏门行、月重轮行、櫂歌行，计5首。据《古今乐录》增《猛虎行双桐》1首（辞佚）	同前，另据《文选》补《野田黄雀行》1首	
		舞曲歌辞	鼙舞5首（辞佚）	同前	
		杂曲歌辞	《乐府》1首，补录悲哉行（辞佚），计2首	据《御览》补录《堂上行》、据《书钞》补《清调歌》，计2首	
		总 计	18首，现存歌辞9首	13首	
6	曹植	相和曲	薤露、惟汉行、平陵东，补《艳歌行》1首，计4首	同前，又据《文选》补《对酒行》《艳歌行》，据《御览》补《陌上桑》补3首，计9首	增补20首，其中相和12首，杂曲8首
		平调曲	长歌行虾鳝篇，计1首	同前，又据《乐府解题》补《长歌行》，计2首	
		清调曲	苦寒行呀嗟篇、豫章行2、蒲生行浮萍篇，计4首	同前，据《文选》补《秋胡行》，计5首	
		瑟调曲	善哉行（当来日大难）、丹霞碧日行、野田黄雀行2、门有万里客行，计5首。另补《苦热行》1首，计6首	同前，另据《文选》补《善哉行》《艳歌行》《结客篇》2，计10首	
		楚调曲	怨诗行2、怨歌1，计3首	同前	
		舞 曲	鼙舞5首	同前，计5首	
		杂 曲	桂之树行、当墙欲高行、当欲游南山行、当事君行、当车已驾行、姜薄命2、齐瑟行之名都篇、美女篇、白马篇、苦思行、升天行2、五游、远游篇、仙人篇、飞龙篇、斗鸡篇、磐石篇、驱车篇、种葛篇，计21首。据《古今乐录》补《上仙箓》《神游》2首（辞佚）	同前，未补《上仙箓》《神游》2首，据《书钞》补《飞龙篇》2首、《姜薄命》，据《初学记》补《远游篇》《两仪篇》，据《文选》补《姜薄相行》《乗出行》《天地篇》，计29首	
		总 计	46首，现存44首	计63首	

续表

序号	作者	曲类	乐府诗集	逯 诗	备 注
7	傅玄	郊庙歌辞	21首。补录5首（无辞），计26首	同前，计21首	增补8首，其中相和7首，杂曲1首
		燕射歌辞	计3首	同前，计3首	
		鼓吹曲辞	22首	同前，计22首	
		相和曲	惟汉行、艳歌行，计2首	同前，据《书钞》补《挽歌》3首、据《文选》补《艳歌行》1首，计6首	
		平调曲	长歌行、短歌行、豫章行苦相篇、董逃行历九秋篇，计4首	同前，另据《书钞》《文选》补《豫章行》2首，计6首	
		清调曲	秋胡行2首	同前	
		瑟调曲	饮马长城窟行、鸿雁生塞北行、放歌行、艳歌行有女篇、墙上难用趋行、白杨行，计6首	同前，据《初学记》又补《却东西门行》1首，计7首	
		楚调曲	怨歌行朝时篇，计1首	同前	
		舞曲歌辞	正德大豫舞歌2、宣武舞歌4、宣文舞歌2、鞞舞5、铎舞云门篇，计14首	同前	
		杂曲歌辞	秦女休行、齐瑟行美女篇、秋兰篇、飞尘篇、西长安行、明月篇、前有一樽酒行、昔思君、何当行、云中白子高行，计10首	同前，另据《类聚》补《天行篇》，计11首	
		总 计	90首，现存85首	93首	
8	张华	燕射歌辞	晋四厢乐歌16首、晋冬初至初岁小会歌、宴会歌、中宫所歌、宗亲会歌，计20首	同前	增补4首。其中杂曲3首，相和1首
		鼓吹曲辞	晋凯歌2首，计2首	同前	
		杂曲歌辞	轻薄篇、游侠篇、博陵王宫侠曲2、游猎篇、壮士篇，计6首	同前，另据《御览》补《纵横篇》《真人篇》《上巳篇》，计9首	
		清调曲	无	据《御览》补《苦寒行》1首	
		总 计	28首	32首	

序号	作者	曲类	乐府诗集	逸　诗	备注
9	陆机	相和曲	挽歌3、艳歌行日出东南隅行，计4首	同前，另据《书钞》《御览》补挽歌4首，计8首	增补15首，其中相和5首，杂曲10首
		平调曲	长歌行、短歌行、猛虎行、君子行、燕歌行、从军行、鞠歌行，计7首	同前	
		清调曲	苦寒行、豫章行、董逃行、塘上行、秋胡行、陇西行、折杨柳行、顺东西门行、长安有狭邪行，计9首	同前	
		瑟调曲	饮马长城窟行、上留田行、门有车马客行、日重光行、月重轮行、櫂歌行计6首	同前，另据《文选》补《放歌行》1首，计7首	
		楚调曲	泰山吟、梁甫吟、东武吟行、班婕妤计4首	同前	
		杂曲歌辞	驾言出北阙行、君子有所思行、悲哉行、齐讴行、吴趋行、前缓声歌、饮酒乐，计7首	同前，另据《类聚》补《百年歌》10首	
		总　计	37首	52首	

可以看出，逸诗能对《乐府诗集》进行有效补录的是相和与杂曲两类歌辞。据上表补录统计情况，可将魏晋各类歌辞的创作总量分别在二书中的著录情况列成表1-3。

表1-3　《乐府诗集》与逸诗收录情况对比表

	乐府诗集							逸　诗						
朝代	郊庙	燕射	鼓吹	相和	舞曲	琴曲	杂曲	郊庙	燕射	鼓吹	相和	舞曲	琴曲	杂曲
魏	1	3	14	89	18	1	28	1	无	12	21（补）	5	1	10（补）
蜀				1								1		
吴			12							12				
西晋	26	56	24	48	34	6	25	21	56	24	13（补）	27	6	14（补）

补录后魏乐府诗185首，西晋246首。相和、杂曲两类歌辞的数量远超《乐府诗集》。它们多借非音乐文献留存，与乐府的关系较为疏远。可以想象，歌辞疏离了音乐便如折翼的飞鸟，在历史的天空无法飞得更远。虽然《逯诗》据《文选》《艺文类聚》《太平御览》《北堂书钞》等，补录了不少相和、杂曲歌辞，但它们已经很不完整，少的只有一句，多的不过四句，只剩残句的面貌，只沦为注引的价值，不免令人感叹！笔者以为，即便它们被补录出来，也已无法为魏晋乐府诗的音乐、文学研究提供多少有价值的东西。在历史的选择过程中，它们必将淡出我们的研究视野，这种不可逆转的命运，多多少少与音乐的疏离相关。

接下以魏晋重要乐府诗人的创作情况为核心，简要分析魏晋乐府诗的创作特点。魏晋乐府诗重要作家创作情况详见表1-4。

表1-4 魏晋乐府诗重要作家创作情况一览表

类别 作者	郊庙歌辞	燕射歌辞	鼓吹曲辞	舞曲歌辞	相和曲	平调曲	清调曲	瑟调曲	楚调曲	吟叹曲	琴曲歌辞	杂曲歌辞
曹 操					12	3	6	8				
王 粲	5			4		7						
曹 丕			2		2	6	3	14				
曹 叡				5		3	3	7				4
缪 袭			12		1							
曹 植				5	9	2	5	10	3			31
傅 玄	24	3	22	14	6	6	2	7	1			11
荀 勖		17		2								
张 华		20	2	2			1					9
成公绥		16										
陆 机					8	7	9	7	4			17
石 崇										3	1	
韦 昭			12									

曹魏时期的创作呈现如下特点：第一，相和歌辞创作主要集中于魏氏三祖和曹植；第二，仪式乐歌创作主要由王粲、缪袭完成；第三，曹植杂曲歌辞数量尤多；第四，从时间上看，乐府诗类型的完善，应在魏文帝后期至魏明帝时期。缪袭的鼓吹、曹植的杂曲、明帝的舞曲等，皆在这段时间里创作完成。

西晋乐府诗的创作也有其特点：第一，西晋仪式乐歌主要由傅玄、荀勖、张华、成公绥等人创作完成，以傅玄的创作最为突出；第二，荀勖曾编纂《荀氏录》，选汉魏旧辞入清商三调，但他自己却未创作过相和歌辞；第三，与荀勖相反，陆机的创作主要体现在相和歌辞，是西晋创作相和歌辞最多的作家；第四，张华主要是杂曲创作，又以游侠题材为主；第五，石崇的歌辞数量不多，以吟叹曲、琴曲为主，由于吟叹曲与琴曲在音乐上颇有相通之处，说明石崇的歌辞创作受到音乐的显著影响。

第三节　"西山一何高"曲调辨疑

郭茂倩《乐府诗集》将魏文帝"西山一何高"隶于《折杨柳行》曲调之下，解题引《古今乐录》曰："王僧虔《技录》云：《折杨柳行》歌，文帝'西山'、古'默默'二篇，今不歌。"[1] 这段话应重新标点为："王僧虔《技录》云：《折杨柳行》，歌文帝'西山'、古'默默'二篇，今不歌。"王僧虔生活于公元 426～485 年，《技录》所记为刘宋大明三年（公元 459 年）的宴乐曲目。《折杨柳行》曲调唱魏文帝"西山一何高"辞应指南朝宋、齐时期，但郭茂倩对"西山一何高"的入乐标注却为"魏晋乐所奏"，很容易理解为魏晋乐所

---

① 《乐府诗集》第 37 卷，第 547 页。

奏"西山一何高"是用《折杨柳行》曲调。魏晋相和歌进入南朝以后音乐上有些变化,"西山一何高"是否一直用《折杨柳行》曲调演唱呢?

郭茂倩曾引《乐府解题》曰:"古辞云'青青园中葵,朝露待日晞',言芳华不久,当努力为乐,无至老大乃伤悲也。魏改奏文帝所赋曲'西山一何高',言仙道茫茫不可识,如王乔、赤松,皆空言虚词,迂怪难言,当观圣道而已。"① 这段话明确指出,魏文帝"西山一何高"在曹魏时期是用《长歌行》曲调演唱。此外,《乐府诗集》卷四十三云:

> 《宋书·乐志》曰:大曲十五曲:一曰《东门》,二曰《西山》,三曰《罗敷》,四曰《西门》,五曰《默默》,六曰《园桃》,七曰《白鹄》,八曰《碣石》,九曰《何尝》,十曰《置酒》,十一曰《为乐》,十二曰《夏门》,十三曰《王者布大化》,十四曰《洛阳令》,十五曰《白头吟》。《东门》《东门行》;《罗敷》《艳歌罗敷行》;《西门》《西门行》;《默默》《折杨柳行》;《白鹄》《何尝》并《艳歌何尝行》;《为乐》《满歌行》;《洛阳令》《雁门太守行》;《白头吟》并古辞。《碣石》,《步出夏门行》,武帝辞。《西山》《折杨柳行》;《园桃》《煌煌京洛行》并文帝辞。《夏门》《步出夏门行》;《王者布大化》《櫂歌行》并明帝辞。《置酒》《野田黄爵行》,东阿王辞。《白头吟》,与《櫂歌》同调。其《罗敷》《何尝》《夏门》三曲,前有艳,后有趋。《碣石》一篇有艳。《白鹄》《为乐》《王者布大化》三曲有趋。《白头吟》一曲有乱。②

① 《乐府诗集》第30卷,第442页。
② 按,此段话并不见于《宋书》,应为郭茂倩据《宋书》载录情况所作的演述之词。见《乐府诗集》第43卷,第635页。

大曲第二曲即文帝"西山一何高"，它与第五曲《默默》皆用《折杨柳行》曲调演唱。《宋书》作者沈约生活在宋、齐、梁三代，《宋书·乐志》的完成时间在梁，比王僧虔《技录》要晚，《宋书》所载"西山一何高"的演唱曲调与王僧虔《技录》一致，应是沿袭《技录》说法。那么除了《乐府解题》外，《校录》之前又作何记载呢？不妨仔细研究下面这段话：

> 《古今乐录》曰："王僧虔《技录》瑟调曲有《善哉行》《陇西行》《折杨柳行》《西门行》《东门行》《东西门行》《却东西门行》《顺东西门行》《饮马行》《上留田行》《新成安乐宫行》《妇病行》《孤子生行》《放歌行》《大墙上蒿行》《野田黄爵行》《钓竿行》《临高台行》《长安城西行》《武舍之中行》《雁门太守行》《艳歌何尝行》《艳歌福钟行》《艳歌双鸿行》《煌煌京洛行》《帝王所居行》《门有车马客行》《墙上难用趋行》《日重光行》《蜀道难行》《櫂歌行》《有所思行》《蒲坂行》《采梨橘行》《白杨行》《胡无人行》《青龙行》《公无渡河行》。《荀氏录》所载十五曲，传者九曲：武帝'朝日''自惜''古公'，文帝'朝游''上山'，明帝'赫赫''我祖'，古辞'来日'，并《善哉》，古辞《罗敷艳歌行》是也。其六曲今不传：'五岳'《善哉行》，武帝'鸿雁'《却东西门行》，'长安'《长安城西行》，'双鸿''福钟'并《艳歌》，'墙上'《墙上难用趋行》是也。"①

《古今乐录》认为，王僧虔《技录》载有瑟调38曲，而《荀氏录》所载瑟调却只有15曲。这15曲分属于《善哉行》《罗敷艳歌行》《却东

---

① 《乐府诗集》第36卷，第534~535页。

西门行》《长安城西行》《艳歌行》《墙上难用趋行》6 种曲调，其中并无《折杨柳行》，亦无文帝"西山一何高"之辞。说明"西山一何高"在西晋时期并未选入晋乐，当时也无《折杨柳行》曲调的演唱记录，因此"西山"唱入《折杨柳行》应始于刘宋时期王僧虔《技录》。

《宋书·五行志》载："太康末，京、洛始为《折杨柳》之歌，其曲始有兵革苦辛之词，终以禽获斩截之事。"① 既云太康末京洛流行《折杨柳》，其曲辞始转而歌咏战争，言下之意《折杨柳》此前便有，内容与战争无关。《乐府诗集》亦云："古乐府又有《小折杨柳》，相和大曲有《折杨柳行》，清商四曲有《月节折杨柳歌》。"分明也说大曲《折杨柳行》之前已有古乐府《小折杨柳》，可推知《折杨柳》至迟于汉魏时期即已产生。从《诗经》"昔我往矣，杨柳依依"不难想象杨柳与送别之关系，从孔融《临终诗》（《书钞》作《折杨柳行》）②，曹丕《见挽船士兄弟辞别诗》（《乐府诗集》作《折杨柳行》）来看，《折杨柳》曲多咏写离别情状。而曹丕"西山"《艺文》作"游仙诗"，《古乐府》作《长歌行》③，内容与离别无关，辞云：

> 西山一何高，高高殊无极。上有两仙僮，不饮亦不食。与我一丸药，光耀有五色。
>
> 服药四五日，身体生羽翼。轻举乘浮云，倏忽行万亿。流览观四海，茫茫非所识。
>
> 彭祖称七百，悠悠安可原。老聃适西戎，于今竟不还。王乔假虚辞，赤松垂空言。
>
> 达人识真伪，愚夫好妄传。追念往古事，愦愦千万端。百家多

---

① 《宋书》第 31 卷，第 914 页。
② 逯钦立：《先秦汉魏晋南北朝诗》，中华书局，1983，第 197 页。
③ 逯钦立：《先秦汉魏晋南北朝诗》，第 393 页。

迂怪，圣道我所观。

歌辞分四解：第一解写高高的西山之上有个神仙世界，仙僮给"我"一丸仙药；第二解便写"我"服了仙药以后飞升成仙，到处游历。第三、四两解写曹丕对种种传闻的看法，认为服药升仙是不可信的迂怪之言。从游仙写起，"西山"与汉古辞《长歌行》有一脉相承之处。《乐府诗集》载有《长歌行》古辞三首：

> 青青园中葵，朝露待日晞。阳春布德泽，万物生光辉。常恐秋节至，焜黄华叶衰。百川东到海，何时复西归。少壮不努力，老大徒伤悲。
>
> 仙人骑白鹿，发短耳何长。导我上太华，揽芝获赤幢。来到主人门，奉药一玉箱。主人服此药，身体日康强。发白复更黑，延年寿命长。
>
> 岧岧山上亭，皎皎云间星。远望使心思，游子恋所生。驱车出北门，遥观洛阳城。凯风吹长棘，夭夭枝叶倾。黄鸟飞相追，咬咬弄音声。伫立望西河，泣下沾罗缨。

第一首写时不我待，应趁少壮努力，以免落得老大徒伤悲的下场；第二首是游仙诗，写凡界之人游历至仙界，获仙人所赠仙药，服药后寿命延长；第三首写游子离开洛阳时的悲伤之感。曹丕之辞显与第二首一脉相承，先继承后批判，鲜明表达出自己的独特认识。崔豹《古今注》曰："长歌、短歌，言人寿命长短，各有定分，不可妄求"，《长歌行》咏写长生以及对生命的感叹，已在西晋形成共识。因此，曹丕"西山一何高"应是据汉旧曲《长歌行》所作新辞，而与《折杨柳》并不相符。

　　总之，"西山一何高"乃魏文帝据汉乐府《长歌行》旧曲所作新辞，如《乐府解题》所云，在曹魏时代亦用《长歌行》曲调演唱。《荀氏录》选录《长歌行》时未收此辞，却收录了魏文帝"功名"、魏明帝"青青"两首。这并不奇怪，因为《荀氏录》是采选旧词，并非一概收录。西晋太康末年，京洛一带开始流行新的折杨柳歌，歌以兵革苦辛、擒获斩截之事。至刘宋大明三年的宴乐大曲当中，曲辞内容又有变化，选用"西山一何高"来配入《折杨柳行》歌唱。后此的《宋书·乐志》《古今乐录》均采用王僧虔之说，郭茂倩《乐府诗集》也以此为依据，遂将"西山一何高"隶于《折杨柳行》曲调之下。一首歌辞配入不同的曲调演唱，原是乐府诗多次入乐所造成的事实。除了搞清"西山一何高"在魏晋时期的演唱情况，更重要的是需从中反思，《乐府诗集》在引用文献或者利用文献进行歌辞曲调的归类等方面可能存在一些问题。

第四节　魏晋乐府诗著录形态考论

　　从《乐府诗集》文献著录特点及魏文帝"西山一何高"的辨析，可以发现《乐府诗集》在歌辞著录方面至少存在以下问题：第一，对于"西山一何高"等经历过多次入乐，入乐曲调又有变化的歌辞来讲，仅凭郭茂倩现有著录情况，并不能反映这样一个动态的过程。尤为重要的是，郭茂倩所依文献皆南朝以后的，这些文献在引用魏晋文献时，又主要依据荀勖的《荀氏录》，而《荀氏录》著录的只是荀勖整理"清商三调"歌诗过程中所选用的汉魏旧辞，因此，《乐府诗集》所能得知的只是这些汉魏旧辞在西晋时的表演情况，至于它们在曹魏时期的表演情况则无从知晓；第二，由于《荀氏录》的局限，郭茂倩对曹魏乐府诗的形态、表演及入乐情况只能作综合判断。判断的依据则又只能是南朝的一些文献，这就会发生错位现象，即歌辞的著录形态可能是据南朝以后的文献而来，但郭氏所要告诉我们的，却是其在魏晋时期的入乐情况，容易造成歌辞形态与入乐时间的不一致。仍以《折杨柳行》为例，《乐府诗集》著录的《折杨柳行》是据《古今乐录》转引的，《折杨柳行》的歌辞形态及入乐时间都应是在西晋及南朝仍在传唱的，但郭茂倩在著录时却是作为"魏晋"时段的，这样就产生了错位。由于上述问题的存在，我们亟须解决两个问题：一是歌辞的著录形态问题，一是歌辞的入乐时间问题。入乐问题容后探讨，本节先来探讨魏晋乐府诗的著录形态问题。

魏晋乐府诗在《乐府诗集》中著录为三种形态：一种不分解，一种分解，还有既分解，又附录"本辞"的形态，而本辞不分解。分解是入乐标志，学界已成共识，魏晋乐府诗以不分解形态最多见，这些乐府诗是否意味入乐？"本辞"源于何处？郭氏著录"本辞"的动机及用意何在？以下分作考论。

一　不分解形态的歌辞

魏晋乐府诗中的郊庙、燕射、鼓吹、舞曲、杂曲歌辞均不分解。除"杂曲歌辞"的入乐情况不能确定外，其余歌辞均入乐。且就现有音乐文献来看，它们最早见载于《宋书·乐志》，沈约编写《宋书》之时应能看到这些歌辞，将其收录。作为礼乐歌辞，其用途及表演基本固定，后世乐书只是转录，所以不分解的形态当是它们在魏晋时期的历史原貌。

不分解的歌辞当中亦包括相和歌辞。相和歌辞在《乐府诗集》当中的著录形态最为复杂，涵盖上文所说三种著录形态。其中不分解歌辞以相和曲为最多。《乐府诗集》对相和曲的著录是依据如下题解：

　　《古今乐录》曰："张永《元嘉技录》相和有十五曲：一曰《气出唱》，二曰《精列》，三曰《江南》，四曰《度关山》，五曰《东光》，六曰《十五》，七曰《薤露》，八曰《蒿里》，九曰《觐歌》，十曰《对酒》，十一曰《鸡鸣》，十二曰《乌生》，十三曰《平陵东》，十四曰《东门》，十五曰《陌上桑》。十三曲有辞，《气出唱》《精列》《度关山》《薤露》《蒿里》《对酒》并魏武帝辞，《十五》文帝辞，《江南》《东光》《鸡鸣》《乌生》《平陵东》《陌上桑》并古辞是也。二曲无辞，《觐歌》《东门》是也。其辞《陌上桑》歌瑟调，古辞《艳歌罗敷行》日出东南隅篇。《觐歌》，张录云无辞，而武帝有《往古篇》。《东门》，张录云无辞，而武帝有《阳春篇》。或云歌瑟调古辞《东门行》'入门怅欲悲'也。古有十七曲，其《武陵》《鹍鸡》二曲亡。按《宋书·乐志》，《陌上桑》又有文帝《弃故乡》一曲，亦在瑟调。《东西门行》及《楚辞钞》'今有人'、武帝'驾虹蜺'二曲，皆张录所不载也。"[①]

　　根据这段题解，再参以《宋书·乐志》，笔者将不分解相和歌辞的文献著录及入乐情况制成表1-5，以便于研究。

表1-5　不分解相和歌辞的著录、入乐情况表

调　式	曲　名	篇　名	作　者	张录	王录	宋书	乐录	入乐情况
相和曲	气出唱	驾六龙	曹操	有		有	有	魏晋乐所奏
	精列	厥初生	曹操	有		有	有	魏晋乐所奏
	江南	江南	古辞	有		有	有	魏晋乐所奏
	度关山	天地间	曹操	有		有	有	魏乐所奏
	东光	东光平	古辞	有		有	有	

①　《乐府诗集》第26卷，第382页。

调式	曲名	篇名	作者	张录	王录	宋书	乐录	入乐情况
相和曲	十五	登山	曹丕	有		无	有	魏晋乐所奏
	薤露	惟汉	曹操	有		有	有	魏乐所奏
	蒿里	关东	曹操	有		有	有	魏乐所奏
	对酒	对酒歌	曹操	有		有	有	魏乐所奏
	鸡鸣	鸡鸣	古辞	有		有	有	魏晋乐所奏
	乌生	乌生	古辞	有		有	有	魏晋乐所奏
	平陵东	平陵东	古辞	有		有	有	魏晋乐所奏
	陌上桑	今有人	楚辞钞	无		有	有	晋乐所奏
		驾虹霓	曹操	无		有	有	晋乐所奏
		弃故乡	曹丕	无		有	有	晋乐所奏
吟叹曲	大雅吟	堂堂太祖	石崇	有		无	有	晋乐所奏
	王明君	我本汉家子	石崇	有		无	有	晋乐所奏
	楚妃叹	荡荡大楚	石崇	有		无	有	晋乐所奏
	王子乔	王子乔	古辞	有				今无歌者
平调曲	鞠歌行	朝云升	陆机	无	有	无	有	
清调曲	豫章行	白杨	古辞	无	有	无	有	晋乐所奏
	相逢行	相逢	古辞	无	有	无	有	晋乐所奏
瑟调曲	却东西门行	鸿雁	曹操		有	无	今不传	魏晋乐所奏
	上留田行	居世一何不同	曹丕		有	无	今不歌	
	妇病行	妇病	古辞		有	无		
	孤儿行	孤儿	古辞		有	无		
	放歌行	灵龟	傅玄		有	无		
	大墙上蒿行	阳春无不长成	曹丕		有	无	今不歌	
	野田黄雀行	高树多悲风	曹植		有	无	今不歌	
		置酒四解	曹植		有	有		晋乐所奏

表 1-5 皆为确定入乐的歌辞，或入魏乐，或入晋乐，或于整个魏晋时期一直入乐。可以看出，分解不是判定歌辞入乐的唯一标志。

这些相和曲的收录是据《古今乐录》所转引的张永《元嘉正声伎录》、王僧虔《大明三年宴乐技录》，又参考了《宋书·乐志》而来。

《古今乐录》及张录目前只有后人辑本，文献价值逊于《宋书》，所以不妨来看《宋书》的记载情况。《宋书·乐志》相和歌辞的著录明显分作两个部分：第一部分就是上表中的部分曲辞；第二部分则标明"清商三调歌诗"（荀勖撰旧词施用者）。其中记录的相和曲较少，著录形态为：歌辞前标注有题名、曲名、作者。可知上表中的相和曲皆非"三调歌诗"，自然也不可能被荀勖《荀氏录》收录。所以这些相和曲的曲目、曲辞的最早著录文献应是张永的《元嘉正声伎录》、王僧虔的《技录》，后来的《宋书》也作了收录，又见于《古今乐录》，通过这样的流传过程，才最终得见《乐府诗集》所著录的这种面貌。

另外要说明的是入乐时间及其标注问题。这些歌辞多为入乐歌辞，郭茂倩分别标为"魏乐所奏""晋乐所奏""魏晋乐所奏"。这个标注并不见于《宋书》，应是郭茂倩根据相关文献加上去的。逯钦立先生提出，《乐府诗集》于宋书所列相和曲，皆目为魏乐所奏，于《宋书》所列"三调"曲，皆目为晋乐所奏，这个论断基本符合上表所列曲目。唯魏文帝的《短歌行》"仰瞻"一曲虽是"三调"诗，但只标为"魏乐所奏"，似乎是个特例。

另有一些未标入乐时间及方式的歌辞，包括四首汉代古辞、曹丕《上留田行》《大墙上蒿行》，曹植《高树多悲风》及陆机的平调曲《鞠歌行》。从文献来源看，它们乃是王僧虔《技录》最早收录，经《古今乐录》转引而存留下来。至于其是否入乐，不妨以陆机的《鞠歌行》为例，《乐府诗集》解题曰：

《古今乐录》曰："王僧虔《大明三年宴乐技录》平调有七曲：一曰《长歌行》，二曰《短歌行》，三曰《猛虎行》，四曰《君子行》，五曰《燕歌行》，六曰《从军行》，七曰《鞠歌行》。荀氏录所载十二曲，传者五曲：武帝'周西''对酒'，文帝'仰瞻'，并《短歌行》，文帝'秋风''别日'，并《燕歌行》是也，其七曲今不传：文帝'功名'，明帝'青青'，并《长歌行》，武帝'吾年'，明帝'双桐'，并《猛虎行》，'燕赵'《君子行》，左延年'苦哉'《从军行》，'雉朝飞'《短歌行》是也。"①

《古今乐录》曰："王僧虔《技录》平调又有《鞠歌行》，今无歌者。"陆机《序》曰："按汉宫阁有含章鞠室，灵芝鞠室，后汉马防第宅卜临道，连阁通池，鞠城弥于街路。鞠歌将谓此也。又东阿王诗'连骑击壤'，或谓蹴鞠乎？三言七言，虽奇宝名器，不遇知己，终不见重。愿逢知己，以托意焉。"②

综合两段话来看，陆机此辞最早见于王僧虔的《大明三年宴乐技录》。《古今乐录》转引了王录，并对这首歌辞在南朝的传唱情况作了补充。《古今乐录》所云"今无歌者"应是就陈或梁、陈而言，因此这首歌辞在刘宋时期应该还入乐，其入乐时间应在晋、宋、齐这段时间。

总之，郭茂倩所著录的不分解歌辞，均有文献依据，应参照转引《张录》《王录》《宋书》《古今乐录》而来。歌辞虽不分解，但均为入乐歌辞。

二 分解形态的歌辞

《宋书·乐志》收录的"三调"歌诗全都分解。为便于研究，笔者也将其著录及入乐情况制成表1-6。

---

① 《乐府诗集》第30卷，第441页。
② 《乐府诗集》第33卷，第494页。

表 1-6　"三调"歌诗著录及入乐情况表

调式	曲调	篇名	作者	荀录	王录	宋书乐志	古今乐录	入乐情况
清调曲	长歌行	悠悠	明帝	有	有	有	今不传	晋乐所奏
	董逃行	上谒	古辞	有	有	有		
	秋胡行	晨上	武帝	有	有	有		魏晋乐所奏
		愿登	武帝	有	有	有		魏晋乐所奏
瑟调曲	善哉行	来日大难	古辞	有	有	有	有	魏晋乐所奏
		古公	武帝	有	有	有	有	魏晋乐所奏
		自惜	武帝	有	有	有	有	魏晋乐所奏
		朝日	文帝	无	有	有	有	魏晋乐所奏
		上山	文帝	有	有	有	有	魏晋乐所奏
		朝游	文帝	有	有	有	有	魏晋乐所奏
		我徂	明帝	有	有	有	有	魏晋乐所奏
		赫赫	明帝	有	有	有	有	魏晋乐所奏
	步出夏门行	碣石	武帝	有	有	有		魏晋乐所奏
		步出	明帝	有	有	有		魏晋乐所奏
	折杨柳行	默默	文帝	有	有	有		魏晋乐所奏
		西山	文帝	有	有	有		魏晋乐所奏
	雁门太守行	孝和帝	古辞	有	有	有		晋乐所奏
	艳歌何尝行	飞来双白鹄	古辞	有	有	有		晋乐所奏
		何尝	文帝	有	有	有		晋乐所奏
	艳歌罗敷行	日出	古辞	有	有	有	有	魏晋乐所奏
	煌煌京洛行	园桃	文帝	无	有	有		晋乐所奏
	门有车马客行	置酒	曹植	无	有	有		晋乐所奏
	櫂歌行	王者布大化	明帝		有	有	今不歌	晋乐所奏
平调曲	短歌行	周西	武帝	有	有	有		晋乐所奏
		仰瞻	文帝	有	有	有		魏乐所奏
	燕歌行	秋风	文帝	有	有	有	有	晋乐所奏

　　表 1-6 内的歌辞皆为"清商三调"歌诗，《宋书》记载荀勖"撰旧辞以施用"，因此最早的文献来源应是《荀氏录》，后经王僧虔的《大明三年宴乐技录》、沈约的《宋书·乐志》，再从陈释智匠《古今乐

录》转录而来。据《宋书》记载这些"清商三调"歌诗都已分解，说明分解应是西晋时期荀勖撰旧词施用于清商三调时留下的，分解可看作这些旧辞被荀勖再次施入晋乐的标志。

三　附录"本辞"的分解歌辞

《乐府诗集》中尚有于分解乐辞后附录本辞的形态。这些歌辞包括魏武帝《短歌行》"对酒当歌"等十首，均见于《宋书》。但《宋书》中唯见分解乐辞，并无"本辞"，"本辞"显系郭茂倩整理附列。由于这种著录体例是在承袭前代乐书基础上的创新，故研究者对乐辞、本辞的来源及二者之关系亦颇多关注。逯钦立先生《〈古诗纪〉补正凡例》认为，郭氏所录乐辞本之《宋书·乐志》，本辞则本之《文选》《玉台》等。① 法国汉学家桀溺则认为乐辞乃原创之辞，"本辞"为文人改作。② 崔炼农《〈乐府诗集〉"本辞"考》对逯氏观点加以修正，认为郭茂倩所录"本辞"有更可靠而广泛的文献基础，并提出"本辞"为最初（或前次）入乐之辞。③ 但其说仍有费解之处。第一，崔文分析《塘上行》"本辞"时指出，"本辞不遵套语转而适应全篇文意，则显示出强烈的主文意味，当在乐奏辞的基础上改造而成，是经过转录整理的歌辞文本"④。据此，则《塘上行》乐奏辞产生在前，本辞为后人整理改作。这与桀溺的观点倒有几分相似，但与作者最后的结论却自相矛盾；第二，根据《乐府诗集》，汉魏时期的相和旧辞后又配入晋乐者多达三十九曲六十首，本辞也当有六十首，而郭茂倩仅列十曲"本辞"，数目悬殊，仍令人存疑。笔者以为，郭茂倩唯独列出十曲"本辞"的

---

① 逯钦立：《汉魏六朝文学论集》，陕西人民出版社，1984，第151页。
② 〔法〕桀溺：《驳郭茂倩》，《法国汉学》2003年第4期。
③ 崔炼农：《〈乐府诗集〉"本辞"考》，《文学遗产》2005年第1期，第85页。
④ 崔炼农：《〈乐府诗集〉"本辞"考》，《文学遗产》2005年第1期，第79页。

用意何在，有何标准，十曲本辞的独特性为何，这才应该是理解"本辞"的关键问题。

荀勖坚持作新律造晋歌，对后世影响深远，意义重大。郭茂倩眼光独到，特别重视荀勖"撰旧辞施用"的这部分歌诗，逐一详细注明其入乐情况，解题则详尽说明其依据的文献资料，并为其中十首晋乐所奏之辞列出"本辞"。要弄明白"本辞"的涵义，理清他选录本辞的用意和标准，我们只能依据现有的文献资料深入细致地爬梳解析。以下我们从音乐、文本、文献校勘角度对"本辞"再作考察。

"本辞"所从乐曲的音乐特点表现为，此十曲皆属于相和歌辞，它们在《宋书》及《乐府诗集》中的著录顺序及乐类情况，详见表1-7。

表1-7　《乐府诗集》与《宋书》著录分类情况表

序号	篇　　名	作　者	曲类（相和调）	
			《宋书》	《乐府》
1	《短歌行》"对酒"	魏武帝	平调曲	平调曲
2	《燕歌行》"别日"	魏文帝	平调曲	平调曲
3	《苦寒行》"北上"	魏武帝	清调曲	清调曲
4	《塘上行》"蒲生"	魏武帝	清调曲	清调曲
5	《东门行》	古　辞	大　曲	瑟调曲
6	《西门行》	古　辞	大　曲	瑟调曲
7	《野田黄雀行》"置酒"	曹　植	大曲、箜篌引亦用此曲	瑟调曲
8	《怨诗行》"明月"	曹　植	大　曲	楚调曲
9	《白头吟》	古　辞	大曲、与櫂歌同调	楚调曲
10	《满歌行》"为乐"	古　辞	大　曲	大　曲

资料来源：依据《乐府诗集》及《宋书》。

由于体例不同，此十曲在《宋书》及《乐府诗集》中的著录顺序及标注方式稍有不同。《宋书·乐志》先列"清商三调（平、清、瑟调）歌诗"，后列大曲。《乐府诗集》分类更细，其"大曲"解题云"今依张永《元嘉正声伎录》分于诸调，又别叙大曲于其后。唯《满歌行》一首，诸调不载，故附见于大曲之下。其曲调先后，亦准《伎录》为次云"①。故"大曲"诸调分别标注为"瑟调""楚调""大曲"。《乐府诗集》又引王僧虔《技录》说："《櫂歌行》在瑟调，《白头吟》在楚调。"② 可见，《乐府诗集》分别依据刘宋张永《伎录》、王僧虔《技录》等文献将大曲分于诸调。《乐府诗集》将此十曲标为"晋乐所奏"，即"荀勖撰旧词施用"。

综上所述，"本辞"所从乐曲皆为荀勖撰旧词施用者，郭茂倩关于十曲的音乐类别、调类、入乐时间的标注皆有详细的文献依据，比《宋书》的著录更为细致、准确。从入乐特征来看，乐辞分解，本辞不分解。这说明乐辞是经荀勖"撰旧辞施用"入晋乐之辞，本辞并非荀氏的入乐之辞，而是郭氏特意列出以与荀氏入晋乐之辞作对比者。

为进一步探究其附列"本辞"的标准和依据，我们从文献的角度对十曲乐辞和"本辞"及相关文献资料逐一加以比勘，分析乐辞与本辞之关系，探明附列本辞的来源依据，详见表1-8。

根据比勘分析，十曲乐辞较本辞皆有明显改动。两相对比，可见荀勖撰制时所作的加工痕迹，及魏晋时期乐辞入乐的发展脉络。这正可见出郭氏列出"本辞"的标准及用意。

---

① 《乐府诗集》第26卷，第377页。
② 《乐府诗集》第43卷，第635页。

表 1-8　乐辞、本辞相关文献对勘表

篇名	《乐府》乐辞、本辞互校	乐辞相关文献互校	本辞相关文献互校	说　明
短歌行·对酒	1. 本辞三十句，不分解。乐辞二十四句，四句一解，共六解。 2. 本辞多"越陌度阡，枉用相存；契阔谈讌，心念旧恩；月明星稀，乌雀南飞；绕树三匝，何枝可依"八句。 3. 乐辞多"但为君故，沉吟至今"二句。 4. 语序调整：乐辞"明明如月"四句在前，"呦呦鹿鸣"四句在后，本辞则相反	郭氏乐辞、本辞皆作"何时可辍"，《宋书》乐辞"何时可掇"，同于《文选》《艺文类聚》	《乐府诗集》的本辞与《文选》所载相较，多"但为"两句，六臣注本《文选》在此两句下注曰："善本无此二句。"郭氏当系择善而从。除此，本辞与《文选》所载无异	1. 乐辞与本辞相较有段落顺序调整、句字增改等较明显的改动。 2. 乐辞的选定，郭氏自有判定是非的标准，而且肯定有版本依据。 3. 从版本系统角度看，本辞所据之本与《文选》当属同一系统
燕歌行·别日	1. 本辞十三句，不分解。乐辞十五句，前五解各二句，末解三句，且比本辞多"悲风清厉秋气寒，罗帷徐动经秦轩"二句。 2. 本辞"容颜""肺肝""仰看""飞仓鸟""不能存"等，乐辞则作"形颜""心肝""仰戴""飞鸟""不自存"。 3. 语序也有调整：乐辞"耿耿"2句在前，"展诗"二句在后，本辞顺序相反	乐辞与《宋书》、《玉台新咏》相比，郭氏将《宋书》乐辞之"飞鸟晨鸣，声气可怜"二句，删去"气"字成七言句，恰与《玉台新咏》卷九所载相同，亦与"秋风"篇句式吻合。余则无异	本辞与《玉台新咏》所载相较，已将"两面"改作"雨面"，与《宋书》所载同。《玉台》"涕零两面毁容颜"一句于义难通，"两"显系误字	1. 乐辞与本辞相较有句序调整、句字增改等较明显的改动。 2. 郭氏整理乐辞时，可能参校过《玉台新咏》或与之属于同系统的其他版本。 3. 本辞较《宋书》《玉台》有增改，编选严谨审慎
苦寒行·北上	1. 本辞二十四句，不分解。乐辞分六解，由于将每组的前二句复奏，成为六句一解，共三十六句。但前五组的第一句，只复奏后三字。 2. 字句更改：本辞"夹路""故路""薄暮无"，乐辞为"夹道""径路""暝无所"	乐辞与《宋书》《文选》相较，《宋书》乐辞以字下加两划的方式表示乐句的复奏，但"何萧瑟"句，"何"字下缺两划，郭氏已据其全篇复奏体例为之更正。"裴回"也改作常用之"徘徊"，与《文选》同	本辞与《文选》相较，李善注本之"檐囊"被改正为"擔囊"，与六臣注本同。余则无异	1. 乐辞与本辞相较，有字句增改。 2. 乐辞袭用《宋书》时作过审慎处理，并据《文选》作过改动。 3. 本辞所出之本当与《文选》同源

篇名	《乐府》乐辞、本辞互校	乐辞相关文献互校	本辞相关文献互校	说　明
塘上行·蒲生	1. 本辞二十四句，不分解，乐辞三十五句，分五解，比本辞多出第四解"倍恩"八句。且乐辞每解首句皆复奏。 2. 字句更改：（1）本辞"仁义""莫若妾自知"，乐辞首解作"人仪""莫能缕自知"；（2）本辞原句"今君常苦悲，夜夜不能寐"，全篇为规整的五言，而乐辞次解则作七言："今悉夜夜愁不寐"；（3）本辞"莫以""鱼肉贱"，乐辞三解作"莫用""鱼肉贵"；（4）本辞"修修""从君致独乐"，乐辞五解作"萧萧""今日乐相乐"。均可见乐奏辞为入乐改撰留下的明显特征	乐辞与《宋书》相较，郭氏将《宋书》第四句之"仪仪"改为"人仪"，第二十二句"苦秸"改为"苦枯"	本辞与《玉台新咏》卷二所载题为甄皇后所作者文字无异	1. 乐辞与本辞相较有字句增改。 2. 乐辞袭用《宋书》作过审慎处理。 3. 本辞所出之本当与《文选》同源
东门行	1. 本辞二十四句，不分解，乐辞分四解。 2. 字句更改：本辞"架上""东门去""舍中儿母"，乐辞作"桁上""出门去""儿女"。本辞"下当用此黄口儿"，乐辞作"下为黄口小儿"。又本辞末云："今非，咄！行！吾去为迟，白发时下难久居"，乐奏辞作："行！吾去为迟，平慎行，望君归"。 3. 本辞"共餔糜"三字，乐辞复奏。 4. 本辞无"今时清廉，难犯教言，君复自爱莫为非"及其复奏共六句	1. 郭氏乐辞末句作"望君归"，《宋书》作"望吾归"，余则无异。但从内容分析，自以郭氏为优。"望吾归"与前一句"平慎行"之嘱咐语意不相连贯。可见其校录之审慎。 2.《乐府解题》"今时清，不可为非"又系引述乐辞"今时清廉，难犯教言，君复自爱莫为非"	1. 本辞与《文选》相较，《文选》卷二十一李善注引："古《出东门行》曰：盎中无斗米储，还视架上无悬衣。"与本辞此两句无异。可见李善注《文选》时，本辞尚在。 2.《乐府解题》引述其辞曰："言士有贫不安其居者，拔剑将去，妻子牵衣留之，愿共餔糜，不求富贵。且曰：今时清，不可为非也。""妻子"与本辞"舍中儿母"近似	1. 乐辞与本辞相较有字句增改。 2. 乐辞袭用《宋书》作过审慎处理。 3. 本辞所出之本当与《文选》同源。 4.《乐府解题》似兼及本辞与乐辞，混而为一

续表

篇名	《乐府》乐辞、本辞互校	乐辞相关文献互校	本辞相关文献互校	说　明
西门行	1. 本辞十九句，不分解，乐辞二十四句，分六解。 2. 字句更改：（1）乐辞比本辞增"自非仙人王子乔"等八句；（2）本辞"游行去去如云除，弊车羸马为自储"，乐辞则无。（3）本辞"逮为乐，逮为乐，当及时"，乐辞第二解作"夫为乐，为乐当及时"；（4）乐辞"坐愁"，本辞无"坐"；（5）本辞"酿美酒""忧愁"，乐辞第三解作"饮醇酒""愁忧"；（6）本辞"昼短苦夜长"，乐辞第四解作"昼短而夜长"	1. 乐奏辞与《宋书》无异。 2.《乐府解题》与乐辞相类。《古今乐录》引王僧虔《技录》云：《西门行》歌古西门一篇，今不传。"《乐府解题》引述其辞云："始言醇酒肥牛……终言贪财惜费，为后世所嗤"，与乐辞相类	1.《宋书》载乐奏辞后附"一本：'烛游'后'行去之'，如云除，弊车羸马为自推'，无'自非'以下四十八字。"本辞末云："游行去去如云除，弊车羸马为自储。""游"字，当系承前衍，第二"去"字，或本作"之"，被误作二划，而成"去"。"储""推"二字，如果底本残破漫漶，也有形近致误的可能，但从韵文的角度看，似当以"储"为是。此"一本"与本辞应属同一版本系统。 2.《乐府题解》引述"昼短苦夜长"一句，又与本辞相合	1. 乐辞与本辞相较有字句增改。 2. 乐辞袭用《宋书》。 3. 本辞与《宋书》乐奏辞所附"一本"应属同一版本系统。 4.《乐府解题》兼及本辞与乐辞，混而为一
野田黄雀行·置酒	1. 本辞二十四句，不分解，乐辞分四解。 2. 本辞"惊风飘白日，光景驰西流。盛时不可再，百年忽我遒"。乐辞则句序相反，并更换字词，作"盛时不再来，百年忽我遒。惊风飘白日，光景驰西流"。 3. 本辞末尾作"亦何忧"，乐奏辞为"复何忧"	乐辞与《宋书》无异	本辞与《文选》相较，《文选》作《箜篌引》。《文选》"亲友""生在"，郭氏作"亲交""生存"，余无异。汉乐府《妇病行》有"道逢亲交"句，可知郭氏取"亲交"为是；又，"生在"也不如"生存"确当，恰可与下句之"零落"对举	1. 乐辞与本辞有字句增改、句序调整等明显改动。 2. 乐辞袭自《宋书》。 3. 本辞参考《文选》时择善而从，十分审慎

续表

篇名	《乐府》乐辞、本辞互校	乐辞相关文献互校	本辞相关文献互校	说　明
怨诗行·明月	1. 本辞十六句，不分解，乐辞二十八句，分七解。 2. 乐辞第三解"念君过于渴，思君剧于饥"、第四解"北风行萧萧，烈烈入吾耳。心中念故人，泪堕不能止"、第六解"恩情中道绝，流止任东西"、第七解"我欲竟此曲，此曲悲且长。今日乐相乐，别后莫相忘"等句，本辞皆无。 3. 词语更换：本辞"言是""君行""十年""孤妾"，乐辞二解作"自云""夫行""十载""贱妾"；本辞"君若清路尘，妾若浊水泥"，乐辞三解作"君为高山柏，妾为浊水泥"；本辞"愿为西南风，长逝入君怀"，乐辞五解作"愿作东西风，吹我入君怀"；本辞"良不开""妾心"，乐辞六解作"常不开""贱妾"	乐辞与《宋书》所载相较，除"裴回"改作常用的"徘徊"，与《文选》、《玉台新咏》同，余无所异	本辞与《文选》卷二十三所载相较，则"时不开"，郭氏作"良不开"；"贱妾"，郭氏作"妾心"。而与《玉台新咏》卷二所载一无所异	1. 乐辞与本辞相较，有字句增改。 2. 郭氏采录本辞和整理乐辞时，也曾以《文选》《玉台新咏》系统的版本作参照
白头吟	1. 本辞十六句，不分解，乐辞二十六句，分五解。 2. 乐辞第二解"平生共城中，何尝斗酒会"、第三解"郭东亦有樵，郭西亦有樵"等四句，第五解"齿玄如"以下四句，本辞皆无。 3. 词语更换：本辞"不须啼""重意气"，乐辞第四解作"亦不啼"、第五解作"欲相知"	乐辞与《宋书》《玉台新咏》相较：1.《宋书》乐辞"皑如山上云"，郭氏作"皑如山上雪"，同《玉台新咏》所载。 2. "嫋嫋"郭氏作"袅袅"，"（齿立）如五马瞰其"，郭氏作"（齿玄）如马瞰其"（如字下或有五字）	1. 本辞与《玉台新咏》相较：《玉台》卷一所载《皑如山上雪》同为五言，除"诀绝"作"决绝"，"嫋嫋"作"袅袅"，"莅莅"作"筵筵"，余无异。 2. 本辞与《乐府解题》相较：《乐府解题》引述此辞曰："古辞云：'皑如山上雪，皎如云间月。'……终言男儿重义气，何用于钱刀。"也与本辞相类。 3. 至于《宋书》乐奏辞末称："一本云：词曰上有'紫罗咄咄奈何'"，"词曰"二字竟不知何所指	1. 乐辞与本辞相较有字句增改。 2. 乐辞与《宋书》不同，反同《玉台》，说明郭氏在整理乐辞时，曾根据《玉台新咏》等本辞版本系统作过文字改订。 3. 本辞与《玉台》《乐府解题》同，可知三者版本出自同一系统

续表

篇名	《乐府》乐辞、本辞互校	乐辞相关文献互校	本辞相关文献互校	说　明
满歌行·为乐	1. 本辞五十句不分解，乐辞五十句，分四解，解下为趋。 2. 词语更换：本辞"难为""极辰""栖栖""末荣"，乐辞第一、二解作"难支""辰极""山栖""一荣"；本辞"子退同游"，乐辞第四解作"子熙同巇"。 3. 句式改变：（1）本辞四言句"耿耿不宁""暮秋烈风""揽衣瞻夜""去自无他""穷达天为""安贫乐道"，乐辞第二、三、四解作五言句"耿耿夜不宁""暮秋烈风起""揽衣起瞻夜""去去自无他""穷达天所为""安贫乐正道"。（2）本辞四言句"照视日月""凿石见火""居代几时""为当欢乐，心得所喜。安神养性，得保遐期"。乐辞趋多则作六言句："善哉照观日月""命如凿石见火""居世竟能几时""但当欢乐自娱，尽心极所嬉怡。安善养君德性，百年保此期颐"		《乐府解题》引述其辞曰："古辞云：'为乐未及时，遭时崄巇。'其始言逢此百罹，零丁荼毒。古人逊位躬耕，遂我所愿。次言穷达天命，智者不忧。庄周遗名，名垂千载。终言命如凿石见火，宜自娱以颐养，保此百年也。"所云"遭时"同于本辞，且"始言""次言""终言"云云，不依解或趋述意，应是依本辞引述	1. 乐辞与本辞相较有句字、句式更改，句式改换尤足以显示出二者时代先后的特征。 2. 《乐府解题》兼及本辞与乐辞，混而为一

资料来源：参照依据为《乐府诗集》《宋书》《文选》李善注本、六臣注本，《玉台新咏》、逯钦立《先秦汉魏晋南北朝诗》《艺文类聚》。

　　郭氏所列"本辞"虽未必是直接采自《文选》《玉台新咏》等现存文献资料，而应该别有所据，但是肯定曾以这类现存资料或其同一版本系统的其他资料作参考，对所选录的本辞及乐奏辞做过周密细致的校勘整理工作。

　　不过，在《文选》《玉台新咏》等文献中明明还有同源诗章的乐奏辞，郭氏为何不据以列出"本辞"呢？下面，我们将未列"本辞"者与《文选》等加以比较，从另一角度探明郭氏附列本辞的标准和依据。

　　魏文帝《善哉行》"上山"在《乐府诗集》中标为"魏晋乐所奏"，且未列本辞，以之与《文选》卷二十七同题之作相较，仅有个别字词的差异，如："猿猴""岁月其驰""转薄"，李善注《文选》作"猴猿""岁月如驰"（六臣注本作"日月如驰"）、"回转"（同六臣注本）。乐辞与此相较，改动不大，故应不必另录本辞。

　　古辞《艳歌何尝行》，《乐府诗集》卷三十九载"晋乐所奏"，且与《玉台新咏》卷一古乐府诗《双白鹄》出自同源而异文甚多，似乎应该或者可以列出本辞，如古辞《白头吟》似取《玉台新咏》等所载《皑如山上雪》为本辞那样做。但是郭氏为何不取《双白鹄》作本辞呢？分析这个现象，恰恰可以帮助我们从另一角度了解郭氏选录本辞的用意与标准，进一步揭示本辞的内涵。

　　《白头吟》和《皑如山上雪》同为五言之作。但是作为乐奏辞的《艳歌何尝行》大多数辞句虽为五言，却夹杂三句四言，带有明显的源自杂言古辞的痕迹。《艺文类聚》卷九十录古诗曰："飞来白鹤，从西北来。十五十五，逻迤成行。妻卒被病，不能相随。五里一反顾，六里一徘徊。吾欲衔汝去，口噤不能开。吾欲负汝去，毛羽日摧颓。"虽系断简残编，却不难窥见其旧貌。而《玉台新咏》所载《双白鹄》为成熟五言之作，自然不可能是《艳歌何尝行》之本辞。而《艺文类聚》所载残断，又是类书所录，郭氏岂能选作本辞！

　　另外，《宋书》载武帝《秋胡行》"晨上"所附完整"又本"一篇，通篇复奏一遍。复奏形式在《宋志》和《乐府诗集》中集中见于"相和歌辞"的《塘上行》《秋胡行》《苦寒行》《西门行》《上留田行》《饮马长城窟行》等少数诗章，但绝大部分只是字或句的复奏迭唱。像这样通篇复奏的歌辞可以说仅见于此，这显然是后人模拟并发展前人复奏迭唱形式的结果，当然不可能是本辞。据《宋书·乐志一》，荀勖之后屡有增益修订雅乐之举。惠帝时庾亮与谢尚曾"共为朝廷修雅乐"，东晋时，"食举之乐，犹有未备。明帝太宁末，诏阮孚等增益之"。郭氏《短歌行》解题引《古今乐录》："王僧虔《技录》云：'《短歌行》"仰瞻"一曲……此曲声制最美，辞不可入宴乐。'"可知《短歌行》本是可入宴乐之曲，可能因为丕作之辞过于伤感，故不宜采用罢了。《宋书·乐志》以王僧虔上表论"三调哥"也反复强调"夫钟悬之器，以雅为用"，"四悬所奏，谨依雅则，斯则旧乐前典，不坠于地"云云，可知清商三调皆关乎宴饮雅乐，此"又本"或即庾亮、阮孚们的手笔。

由此可见，未经明显改动便入晋乐的歌辞，不必列出本辞。本辞虽存只言片语、断简残编，也为郭氏所不取。

四　结论

郭茂倩编著《乐府诗集》，采取十分科学审慎的态度，对当时所见文献作过周密细致的校勘整理工作，所录文献均有可靠的文献来源。他将魏晋乐府诗以不分解、分解及附列本辞三种不同的形态加以著录，客观而清晰地展现出魏晋乐府诗在不同时期与音乐的关系及构建痕迹，为我们考察魏晋乐府诗的入乐历史提供了可贵的文献依据。

魏晋乐府诗中不分解的歌辞形态包括郊庙、燕射、鼓吹、舞曲、杂曲以及部分相和曲，除杂曲歌辞的入乐情况无法确定，其余歌辞均为入乐歌辞，不分解形态当为这些歌辞的原始面貌。

分解歌辞皆为"清商三调"歌诗，最早的文献来源应是《荀氏录》，后经王僧虔的《大明三年宴乐技录》、沈约的《宋书·乐志》及陈释智匠的《古今乐录》转录而来。分解应是西晋时期荀勖撰旧词施用于清商三调时留下的，分解可看作再次入乐的标志。

附列"本辞"的歌辞只有十首，"本辞"即荀勖"撰旧辞"施用于清商三调时用作底本的旧歌诗，是不被用来入晋乐的。《乐府诗集》

著录的分解乐辞与本辞之间存在着字词、语序、章法等方面的较大差异，此应是荀勖根据当时入乐的实际需要，对旧辞作了词语和句序的大幅度调整改撰的结果。为了揭示荀勖"撰旧辞"之历史真实面貌，力图还原乐府歌辞演化发展的历史脉络，郭茂倩专意列出"本辞"。由于许多古辞久已"不传"或"不歌"，受客观条件的制约，郭茂倩也许只能列出十首本辞。而另外两种情况郭氏同样不列本辞：一是汉乐府古辞或曹魏乐奏辞未作大改动就入晋乐者，自然不必列出本辞；二是断简残编也不予列出。

只是关于《满歌行》，其本辞除《乐府解题》所引只言片语，余无可比勘者，这种文献缺失的缺憾，我们也无从弥补。

小　结

围绕文献学研究的目的，本章设置了四节内容。

第一节主要以郭茂倩的《乐府诗集》为依据，对魏晋乐府诗进行了补录，共补录出 38 首乐府诗（郊庙 6 首、燕射 3 首、相和 9 首、舞曲 16 首、杂曲 4 首），并对这些乐府诗失传的原因进行了分析，与音乐的疏离，乃是导致其失传的主要原因。另外在大量的非音乐文献中，还有不少魏晋乐府诗的遗存。

第二节据逯钦立的《先秦汉魏晋南北朝诗》再作补录，共补录出乐府诗 55 首（相和歌辞 34 首，杂曲歌辞 21 首），两次补录以后的统计结果为：魏乐府诗 185 首，晋乐府诗 246 首。相和、杂曲两类歌辞的创作尤多，反映出一时之盛。由此可大致获知魏晋乐府诗创作及其歌辞类型、作者等方面的情况。

第三、四两节转入对魏晋乐府诗著录文献的探讨。第三节主要对魏文帝"西山一何高"的曲调进行了辨疑，从中发现郭茂倩《乐府诗集》

在文献著录方面存在的一些问题，这些问题主要体现在入乐时间及多次入乐的乐府诗曲调方面。

第四节则对学界关注较多，但仍未能解决的魏晋乐府诗的著录形态问题，特别是"本辞"的来源、内涵等问题作了深入地分析。

总之，通过本章各节的探讨，基本上勾勒了魏晋乐府诗的创作原貌，突出了魏晋乐府诗的创作特点，指出了《乐府诗集》著录文献当中的不足和亟待解决的问题，为进一步对魏晋乐府诗展开音乐、文学研究奠定了基础。

第二章
魏晋音乐体制研究

乐府诗为朝廷礼乐的重要组成部分，其创作、入乐，连同其创作主体及职责分工等，皆须在魏晋礼乐传统的规定下进行。研究魏晋乐府诗所涉体制问题，为的是把魏晋乐府诗及其所属的音乐特性与具体的礼乐背景联系起来。

许继起《魏晋乐府制度研究》，刘怀荣关于魏晋的歌诗生产与消费的研究，[①] 曾智安对清商署的研究等，皆属魏晋音乐体制方面的研究成果，对揭示魏晋乐府诗的礼乐文化背景具有重要意义。但上述研究与魏晋时期具体的乐府诗作者及歌辞类别的联系还不是十分紧密，本章拟在此问题上继作探讨。

魏晋乐府诗虽包括十大类型，但从其内容及功用看，实可分作两

---

① 赵敏俐等：《中国古代歌诗研究——从〈诗经〉到元曲的艺术生产史》之第五、六章部分内容，北京大学出版社，2005。

种。一是仪式乐歌，包括郊庙、燕射、鼓吹、舞曲等类，这类乐歌一般因特定的功用而作，属于政治行为，创作者须经过朝廷的资格认定。另一类属于娱乐歌辞，包括相和、琴曲、杂曲、杂舞曲等，这类歌辞的创作、表演不像前者带有浓厚的政治意味，因是娱乐之用，与个人爱好颇相关，更易发挥出创作主体的才情、个性。鉴于以上考虑，本章拟探讨如下问题：第一，魏晋乐府诗的入乐机构与性质问题；第二，魏晋乐府诗作者职官职能及政治资格问题；第三，魏晋乐府诗创作主体的职能分工情况。本章拟通过这些问题的研究，细致展示魏晋乐府诗的创作情境、传播机制、作家活动以及礼乐文化内涵，以增进对乐府诗创作动机、流程及其礼乐功能和价值的认识。

第一节　魏晋时期的音乐机构及其性质

与乐府诗相关的音乐机构，主要是指朝廷乐府，但由于魏晋时期特殊的政治形势，乐府诗的创作、表演并不仅限于朝廷。笔者以为，魏晋乐府诗的创作、表演机构可以分为朝廷乐府以及朝廷以外的音乐机构。

朝廷乐府是指魏、晋两朝的宫廷乐署。曹魏时期指魏文帝、魏明帝时所设乐署。曹魏沿袭汉旧，乐署包括太乐和乐府，分掌雅乐和俗乐。与汉代不同的是，魏明帝专门成立了"清商署"，[1] 用来表演清商俗乐。而据《晋书》"（荀勖）律成，遂班下太常，使太乐、总章、鼓吹、清商施用"[2]。西晋乐署由太常总领，下设太乐、总章、鼓吹、清商，与魏明帝时期相比，总章是新立的，主要管理乐舞。清商、鼓吹、总章属

---

[1]　曾智安：《清商曲辞研究》，博士学位论文，首都师范大学文学院，2006，第24页。作者对魏明帝"清商署"的设置地点、时间、初衷作了具体论述，认为明帝最有可能在宫中增设一个实体性的歌舞机构，设置的初衷，既是为了满足其对相和歌的需求，同时也是为了方便管理日益增多的后宫妓人。

[2]　《晋书》第22卷，第692页。

于俗乐机关，相当于汉代"乐府"。"魏乐所奏""晋乐所奏"所指向的入乐机构理所当然指的是这类朝廷的音乐机关。

不过，"魏乐所奏"的乐署还应包括曹操王国的音乐机关。汉末大乱，雅乐沦缺，曹操早在建安十三年（208年），于荆州获汉雅乐郎杜夔以后，便令其总领、创制雅乐。《魏书·杜夔传》云，太祖以夔为军谋祭酒，参太乐事，因令恢复先代雅乐，权备典章。另据曹植《鼙舞歌》序："汉灵帝西园鼓吹有李坚者，能鼙舞，遭乱西随段颎。先帝闻其旧有技，召之。"① 可见，除杜夔之外，曹操还网罗了李坚等各类音乐人才，杜夔创制雅乐时，麾下还有歌师邓静、舞师尹胡等人，精通音乐的阮瑀也在其中。建安十八年（213年），操受命册封为魏公。七月，始建社稷宗庙，创制庙乐，命王粲作颂，改作登歌及《安世》《巴渝》诗，用于燕享，亦于太祖庙使用。《宋书·乐志》云："魏《俞儿舞歌》四篇，魏国初建所用，后于太祖庙并作之。王粲造"②。可见曹操封公以后，可以建立自己的冢社，并在汉朝廷诏许下创制乐府歌诗。除此之外，他还令王粲作《从军行》歌其功德，《魏志》曰，建安二十年三月，公西征张鲁，鲁及五子降。十二月，至自南郑。是行也，侍中王粲作五言诗，以美其事。③ 除了令杜夔恢复雅乐，曹操自己也创制了不少乐歌，史称其"登高必赋，披之管弦，皆成乐章"，常常倡优在侧，以日达夕。可见，曹操的魏国有自己的音乐机关，聚集了大量乐工艺人，专门负责乐器的制作、定调以及乐曲的制辞、配乐及乐舞表演。曹丕登帝以后，追尊曹操为武帝，曹操时期的音乐自然为曹魏朝廷乐府所沿袭，成为曹魏乐府音乐的组成部分。从权备典章，到创制雅乐，并进行乐舞的表演，而且其音乐成果又被曹丕所继承，因此曹操王国音乐机关的职能

① 赵幼文：《曹植集校注》，人民文学出版社，1998，第323页。
② 《宋书》第20卷，第571页。
③ 逯钦立：《先秦汉魏晋南北朝诗》，第361页。

已经相当于朝廷乐府。但由于曹操并未称帝，他的音乐机关在人员任命、乐歌创作、表演规模等方面，与汉天子的音乐机关都不能相比。在三国鼎立时期，曹操最多只能算是北方的统治者，由于政治上的原因，其音乐机关的权力与西蜀、东吴应是并列的。直到曹丕称帝，它的音乐机构的地位才得以确立。所以曹操的音乐机关属于一种带有过渡性质的乐府机关，这种过渡性质是当时的政治和历史形势所决定的。

曹植藩国的音乐机关。据曹植《鼙舞歌》自序及《求通亲亲表》，曹植在自己的藩国内也是有音乐机关的。不过，曹植的藩国音乐与魏武帝的王国乐府机关又是无法相比的。根据上节论述，魏武帝于汉末挟天子以令诸侯，这种特殊地位决定了其王国的音乐机关虽无其名，却有其实，可以独立创制雅乐。而曹植在藩国并无创制雅乐，进行乐改的权力和条件。曹植创作的乐府诗主要为相和、杂曲类娱乐歌辞，故此其藩国音乐应主要为其娱乐之用。从其中数量可观的杂曲来看，似乎要以演唱地方俗乐新声为主。曹植创作《鼙舞歌》五首，主要用为宴享及向朝廷进献。

其他王公大臣的家庭乐舞。曹操时期由于推行节俭，律令严格，乐舞表演等娱乐风尚不可能流行。到魏明帝以后，情况有所改变。魏明帝设立了清商署，据《魏略》云："自贵人以下至尚保，及给掖庭洒扫，习伎歌者，各有千数"[1]，仅后宫女伎便多达千数，由此一斑，足证当时娱乐之奢靡，影响到其他王公大臣。魏明帝死后的辅政大臣曹爽，"私取先帝才人七八人，及将吏、师工、鼓吹、良家子女三十三人，皆以为伎乐。诈作诏书，发才人五十七人送邺台，使先帝婕妤教习为伎"[2]，像曹爽这般蓄养乐伎的行为，比东汉贵族外戚之家与人主争女

---

[1] 《三国志》第 3 卷，中华书局，1959，第 105 页。
[2] 《三国志》第 9 卷，第 284～285 页。

乐的情况有过之而无不及。因此，私养家伎作乐的风气在曹魏后期至西晋逐渐盛行起来。有实力的大臣之家皆有乐舞艺人，可以进行乐舞创作和表演。比如潘岳《闲居赋》便云：

> 于是席长筵，列孙子，柳垂荫，车结轨，陆摘紫房，水挂赪鲤，或宴于林，或褉于汜。昆弟斑白，儿童稚齿，称万寿以献觞，咸一惧而一喜。寿觞举，慈颜和，浮杯乐饮，丝竹骈罗，顿足起舞，抗音高歌，人生安乐，孰知其他。①

有些大臣之家的乐舞水平还非常之高，能够创制新曲。其中较为突出的要数石崇及其宠妓绿珠，他们创制的吟叹曲《王明君》曾被选入晋乐所奏。《古今乐录》曰："《明君》歌舞者，晋太康中季伦所作也。王明君本名昭君，以触文帝讳，故晋人谓之明君。匈奴盛，请婚于汉，元帝以后宫良家子明君配焉。初，武帝以江都王建女细君为公主，嫁乌孙王昆莫，令琵琶马上作乐，以慰其道路之思，送明君亦然也。其造新之曲，多哀怨之声。晋、宋以来，《明君》止以弦隶少许为上舞而已。梁天监中，斯宣达为乐府令，与诸乐工以清商两相间弦为《明君》上舞，传之至今。"② 汉曲《王昭君》原是一首送公主远嫁的琵琶曲，是器乐曲，西晋太康年间石崇根据王昭君的故事重写新歌，用吟叹曲的形式演唱，而且配有乐舞。据《唐书·乐志》："晋石崇妓绿珠善舞，以此曲教之，而自制新歌。"③ 由于艺术水平较高，被选入晋乐所奏，并且传之后世。谢希逸《琴论》曰："平调《明君》三十六拍，胡笳《明君》三十六拍，清调《明君》十三拍，间弦《明君》九拍，蜀调

---

① 《晋书》第 55 卷，第 1506 页。
② 《乐府诗集》第 29 卷，第 425 页。
③ 《乐府诗集》第 29 卷，第 425 页。

《明君》十二拍，吴调《明君》十四拍，杜琼《明君》二十一拍，凡有七曲。"① 唐代仍在流传和演奏的诸多《明君》曲当中，间弦《明君》曲就是梁代乐府令斯宣达在晋、宋流传的曲调基础上加工改创的，而晋、宋流传的曲调就是石崇与绿珠联合创制的歌舞曲。

综上所述，魏晋时期存在着不同性质的音乐机构，这些不同的音乐机构承载着创制、表演和传播魏晋音乐的功能。朝廷音乐机关隶属于太常，属于最高的音乐机关，它有专门的乐官设置，其音乐职能是负责创制、表演国家的宗庙乐、郊祀乐及一些俗乐等，主要为朝廷的礼乐政治服务，还要满足帝王们的娱乐需求；曹操王国的音乐机关属于过渡性质的朝廷乐府机构，它的主要功能是恢复雅乐，以及满足对魏武帝进行歌功颂德、宴会娱乐之需求，曹丕称帝后追尊其父为武帝，同时将其创制的音乐纳入到朝廷音乐系统中，所以魏武帝时的音乐机关也相当于朝廷乐府的性质。除此之外的其他音乐机构，没有朝廷音乐机构专门的职官建制，没有创制雅乐的权力，主要以创制、表演娱乐音乐为主。其中曹植的藩国位处齐鲁一带，属于地方性的音乐机构，多以演唱地方俗乐为主。石崇等王公大臣的家庭音乐表演也主要以娱乐为主。藩国及王公大臣家庭内部所创制和表演的音乐，只能通过向朝廷献乐的方式，方能实现在朝廷乐府的"入乐"，某种程度上可形成对朝廷音乐的丰富和补充。

第二节　乐府诗人职官职能与仪式乐辞创作

《宋书·乐志》云："盖乐先王之乐者，明有法也；乐己所自作者，

---

① 《乐府诗集》第 29 卷，第 425～426 页。

明有制也。"① 自汉武帝立乐府，举司马相如等数十人造为诗赋，制乐府歌诗之文人皆与朝廷关系密切。不过《宋书》又云："肃私造宗庙诗颂十二篇，不被哥。"② 王肃乃魏明帝的散骑常侍，他虽创制了宗庙歌诗，但因未经朝廷认可，所作歌诗不被采纳入乐，徒劳无功。以下对魏晋乐府诗作者的任职及创作乐府诗的情况，进行逐一全面的考察，以了解乐府诗创作对于作者的具体限定内容。

"魏氏三祖"皆帝王，他们似乎并不存在资格限定问题。"魏氏三祖"各创作了二十多首乐府诗，在曹魏乐府诗人群体中具有重要地位。不过从歌辞类别来看，三人所创乐府诗要以相和歌辞为主：曹操创作相和曲 10 首，平调曲 3 首，清调曲 6 首，瑟调曲 7 首；曹丕创作相和曲 2 首，平调曲 6 首，清调曲 3 首，瑟调曲 14 首。除此之外，魏文帝还创作了鼓吹曲《钓竿》《临高台》2 首。魏明帝则创作了平调曲 3 首，清调曲 3 首，瑟调曲 7 首，另外还有 5 首鼙舞歌和 4 首杂曲歌辞。从音乐性质上说，这些歌辞皆非雅乐歌辞，而是宴会娱乐歌辞。笔者以为，魏氏三祖的乐府诗均以相和歌辞为主，这与他们对相和曲的爱好当然不无关系，但是他们均不创作雅乐歌辞，似乎可以说明，雅乐歌辞属于朝廷仪式用乐，即便他们贵为天子，也不可以随便创制，雅乐歌辞应有专门的创制者。

据张可礼《三曹年谱》，曹操最早的相和歌辞应为《对酒》，曹操任济南相时所创。其辞抒发曹操的政治理想，"政教大行，一郡清平"与其《让县自明本志令》"故在济南，始除残去秽，平心选举"似可相印证，《对酒》当做于公元 184 年，时曹操 30 岁，是他最早创作的乐府诗。能够肯定创作年代的最早歌辞为《薤露》，作于初平元年（190

---

① 《宋书》第 19 卷，第 533～534 页。
② 《宋书》第 19 卷，第 538 页。

年），时曹操 36 岁。《善哉行》两首概作于建安元年（196 年），时献帝诏拜操为镇东将军，袭费亭侯，应作于是年八月曹操回洛阳前夕。《蒿里》作于《薤露》以后 8 年（建安三年），《苦寒行》作于建安十一年（206 年）正月征高干途经太行山时，《步出夏门行》作于次年（207 年）北征乌桓回还途中。这几首乐府诗均创作于曹操获杜夔和王粲之前，此时整个曹魏时期尚无一人创作过乐府诗。

以上乐府诗均有感而发，或发抒一己之治郡理想，或描摹汉末之乱离图景，或抒写战争行旅之见闻。虽属于据旧曲作新辞的相和歌，但其内容却有着重大的社会意义，并不完全为个人娱乐之辞。多数歌辞内容已经摆脱汉代旧曲之限制，比如《步出夏门行》在汉代为游仙之辞，曹操所抒写的却是自己在行军途中的所见所感。曹操所创乐府诗基本上无出于抒发个人建功立业、统一中国的豪情和理想、抒写所见之实感等内容，充满刚健沉雄的气概，充分表现出曹操的才情和气质。由于其特殊地位和身份，凭借高超的音乐修养，他可以任意驱遣这些乐府诗为表现自己的性情服务，而不是被汉代的乐府传统束缚住手脚。他大胆改造了乐府，为乐府诗在魏晋的复苏带来了自由的精神和刚健的力量。直至建安二十五年曹操去世，魏乐府诗的作者除了王粲等少数几人，只有曹操，而曹丕、曹植等人皆没有创作乐府诗（唯曹植的《泰山梁甫行》一首除外）。[①] 曹丕为太子时，虽常在邺下集会游宴，即邺下文人集团，但他们所创多为游宴诗或咏物赋等，几乎没有乐府诗创作。这说明，即便是娱乐性质的相和歌辞，即便是曹丕、曹植等人，也不可以随便创作，乐府诗创作还主要只是曹操的权利，有着明确的政治限定。

曹丕的乐府诗创作主要集中于他执政时期，其《短歌行》一首，

---

① 徐公持：《曹植诗歌的写作年代》，《文史》第 6 辑。作者认为，《泰山梁甫行》作于北征三郡乌桓时，公元 208 年，时曹植 16 岁。

即作于曹操去世以后，《古今乐录》曰："王僧虔《技录》云：'《短歌行》"仰瞻"一曲，魏氏遗令，使节朔奏乐，魏文制此辞，自抚筝和歌。歌者云："贵官弹筝"，贵官即魏文也。此曲声制最美，辞不可入宴乐'"，①所谓节朔奏乐，据魏武帝《遗令》云："吾婢妾与伎人皆勤苦，使著铜雀台，善待之。于台堂上安六尺床，施缲帐，朝晡上脯糒之属，月旦十五日，自朝至午，辄向帐中作伎乐。汝等时时登铜雀台，望吾西陵墓田"②，每月初一和十五，在铜雀台作伎乐。《短歌行》"仰瞻"一曲便是曹丕填了新辞以祭奠曹操的。

曹丕乐府诗与曹操有很大不同。操诗情志高远，气韵沉雄，与他写时事、抒发个人建功立业统一中国的情怀有关。曹丕虽也有一些征战行旅内容的歌辞，但大多数皆为思妇离别幽怨悱恻之辞，如《燕歌行》等。这些歌辞与汉旧曲辞有较多承袭之处，像曹操那样改造的气息明显变少，这种情况同样出现于其鼓吹曲辞当中。将曹丕所作鼓吹曲辞与缪袭同题鼓吹相比较，虽然二人皆依汉曲作新辞，但文帝为传统的相思离别之辞，而缪袭所作皆称述功德之内容。从政治地位说，魏文帝可以依照自己的才情、喜好创作抒发游子思妇情怀的乐府诗，而缪袭受诏只能创作"述以功德代汉"的鼓吹曲，二者在创作动机、创作功用上明显不同。这说明，创作动机、创作功用对于乐府诗的创作起着决定性作用，仪式乐歌辞与娱乐歌辞的区别极为明显。

曹叡的乐府诗创作也主要集中于他即位以后，以娱乐之辞为主，所依曲调除魏武帝、魏文帝经常作的曲调外，尚有一些新曲调，如《櫂歌行》《苦哉行》等。魏明帝歌辞要么模仿其父，要么承袭汉代，更多表现出对乐府传统曲调遵循的特点。

---

① 《乐府诗集》第 30 卷，第 446~447 页。
② 《曹操集》，中华书局，1959，第 58 页。

总之，曹魏时期相和歌辞创作的话语权主要集中于"魏氏三祖"手中，以他们的特殊身份和地位，以及对相和歌的钟爱，依汉曲创作了新的相和歌辞，充分体现了"三祖"不同的性情气质及其对汉乐府的继承与新变。但从创作时间来看，相和歌辞的创作也是一种身份和权力的象征，他们只在执政时期才创作相和歌辞，在另外的时间里则基本不作乐府诗。

再看曹植的乐府诗创作。曹植创作的乐府诗数量最多，也主要集中于相和歌辞，除此以外他还作有大量杂曲歌辞。曹植创作的相和歌辞，多为"三祖"创制过的曲调，而在"杂曲歌辞"中则出现了许多新曲新题。比如《惟汉行》是以曹操《薤露》首句"惟汉二十二世"创作的新题，《当来日大难》是以汉古辞《善哉行》首句"来日大难"创作的新题。以辞首句为题，而不以汉旧曲调为题，这使得曹植的乐府诗创作与"三祖"明显不同。以歌辞首句为题，这是《诗经》乃至汉乐府以来传统的命名方法，以句首为题，强调的是歌辞，而当这首歌辞入乐以后有了固定的曲调，诗题又会变成曲调名。一般来说，从曲题到曲调的演变折射出乐府诗从歌辞到入乐的不同环节。联系曹植的政治身份来看，他的乐府诗并不具备在朝廷乐府直接入乐的资格。从入乐的角度来说，曹植的乐府诗创作出来要等待朝廷的诏许才能入乐，在此之前，以歌辞首句为题，表明了歌辞的这种状态；从歌辞本身来说，同一曲调下的多首歌辞，也需要在曲调名下另制诗题以示区分。

对于乐府诗来说，入朝廷之乐演唱，固然是乐府诗创作价值的最高体现，但由于要经朝廷诏许，实现起来未免困难。而朝廷乐府之外的一些音乐机构，同样也能提供歌诗创作、表演的消费环境，像曹植创作的乐府诗在入乐之前，就完全可以在其藩国演唱。所以，不入朝廷乐府的歌辞并不意味着不是真正的歌辞，或者不能演唱。下面我们再来看一下魏晋乐府诗其他作者的情况。

王粲是曹魏仪式乐歌辞的重要作者。他于建安十三年（208 年）归附曹操，先辟为丞相掾，后迁为军谋祭酒、侍中。其乐府诗皆作于归顺曹操之后。先看其郊庙歌辞创作情况。建安十八年，曹操凿利漕渠，自立为魏公，加九锡，并于同年七月建宗庙，王粲因作《登歌》《安世歌》及《太庙颂》。严可均《全后汉文》卷九十一及丁福保《全三国诗》卷三均载王粲《太庙颂》。姚振宗《三国艺文志》卷一著录《登歌》《安世歌》。沈约《宋书》云："唯魏国初建，使王粲改作登哥及《安世》《巴渝》诗而已"①，《晋书》记载《巴渝舞》的创作："其辞既古，莫能晓其句度。魏初，乃使军谋祭酒王粲改创其词。粲问巴渝帅李管、种玉歌曲意，试使歌，听之，以考校歌曲，而为之……以述魏德"②，王粲作郊庙安世诗及巴渝舞诗，是在曹操建立宗庙以后，歌诗为具体的礼乐用途而作，歌辞内容全是称述魏德，对传统内容及功用作了改革。不过，无论是歌辞创作还是礼乐改革，都是在贯彻曹操的意图，王粲作郊庙歌诗是经过曹操认可的。从职官职能上来看，王粲创作这些乐府诗时，官任军谋祭酒。而据陆侃如先生考证，王粲在十一月便迁为侍中。王粲创作这些歌诗以后的几个月内便迁为侍中。时间如此接近，令人觉得作郊庙歌诗与迁"侍中"两者之间具有某种因果关系。

王粲还创作《从军行》五首。逯钦立录为《从军诗》，据《三国志·魏书·武帝纪》："（二十年）十二月，公自南郑还，留夏侯渊屯汉中。""是行也，侍中王粲作五言诗以美其事。"③逯先生认为作《从军行》乃次年之事，应为建安二十一年。他还认为，这五首诗并非一时一地之作，其他四首由于无具体文献材料，无法一一确定时间，遂权且将之归在一起。不过从《文选》卷二十七李善注："《魏志》曰：建安

---

① 《宋书》第 19 卷，第 534 页。
② 《晋书》第 22 卷，第 693 ~ 694 页。
③ 《三国志》第 1 卷，第 46 ~ 47 页。

二十一年粲从征吴，作此四篇"来看，其他四首也应作于建安二十一年。

战争本残酷，行军打仗亦极辛苦，曹操《苦寒行》于此均有反映。《从军行》自来多写从军之苦，但王粲主要写从军之"乐"，充满对曹操及其神武之军的颂扬，以及自己欲报明主、奋不顾身的汲汲之情。虽然其中也不乏对社会乱离景象的描绘以及羁留他乡的哀伤，但总的来看，歌辞的创作意图十分明晰，即称述曹操之功德，神武其事。与郊庙歌诗的创作一样，王粲《从军行》也是迎合曹操政治意图的产物，对传统的曲调内容所作的翻新，无非是使乐府为政治礼乐服务。从职官来看，王粲作《从军行》时为"侍中"，第二年他便在流行的大疾疫中死去。

从王粲的职官职能及其创作乐府诗的情况看，他是曹操手下创作乐府诗的专职人员。不妨来看"侍中"职能。据洪饴孙《三国职官表》考订："魏侍中四人，别加官者则非数，比二千石，第三品。掌傧赞，大驾出，则次直侍中护驾，正直者侍中负玺陪乘。不带剑，皆骑从御登殿，与散骑侍郎对挟帝，侍中居左，常侍居右。备切问近对拾遗补阙。建安十八年，魏国初置侍中，功高者为祭酒。"① 王粲早在建安十七年便创作了郊庙歌辞等，当时的身份是军谋祭酒，而在建安十八年，魏国才第一次设置"侍中"一职，所以王粲应是作了郊庙歌辞以后而顺理成章地迁为侍中，是魏国最早的侍中。而之所以封其为侍中，与他创作乐府诗可能有直接关系。因为侍中的职能中便有陪乘护驾、备切问近对拾遗补阙等，这与王粲陪同曹操从征，作乐府诗以美其事，称述曹操功德等，皆能吻合。

---

① 洪饴孙：《三国职官表》，见（宋）熊方等撰《后汉书三国志补表三十种》，中华书局，1984，第 1407~1408 页。

曹魏时期的王肃也创作过郊庙歌诗。《宋书·乐志》云其私造宗庙歌诗十二篇而不被歌。王肃的宗庙歌诗既属"私造"性质，表明未经朝廷认可，因而会有不被入乐的结果。从职官来看，王肃官至散骑常侍。"散骑常侍"的职能，与"侍中"相同，都有在皇帝身边拾遗补阙备切问近对等职能，不过一居左，一居右罢了。王肃身为散骑常侍，完全具备创作郊庙歌诗的政治资格，但从王肃的经历来看，具备政治资格只是其中的一个条件，而郊庙歌诗创作还要得到皇帝的诏可才行，王肃显然不具备后一条件。由此可知，创作乐府诗，尤其是雅乐歌辞，确实是由专人负责创制，而且由皇帝亲自钦定方可。

曹魏鼓吹曲辞皆缪袭所创。关于缪袭的任职情况，在《三国志》中看不到他在魏文帝时期的仕历活动，不过据《隋书》《中国丛书总录》，[①] 他确曾参与编撰《皇览》。另据《史通》："魏史黄初、太和中，始命尚书卫觊、缪袭草创纪传，累载不成。"[②] 此处提到缪袭曾以尚书身份参与编撰《魏书》，但时间究为黄初年间还是太和年间并不详。魏明帝时期，缪袭官职由尚书迁至散骑常侍、侍中。《三国志·华歆传》云："明帝即位，（歆）进封博平侯，增邑五百户，并前千三百户，转拜太尉。歆称病乞退，让位于宁。帝不许。临当大会，乃遣散骑常侍缪袭奉诏喻指曰……"[③] 华歆在黄初元年官任司徒，至黄初七年（226年）十二月，以司徒迁太尉，直至太和五年（231年）十一月卒。[④] 据此，缪袭在明帝即位之黄初七年，即官至散骑常侍。另据洪饴孙《三国职官表》，缪袭太和初又官侍中。"魏侍中四人，别加官者则非数，

① 《隋书》载"《皇览》一百二十卷。缪袭等撰"，《中国丛书总录》载缪袭撰《皇览逸礼》。
② 刘知几：《史通》，文津阁《四库全书》第228册，第12卷，商务印书馆影印本，第232页。
③ 《三国志》第13卷，第404~405页。
④ 黄大华：《魏志宰相三公表》，见（宋）熊方等撰《后汉书三国志补表三十种》，中华书局，1984，第1061~1062页。

比二千石，第三品，掌傧赞，大驾出，则次直侍中护驾，正直者侍中负玺陪乘。不带剑，皆骑从御登殿，与散骑侍郎对挟帝，侍中居左，常侍居右。备切问近对拾遗补阙"①。可见，缪袭同王肃一样，具备创作仪式乐辞的任职条件。

曹魏乐府诗人还有阮瑀、陈琳。陈琳作有《饮马长城窟行》一首，阮瑀亦有《驾出北郭门行》。阮瑀归顺曹操之前，早有雅名。他年轻时受学于蔡邕，深受蔡邕赏识，这与王粲有一致之处。建安初年，他为曹操所招，任司空军谋祭酒，后与陈琳共掌记室，曹操的军国文书，多出自他和陈琳之手。据曹丕《典论·论文》说："琳、瑀之章表书记，今之隽也。"②《文心雕龙·才略》亦云"琳、瑀以符檄擅声"③，足见绝非虚名。《三国志·文士传》曰：

> 太祖雅闻瑀名，辟之，不应，连见偪促，乃逃入山中。太祖使人焚山，得瑀，送至，如入。太祖时征长安，大延宾客，怒瑀不与语，使就技人列。瑀善解音，能鼓琴，遂抚弦而歌，因造歌曲曰："奕奕天门开，大魏应期运。青盖巡九州，在东西人怨。士为知己死，女为悦者玩。恩义苟敷畅，他人焉能乱？"为曲既捷，音声殊妙，当时冠坐，太祖大悦。④

阮瑀能即兴作歌，才思敏捷，又音声殊妙，可见才能之高。从职官来看，阮瑀作过军谋祭酒，这与王粲职官也相同。

陈琳与阮瑀都以章表书记擅名，具有相当的文学才能。他也作过曹

---

① 洪饴孙：《三国职官表》，见（宋）熊方等撰《后汉书三国志补表三十种》，中华书局，1984，第1407页。
② 俞绍初：《建安七子集》，中华书局，1989，第4页。
③ 詹鍈：《文心雕龙义证》，上海古籍出版社，1989，第1802页。
④ 《三国志》第21卷，第600页。

操的军谋祭酒。陈琳、阮瑀创作的乐府诗数量较少，阮瑀在建安十七年（212年）病亡，陈琳则在建安二十二年（217年）与王粲一同病亡。他们二人与王粲的区别在于，职官上没有做过"侍中"，也没有创作过郊庙歌诗，当不是乐府诗创作专职人员。

　　东吴韦昭创作过鼓吹曲辞十二首，是东吴唯一一个系统创作仪式乐歌的作者。关于韦昭的生平仕历，《三国志》卷六十五有传，其生卒年约为公元204～273年。据周明泰撰《三国志世系表》，韦曜字弘嗣，本名昭，陈寿为避司马昭讳，追改为曜，吴郡云阳人。官至侍中、领左国史，封高陵亭侯。① 韦昭持正敢谏，终为孙皓所杀。《隋书·经籍志》著录韦昭所著书有《吴书》二十五卷，《洞记》四卷及《国语注》《辨释名》《孝经解赞》等。韦昭还先后做过尚书郎、吴太子中庶子、中书郎、中书仆射、博士祭酒。但我们特别需要具体考察的是他在孙休世永安年间（258～264年）的任职情况。据《三国志》卷六十五，"孙休践祚，为中书郎、博士祭酒。命曜依刘向故事，校定众书"②。另据洪饴孙撰《三国职官表》，韦曜在永安元年作过中书郎。《汉书序例》中作中书仆射。③ 中书仆射，吴所置，元兴元年后，其职省为侍中。④ 因此可知，韦昭在景帝孙休世上先后任职为中书郎、博士祭酒、中书仆射，而中书仆射之职能在元兴元年后省为侍中，也就是说，吴所置中书仆射的职能与曹魏之侍中实际相当。那么中书仆射的具体职能是什么呢？从《三国志职官表》可以看出，吴所置中书仆射，对应于与魏职官之中书令而列其后，"魏有中书令一人，千石，第五品。⑤ 太祖为魏

---

① 熊方：《后汉书三国志补表三十种》，中华书局，1984，第1244页。
② 《三国志》第65卷，第1462页。
③ 熊方：《后汉书三国志补表三十种》，第1456页。
④ 熊方：《后汉书三国志补表三十种》，第1453页。
⑤ 原书作第三品，误。

王时置秘书令，平尚书奏事。黄初初，改为中书令，与中书监并掌枢密"①。从"并掌枢密"可以推测，韦昭与吴主孙休的关系应极为密切。另外，韦昭以中书仆射行侍中事，这与王粲的情况基本相同。

傅玄是创作乐府诗最多、歌辞类别最全的西晋诗人。据《晋书·乐志》："及武帝受命之初，百度草创。泰始二年，诏郊祀明堂礼乐权用魏仪，遵周室肇称殷礼之义，但改乐章而已，使傅玄为之词云。"②据陆侃如考证，泰始二年傅玄上疏论谏职，陈要务，迁侍中，作《郊祀歌》五篇，《天地郊明堂歌》六篇，《宗庙歌》十一篇。③燕射歌辞制于泰始五年，《宋书·乐志》云："晋武泰始五年，尚书奏使太仆傅玄、中书监荀勖、黄门侍郎张华各造正旦行礼及王公上寿酒食举乐哥诗。"④据《晋书·傅玄传》："（泰始）五年，迁太仆。时比年不登，羌胡扰边，诏公卿会议。玄应对所问，陈事切直，虽不尽施行，而常见优容。"⑤可见，泰始五年傅玄作燕射歌辞时，官已迁至太仆。傅玄还创制鼓吹曲辞二十二首，陆侃如认为当作于泰始二年（266年），与傅玄郊庙歌辞的创制同年。⑥

《晋书·乐志》云："黄初三年，又改《巴渝舞》曰《昭武舞》。至景初元年，尚书奏，考览三代礼乐遗曲，据功象德，奏作《武始》《咸熙》《章斌》三舞，皆执羽籥。及晋又改《昭武舞》曰《宣武舞》，《羽籥舞》曰《宣文舞》。咸宁元年，诏定祖宗之号，而庙乐乃停《宣武》《宣文》二舞，而同用荀勖所使郭夏、宋识等所造《正德》《大豫》二舞云。"⑦陆侃如将傅玄创制的舞辞系于泰始五年，其时代当在

---

① 熊方：《后汉书三国志补表三十种》，第1452页。
② 《晋书》第22卷，第679页。
③ 陆侃如：《中古文学系年》，人民文学出版社，1998，第626页。
④ 《宋书》第19卷，第539页。
⑤ 《晋书》第47卷，第1322页。
⑥ 陆侃如：《中古文学系年》，第626页。
⑦ 《晋书》第22卷，第694页。

篡位之后,《正德》《大豫》二舞之前。①

综上,傅玄作郊庙、燕射、舞曲等辞皆出于朝廷礼乐建设之需,经诏可而作,其职官为侍中、太仆,属近侍之臣,负有切问近对拾遗补阙之责。

张华作《王公上寿酒食举乐哥诗表》《四厢乐歌》十六篇,《冬至初岁小会歌》《宴会歌》《命将出征歌》《劳还师歌》《中宫所歌》及《宗亲会歌》各一篇,创作仪式乐歌之多仅次于傅玄。张华还上表对新歌辞的句式问题谏奏曰:"魏上寿、食举诗及汉氏所施用,其文句长短不齐,未皆合古。盖以依咏弦节,本有因循,而识乐知音,足以制声度曲,法用率非凡近所能改。二代三京,袭而不变,虽诗章词异,兴废随时,至其韵逗曲折,皆系于旧,有由然也。是以一皆因就,不敢有所改易。"② 认为汉魏以来长短不齐之辞,不合于周代礼乐,但因为歌辞须因循弦节,且晋时虽可造为新辞,但其韵逗曲折,则因循汉魏,故而歌辞句式仍以沿用长短不齐句式为宜。关于张华职官,《晋书·张华传》云:"晋受禅,拜黄门侍郎,封关内侯。华强记默识,四海之内,若指诸掌。武帝尝问汉宫室制度及建章千门万户,华应对如流,听者忘倦,画地成图,左右属目。帝甚异之,时人比之子产。"③ 张华上表及作燕射歌辞均在泰始五年,时任黄门侍郎,属近侍之臣。

荀勖作燕射歌辞时为中书监,中书监执掌机密,无疑亦属近密之臣,他对歌辞的句式的看法与张华迥然,"魏氏哥诗,或二言,或三言,或四言,或五言,与古诗不类。"以问司律中郎将陈颀,颀曰:"被之金石,未必皆当。"故勖造晋歌,皆为四言,唯王公上寿酒一篇为三言五言,与张华不同。成公绥在泰始五年也作有燕射歌辞数篇,其

---

① 陆侃如:《中古文学系年》,第 636 ~ 637 页。
② 《晋书》第 22 卷,第 685 页。
③ 《晋书》第 36 卷,第 1070 页。

时为中书侍郎。石崇作过西晋侍中、散骑常侍、国子博士、太仆等职，具备创作乐府雅乐歌辞的资格，实际却并无雅乐歌辞创作，只作有相和吟叹曲及琴曲。

魏晋乐府诗人中，三祖及陈王地位较特殊，所作乐府诗皆相和或杂曲，属于宴会娱乐之辞。其他如陈琳、阮瑀、繁钦、石崇、刘琨、嵇康、诸葛亮等人作歌极少。

曹魏王粲、缪袭作仪式乐辞，西晋则有傅玄、荀勖、张华、成公绥，东吴唯韦昭作过鼓吹曲辞。六人官居侍中、散骑常侍、黄门侍郎、中书侍郎等职。杨鸿年《汉魏制度丛考》将汉代官吏分为三类："一类是在省中工作和经常住居省中，或虽不经常住居省中但其关系与省特别密切的官吏，可以叫做省官。第二类是设在省外宫内的官吏，可以叫做宫官。① 第三类是设在宫外的官吏，可以叫做外官。"② 侍中、散骑常侍、黄门侍郎、中书皆省官，相较于外官、宫官，他们在省内工作，最受帝王宠信。

省官虽有创作乐府仪式乐辞之职，但从魏晋乐府诗人的普遍任职情况看，石崇曾为侍中，却并无郊庙、燕射歌辞，魏明帝时散骑常侍王肃私造宗庙歌诗十二篇，不被歌，说明创作乐府歌诗不仅有政治资格限定，还要经诏许才行。

总之，魏晋时期的乐府诗创制对作者有严格的政治限定，娱乐歌辞的作者要为帝王、公族及部分负有以乐侍君职能的大臣，仪式乐歌则有专门的创制人员，他们须是皇帝近密之臣，受诏创制仪式乐歌，并最终入乐，不经许可私造的仪式乐歌不得入乐，徒劳无功。

---

① 皇宫由外入内，要经过宫门、廷中与省门，省中即禁中。由宫门到省门还有相当远的一段距离，以致诸王需要乘辇，而且中间有殿宇。帝王不仅在固定住处有所谓宫省制度，就是在临时居住的地方，也存在着宫省制度。

② 杨鸿年：《汉魏制度丛考》，武汉大学出版社，1985，第13页。

第三节　乐府诗创作主体的音乐素养

　　除政治限定外，与音乐有着密切关系，也是乐府诗创作不同于一般诗歌之处。魏晋乐府诗的创作多有具体的礼乐背景，有明确的入乐动机，实现入乐便是创作价值的最终体现。从创作到入乐的整个过程，乐府诗要经过歌辞创作和音乐加工两个环节，因此魏晋乐府诗的创作主体应包括诗人、乐人两种类型，每一首完整意义的乐府诗几乎都是诗人、乐人共同创造的结晶。二者在乐府诗创作、表演的各环节中各有分工，诗人主要负责歌辞的制作，乐人主要负责音乐方面的加工，职责分工明确，这种分工对创作主体的音乐才能有必然要求。

　　杜夔为魏武帝时礼乐建设的领军人物。《宋书·乐志》云："魏武平荆州，获杜夔，善八音，尝为汉雅乐郎，尤悉乐事，于是以为军谋祭酒，使创定雅乐。时又有邓静、尹商，善训雅乐，哥师尹胡能哥宗庙郊祀之曲，舞师冯肃、服养晓知先代诸舞，夔悉总领之。"① 杜夔于建安十三年归附曹操，因其特殊的音乐才能，任为军谋祭酒，负责恢复和创制雅乐。《晋书·律历志》云："汉末天下大乱，乐工散亡，器法堙灭。魏武始获杜夔，使定乐器声调。夔依当时尺度，权备典章。"② 杜夔工作的具体内容为制作乐器并定调，制定典章。在此基础上，他还带领一批人创制乐舞。

　　杜夔与王粲、陈琳、阮瑀等人，皆为曹操的军谋祭酒。据洪饴孙《三国职官表》，魏黄初中，杜夔便迁为太乐令。太乐令，六百石，第七品。凡国祭祀，掌请奏乐，及大享用乐，掌其陈序。③ 后来他又任过

---

① 《宋书》第 19 卷，第 534 页。
② 《晋书》第 16 卷，第 474 页。
③ 熊方：《后汉书三国志补表三十种》，中华书局，1984，第 1329 页。

协律都尉，魏魏协律都尉一人，第六品。掌举麾节乐，调和律吕，监试乐人典课。总之，杜夔所任官职与其音乐才能有密切的关系。杜夔总领一批乐人创制雅乐，其中包括邓静、尹胡等。据《三国职官表》，邓、尹二人也作过散骑侍郎。散骑侍郎一职，六百石，第七品。与侍中、黄门侍郎共平尚书奏事。[1]

《晋书·乐志》云："黄初中柴玉、左延年之徒，复以新声被宠，改其声韵"，[2] 左延年、柴玉、列和是魏文帝宠信的乐人。柴玉是乐律学家，善于制造乐器，"形器之中，多所造作"。武帝要求恢复先代雅乐，器重杜夔；文帝爱好俗乐新声，更宠柴玉，最终黜免了杜夔，想必文帝时乐律乐调已不采杜夔之制，而用柴玉制作的笛律。

左延年虽为杜夔弟子，却与杜夔的音乐观念、风格并不相同，他"虽妙于音，咸善郑声，其好古存正莫及夔。"《晋书·乐志》云："及太和中，左延年改夔《骓虞》《伐檀》《文王》三曲，更自作声节，其名虽存，而声实异。唯因夔《鹿鸣》，全不改易。……"[3] 魏明帝时曾改革礼乐，包括对武帝、文帝时期的雅乐进行改革，左延年受诏将雅乐中的三曲另作新曲，只保留《鹿鸣》。歌词不变，而声节相异。经左延年的改作，杜夔创制的雅乐已有较大改变。足见魏明帝也是爱好新声俗乐的，所以左延年才会受到重用。

魏明帝至西晋时期，还任用音乐家朱生、宋识、列和等人改革相和曲。《宋书·乐志》记载可清晰看出相和曲的变化过程："但歌四曲，出自汉世。无弦节，作伎，最先一人倡，三人和。魏武帝尤好之。时有宋容华者，清澈好声，善唱此曲，当时特妙。自晋以来，不复传，遂绝。相和，汉旧歌也。丝竹更相和，执节者歌。本一部，魏明帝分为

---

① 熊方：《后汉书三国志补表三十种》，中华书局，1984，第 1425 页。
② 《晋书》第 22 卷，第 679 页。
③ 《晋书》第 22 卷，第 684 页。

二，更递夜宿。本十七曲，朱生、宋识、列和等复合之为十三曲。"[1]
杨荫浏解释相和歌的变化："《相和歌》的原始表演形式，只是清唱，
所谓'徒歌'；进一步，是清唱而加帮腔，叫做'但歌'；再进一步，
是用弹弦乐器和管乐器伴奏，由一人手里执着一个叫做节的乐器，一面
打着节拍，一面歌唱，这才成为名副其实的《相和歌》。到这时候，它
其实不是一般的民歌，而是一种艺术歌曲了。"[2]

　　西晋时，荀勖在列和、宋识等人帮助下，加工整理"清商三调歌
诗"，将汉魏旧辞重新加工配入相和曲。如果说，从左延年改作《驺
虞》等曲的过程，可以了解音乐家在音乐上的具体做法，那么从汉魏
之际的音乐家宋识所做的工作，大约也能再次领略音乐家在旧曲翻新
的音乐改革过程中，不断推进音乐艺术进步，扮演着重要角色。《古今
乐录》引张永《元嘉正声伎录》云："东光旧但有弦无音，宋识造其声
歌。"[3] 初看此话颇令人费解，何为"有弦无音"？东光旧曲与宋识所造
声歌有何关系呢？

　　逯钦立认为："《伎录》云云，似此曲西晋前尚无歌辞，宋识始造
新诗，应再考。"[4] 但实际上《东光》曲有汉古辞，宋识造其"声歌"
应非再造新诗。杨明《〈乐府诗集〉相和歌辞题解释读》亦认为，"造
歌"不是指创作歌辞，而是指制作"歌声"，即将歌辞配入器乐。[5]《东
光》既有汉古辞，后经宋识改造，又入魏晋乐所奏，笔者以为，出自
汉世的《东光》最早原应是街陌讴谣之曲，后虽曾配以弦节，但没有
配入歌辞演唱。随着相和歌艺术的发展，统治者据自己喜好加工旧曲。
至晋以来，荀勖采选汉魏旧词重新入乐，"造其声歌"应是将《东光》

---

① 《宋书》第 21 卷，第 603 页。
② 杨荫浏：《中国古代音乐史稿》上册，人民音乐出版社，2004，第 114 页。
③ 《乐府诗集》第 27 卷，第 394 页。
④ 逯钦立：《先秦汉魏晋南北朝诗》，汉诗卷 9，第 256 页。
⑤ 杨明：《〈乐府诗集〉相和歌辞题解释读》，《古籍研究整理学刊》2006 年第 3 期。

古辞重新配乐演唱。由于器乐曲与人声歌唱不太相同，所以"造其声歌"并不仅是简单的歌入古辞，在音高、旋律、配器等方面也会相应有所变化，才能成为适合西晋审美趣味的艺术歌曲。魏晋时期像这样改造旧曲古辞的情况，多是根据音乐艺术的发展水平及统治者的审美趣味来进行，音乐家在乐曲的配器、旋律等方面作一些变化，就能让旧曲重焕光彩。

荀勖的乐律改革，也离不开乐人的具体参与。仅《宋书·律历志》便提到包括协律中郎将列和、太乐郎刘秀、邓昊、王艳、魏邵，乐工郝生、宋同、鲁基、种整、朱夏等人。

总之，魏晋乐府机构集中了大量艺人，善弘旧曲的有孙氏，善击节唱和则有宋识，善清歌的是陈左，善吹笛的有列和，郝索善弹筝，硃生善琵琶，尤发新声，各有所长，有明确的职责分工。艺人并不创作乐府诗，需说明并非不能创作，左延年即曾创作《秦女休行》《从军行》等。

从歌辞作者看，魏晋乐府诗人除了如上文所说具有政治资格限定外，还需要具备一定的音乐才能和其他才艺。以下再对魏晋乐府诗人的才艺情况略作补充。

曹操具有很高的音乐素养。裴松之注《三国志·武帝纪》引《魏书》曰："（太祖）文武并施，御军三十余年，手不舍书，昼则讲武策，夜则思经传，登高必赋，及造新诗，被之管弦，皆成乐章。"[1]

曹丕相较曹操有过之而无不及。《古今乐录》引王僧虔《技录》曰："《短歌行》'仰瞻'一曲，魏氏遗令，使节朔奏乐，魏文帝制此辞，自抚筝和歌。"文帝能在节朔奏乐之时，自己抚筝而歌，《短歌行》"仰瞻"声制最美，可见音乐才能之高。

---

① 《三国志》第1卷，第54页。

曹植多才多艺。植为临菑侯时，与邯郸淳曾有一见，《魏略》所载二人初见情景，令人殊难忘怀。"延入坐，不先与谈。时天暑热，植因呼常从取水自澡讫，傅粉。遂科头拍袒，胡舞五椎锻，跳丸，击剑，诵俳优小说数千言讫，谓淳曰：邯郸生何如邪？于是乃更着衣帻，整仪容，与淳评说混元造化之端，品物区别之意，然后论羲皇以来，贤圣名臣烈士优劣之差；次颂古今文章赋诔及当官政事宜所先后；又论用武行兵倚伏之势。乃命厨宰，酒炙交至，坐席默然，无与伉者。及暮，淳归，对其所知叹植之材，谓之天人"①。邯郸淳呼植为"天人"，便见其非同寻常。另据《广弘明集》，"植每读佛经，辄流连嗟玩。以为至道之宗极也。遂制转读七声，升降曲为之响，故世之讽诵咸弘章焉。尝游鱼山，闻空中梵音之赞，乃摹而传于后"②。推其为鱼山梵呗的创始者，佛教音乐的创始人，③应以其公认的音乐才华为前提。

西晋乐府诗人除傅玄、张华、荀勖、成公绥，还有陆机、石崇等。据《晋书·乐志》："至武帝泰始五年，使傅玄、荀勖、张华各造正旦行礼及王公上寿酒、食举乐歌诗，后又诏成公绥亦作焉。"④张华、荀勖、成公绥受诏作燕射歌辞，如无相当的音乐才能，不能堪此重任。

《晋书·傅玄传》云："傅玄字休奕，北地泥阳人也。祖燮，汉汉阳太守。父幹，魏扶风太守。玄少孤贫，博学善属文，解钟律。"⑤"解钟律"，为其精通音乐之明证，但其才能不仅于此。《晋书·傅玄传》云："玄少时避难于河内，专心诵学，后虽显贵，而著述不废。

① 赵幼文：《曹植集校注》，第571页附录3。
② 赵幼文：《曹植集校注》，第580页附录3。
③ 关于曹植创制鱼山梵呗的真伪问题，学界一直存有歧见。笔者认为，鱼山梵呗的产生年代与曹植生活的年代大致相当。详见《"鱼山梵呗"的源流演化及其乐谱形式探原》，《徐州师范大学学报》2011年第5期。
④ 《乐府诗集》第13卷，第183页。
⑤ 《晋书》第47卷，第1317页。

撰论经国九流及三史故事，评断得失，各为区例，名为《傅子》，为内、外、中篇，凡有四部、六录，合百四十首，数十万言，并文集百余卷行于世。玄初作内篇成，子咸以示司空王沈。沈与玄书曰：'省足下所著书，言富理济，经纶政体，存重儒教，足以塞杨墨之流遁，齐孙孟于往代。每开卷，未尝不叹息也。"不见贾生，自以过之，乃今不及"，信矣！'"① 傅玄博通兼修，王沈盛赞为贾谊所不能及，足见其非同一般。

张华于泰始五年受诏作燕射歌辞及太豫舞诗，并对歌诗的句式问题提出见解，足以证明张华的音乐才能。据《晋书·张华传》："张华字茂先，范阳方城人也。父平，魏渔阳郡守。华少孤贫，自牧羊，同郡卢钦见而器之。乡人刘放亦奇其才，以女妻焉。"② 因阮籍叹为"王佐之才"，张华声名始著，又得鲜于嗣、卢钦荐引步入仕途。在魏、晋两朝先后任佐著作郎、长史、中书郎、晋黄门侍郎、中书监、司空、尚书、中书令加散骑常侍、宰相等职。张华学业优博，其博识多闻，强记默识最令时人叹服。《晋书·张华传》云其"四海之内，若指诸掌。武帝尝问汉宫室制度以建章千门万户，华应对如流，听者忘倦，画地成图，左右属目。帝甚异之，时人比之子产"③。著有《博物志》十卷及文章并行于世。可见张华实属博通古今之旷世奇才。

荀勖在西晋掌乐事，修律吕，作歌诗，加工并撰录"清商三调歌诗"，音乐才能已明。综观其一生，历事魏、晋两朝，由于久管机密又有才思，能探得人主微旨，故能处乱世而全宠禄。勖字公曾，颍川颍阴人，汉司空荀爽曾孙。祖棐，射声校尉。父肸，早亡，依于舅氏。年十余岁能属文，得其外祖魏太傅钟繇赏睐。既长从政，绩效斐然。据

---

① 《晋书》第47卷，第1323页。
② 《晋书》第36卷，第1068页。
③ 《晋书》第36卷，第1070页。

《晋书·荀勖传》云："（西晋）发使聘吴，并遣当时文士作书与孙皓，帝用勖所作。皓既报命和亲，帝谓勖曰：'君前作书，使吴思顺，胜十万之众也。'帝即晋王位，以勖为侍中。"① 此后勖进位光禄大夫、秘书监等职，成为西晋政坛常青树。太康中诏书对其作如此评价："勖明哲聪达，经识天序，有佐命之功，兼博洽之才。"②

陆机作有大量相和歌辞，《文心雕龙》云："子建士衡，咸有佳篇"，与曹植并提，对其乐府诗多所肯定。陆机乃名门之后，祖逊为吴丞相，父抗为吴大司马。陆机"少有异才，文章冠世"③。吴亡后曾隐居修学十年，于太康末与其弟陆云入洛，天才秀逸，辞藻华丽，得张华、葛洪等人推服。张华尝谓之曰："人之为文，常恨才少，而子更患其多。"④

石崇曾官任侍中，负有礼乐侍君之职责。所作《大雅吟》歌颂大晋功德，已入晋乐。所作《王明君》，本汉旧曲，太康年间崇据王昭君本事又作新辞，王僧虔《技录》云："明君有间弦及契注声，又有送声。"⑤ 从音乐上讲，新作《王明君》与汉旧曲已经不同。另据《唐书·乐志》："晋石崇妓绿珠善舞，以此曲教之，而自制新歌。"⑥ 可见，石崇既作新辞，也可以在音乐上作新的加工，音乐才能比较全面。

总之，魏晋乐府诗人皆具备相当的音乐才能，这为他们创制乐府诗奠定了很好的基础。不过，对于这些博通兼修的佐命奇才来说，音乐才能以及乐府诗创作，只是其众多才艺之一，并非他们最"传奇"的资质。

---

① 《晋书》第 39 卷，第 1153 页。
② 《晋书》第 39 卷，第 1156 页。
③ 《晋书》第 54 卷，第 1467 页。
④ 《晋书》第 54 卷，第 1480 页。
⑤ 《乐府诗集》第 29 卷，第 425 页。
⑥ 《乐府诗集》第 29 卷，第 425 页。

小　结

本章围绕魏晋乐府诗创作、演唱、入乐各环节，分三节探讨音乐体制的相关问题。

第一节探讨了魏晋乐府诗的音乐机关，除宫廷乐府之外，尚有其他一些音乐创制、表演的机构。所谓"入乐"都与朝廷乐府有关，但后者也为魏晋乐府诗创制和表演提供了环境和渠道，宫廷之外的乐府诗也可通过献乐，争取入乐，对宫廷音乐艺术形成补充。

第二节围绕职官职能问题，探讨魏晋乐府诗作者政治资质问题。魏晋娱乐歌辞要为帝王、公族及部分负有音乐侍君职能的大臣，仪式乐歌则有专门的创制人员，多为皇帝近密之臣，经诏可创制的仪式乐歌，才能最终实现入乐，仪式乐歌创作属于政治行为。

第三节考察魏晋乐府诗创作主体的音乐才能。本节围绕乐府诗的双重主体：诗人、乐人，对其职能分工及音乐才能进行了考察，魏晋诗人、乐人各有明确的职责分工，乐人主要负责音乐的加工，乐器乐律的改革，歌辞的入乐、魏晋相和歌艺术的进步都离不开乐人的创造。不过，魏晋乐府诗的作者也都具有较高的音乐才能，而且还是博通兼修、于国有功的佐命奇才。

第三章
魏晋鼓吹曲辞研究

引　言

魏晋时期依汉铙歌旧曲而制鼓吹曲辞，包括魏、吴各制十二曲，西晋二十二曲。学界对魏晋新鼓吹曲辞颇为关注，研究成果如下。

第一，魏晋鼓吹曲辞内容的变化。魏晋鼓吹曲辞内容上的变化，最早引起研究者关注。马端临《文献通考》云："魏晋以来，仿汉《短箫铙歌》为之，而易其名，于是专叙其创业以来伐叛讨乱肇造区宇之事，则纯乎《雅》《颂》之体，是魏晋以来之《短箫铙歌》，即古之《雅》《颂》矣。"[1] 杨荫浏《中国古代音乐史稿》云："后来的统治者们，就不再沿用旧词；他们虽然仍沿用原来的音调，但已各自为之填进了歌颂

---

[1]　马端临：《文献通考》第 141 卷，中华书局，1986，第 1247 页。

自己功德的新词了。"① 魏晋新鼓吹多叙战阵之事以功颂德，已为学界共识。

第二，鼓吹音乐的特点及变化。韩宁《鼓吹曲辞横吹曲辞研究》总体考察了鼓吹乐的乐器及音乐风格，认为鼓吹乐使用箫、笳、铙、鼓之类吹奏乐器，具有悠远绵长、激烈雄壮、清哀的风格特点，这里虽然并非专论魏晋鼓吹曲辞，但魏晋鼓吹音乐的特点应该包含在内。她还具体分析了魏晋鼓吹曲的创作情况，并结合魏晋乐律改革情况加以分析后指出，三国时期的鼓吹尚属于汉鼓吹系统的过渡时期，西晋则完全取代了汉鼓吹，形成了新的鼓吹音乐系统，而且晋鼓吹乐与郊庙、燕射乐分离开来，在音乐上已经完全独立。魏晋鼓吹有用于给赐、出行、征战以及葬仪几种方式，用于军乐的情况较多，作为给赐的方式较少。除此之外鼓吹在三国时期就基本上被固定为一种仪式用乐，尤其在送葬和出行使用中更为明显。

第三，魏吴鼓吹的承变关系。萧涤非《汉魏六朝乐府文学史》综合考察了魏、吴鼓吹的创作时间、音乐来源、作者音乐才能、曲辞章句结构后认为，吴鼓吹曲辞明显借鉴了魏鼓吹。由于韦昭对音乐并不精通，只能如后世依曲谱填词般亦步亦趋地模仿魏曲辞。韩宁同意萧涤非观点，但认为吴鼓吹乐不一定是借鉴魏鼓吹乐之后才产生。

以上研究的不足在于：第一，鼓吹乐自汉以来就是杂合之乐，鼓吹乐所用曲辞包括鼓吹、横吹、相和等，多用于军乐、宴乐、葬仪，而魏晋鼓吹曲辞仅指鼓吹曲辞一类，因此应对"鼓吹"一词作相应区分，不可直接等同于鼓吹乐。着眼于"鼓吹"整体的研究，略嫌笼统，能具体落实到魏晋鼓吹曲辞的成果不多；第二，对魏晋鼓吹曲辞产生、创作、使用的整体过程缺乏连贯性描述，如魏晋鼓吹产生的时间、背景如

① 杨荫浏：《中国古代音乐史稿》上册，第112页。

何？这些基本事实尚不清楚；第三，魏晋鼓吹曲辞在内容、用途及"依旧曲作新歌"等方面的变化，可望做深入研究。

第一节　魏晋鼓吹曲辞的创制背景及原因

魏、吴、西晋三朝分别依照汉代鼓吹铙歌旧曲改制新辞，使得魏晋鼓吹铙歌音乐相较于汉代发生了变化，曲辞方面体现出由魏至晋、由部分到全部的蜕变过程。魏晋时期创制新曲辞的动机何在，其背景如何，须首先搞清楚。

从创作时间来说，魏晋鼓吹曲辞与郊庙歌辞同属仪式乐辞，皆魏晋礼乐建设之产物，且创作时间非常接近。不妨通过魏晋郊庙乐建设的具体情况来考察新鼓吹的创制背景。

一　魏晋礼乐建设特点

魏晋礼乐建设是以周代礼乐系统为参照，推尊殷周，并非沿袭汉代。魏明帝时的牺牲颜色，缪袭所云"天地骍犊，周家所尚，魏以建丑为正，牲宜尚白"①，即是参照周礼。追谥之礼也不例外。明帝诏曰："尊严祖考，所以崇孝表行也；追本敬始，所以笃教流化也。是以成汤、文、武，实造商、周，《诗》《书》之义追尊稷、契，歌颂有娀、姜嫄之事，明盛德之源流，受命所由兴也。"②明确提出推尊周礼。朝臣谏奏也以《周礼》为准。据《通典》：

侍中刘晔议："周王所以后稷为祖者，以其唐之诸侯，佐尧有

---

① 《南齐书》第9卷，中华书局，1972，第120页。
② 《三国志》第14卷，第447～448页。

大功，名在祀典故也。至于汉氏之初，追谥之义，不过其父。上比周室，则大魏发迹自高皇而始；下论汉氏，则追谥之礼不及其祖。晔思以为追尊之义，宜齐高皇而已。"侍中缪袭议以为："元者一也，首也，气之初也。是以周文演《易》，以冠四德，仲尼作《春秋》，以统三正。又《谥法》曰：'行义悦人曰元，尊仁贵德曰元。'处士君宜追加谥号曰'元皇'。"①

太庙乐舞建设是太和初年的重大事件。魏明帝在改"太乐"名的诏书中强调："礼乐之作，所以类物表庸而不忘其本者也。凡音乐以舞为主，自黄帝《云门》以下，至于周《大武》，皆太庙舞名也。然则其所司之官，皆曰太乐，所以总领诸物，不可以一物名。武皇帝庙乐未称，其议定庙乐及舞，舞者所执，缀兆之制，声哥之诗，务令详备。"②说明其时太庙乐舞、歌诗的建设也是对《周礼》要义的履行。

西晋郊庙乐建设沿袭曹魏，《宋书·乐志》云："晋武帝泰始二年，改制郊庙哥，其乐舞亦仍旧也。"③《晋书·乐上》又云："泰始二年，诏郊祀明堂礼乐权用魏仪，遵周室肇称殷礼之义，但改其乐章而已，使傅玄为其词"，④西晋郊庙歌诗的改制泰始二年已经开始。《南齐书·乐志》曰："晋泰始中，傅玄造《庙夕牲昭夏》歌一篇，《迎送神肆夏》歌一篇，登歌七庙七篇。玄云：'登歌歌盛德之功烈，故庙异其文。至于飨神，犹《周颂》之《有瞽》及《雍》，但说祭飨神明礼乐之盛，七庙飨神皆用之。'"⑤西晋郊庙乐歌诗以《周礼》为参照，与曹魏郊庙乐建设的情况一致。

① 杜佑：《通典》第72卷，中华书局，1984，第393页。
② 《宋书》第19卷，第535页。
③ 《宋书》第19卷，第538页。
④ 《晋书》第22卷，第679页。
⑤ 《南齐书》第11卷，第179页。

二 魏晋郊庙歌诗与新鼓吹曲辞的联系

魏晋郊庙歌诗与新鼓吹曲辞的制作，时间上比较接近。缪袭鼓吹是"即魏受命"而作，这个时间与郊庙乐建设的时间基本一致。《晋书·乐志》言"及武帝受禅，乃令傅玄制为二十二篇，亦述以功德代魏。改《朱鹭》为《灵之祥》，言宣帝之佐魏，犹虞舜之事尧……"① 武帝司马炎于泰始元年十二月十七日受禅，以情理推测，鼓吹曲辞的制作恐怕要迟至泰始二年才能进行。《晋书·乐志》曰："及武帝受命之初，百度草创。泰始二年，诏郊祀明堂礼乐权用魏仪，遵周室肇称殷礼之义，但改其乐章而已，使傅玄为之词云。"② 《晋书·乐志》载录其《祀天地五郊夕牲歌》《祀天地五郊迎送神歌》及《飨神歌》。傅玄新鼓吹曲辞与郊庙乐歌诗的创作约在同年，非常接近。

以内容来看，郊庙歌诗与鼓吹曲辞一致体现称颂功德的政治意图。魏晋鼓吹曲辞皆受诏而作，袭用汉短箫铙歌曲调，但内容一律"述以功德代汉"，这种制作方式及歌辞内容所体现的模式化特点，皆非个人意志，而是称颂功德的礼乐行为。这与郊庙歌诗的政治要求也是一致的。明帝诏令"追尊稷、契，歌颂有娀、姜嫄之事，明盛德之源流，受命所由兴也"，缪袭所云"方祭祀娱神，登堂哥先祖功德"，傅玄也说"登歌歌盛德之功烈，故庙异其文"，两者在"述以功德"上是一致的。

可见新鼓吹乐章的制作，无论在内容还是写作时间上，皆与当时的郊庙乐及郊庙歌诗的建设趋同一致，两者皆是魏晋郊庙礼乐建设的直接产物，精神实质相通，而具体乐歌类型不同而已。

---

① 《晋书》第23卷，第702页。
② 《晋书》第22卷，第679页。

第二节　缪袭鼓吹曲辞的创作时间考辨

郭茂倩《乐府诗集》载曹魏缪袭所作鼓吹曲辞十二首，前作解题曰："魏武帝使缪袭造鼓吹十二曲以代汉曲：一曰《楚之平》，二曰《战荥阳》，三曰《获吕布》，四曰《克官渡》，五曰《旧邦》，六曰《定武功》，七曰《屠柳城》，八曰《平南荆》，九曰《平关中》，十曰《应帝期》，十一曰《邕熙》，十二曰《太和》。"①将缪袭作鼓吹的时间定于魏武帝时，显然说不通。鼓吹曲《应帝期》一篇，郭茂倩解曰："改汉《有所思》为《应帝期》，言文帝以圣德受命，应运期也"，②《太和》一篇，郭茂倩解曰："改汉《上邪》为《太和》，言明帝继体承统，太和改元，德泽流布也。"③魏武帝令缪袭作鼓吹曲辞，无论如何不能包括这两篇，显然郭茂倩之说不足凭信。

《宋书·乐志》载东吴鼓吹的作者为韦昭，作于孙休世上。西晋鼓吹的作者为傅玄，作于泰始二年左右。唯缪袭作鼓吹的时间不详。《晋书·乐志》云"及魏受命，改其十二曲，使缪袭为词，述以功德代汉"④。后此《通典》《乐府诗集》《册府元龟》《文献通考》皆沿袭"及魏受命"此说。

学界关于缪袭作鼓吹的时间有三种观点：第一，萧涤非认为作于建

---

① 《乐府诗集》第 18 卷，第 264 页。按：郭茂倩云这段话出自《晋书·乐志》，但《晋书》只云"及魏受命，改其十二曲，使缪袭为词"，故此语应为郭茂倩据《晋书》所作演述之语，而且他将"受命"理解为曹操掌权，明显是错误的。

② 《乐府诗集》第 18 卷，第 268 页。按：郭茂倩云这段话出自《晋书·乐志》，但查《晋书》并无此语，此话应为郭茂倩语。

③ 《乐府诗集》第 18 卷，第 269 页。按：郭茂倩云这段话出自《晋书·乐志》，但查《晋书》并无此语，此话应视作郭茂倩语。

④ 《晋书》第 23 卷，第 701 页。

安二十五年文帝受命之时；第二，陆侃如是在太和初年，明帝受命以后；① 第三，韩宁认为缪袭生卒年跨越魏四世，历事魏四主，有可能在曹操时期便开始作鼓吹。

首先，《晋书·乐志》"及魏受命"所来何自，是否可信，有考辨必要。其次，新帝即位皆可称为受命，"及魏受命"所表示的时间无法确定。仅据曹丕、曹叡"受命"便直将缪袭作鼓吹系于建安二十五年及太和初年显然不合适。最后，魏鼓吹的创作时间如不能确定，也就无从考察其创作背景、动因，此前萧涤非、韩宁各据不同的创作时间，对魏、吴鼓吹关系所作的研究，恐要另当别论。

缪袭作新鼓吹，述以功德代汉，属于曹魏礼乐建设的政治行为，应与缪袭本人的职官职能、政治资格及在礼乐建设中的具体活动有密切关系。因此，下文拟通过综合考察曹魏礼乐建设情况、缪袭职官职能、魏晋鼓吹曲辞的作者情况等，希求对缪袭作鼓吹的时间作出明确认定。

受命指受命于天，古代帝王欲加强神权以巩固统治，皆称自己当皇帝乃受命于天，既如此，文帝、明帝即位皆可称为"受命"，《晋书》"及魏受命"之说极易产生歧解，"及魏受命"是否有更具体的内涵呢？解决此问题，先需从曹魏不同时期礼乐建设的具体情况及缪袭职官仕历两个方面详加考辨。

一 曹魏礼乐建设与缪袭仕历考辨

魏文帝在位七年（220～226年），即位之初，由于"庶事草创，遂袭汉正，不革其统"②。公元221年，始改汉乐，《宋书·乐志》云："文帝黄初二年，改汉《巴渝舞》曰《昭武舞》，改宗庙《安世乐》曰

① 分别参见萧涤非《汉魏六朝乐府文学史》，人民文学出版社，1984，第162页；陆侃如：《中古文学系年》，人民文学出版社，1985，第474～475页。

② 《宋书》第14卷，第330页。

《正世乐》，《嘉至乐》曰《迎灵乐》，《武舞乐》曰《武颂乐》，《昭容乐》曰《昭业乐》，《云翘舞》曰《凤翔舞》，《育命舞》曰《灵应舞》，《武德舞》曰《武颂舞》，《文始舞》曰《大韶舞》，《五行舞》曰《大武舞》，其众哥诗，多即前代之旧。"① 文帝时期的乐改，仅改乐名，以示乐不相袭之意，除此之外的其他乐制，包括鼓吹，自当沿袭汉代，而且这些乐改事件缪袭皆未参与。

关于缪袭在魏文帝时期的仕历活动，据《隋书》《中国丛书总录》，② 他曾参与过《皇览》的编撰。另据《史通》："魏史黄初、太和中，始命尚书卫觊、缪袭草创纪传，累载不成。"③ 此处提到缪袭曾以尚书身份参与编撰《魏书》，但时间到底为黄初年间还是太和年间并不详。据《三国职官表》，魏尚书五人，六百石，第七品，④ 建安十八年初置，有吏部、左民、客曹、五兵、度支，凡五曹。吏部主选事，左民主缮修功作、盐池园苑，客曹主外国夷狄，五兵主中兵、外兵、骑兵、别兵、都兵，度支专掌军国支计。吏部曹，职右于诸曹，尚书授此职者，或云吏部尚书，若授诸曹尚书，直云尚书。⑤ 卫觊在建安十八年（213 年）、延康元年（220 年）、黄初六年（225 年）三任尚书。据此，卫觊参与修《魏书》约在黄初六年，累载不成，就到了太和年间（227～233 年）。

据杨鸿年《汉魏制度丛考》，"两汉选用尚书官员，是注意候选人的文才的。而工书善文的人，则往往被派或被荐到尚书工作。且有叹服

---

① 《宋书》第 19 卷，第 534 页。

② 《隋书》载 "《皇览》一百二十卷。缪袭等撰"，《中国丛书总录》载缪袭撰《皇览逸礼》。

③ 刘知几：《史通》，文津阁《四库全书》第 228 册，第 12 卷，商务印书馆影印本，第 232 页。

④ 原书作 "第三品"，应为 "第七品"。

⑤ 洪饴孙：《三国职官表》，见熊方《后汉书三国志补表三十种》，中华书局，1984，第 1436 页。

工书善文的人充任尚书官"，① 联系上文，缪袭极有可能因任主缮修工作的左民尚书，而参与到《皇览》《魏书》的编撰。杨鸿年云"自魏置中书主管作诏以后，尚书就逐渐变为普通的政务执行机关；就机要来说，它在两汉所处的地位，渐为中书所夺，尚书的权势就趋于衰落了"，② 其办公衙属"虽然设在宫内，但却设在省外"，③ 可见缪袭在魏文帝时虽曾参与编撰过《皇览》《魏书》，但由于他可能只是左民尚书，官秩较低，作为宫官，不能入侍天子，与皇帝关系较为疏远，参与朝仪礼乐建设的资格有限。

魏明帝时期，情况大有改观。首先，缪袭官职由尚书迁至散骑常侍、侍中。《三国志·华歆传》云："明帝即位，（歆）进封博平侯，增邑五百户，并前千三百户，转拜太尉。歆称病乞退，让位于宁。帝不许。临当大会，乃遣散骑常侍缪袭奉诏喻指曰……"④ 华歆在黄初元年官任司徒，至黄初七年十二月，以司徒迁太尉，直至太和五年十一月卒。⑤ 据此，缪袭在明帝即位之黄初七年，即官至散骑常侍。另据洪饴孙《三国职官表》，缪袭太和初又官侍中。"魏侍中四人，别加官者则非数，比二千石，第三品，掌傧赞，大驾出，则次直侍中护驾，正直者侍中负玺陪乘。不带剑，皆骑从御登殿，与散骑侍郎对挟帝，侍中居左，常侍居右。备切问近对拾遗补阙"⑥。

缪袭在太和初年已由尚书迁至散骑常侍、侍中，这种变化意味着什么呢？先说散骑常侍，杨鸿年《汉魏制度丛考》云："（汉代）中常侍

① 杨鸿年：《汉魏制度丛考》，第91页。
② 杨鸿年：《汉魏制度丛考》，第105页。
③ 杨鸿年：《汉魏制度丛考》，第81页。
④ 《三国志》第13卷，第404页。
⑤ 黄大华：《魏志宰相三公表》，见熊方《后汉书三国志补表三十种》，中华书局，1984，第1061～1062页。
⑥ 洪饴孙：《三国职官表》，见熊方《后汉书三国志补表三十种》，中华书局，1984，第1407页。

在禁中侍奉皇帝（东汉改用宦者），散骑是皇帝的骑从，掌‘献可替否’。曹魏时合称散骑常侍，备皇帝顾问并掌规谏。”再说侍中。侍中为“入侍天子”之意，侍中一职可以是加官，也可以专任，“加侍中就能出入宫禁，成为皇帝的亲信”①。而据洪饴孙《三国职官表》，缪袭所任侍中并非加官，而系专职。所以，此时的缪袭与文帝时相比，不仅官禄由六百石升至比二千石，高了许多，更主要的是由于可入侍天子，而与皇帝近密，并负有备问规谏之责，其政治参与程度大大提高。

魏明帝即位之初便改正朔，“用服色，表明文物，以章受命之符”，②并开展了一系列礼乐改革活动，足见明帝“受命”并非仅为新帝即位，而是有更具体的内涵。

先从改定“正朔”论起。正为年始，朔为月始。古时改朝换代，新王朝表示“应天承运”，须重定正朔。改正朔实即改历。古代历法战国以来已形成三种模式，夏正建寅为人统，殷正建丑为地统，周正建子为天统。自汉武帝改以建寅之月为岁首，历代沿用（东汉王莽曾一度改用殷正）。但魏文帝、魏明帝即位以来，朝廷就正朔问题久议不下，魏文帝最终未革其统，沿袭汉历。明帝即位则重改正朔，采用殷正，并由此引发改定服色、牺牲颜色，议追谥之礼、皇太后丧仪、皇后庙乐及乐舞改革等一系列乐议事件。在这些乐议事件当中，缪袭皆曾以重要人物参与其中。

改正朔事件。明帝未改正朔之前，曾有两种意见，《宋书·礼志》载“太尉司马懿、尚书仆射卫臻、尚书薛悌、中书监刘放、中书侍郎刁幹……以为宜改；侍中缪袭、散骑常侍王肃……以为不宜改”。③缪袭曾对改正朔一事持反对意见，虽然未经采纳，但作为侍中，理当就此

---

① 王力：《中国古代文化常识图典》，中国言实出版社，2002，第109页。
② 《宋书》第14卷，第329页。
③ 《宋书》第14卷，第330页。

事提出谏议。

议牺牲颜色。明帝太和元年正月，朝臣曾就郊日及牲色问题异议纷然。《南齐书·礼志》载："缪袭据《祭法》云，天地骍犊，周家所尚，魏以建丑为正，牲宜尚白。"① 缪袭所议终被采纳。

议追谥之礼。明帝即位后诏令公卿，会议号谥。据《三国志》记载，时间当在太和初，另据《通典》，侍中刘晔、缪袭皆有议奏：

> 侍中刘晔议："周王所以后稷为祖者，以其唐之诸侯，佐尧有大功，名在祀典故也。至于汉氏之初，追谥之义，不过其父。上比周室，则大魏发迹自高皇而始；下论汉氏，则追谥之礼不及其祖。晔思以为追尊之义，宜齐高皇而已。"侍中缪袭议以为："元者一也，首也，气之初也。是以周文演《易》，以冠四德，仲尼作《春秋》，以统三正。又《谥法》曰：'行义悦人曰元，尊仁贵德曰元。'处士君宜追加谥号曰'元皇'"②。

议甄后母丧仪。《通典》云：

> 魏太和六年四月，明帝有外祖母安成乡敬侯夫人之丧（即甄后母也）。……诏问汉旧云何？散骑常侍缪袭奏："后汉邓太后新野君薨时，安帝服缌，百官素服"③。

议改安世乐名。《宋书·乐志》载：

---

① 《南齐书》第9卷，第120页。
② 杜佑：《通典》第72卷，第393页。
③ 杜佑：《通典》第81卷，第437页。

侍中缪袭又奏："《安世哥》本汉时哥名。今诗哥非往时之文，则宜变改。……今思惟往者谓《房中》为后妃之歌者，恐失其意。方祭祀娱神，登堂哥先祖功德，下堂哥咏燕享，无事哥后妃之化也。自宜依其事以名其乐哥，改《安世哥》曰《享神哥》。"奏可。①

议奏文昭皇后庙乐。魏文帝于黄初二年六月杀夫人甄氏，黄初七年五月，曹丕卒，子叡立，追谥甄夫人曰文昭皇后。缪袭议奏昭皇后庙乐之事，至少应为魏黄初七年（226 年）以后，时缪袭官至侍中。《宋书·乐志》记曰："袭又奏曰：'文昭皇后庙，置四县之乐，当铭显其均奏次第，依太祖庙之名，号曰昭庙之具乐。'尚书奏曰：'礼，妇人继夫之爵，同牢配食者，乐不异文。昭皇后今虽别庙，至于宫县乐器音均，宜如袭议。'奏可。"②

议奏祀圆丘方泽乐舞。《宋书·乐志》载："散骑常侍王肃议曰：'王者各以其礼制事天地……今祀圆丘方泽，宜以天子制，设宫县之乐，八佾之舞。'卫臻、缪袭、左延年等咸同肃议。奏可。"③据《三国志·王肃传》，肃"黄初中，为散骑黄门侍郎。太和三年，拜散骑常侍"④。据《三国职官表》，王肃在太和三年以领军加散骑常侍，则此次议郊祀祭仪应为太和三年以后事。缪袭时为侍中、散骑常侍。

综上，虽然新帝即位皆可称为"受命"，但明帝改正朔及一系列乐议改革事件，显然使"受命"的内涵更为丰实。不仅如此，这些礼乐改革事件，特别是明帝追本敬始，诏议追谥之礼，"明盛德之源流，受

---

① 《宋书》第 19 卷，第 536～537 页。
② 《宋书》第 19 卷，第 537 页。
③ 《宋书》第 19 卷，第 537 页。
④ 《三国志》第 13 卷，第 414 页。

命所由兴也",① 更为缪袭依汉曲作新鼓吹，述以功德代汉，展开了具体的创作背景。再从缪袭仕历来看，他以侍中、散骑常侍之职参与各项改制，尤其是以侍中之职议改安世乐名、郊祀乐舞等，其受明帝之宠信程度及在乐改事件中的参与程度，皆非文帝时期能比。

二 缪袭的职官职能与魏、晋歌辞创作传统

缪袭依汉鼓吹旧曲作新歌辞，述以功德代汉，实际体现的是朝廷意志，其政治资格需经朝廷认可。据上文考辨，缪袭曾任尚书、侍中、散骑常侍等职，哪一职官身份更符合魏、晋的作歌传统呢？建安十八年，王粲曾以侍中之职造宗庙《安世诗》，② 魏明帝时，缪袭以侍中身份议改《安世乐》为《享神歌》，两人身份皆为侍中。与东吴、西晋鼓吹作者比较，东吴韦昭以中书仆射之职造鼓吹新歌③，西晋傅玄在泰始二年受诏作新鼓吹，陆侃如认为"傅玄上疏论谏职，陈要务，迁侍中，作《郊祀歌》五篇，《天地郊明堂歌》六篇，《宗庙歌》十一篇及《鼓吹曲》二十二篇"④，恰恰也是以侍中之职创作歌辞。如此看来，缪袭以侍中之职作鼓吹新歌，正符合魏、晋时期的作歌传统。

总而言之，《晋书》所言"及魏受命"而作鼓吹，当指明帝受命，缪袭作鼓吹应为魏明帝即位之初。

---

① 《三国志》第14卷，第448页。
② 据陆侃如先生考证，王粲作安世诗、巴渝舞歌诗是在建安十七年七月曹操立宗庙之后，其时的职官是军谋祭酒，十一月以后他迁侍中。另据洪饴孙《三国职官表》可知，曹魏初置侍中是在建安十八年，综合两方面情况来看，笔者以为，王粲创作郊庙歌诗与迁侍中两者之前有因果联系，王粲虽为祭酒，但却行侍中之职。特作说明。
③ 东吴官制在孙休世无侍中之职，"中书仆射，吴所置，元兴元年后，其职省为侍中"（见熊方《后汉书三国志补表三十种》，第1453页）。所以韦昭虽为中书仆射，但却行侍中之职，此与曹魏稍有不同，特作说明。
④ 陆侃如：《中古文学系年》，人民文学出版社，1985，第626页。

第三节　魏晋鼓吹曲辞的体式特征

魏晋时期十分重视乐章歌辞的创作，曹魏缪袭、东吴韦昭、西晋傅玄均创作了新鼓吹曲辞。新鼓吹虽袭用汉短箫铙歌曲调，但内容一律是"述以功德代汉"，鲜明地体现出各朝"明盛德之源流"的礼乐建设要求，因而采用"依前曲作新歌"的方式。"然其所谓'依'者，但依前曲之'韵逗曲折'耳"，[①] 即在遵循原曲调的基础上，为旧曲填上新词，乐府诗创作术语称为"当"，有时也可称为"代"。[②]这种创辞方式在魏晋时期蔚然成风，除鼓吹曲辞外，曹操、曹丕、曹植、傅玄、陆机所作相和歌辞《薤露》《蒿里》《善哉行》《秋胡行》《日出东南隅行》《放歌行》等，王粲所作巴渝舞辞，曹植、曹叡所作鼙舞歌辞等，皆用此法。魏晋乐府诗人在"依前曲作新歌"的创作过程中，如何处理与体现旧乐与新辞的关系，新辞的产生于后世音乐文学艺术的进步产生了哪些可以借鉴的经验和模式，是音乐文学研究的核心内容。萧涤非认为韦昭音乐知识浅薄，为济一时之穷，亦步亦趋模仿曹魏曲辞。由于音乐失传，只能从新旧曲辞的比照入手，来反观魏晋时期的辞乐关系。而新鼓吹曲辞的制作皆经皇帝诏可，由专业人员创制，新旧曲辞的曲调、歌辞对应关系十分明确，故此本文试以新旧鼓吹曲辞的体式特征为例，详细比照二者在句数、句式、韵字等体式特征上的异同，借此阐明魏晋时代"依旧曲作新歌"乐辞关系的内涵与新变特征。

在辞乐关系中，句式、句字、韵部及韵式皆直接攸关音乐的变化，

---

① 萧涤非：《汉魏六朝乐府文学史》，人民文学出版社，1998，第165页。

② 萧涤非：《汉魏六朝乐府文学史》，第164页。

以下从句数长短、句式、韵字韵式方面将新旧曲辞对照论析，以展示"依前曲作新歌"过程中具体的辞乐关系内涵及变化。

一　句数特征

歌辞配乐演唱，句数的长短会引起音乐的变化。新旧曲辞句数关系对比如表3-1。

表3-1　汉、魏、吴、西晋鼓吹曲辞句数统计表

序号	曲　名	汉辞句数	魏辞句数	吴辞句数	晋辞句数
1	朱鹭行	7	30	30	30
2	思悲翁行	11	20	20	20
3	艾如张行	8	6	6	10
4	上之回行	11	18	18	18
5	拥离行	3	12	16	12
6	战城南行	22	21	12	22
7	巫山高行	12	12	21	13
8	上陵行	22	24	24	23
9	将进酒行	9	10	10	10
10	有所思行	17	26	26	26
11	芳树行	17	15	34	15
12	上邪行	9	13	13	13
13	君马黄行	10			36
14	雉子行	15			35
15	圣人出行	13			21
16	临高台行	7			22
17	远期行	14			19
18	石留行				30
19	务成行				20

序号	曲 名	汉辞句数	魏辞句数	吴辞句数	晋辞句数
20	玄云行				30
21	黄爵行				28
22	钓竿行				38

资料来源：此表依据《乐府诗集》句读统计。

除《艾如张行》《战城南行》《巫山高行》《上陵行》《将进酒行》《上邪行》与汉辞基本相当，魏晋之辞较汉辞明显加长。如《朱鹭》较原辞增加 23 句，《思悲翁行》增加 9 句，《上之回行》增加 7 句不等。晋辞尤为明显，《君马黄行》增加 26 句，《雉子行》增加 20 句，《临高台行》增加 15 句，而《石留行》《务成行》《玄云行》《黄爵行》《钓竿行》基本在 30 句以上，这些曲目虽无原辞，但从汉辞总基本句数看，应是明显长于汉辞平均句数。

吴与西晋对魏辞有明显沿袭。如《朱鹭行》《思悲翁行》《拥离行》《上陵行》《有所思行》五首的句数与汉古辞相比虽有变化，但三朝变化后的曲辞句数仍然一致。此可说明吴与西晋明显沿袭魏辞。但从《拥离行》《巫山高行》《芳树行》三曲比较来看，魏与西晋数量相当，吴辞变化较大，说明吴辞虽承袭曹魏，但这三曲不依机杼，有独到之处。

二 句式特征

句式与乐曲的节奏旋律关系较为密切。歌辞每一句的字数，句型结构的不同组合，皆受音乐节奏之制约。

表 3-2　汉、魏、吴、西晋鼓吹曲辞句式分析表

序号	曲　名	汉鼓吹	魏鼓吹	吴鼓吹	西晋鼓吹
1	朱鹭行	首 23，尾 5，杂言，中间主体句式以三言为主	三言	三言	三言
2	思悲翁行	首尾为 3343 式，中间主体句式三言	首尾 3343，中间主体为三言句，中间加长	同魏	同魏
3	艾如张行	433 77（4343 式） 44	33 44 43	同魏	最后增加 5543 句式
4	上之回行	5435 33333 77（4343）	4343 54 33 43434343 44	4343 44 33 43434343 44	全同魏辞
5	拥离行	77（4343） 43	4343 4343 4343	5555 5555 5555 3455	全同魏辞
6	战城南行	337 4457 4455 257 74544	33464534 66 344434 444	4343 4343 4343， 全同魏《拥离行》	33464533 44444 344334 444 首尾同魏，中间有变化
7	巫山高行	333343 56447 3	3343 4645 55	3343 4454 5534 546654 455	3343 44343 4455
8	上陵行	555555 5573 6645 3333 5555	5555555555 43553534 555345	全同魏辞	5555555555 3553534 555355

序号	曲　名	汉鼓吹	魏鼓吹	吴鼓吹	西晋鼓吹
9	将进酒行	333333 337	333333 3333	333333 3344	334343 3343
10	有所思行	35555 55 3544 545 77	355555 5555555555 5555555544	355555 5555555545 5555455544	与魏辞全同
11	芳树行	45943 544 744 452	243 3344 55633365	34443344 34333344 55343333 3344334343	全同魏辞
12	上邪行	265 34735	54357557 47345	54357457 57335 基本同魏辞	543433557 57345 基本同魏辞
13	君马黄行	337 754 5545			3333 33333333 3333 3333 333333 333333 3345
14	雉子行	2345 2734355 2567			4544 4455 4335 3444 4433 334443 43334 3345
15	圣人出行	3333347 733733			436 33336 433333 4343643

续表

序号	曲　名	汉鼓吹	魏鼓吹	吴鼓吹	西晋鼓吹
16	临高台行	5777 46			33434343 5555533 4445343
17	远期行	33444 334444 667			445545 5545547554545
18	石留行				三、四言为主
19	务成行				全五言
20	玄云行				全五言
21	黄爵行				全五言
22	钓竿行				五言为主

资料来源：参照《乐府诗集》制作。

　　魏晋曲辞与汉辞比较，句式上呈现四种对应关系或者变化方式。

　　（1）去掉汉辞首尾的杂言句式，择其主干句式创为新辞，且加长。如《朱鹭》原曲首两句为二、三言，末句五言，中间全三言句，魏晋新辞全为三言，且辞加长至30句。汉《有所思》句式有三言、四言、五言、七言，魏晋新辞则突出以五言句式为主。汉《将进酒》主体为三言，尾句七言，魏辞则全为三言句式。

　　主干句式必然关联着歌曲的某种旋律特征，新辞改动以后，其曲调也相应有调整，不会一成不变。

　　（2）完全按照汉辞基本句型和结构来创新辞。汉《思悲翁》首尾句系杂言3343句式，中间为三言，新辞沿袭这种方式。再如汉《上陵行》主以五言句式，夹有少量杂言，魏晋新辞亦采用五言句式为主，夹有少量杂言的方式，但将五言部分加长。汉《将进酒》前八句歌辞为三言，尾句为七言，七言句实可拆解为四、三组合，吴与西晋就采用三言为主，三、四言交替组合的方式。

这种创辞方式由于袭用了汉辞的基本结构，在新辞演唱时，较第一种改动更能保留原曲调的整体面貌，特别是首尾的旋律可能不变或变动不大，而中间部分或有微小调整，最大限度地保留原曲面貌。

（3）解析重组汉辞句型，以较整齐的句式或更灵活的组合方式创作新辞。比如《艾如张行》，汉辞为43377句式，由于七言句式可解析成四三式，所以《艾如张行》的基本句型就是三言和四言。魏晋新辞就利用三、四言句式进行不同组合。如魏、吴新辞就改成334443句式。《拥离》为774三句，魏晋新辞也是以三、四言句式的形式进行重新组合，魏、晋新辞就改成了434343句式。再如《巫山高行》，汉辞由三、四、五、六、七言四种句式组成，七言可以拆解为四三句式，新辞便以三、四、五、六句式为主，进行不同程度不同方式的组合，最终七言句就消失了。《上陵行》与此相似，七言句式以四三式代替了。同样《有所思行》《芳树行》中的七言、九言长句也不再出现。不过《上邪》一曲例外，魏、晋新辞中仍然保留了较长的七言句式。

可以推想，对长句式的解析与重组，仍是以歌曲的曲调来决定的。新辞的改动或调整，要在基本保持歌曲主旋律或基本歌调的前提下进行，否则就不宜改动。比如《上邪》一曲，句式长短参差不齐，也许这种长短错落的句式正对应着其旋律的特点，如果改成短句也许就不能保留歌曲原来慷慨悲怆的声情，所以曲辞的创作总的来说是决定于乐调的。

（4）对原辞进行较大幅度地改动。改动较大的如《君马黄行》，汉辞10句，为337，754，5545句式，晋辞《金灵运》则增加至36句，较原辞增加三倍以上。句式上也有较大变化，原辞三言两句，四言两句，五言四句，七言两句，改动后的新辞，七言消失，如果依上例，七言可以拆解成三、四句式，所以从句式上应该就是三、四、五言句式，新辞虽然仍是这三种句型组成，但全辞三言句式达到 34 句，只有最后两句保留了四、五言各一句。可以推想，新辞的演唱要以三言声辞为主，较原曲曲调应该有很大变化。晋辞中的《唐尧》《玄云》《伯益》三首，由于无辞可依，全部改为整齐的五言句式。我们知道，汉辞以杂言为主，这样改动的结果势必要引起曲调上的某种变化。

无论采取上述何种方式，新曲辞的创制仍然是以遵循汉旧曲为基础的。从上述分析来看，有些遵循是比较严谨的，如第一、第二种方式；另有些遵循是灵活性较大的，如第三、第四种方式。新辞虽然"依旧调"，但填上新辞以后再来演唱，新辞与乐调之间又存在着再次配合的问题。所以新辞改动后，曲调也会作相应的变化或调整，不可能一成不变，只是程度不同而已。

魏、吴、西晋相比，魏、晋辞的句式句数相同者较多，而东吴《拥离行》《战城南行》《芳树行》三首与魏、晋歌辞在句式方面反差较大，说明东吴的歌辞制作有更多灵活发挥的地方。

三　韵字特征分析

歌辞非常讲究用韵。韵部的选择与歌辞所要表达的情绪或感情关系密切，歌辞表达的感情与乐曲的感情也应该一致。所以韵部的变化或使用上的变化，反映出乐曲、歌辞感情的变化。不同的韵部配入音乐以后，所呈现的音乐风格不同，不同韵部的交替变化一般对应着不同的音乐段落。笔者将新旧鼓吹的韵部使用与韵脚变化列出表 3-3。

表 3-3　汉魏吴西晋鼓吹曲辞韵字分析表

序号	诗题	内　容	体　　式	分析说明
1	朱鹭	描写刻在鼓上的朱鹭之情态。通过画面的摹写营造祥和的氛围。体物工细，有鲜明生动真切之感	朱鹭（铎韵入声），鱼以乌（屋韵入声）。鹭何食？食茄下（鱼韵上声）。不之食，不以吐（鱼韵上声），将以问诛者（鱼韵上声）	前二句为入声，后边押鱼韵上声，隔句押。合口呼。歌辞用简短快捷的三言句式，用短促的入声和变化的鱼韵上声，传达出一种祥瑞欢快的气氛
	楚之平	从东汉写起，到魏武帝起旗旌、创武功、兴礼乐，定纪纲。有领起和总序性质。时空跨度大，是浓缩的社会历史画卷	3（平）3（征）3（奋）3（鸣） 3（德）3（名）3（微）3（倾） 3（失）3（灵）3（炽）3（争） 3（起）3（城）3（扰）3（经） 3（皇）3（旌）3（下）3（平） 3（州）3（宁）3（功）3（成） 3（帝）3（王）3（乐）3（纲） 3（月）3（光） 韵字分析：征、鸣、名、倾、灵、争、城、经、旌、平、宁、成，皆耕韵平声。王、纲、光，皆阳韵平声	隔句押韵，前二十四句押耕韵平声，开口呼，咏写战争；后六句押阳韵平声，开口呼，咏写礼乐盛事。变化以后更昂扬奋发
	炎精缺	汉室衰微，孙坚奋志匡救，王迹始化。与魏曲内容上相对应	3（缺）3（微）3（弛）3（违） 3（炽）3（依）3（烈）3（飞） 3（衢）3（威）3（鼓）3（麾） 3（衡）3（机）3（旅）3（罴） 3（听）3（奇）3（破）3（羁） 3（平）3（绥）3（章）3（施） 3（震）3（驰）3（门）3（基） 3（极）3（来） 韵字分析：微、违、依、飞（之韵）、威（皆平声微韵）、麾（歌韵）、机（微韵）、罴（支）、奇、羁（歌韵）、绥（微韵）、施、驰（歌韵）、基、来（之韵）	前十句押微韵；中十句，押歌韵、微韵为主；后十句，押微、歌、之韵。韵脚变化较魏辞多样
	灵之祥	从宣皇佐魏写到石瑞之徵、武诛孟度	3（祥）3（章）3（德）3（方） 3（命）3（皇）3（运）3（襄） 3（舜）3（唐）3（文）3（纲） 3（叛）3（疆）3（扈）3（常） 3（劲）3（强）3（盟）3（荒） 3（怒）3（扬）3（威）3（光） 3（天）3（城）3（命）3（生） 3（安）3（宁）	与魏辞相同，只是押韵情形相反。先用阳韵，表示祥瑞，再用耕韵，写战争事。开口呼

序号	诗题	内 容	体 式	分析说明
2	思悲翁	叙田猎之诗。详写具体的场景，生动真切。第一人称写法	思悲翁（东韵合口），唐思（之韵开口），夺我美人侵以遇（侯韵合口）。悲翁也（歌韵开口），但我思（之韵开口）。蓬首狗（侯韵开口），逐狡兔（鱼韵合口），食交君（文韵合口）。枭子五（鱼韵合口），枭母六（觉韵合口入声），拉沓高飞暮安宿（觉韵合口入声）	开头三句，各押不同韵，开口、合口交替出现。中间各押不同韵，先开口后合口。末三句，以合口入声有力结束。 韵部的频繁变化与短促的三言句式，共同突现了一种快而有力的节奏感
	战荥阳	具体写荥阳之战	3（阳）3（陂）4（怒）3（驰）3（成）3（荣）3（骑）3（平）3（伤）3（惊）3（集）3（倾）3（没）3（冥）3（牟）3（营）3（疑）3（成）4（皇）3（宁）韵字分析：陂、驰（歌韵平声），后面荣等韵字皆压耕韵平声	首尾节奏同汉辞，中间主体全用三言句，隔句用韵，辞加长。第一组四句描写环境，先用歌韵；其余写战争过程，用耕韵
	汉之季	孙坚痛董卓之乱，兴兵奋击，功盖海内	3（季）3（乱）4（烈）3（运）3（兴）3（建）3（师）3（阵）3（镝）3（刃）3（发）3（奋）3（震）3（散）3（主）3（馆）3（怒）3（愤）4（祖）3（闻）韵字分析：乱（元韵去声）、运（文韵）、建（元韵去声）、阵（真韵去声）、刃（文韵）、奋（文韵）、散（元韵去声）、馆（元韵去声）、愤（文韵去声）、闻（文韵）	句式全同魏辞，但前二组二句换韵（元韵、文韵或真韵），后三组二句一韵，不换韵，第三、五组同押文韵，第四组押元韵。不仅较魏辞富于变化，而且发音部位不同
	宣受命	言宣皇帝打败诸葛亮，先写事件结果，次写过程。采用倒叙手法	3（命）3（机）4（动）3（飞）微韵、之韵3（葛）3（梁）3（安）3（康）阳韵3（事）3（倾）3（雄）3（盈）3（穆）3（明）3（泰）3（经）3（重）3（兵）4（毙）3（宁）耕韵	句式全同魏辞，第一组押微韵，先写宣帝受命的情景，第二组换阳韵，写御诸葛的结果，其余押耕韵，全与魏辞相同对应。倒叙战争过程。内容不同，感情不同，所以韵相应发生变化

续表

序号	诗题	内 容	体 式	分析说明
3	艾如张	言田猎必徼遮禽兽之倦极者尽取焉，则物亦贪生，谁肯甘心蒙弋者乎	艾而张罗（歌韵开口），行成之（之韵）。四时和（歌韵合口），山出黄雀（药韵入声）亦有罗（歌韵开口），雀以高飞（之韵）奈雀何（歌韵）？为此倚欲（屋韵入声），谁肯礤室（质韵入声）	前两句以歌韵始，之韵终。中间三句以歌韵始，歌韵终；最后以质韵与首句之韵呼应，且全部用入声。可以看出在用韵上有回环呼应之处，入声字的结尾给人雄壮有力之感
3	获吕布	具写围临淮，生擒吕布事	3（布）3（宫）冬韵平声 4（鲵）4（雄）蒸韵平声 4（下）3（中）冬韵平声 凡6句。不换韵，辞变短	将汉辞的不同节奏重新组合。隔句用韵，改押冬韵为主。与战争的情境相吻合
3	摅武师	孙权卒父之业而征伐	3（师）3（祖）鱼韵合口呼 4（族）4（夏）鱼韵开口呼 4（烈）3（下）鱼韵开口呼 凡6句，换韵	句式全同魏辞，隔句韵，通押鱼韵。不写战争具体过程，所以韵部有所变化
3	征辽东	宣皇帝讨灭公孙渊	3（东）3（据，鱼韵开口呼）5（域，职韵入声合口）5（首幽韵）4（胆）3（怖，鱼韵合口）4（应）4（附，侯韵去声）4（赫）3（布，鱼韵合口） 凡10句，多出4句，其余同	韵部以鱼韵为主，与东吴韵同，但中间又有变化，首尾属于隔句韵
4	上之回	歌咏宣帝	上之回所中（冬韵），益夏将至（质韵）。行将北（职韵），以承甘泉宫（冬韵）。寒暑德（职韵）。游石关（元韵），望诸国（职韵）。月支臣（真韵），匈奴服（职韵）。令从百官（元韵）疾驱驰（歌韵），千秋万岁（月韵）乐无极（职韵）	前四句以冬韵始，冬韵终。中间五句三言，以职韵始，职韵终。末尾四句换韵，以职韵结束，这种用韵情况与《艾如张》有异曲同工之处。这是一首歌颂帝王武功之诗，先以杂言冬韵描述隆重的场面，次以三言句式职韵，歌颂帝王建立武功的过程，最后以七言长句及变化的韵部，传达出既欢快又庄严的情感
4	克官渡	具体写曹公与袁绍官渡之战	4（渡）3（马）鱼韵 4（血）3（野）鱼韵 5（羊）4（寡）鱼韵 3（旁）3（扬）4（利）3（伤）4（胜）3（望）4（道）3（当）4（捷）3（方）4（邑）4（章） 共18句。扬、伤、望、当、方、章皆押阳韵	隔句押韵，前六句押鱼韵，比较平缓，后边押阳韵，比较昂扬奋发。看来作者根据表达感情的需要变换韵部

序号	诗题	内 容	体 式	分析说明
4	伐乌林	魏武破荆州后东下，周瑜于乌林将其击败	4（伐）3（城） 4（卷）3（征） 4（睦）4（征） 3（降）3（荆）4（万）3（声） 4（疑）3（成）4（皇）3（明） 4（烈）3（程）4（林）4（名） 凡18句，同上	句式基本同魏辞。隔句用韵，除最后名字押阳韵，前面全押耕韵。写战争情形
4	宣辅政	宣皇帝拨乱反正，定二仪之序	4（政）3（深）侵韵 4（正）3（心）侵韵 5（才）4（生）耕韵 4（贤）3（施）4（民）3（移） 4（基）3（垂）4（明）3（戏） 4（世）3（仪）4（施）4（驰） 基本同上。施（歌韵）移（歌韵）垂（歌韵）戏（歌韵）仪（歌韵）驰（歌韵）	句式全同魏辞。前二组押侵韵，先交代背景，第三组押耕韵，写宣帝网罗人才，余押歌韵，表现政治清明景象。可见换韵与情感相联系
5	拥离	意同九歌《湘夫人》，写等候恋人不至的怅惘和伤感	拥离趾中（冬韵平声）可筑室（质韵入声），何用茸之蕙用兰（元韵）。拥离趾中（中，冬韵平声）	从句式看，此为楚声。似乎歌辞不全。但由于句子较长，又从入声转入平声元韵，似乎对应着感情上的变化，表达一种凄楚伤感的情调。每句换韵
5	旧邦	官渡战后收藏死亡士卒	4（条）3（悲）4（翩）3（依） 4（故）3（摧）4（大）3（违） 4（戚）3（谁）4（后）3（归） 共12句。歌辞内容与曲调情感相一致。 韵字分析：悲（微韵）依（微韵）摧（微韵）违（微韵）谁（微韵）归（微韵）	魏辞句读仿汉辞，加长。隔句押韵，全用微韵表达悲哀的感情。不换韵
5	秋风	孙权悦以使民，民忘其死	5（尘）5（裳）5（急）5（鹰） 阳韵、蒸韵 5（橄）5（疆）5（胄）5（伤） 阳韵 5（路）5（亡）5（分）5（功） 阳韵、东韵 3（功）4（场）5（赏）5（封）， 阳韵、东韵 共16句	第一、三、四组句读、押韵基本同，第二组押阳韵。似两段歌词。吴辞句读以五言句为主，与汉、魏皆不同，不似同曲调，存疑，而《克皖城》句式与此同

序号	诗题	内　容	体　式	分析说明
5	时运多艰	宣皇帝致讨吴方，有征无战	4（艰）3（痏）4（化）3（虚）鱼韵 4（蛮）4（湖）4（斯）3（诛）鱼韵、侯韵 4（战）3（图）4（被）3（隔）鱼韵、侯韵 共12句。句式同魏曲	句数、句读全同魏辞，隔句韵，第一组押鱼韵，第二、三组句读押鱼韵、侯韵
	战城南	非战诗	战城南，死郭北（职韵），野死不葬乌可食（职韵）。为我谓乌："且为客豪（宵韵），野死谅不葬，腐肉安能去子逃（宵韵）?"水深激激，蒲苇冥冥（耕韵）。枭骑战斗死，驽马徘徊鸣（耕韵）。筑室（质韵），何以南何北（职韵），禾黍不获君何食（职韵）? 愿为忠臣安可得（职韵）? 思子良臣，良臣诚可思（之韵），朝行出攻，暮不夜归（微韵）	前三句为三三七句式，押职韵。中间四句为杂言对话体，隔句押宵韵。接下四句采取比较整齐四四五五句式，描绘战争过后的凄凉景象，隔句押耕韵。最后八句又为杂言体，押质韵、职韵、之韵和微韵，根据这个情况，可能古音质、职、之、微四韵可通押。表达怨愤和伤心之感
6	定武功	写曹公初破邺，武功之定始乎此	3（功）3（河）4（汤）6（波）4（衰）5（戈）3（水）4（沱）6（鱼）6（家）4（尽）4（和）3（时）4（戚）4（溃）4（北）4（城）4（国）4（难）4（今）4（叹） 韵字分析：河歌韵、波歌韵、戈歌韵、沱歌韵、家鱼韵、和歌韵、戚觉韵、北职韵、国职韵、难元韵、今侵韵、叹元韵	六言可转成三三式。所以从句式上与汉相承。前八句隔句押歌韵；第九、十两句押鱼韵。接下四句隔句押韵，歌韵、觉韵可通押；再下四句隔句押职韵，最后三句首尾句押元韵
	克皖城	孙权打败朱光于皖城	4（城）3（贼）4（辇）3（愿）4（征）3（覆）4（暴）4（革）4（农）3（息）4（臣）3（德），凡12句。句式同《旧邦》。 韵字分析：贼职韵、愿职韵；覆觉韵、革职韵；息职韵、德职韵	句数句读全同魏《旧邦》，第一组四句隔句押职；第二组押觉韵，第一句六句隔句押职韵。共三次换韵

序号	诗题	内　容	体　式	分析说明
6	景龙飞	景帝克明威教，赏从夷逆，崇此洪基	3（飞）3（威）4（察）6（机） 4（显）5（夷）3（敷）3（巍） 4（海）4（风）4（绥）4（断） 4（违） 3（祥）4（长）4（宽）3（光） 3（明）4（疆） 4（期）4（集）4（基） 凡22句。基本同魏曲。 韵字分析：威、机押微韵；夷脂韵、巍微韵；绥、违微韵；长、光、疆押阳韵；期之韵、集缉韵、基之韵	句式上较魏辞有变化，押韵也不同。说明并非亦步亦趋。 前三组押微韵；第四组押阳韵，最后押之韵
7	巫山高	远望思归	巫山高，高以大（月韵），淮水深，难以逝（月韵）。我欲东归（微韵），害不为（歌韵）？我集高无曳，水何汤汤回回（微韵）。临水远望，泣下沾衣（微韵）。远道之人心思归（微韵），谓之何（歌韵）	前六句以三言句为主，隔句押月韵；接下五句隔句押微韵；最后押歌韵。可以看出，这首诗在变化中又有呼应，比如隔句押月韵时，采用三言句，表情斩截、悲怆；隔句押微韵时句式变长，又用微韵的延长，表达痴情、缠绵的思乡情感；而"我欲东归"与"远道之人心思归"，既句意呼应，又在押韵上相同。由此可见，歌辞是非常讲究用韵和句式的
7	屠柳城	曹公破三郡乌桓于柳城	3（城）3（难）4（塞）3（漫） 4（平）6（酸） 4（首）5（山）5（外）5（患） 凡10句，不换韵。 韵字分析：难、漫、酸、山、患，全是元韵	五言句式较汉辞增加，开头承袭汉辞，其余不同。隔句押元韵，不换韵
7	关背德	孙权擒关羽	3（德）3（张）4（城）3（祥） 4（伐）4（阳）5（股）4（殃） 5（主）5（通）3（通）4（蒙） 5（池）4（江）6（桓）6（翔） 5（城）4（邦）4（首）5（同） 5（隆） 凡21句。换韵。 韵字分析：张祥阳殃，押阳韵；通、蒙、江，押东韵；翔阳韵、邦东韵；同东韵、隆冬韵	较魏辞长。第一、二组押阳韵；第三组押东韵，第四组六句隔句押阳韵，最后改押东韵。韵脚变化较魏辞繁复。至少说明与魏辞不同

序号	诗题	内　　容	体　　式	分析说明
7	平玉衡	景帝礼贤养士纂洪业	3（衡）3（回）4（风）3（乖）4（士）4（雄）3（齐）4（业）3（阶）4（亨）4（跻）5（情）5（机） 凡13句，较魏辞短。 韵字分析：回微韵、乖微韵、雄蒸韵、业叶韵、阶脂韵、跻脂韵、机微韵	较魏辞长、吴辞短。第一组隔句押微韵；第二组奇数句押脂韵，最后换韵微韵
8	上陵	颂祥瑞。甘露初二年，芝生铜池中	上陵何美美（脂韵），下津风以寒（元韵）。问客从何来（之韵）？言从水中央（阳韵）。桂树为君船（元韵），青丝为君笮（铎韵），木兰为君櫂（药韵），黄金错其间（元韵）。沧海之雀（药韵）赤翅鸿，白雁随（歌韵）。山林乍开乍合（缉韵），曾不知日月明（东韵）。醴泉之水（微韵），光泽何蔚蔚（物韵）。芝为车，龙为马（鱼韵），览邀游，四海外（月韵）。甘露初二年（真韵），芝生铜池中（东韵），仙人下来饮（侵韵），延寿千万岁（月韵）	这首诗的韵步变化较为繁复，首四句一、三句押脂和之韵，脂、之通押；次四句首尾皆押元韵。"沧海"二句押歌韵；"山林"二句押东韵；四个三言句末押月韵；最后四句押月韵。首八句全以五言，或以元韵，或以阳韵，比较缓慢悠扬；"沧海"二句写天上飞鸟，"山林"写深茂密林，一远一近、一明一暗，所以用韵也各不同。四个三言句与四个五言句末尾皆押月韵，形成某种呼应。只是三言句式短简，节奏较快；五言句式更显威重
	平南荆	曹公南平荆州	5（辽）5（清）5（贡）5（征）5（阳）5（城）5（野）5（庭）耕韵 5（至）5（成）4（成）3（民）真韵 5（间）5（臣）3（臣）5（新）真韵 3（新）4（人）5（唐）5（均）真韵 5（士）3（唇）4（定）5（尘）。真韵 共24句，10～11、14～15、16～17句间用顶真句法	开头八句五言句读同汉辞。八句五言全押耕韵，后面杂言句末尾全部换押真韵

序号	诗题	内　容	体　式	分析说明
8	通荆门	孙权与蜀结盟始末	5（山）5（连）5（险）5（宾） 5（郡）5（亲）5（疑）5（间） 元韵 5（怒）5（震）4（敷）3（恭） 东韵. 5（耀）5（疆）3（疆）5（容） 东韵. 3（戏）4（章）5（世）5（风） 冬韵 5（化）3（弘）4（吴）5（央） 阳韵 共24句	句式全同魏辞。八句五言押元韵，后面杂言句末尾押东韵、冬韵，最后押阳韵。较魏辞更多变化
8	文皇统百揆	文皇统始百揆，用人有序，以敷太平之化	5（揆）5（方）5（隔）5（堂） 5（兰）5（芳）5（润）5（璋） 5（帝）5（王）阳韵 3（大）5（地）5（外）3（外） 5（义）3（义）月韵 4（会）5（农）5（迈）月韵 5（州）3（卫）5（海）5（世） 月韵，13～14、14～15间用顶真句法。句式有变化	首八句与魏辞同，隔句押韵，押阳韵。杂言换韵，末句全押月韵。与魏辞形式相同
9	将进酒	劝　饮	将进酒，乘大白（铎韵入声）。辨加哉，诗审搏（铎韵入声）。放故歌，心所作（铎韵入声）。同阴气，诗悉索（铎韵入声）。使禹良工观者苦（鱼韵上声）	此诗表达宴饮情景。以三言为主，三言句式本身就突显节奏，再加上铎韵和入声，更显短促有力。最后一句用七言，句子加长，韵部也变成上声鱼韵，显出一种纡徐变化之感
9	平关中	曹公征马超，定关中	3（中）3（潼）3（水）3（堺） 3（马）3（凶） 3（骑）3（翼）3（溃）3（亿）， 共10句。同汉曲。 韵字分析：潼、堺、凶，全押东韵；翼、亿全押职韵	魏辞全部换成三言，前六句先押东韵，后四句押职韵
9	章洪德	孙权章其大德，远方来附	3（德）3（神）3（风）3（邻） 3（裔）3（滨）3（贡）3（臣） 4（庭）4（新） 凡10句。 韵字分析：神、邻、滨、臣、新，全押真韵	末尾句不同，全押真韵

序号	诗题	内　容	体　式	分析说明
9	因时运	文皇帝因时运变，以武济文，审其大计，以迈其德	3（运）3（施）4（解）3（离）4（吴）3（厉）3（进）3（计）4（德）3（世）凡10句。 韵字分析：施歌韵；离歌韵；厉月韵；计质韵；世月韵	西晋则将七言换成四三句式。押歌韵和月韵
	有所思	男女决绝之词	有所思（之韵），乃在大海南（侵韵）。何用问遗君（文韵）？双珠玳瑁簪（侵韵），用玉绍缭之（之韵）。闻君有他心（侵韵），拉杂摧烧之（之韵）。摧烧之（之韵），当风扬其灰（之韵）。从今以往（阳韵），勿复相思（之韵）。相思与君绝（月韵）！鸡鸣狗吠，兄嫂当知之（之韵）。秋风肃肃晨风风思，东方须臾高知之（之韵）	第一组押之、侵、之韵；第二组押侵、之韵；第三组押之韵；第四组押月、之韵；第五组押之韵。可以看出，全篇以之韵为主，以之韵领起，以之韵结束，表达出一种遭弃后压抑和悲愤的情感
10	应帝期	文帝以圣德受命，应运期也	3（期）5（皇）5（序）5（昌）5（表）5（方）5（耀）5（光）5（瑞）5（祥）5（野）5（梁）5（林）5（冈）5（籍）5（皇）5（文）5（循）5（岁）5（君）5（国）5（亲）5（穆）5（神）4（盛）4（邻）凡26句。 韵字分析：皇，阳韵。昌，阳韵。方，阳韵。光，阳韵。祥，阳韵。梁，阳韵。冈，阳韵。皇，阳韵。循，文韵。君，文韵。亲神，真韵。邻，真韵	开头七句与汉辞全同，其余部分魏以下歌辞句式及句数完全相同。 前十六句押阳韵；后十句押真、文韵
	从历数	孙权从图篆之符而建大号	3（数）5（帝）5（天）5（异）5（基）5（思）5（虫）5（代）5（耀）5（治）5（畛）5（囿）5（池）5（字）4（鳞）5（记）5（今）5（事）5（象）5（意）5（生）5（赍）5（平）5（喜）4（隆）4（裕）凡26句。 韵字分析：帝，锡韵。异，职韵。思，之韵。代，职韵。治，之韵。囿，之韵。字，之韵。记，之韵。事，之韵。意，职韵。赍，喜，之韵。裕，屋韵	主要押之韵、职韵。隔句一韵，不换韵

序号	诗题	内　容	体　式	分析说明
10	惟庸蜀	文皇帝平蜀，封建万国，复五等之爵	3（蜀）5（隅）5（命）5（馀） 5（万）5（虚）5（橄）5（居） 5（边）5（芜）5（民）5（辜） 5（臣）5（夫）5（授）5（图） 5（文）5（军）5（起）5（云） 5（诛）5（门）5（教）5（臣） 4（等）4（人） 凡26句。 韵字分析：隅，侯韵。馀，鱼韵。虚，鱼韵。居，鱼韵。鞠，觉韵。辜，物韵。夫，鱼韵。图，鱼韵。军，文韵。云，文韵。门，文韵。臣，真韵。人，真韵	前十六句押鱼韵为主，后十句押真韵。换韵
11	芳树	同《有所思》写恋情	芳树日月（月韵），君乱如于风（冬韵）。芳树不上（阳韵）无心温而鹄（觉韵）。三而为行（阳韵），临兰池（歌韵），心中怀我怅（阳韵）。心不可匡（阳韵），目不可顾（鱼韵），妬人之子愁杀人（真韵）。君有他心（侵韵），乐不可禁（侵韵）。王将何似（之韵），如孙如鱼乎（鱼韵）？悲矣（之韵）	前四句以月韵始，觉韵终；次三句以阳韵始，阳韵终。"心不可匡"三句分别押阳韵、鱼韵和真韵。最后五句，先承上句真韵，押侵韵，然后三句转押鱼、之韵。前两组的用韵情况在歌辞中是常见的，如《艾如张》等也曾采取过首、尾句押相同韵的情况。以下的押韵形如流水，形成顺接趋势，这样可能会产生一种顺畅之美，与诗中主人公的感情自然对应
	邕熙	写君臣邕穆	2（熙）4（德）3（治） 3（道）3（宝）4（作）4（浩） 5（堂）5（倡）6（馀）3（簧） 3（谐）3（纲）6（国）5（央） 凡15句。 韵字分析：熙，之韵。治，之韵。宝，幽韵。浩，幽韵。其余倡、簧、纲、央，全押阳韵	魏与西晋完全相同。吴稍异。 前三句首尾句押之韵。中四句隔句押幽韵。最后八句隔句押阳韵

序号	诗题	内　容	体　式	分析说明
11	承天命	孙权以盛德践位，道化至盛	3（命）4（德）4（象）4（德） 3（立）3（植）4（鳞）4（色） 3（歌）4（息）3（升）3（服） 3（懿）3（嘿）4（朝）4（昃） 5（仁）5（懋）3（才）4（德） 3（畴）3（穑）3（令）3（式） 3（能）3（陟）4（尽）4（力） 3（治）3（直）4（皇）3（亿） 4（禄）3（极） 共34句。 韵字分析：德、德、植、色、息、服、嘿、昃、懋、德、穑、式、陟、力、直、亿、极，全押职韵	句数较魏多十九句。 句式与魏辞不同。 隔句押职韵，中间不换韵
12	天序	言圣皇应历受禅，弘济大化，用人各尽其才	2（序）4（禅）3（祜） 3（龙）3（虎）4（化）4（辅） 5（机）5（方）6（畴）3（芳） 3（臣）3（民）6（地）5（身） 凡15句。 韵字分析：序、祜、虎、辅，押鱼韵。方、芳，阳韵。民、身，真韵	句数句式全同魏辞。 用韵与魏曲基本相同，又富于变化。 前三句首尾押鱼韵。 中四句隔句押鱼韵。 后八句中的前四句隔句押阳韵。最后四句隔句押真韵
12	上邪	爱情誓词	上邪（鱼韵），我欲与君相知（支韵），长命无绝衰（微韵），山无陵（蒸韵），江水为竭（月韵），冬雷阵阵夏雨雪（月韵），天地合（缉韵），乃敢与君绝（月韵）	第一句为呼告语，接下两句通押支、微；后面五句，句式错落，长者七言，短者三言，表达强烈的感情。以月韵为主
12	太和	明帝继体承统，太和改元，德泽流布	5（年）4（阼）3（仁）5（布） 7（息）5（露）5（畴）7（度） 4（清）7（情）3（明）4（此） 5（平） 共13句。 韵字分析：阼，铎韵。布，鱼韵。露，铎韵。度，铎韵。清，耕韵。情，耕韵。明，阳韵。平，耕韵	句数较汉辞增加四句。 句型以三、四言的七言为主。 此首前八句，二句一韵，押铎韵； 后五句，以耕韵为主

序号	诗题	内 容	体 式	分析说明
12	玄化	言孙权修文训武，天下喜乐	5（天）4（真）3（纲）5（民）7（布）4（亲）5（乐）7（新）5（胜）7（津）3（泰）3（忻）5（邻） 共13句。 韵字分析：真，真韵。民，真韵。亲、新，真韵。津，真韵。忻，文韵。邻，真韵	句数同魏辞。句式基本同。全辞二句一韵，押真韵，不换韵
12	大晋承运期	言圣皇应箓受图，化象神明	5（期）4（皇）3（晏）4（光）3（图）3（位）5（衡）5（明）7（唐）5（化）7（良）3（康）4（赫）5（疆） 共13句。 韵字分析：皇阳韵，光阳韵，图鱼韵，位物韵，衡阳韵，明阳韵，化歌韵。康阳韵，疆阳韵	句数同魏，句式首三句、尾三句全同魏，其余不同。前四句隔句押阳韵。中五句，后三句句句押阳韵。后五句押韵为主
13	君马黄	男女离别之词	君马黄（阳韵），臣马苍（阳韵），二马同逐臣马良（阳韵）。易之有马鬼蔡有赭（鱼韵），美人归以南（元韵），驾车驰马（鱼韵），美人伤我心（侵韵）；佳人归以北（职韵），驾车驰马（鱼韵），佳人安终极（职韵）	前三句全押阳韵。中间四句奇数句改押鱼韵，最后三句押职韵、鱼韵、职韵。说明职、鱼二韵可通押。这首诗由阳韵到职韵的变化，对应着感情的变化，从押阳韵的诗句来看，音色比较浏亮，情感比较感奋；换成职韵以后，音色转低，感情也转而忧郁
13	金灵运	言圣皇践祚，致敬宗庙，而孝道行于天下	3（运）3（发）3（见）3（月）3（皇）3（圣）3（禅）3（命）3（兴）3（微）3（麓）3（乘）3（辅）3（虎）3（奋）3（御）3（佐）3（化）3（理）3（贺）3（应）3（章）3（礼）3（皇）3（奏）3（锵）3（渊）3（喤）3（俎）3（觞）3（鄉）3（康）3（子）3（疆）4（悉）5（方） 凡36句。 韵字分析：发月韵，月月韵，圣耕韵，命耕韵，微蒸韵，乘乘韵，虎鱼韵，御鱼韵，化歌韵，贺歌韵，章阳韵，皇阳韵，锵阳韵，喤阳韵，觞阳韵，康阳韵，疆阳韵，方阳韵	句数增加至三十六句，明显加长。全部以三言为主，末尾两句句式与汉辞相同。首四句隔句押月韵，次八句隔句通押耕、蒸韵；第三个四句隔句押鱼韵；接下四句隔句押歌韵；最后十六句隔句押阳韵

序号	诗题	内 容	体 式	分析说明
14	雉子斑	写雉鸟死别哀情，盖田猎之词，同《郑风·大叔于田》	雉子（之韵），斑如此（之韵）。之于雉梁（阳韵）。无以吾翁孺（侯韵）。雉子（之韵），知得雉子高蜚止（之韵），黄鹄蜚（微韵），之以千里（之韵），王可思（之韵）。雄来蜚从雌（支韵），视子趋一雉（脂韵）。雉子（之韵），车大驾马滕（蒸韵），被王送行所中（冬韵）。尧羊蜚从王孙行（阳韵）	这首诗以呼号语"雉子"领起每一段。第一段共四句，前两句押之韵，呼之以一种悲哀的语气，然后换韵，最后以侯韵结束，结韵沉郁。第二段则全押之韵，缠绵悲抑。第三段首句之后，换韵冬韵和阳韵，感情有所变化。从此诗可以看出，汉辞中韵脚、句式的变化十分灵活，完全依照感情的变化而变化，给人的感觉是千回百转
	于穆我皇	言圣皇受命，德合神明	4（皇）5（明）4（世）4（生）4（土）4（庭）5（内）5（清）4（雍）3（声）3（洽）5（成）3（齐）4（平）4（命）4（英）4（乾）4（经）3（兴）3（宁）3（光）3（盈）4（德）4（荣）4（煌）3（冥）4（从）3（天）3（星）3（臻）4（零）3（祇）3（灵）4（戴）5（成）凡35句。韵字：明、生、庭、清、声、成、平、英、经、宁、盈、荣、冥、从、星、零、灵、成，押耕韵	三、四、五言。歌辞明显加长。隔句押韵，全押耕韵
15	圣人出	颂 美	圣人出，阴阳和（歌韵）。美人出，游九河（歌韵）。佳人来，马非离哉何（歌韵）。驾六飞龙四时和（歌韵）。君之臣明护不道，美人哉（之韵），宜天子（之韵）。免甘星笙乐甫始（之韵），美人子（之韵），含四海（之韵）	前七句隔句押歌韵；后六句除第一句外，其余五句句韵，押之韵
	仲春振旅	大晋申文武之教，畋猎以时	4（旅）3（民）6（新）3（提）3（鼓）3（从）3（序）6（武）4（禓）3（誓）3（禁）3（祭）3（时）3（制）4（用）3（经）4（战）3（明）6（兵）4（天）3（生）凡21句。韵字：民、新，真韵，鼓、序、武，鱼韵，誓、祭、制，押之韵。经、明、兵、生，押耕韵	六言可换成三三式，所以此辞以三、四言为主，与汉辞有承袭，但明显加长。第一组：第三句为六言句，可换成三三式，这样第二句与第三句可视为隔句押真韵。第二组：最后一句也为六言，可视为隔句押鱼韵。第三组：隔句押之韵。最后一组：隔句押耕韵

113

续表

序号	诗题	内 容	体 式	分析说明
16	临高台	游宴颂美之词	临高台以轩（元韵），下有清水清且寒（元韵）。江有香草目以兰（元韵），黄鹄高飞离哉翻（元韵）。关弓射鹄（觉韵），令我主寿万年（真韵）	第一组：七言为主，句句韵，押元韵。 第二组：换韵。各押觉韵和真韵
	临高台		33.33.7 33.94 44 55 44. 55，凡17句	魏文帝作。前九句与后八句明显为两曲。有拼凑痕迹。后曲是否即"解"
	夏苗田	言大晋畋狩顺时，为苗除害	3（田）3（祖）4（容）3（殊） 4（吏）3（徒）4（名）3（书） 5（门）5（居）5（庶）5（虚） 5（事）3（疾）3（徐） 4（轸）4（车）4（祀）5（虞） 3（晋）4（仪）3（敷） 凡22句。 韵字：祖鱼韵，殊侯韵，徒鱼韵，书鱼韵，居鱼韵，虚鱼韵，疾质韵，徐鱼韵，车鱼韵，虞鱼韵，仪歌韵，敷鱼韵	句式为三、四、五言式，与汉辞有承袭，较汉辞整齐。歌辞明显加长。以隔句押鱼韵为主
17	远如期	祝寿颂美	远如期（之韵），益如寿（幽韵）。处天左侧（职韵），大乐万岁（月韵），与天无极（职韵）。雅乐陈（真韵），佳哉纷（文韵）。单于自归，动如惊心（侵韵）。处心大佳，万人还来（之韵），谒者引乡殿陈，累世未尝闻之（之韵）。增寿万年亦诚哉（之韵）	三、四言为基本句式，四言为多。 第一组：一、三、五句押韵，以之、职韵为主。 第二组：前三句句句韵，真、文、侵韵可通押。最后一句押之韵，呼应第一组。 第三组：由于六言句可转成三三句，所以可视为隔句押之韵
	仲秋獮田	言大晋虽有文德，不废武事，顺时以杀伐	4（田）4（刚）5（厉）5（霜） 4（辰）5（扬） 5（父）5（伐）4（叙）5（曜） 5（鼓）4（祊）7（府）5（德） 5（五）4（文）5（武）4（海） 5（祐） 凡19句。 韵字分析：刚、霜、扬，押阳韵。 父、叙、鼓、府、五、武、祐，押鱼韵	句数增加五句。 句式以四、五言为基本句式。 第一组六句：隔句押阳韵。 第二组十三句：奇数句押韵，隔句鱼韵。 这种奇、偶句式隔句押的方式明显承袭汉辞

续表

序号	诗题	内　容	体　式	分析说明
	石留		声辞久淆，不可复诂	
18	顺天道	言仲冬大阅，用武修文，大晋之德配天	3（道）3（契）3（示）3（事） 3（阅）5（铎）5（霓）4（中） 4（武）4（众）5（举）5（仁） 6（序）3（练）4（虎） 3（虎）4（云）4（面）4（群） 3（麾）3（军）3（烝）3（文） 3（晋）3（天）3（功）3（贤） 3（乐）4（禄）3（年） 凡30句	
	务成			
19	唐尧	言圣皇陟帝位，务化光四表	5（成）5（兴）5（大）5（冰） 5（然）5（凝）5（揆）5（升） 5（历）5（承）5（位）5（绳） 5（表）5（徽） 5（旦）5（矜）5（始）5（陵） 5（籍）5（液） 凡20句	无辞可依
	玄云			
20	玄云	言圣皇用人各尽其才	5（山）5（会）5（蜿）5（翩） 5（朝）5（际）5（国）5（外） 5（园）5（迈）5（命）5（飞） 5（滨）5（归）5（响）5（违） 5（纲）5（维）5（王）5（稀） 5（才）5（魏）5（表）5（机） 5（方）5（畿）5（旦）5（咨） 5（德）5（辉） 凡30句，五言句	无辞可依
	黄爵			
21	伯益	言赤乌衔书，有周以兴，今圣皇受命，神雀来也	5（禹）5（川）5（相）5（间） 5（物）5（言）5（化）5（翩） 5（树）5（间） 5（道）5（河）5（网）5（何） 5（德）5（罗）5（来）5（和） 5（宿）5（群）5（至）5（文） 5（游）5（君）5（和）5（云） 5（气）5（芬） 凡28句	古《黄爵行》，全用五言。 无辞可依。 隔句押韵，换韵三次

115

序号	诗题	内　容	体　　式	分析说明
	钓竿			《古今注》伯常子避仇河滨为渔者，其妻思之之作也。每至河侧，辄歌之。后司马相如作钓竿诗，遂传为乐曲
	钓竿		五言六句。杂用司马相如句	魏文帝作
22	钓竿	言圣皇协配尧舜，又有吕望之佐，以济天功，致太平	5（冉）5（鲜）5（思）5（渊） 5（术）5（篇）5（移）5（然） 5（钓）5（天） 5（至）5（清）5（昇）5（成） 5（辰）5（形）5（君）5（灵） 5（略）5（并） 5（时）5（芒）5（兆）5（皇） 5（民）7（方）6（衰）7（唐） 7（舜）7（祥）4（祐）3（肃） 3（康） 3（康）4（明）3（禄）3（极） 3（平） 凡38句，第33、34句用顶真格	除了五言句式外，后面又加了杂言体。 隔句用韵，总共换韵四次

注：韵部分析参照郭锡良《汉字古音手册》，北京大学出版社，1986。

由表3-3加以分析，可从中发现新旧鼓吹在用韵方面的特征，归结如下。

（1）从韵部看，鼓吹曲辞用到耕韵、阳韵、鱼韵、微韵、之韵、职韵、质韵、脂韵、铎韵、觉韵、歌韵、月韵、元韵、真韵、文韵、侵韵、宵韵、幽韵、缉韵、锡韵等。其中耕韵、阳韵、鱼韵、微韵、之韵、职韵、真韵、元韵等，在魏晋新辞中使用频繁。

耕韵在《获吕布》《伐乌林》《关背德》《平关中》《於穆我皇》《唐尧》五曲中整首使用，在《楚之平》《灵之祥》《战荥阳》中与阳韵交替使用，在《宣受命》中还与微韵、在《平南荆》中还与真韵、在《通荆门》中还与元韵、在《太和》中还与铎韵交替使用。

116

阳韵在《应帝期》《大晋承运期》中整首使用，除与耕韵交替使用外，在《克官渡》《仲秋弥田》中与鱼韵，在《景龙飞》中与之韵、职韵，在《文皇统百揆》中与歌韵，在《金灵运》中还与歌韵、月韵、鱼韵、耕韵、蒸韵交替使用。

微韵在《旧邦》《平玉衡》中整首使用。职韵在《承天命》《克皖城》中整首使用。之韵在《从历数》中整首使用，在《宣受命》《摅武师》《时运多艰》《景龙飞》《巫山高》《平关中》中还与职韵、质韵、脂韵交替使用。

真韵在《章洪德》中整首使用，在《玄化》《应帝期》中与文韵，在《惟庸蜀》中与鱼韵、文韵，在《平南荆》中与耕韵交替使用。

元韵在《屠柳城》中整首使用，在《定武功》中与歌韵、觉韵、职韵交替使用。鱼韵在《摅武师》《夏苗田》中整首使用，在《仲秋弥田》中与阳韵交替使用。歌韵在《将进酒》《宣辅政》中使用较多，在《定武功》《宣辅政》《因时运》《太和》中与耕韵交替使用。

汉旧辞较短，又多杂言，韵部变化频繁。魏晋新辞加长，句式整齐，韵部的使用在一首辞中出现整首不换韵或大量使用某种韵部的情况。特别是耕韵、阳韵的使用比较频繁多见，除了通首押韵的情况，两者交替使用也较常见。如把《楚之平》与《灵之祥》相比，这两首辞句读、句式完全相同，又都是隔句用韵，但韵部的使用不同。《楚之平》前二十四句先写魏武帝起旗旌、创武功，押的是平声耕韵。后六句写魏武帝兴礼乐、定纪纲，改押平声阳韵。情境不同，韵部亦不同。晋《灵之祥》前二十四句先写宣皇帝佐魏及石瑞之征，押阳韵，后六句写武诛孟度，改押耕韵。《宣受命》《关背德》《通荆门》亦如此，叙写与战争相关的内容时，选用耕韵，当转而颂美朝廷时，则改用阳韵，这说明耕韵、阳韵的选择和使用是以内容或情绪的表达来决定的，韵部变化与内容或感情的变化相一致。因此同一曲调的新辞与汉辞相比，韵部很少相同。

就魏、吴、西晋韵部的选用情况来看，虽然三朝咏写内容各有不同，韵部也不相同，但相比较而言，魏与西晋互相承袭的地方较多，吴辞的韵部选用常有不取魏之处。比如《楚之平》《炎精缺》《灵之祥》三首皆依《朱鹭》制辞，但《楚之平》与《灵之祥》的韵部相同，使用顺序有变化而已；而《炎精缺》的韵部与二者完全不同。再如《战荥阳》《汉之季》《宣受命》皆依《思悲翁》制辞，但《战荥阳》《宣受命》的韵部皆以耕韵为主，而《汉之季》则以真韵为主。

（2）从韵式看，鼓吹曲辞包括句句韵、奇句韵、偶句韵，同一段落中首尾押同一韵四种。句句韵、奇句韵、首尾句押韵三种情况在汉旧辞中出现较多，新辞则以偶句韵为定式。

（3）从换韵情况看，汉辞没有通首押一韵的情况，每首皆换韵，且频繁，但在章句结构上有首尾呼应的情况。魏晋新辞由于句子加长、句式整齐等原因，换韵往往较汉辞更有规律，有整首通押不换韵的情况，或者是一首曲辞用两种、三种韵部交替使用。新辞换韵变化的方式更加接近于诗歌的韵式特征。

综上所述，依旧曲作新歌时，新辞在句式、韵部上与旧辞有承袭的痕迹，这主要是由旧曲调所决定。但每首曲辞具体在句数的加长、句式的整齐化、押韵及换韵方面，较旧辞仍有程度大小的变化。这说明依旧曲作新歌并非对旧辞亦步亦趋地模仿或遵循，与依词谱填词有很大不同。依旧曲作新歌时，辞、乐关系的对应有很大的变化空间。比如在句式上，七言可以转换成四三式，也可以变成三三式，也可以去掉杂言部分，突出或加长齐言部分。在句数上，可以保持相当的歌辞长度，也可以数倍加长。而用韵上就更加灵活，因为韵的使用与感情内容联系密切，新辞的内容变换了，自然韵部与押韵方式等也相应变化了。再从魏、吴、西晋歌辞的比对来看，魏与西晋沿袭较多，而吴辞似更有独到之处。可见萧涤非所谓韦昭不通音律，只能亦步亦趋魏辞的结论值得商榷。

依旧曲制作新词后，由于新词有了程度不同的变化处理，若使新词能与乐调完美配合，必然还要在乐曲乐调上再作新的加工，不可能一成不变沿袭旧乐。如此则新词又反过来影响乐调，新辞与新曲又会形成新的辞乐关系。

第四节　魏晋鼓吹曲辞创作的新变与影响

魏晋鼓吹曲辞虽依汉旧曲而作，与汉短箫铙歌十八曲有承袭之处，但新辞无论在作者、制作、内容、体式等方面，皆有较大变化，形成了鲜明特色，对当时的乐府诗及后世鼓吹曲辞的制作，皆有深远影响。

一　创作队伍的专业化

汉铙歌十八曲皆不标明作者，但从曲辞内容来看，有些歌辞是民间创作，如《有所思》可以肯定原出于民间。另有些歌辞则肯定是宫廷文人或乐工的创作，如《上陵》《君马黄》《上之回》《朱鹭》等，其辞咏写宫廷生活的内容，应出自宫廷文人或乐工之手。另有一些歌辞不好判断，如《上邪》，有人认为是男女情誓之辞，也有人认为是臣向君主表效忠之辞。汉辞作者的身份比较复杂，大约包括了民间到宫廷的各类作者，或者民间创作的歌辞采到宫廷以后，又经过了文人乐工的加工。而魏晋新辞的作者皆精通礼乐，多才多艺，是魏晋朝廷认可的专业辞作者。

魏晋鼓吹曲辞的作者从职官职能到个人文学才能方面，都体现出专业化特点。以职官职能来说，曹魏鼓吹铙歌的作者缪袭，魏明帝时官至侍中、散骑常侍。东吴韦昭官博士祭酒、中书仆射；西晋傅玄官侍中，从三人职官职能，有一致之处，即侍中一职。侍中与帝王近密，有备谏顾问之责。《三国志》记载张纮之孙名尚，"孙皓时为侍郎，以言语便捷见知，擢为侍中、中书令。皓使尚鼓琴，尚对曰：'素不能。'敕使学之。后宴言次说琴之精妙，尚因道：'晋平公使师旷作清角，旷言吾君德薄，不足以听之。'皓意谓尚以斯喻己，不悦。"① 这说明当时的侍中等近侍之臣的确负有以乐侍君的职责，不会也必须去学习，要尽快由外行变成内行。

魏晋鼓吹曲辞的作者皆有礼乐治国之才，又有相当的文学素养。缪袭参与魏明帝时期一系列礼乐改革事件，除制作鼓吹曲辞外，还首创了魏晋的《挽歌》。他的文学才能，从参与《皇览》《魏书》的编撰，到《魏散骑常侍缪袭集》留存下来的赋、赞等作品皆能充分体现出来。韦昭在孙休世上虽无具体礼乐事件可考，但从华覈救韦昭之疏："今曜在吴，亦汉之史迁也。伏见前后符瑞彰著，神指天应，继出累见，一统之期庶不复久。事平之后，当观时设制，三王不相因礼，五帝不相沿乐，质文殊途，损益异体，宜得曜辈依准古义，有所改立。"② 说明韦昭确有能力承担起依准古义，改立礼乐的重任。另从韦昭所作《洞纪》四卷、《吴书》五十五卷、《汉书音义》七卷、《春秋外传国语注》二十二卷、《孝经解赞》一卷、《与朱育等毛诗答杂问》七卷、《官仪职训》一卷、《辨释名》一卷、《集》二卷、《博弈论》《三吴郡国志》③ 等情况来看，韦昭在经学、音韵学、史学、文学等方面的才能，与缪袭相比

---

① 《三国志》第 53 卷，第 1264 页。
② 《三国志》第 65 卷，第 1463 页。
③ 以上著述情况见《隋志》《七录》《寰宇记》《三国志韦昭传》。

应是有过之而无不及的。西晋傅玄除了鼓吹曲辞的创作，还创作了西晋的郊庙、燕射等宗庙歌辞，他还是西晋文坛的领军人物。

所以，魏晋鼓吹曲辞的作者，无论从职官职能，还是个人才能，都是朝廷精心挑选的一流制辞专家。

二　创作方式的系统性与模式化

短箫铙歌十八曲虽被蔡邕归为军乐，但产生时间不一，歌辞内容庞杂，显然并非专门制作的军乐歌辞。至曹魏时期，曹丕曾就《钓竿》一曲创作了新辞，这一方面说明铙歌曲的音乐仍在流行，另一方面也说明，铙歌曲辞的创作零散不成系统。而缪袭、韦昭、傅玄创作鼓吹曲辞，不唯受诏制辞，且是系统性、模式化创作。其政治意味及功用目的，尤其明确。

所谓系统性，是鼓吹新辞改变了零散创作的特点，将十二曲或二十二曲专门挑选出来，视为一组套曲进行创作，形成曲曲相连，具有严格时间序列的歌词。缪袭所作鼓吹十二曲从魏武帝开始，按照顺序叙写武帝、文帝、明帝时期发生的重大历史事件，歌颂他们的文治武功。韦昭鼓吹十二曲则从孙坚写起，依次叙写孙坚、孙策、孙权等人具体的功德。傅玄鼓吹曲从宣帝佐魏开始，写到武帝受命，另外又写到春、夏、秋、冬的狩猎、农业等活动。凡此种种，就改变了汉鼓吹零乱无序的单曲状态，变成了一组完整有序的称颂功德的套曲，因歌辞各曲之间的关联性而自然形成了一个系统。所谓模式化，魏、吴、西晋三朝歌辞在创作上互相借鉴，无论就歌辞内容，又或歌辞体式，都有极明显的模仿或比照痕迹，使得三朝新鼓吹歌辞形成了鲜明的模式化特征。

魏晋新鼓吹曲辞的系统性、模式化创作，体现了明显的政治意图。魏晋鼓吹新辞皆是在"明盛德之源流，受命所由兴也"的政治要求下，与当时各朝的郊庙乐章建设同步展开。曹魏的郊庙乐章已不存，但从西晋郊庙乐来看，郊祀乐章主要由《夕牲歌》《迎送神歌》《飨神歌》三种组成，这些都是娱神的乐章，无关乎"明盛德之源流"。再从西晋宗庙乐章来看，西晋宗庙乐除了《夕牲歌》《迎神歌》《飨神歌》外，主体部分是由登歌组成，《征西将军登歌》《豫章府君登歌》《颍川府军登歌》《京兆府君登歌》《宣皇帝登歌》《景皇帝登歌》《文皇帝登歌》，分别歌颂先祖功德，正是傅玄所云"登歌歌盛德之功烈，故庙异其文"之意。但综观九首"登歌"，只是仪式性的歌颂赞美，并没有具现文治武德的历史事件，这种歌颂方式与魏明帝诏令"追尊稷、契，歌颂有娀、姜嫄之事"显然并不吻合。而三朝新鼓吹曲辞一改汉古辞生活化场景或情境的具现和抒写，在内容上精心选裁，分别选取历代帝王文治武功的重大历史事件作为咏写内容。这些事件按照时间顺序逐一呈现出帝王们危难起兵、艰苦作战、结盟友好、拨乱反正、受命建号、君臣和睦、制历改元等文治武功的方方面面。比如汉《朱鹭》曲辞是歌咏祥瑞，魏、吴、西晋新鼓吹则歌颂各自王朝开创人物的功绩。两相比较，汉辞显然并没有具体描写歌颂对象的事迹或功德等内容，而新鼓吹则比较具体化，正是魏明帝诏令"追尊稷、契，歌颂有娀、姜嫄之事"意图的真正贯彻和体现。

新鼓吹曲辞的系统化、模式化创作反映出鼓吹辞乐关系的新变化。具体说来，就是把鼓吹曲辞和音乐变成了歌功颂德的载体，承担起古代大雅音乐的功能。新辞的制作在汉代音乐的外衣下，包裹着复古周代雅乐的内核，这种变化与魏、晋君臣恢复周代雅乐的努力及相互间的借鉴和影响是分不开的。

三 曲辞风格的雅化

魏、吴、西晋鼓吹新辞属于文人乐府，其作者缪袭、韦昭、傅玄都是才学宏富的文人、朝廷重臣，受诏制辞。他们在音乐的规定下，为了歌功颂德的政治理念，着力于歌辞的精心营构，使得三朝鼓吹曲辞迈向了雅化之路。突出表现在语词的雅正化、句式的整饬化、韵式的规律化及曲辞的骈偶化方面，总体上实现了风格的雅化。

语词雅正化。汉辞多生活化、口语化词汇。如《朱鹭》"拉沓"、《艾如张》"奈雀何"、《翁离》"可筑室""何用葺之"、《战城南》"且为客豪""何以南何以北"、《上陵》"从何来""水中央""下来饮"、《将进酒》"辨加哉""心所作"、《芳树》"怀我怅""如孙如鱼乎"、《有所思》"拉杂摧烧"、《临高台》"令我主""寿万年"等。汉古辞还通过呼告语、语气词、问句来加强感情，如《上邪》"上邪！我欲与君相知"、《君马黄》"王将何似，如孙如鱼乎？悲矣"、《雉子斑》"雉子，斑如此"、《巫山高》"远道之人心思归，谓之何"等。而魏以后鼓吹曲辞一律改用雅正词汇。祝寿话语由《临高台》中的"令我主寿万年"、《远如期》中的"增寿万年亦诚哉"、《上陵》中的"延寿千万岁"，变成《邕熙》中的"寿考乐无央"、《承天命》"思我帝皇，寿万亿。长保天禄，祚无极"、《顺天道》中的"受兹百禄，嘉万年"；表示年月由《上陵》"甘露初二年，芝生铜池中"，变成《太和》中的"惟太和元年"，"惟"字虽是虚词，却是典型的书面用语。描写战争更是气势磅礴，如《楚之平》"神武奋，金鼓鸣"、《获吕布》"芟夷鲸鲵，驱骋群雄"、《征辽东》"威灵迈日域，公孙既授首，群逆破胆，咸震怖"等，而《应帝期》"四门为穆穆，教化常如神"、《太和》"上天时雨露、五谷溢田畴"、《文皇统百揆》"玄功济四海，洪烈流万世"等，极尽颂美之意，这种颂美的感情却是通过语词的表现力升发出来，与汉辞的呼告、语气词的使用完全不同。这种精心的遣词直将鼓吹曲辞的个性定格为雍容雅正的一派。

句式整饬化。汉辞多杂言体，二、三、四、五、六、七、八、九言皆有，且出于摹写之需，常出以对话体（《战城南》）、自述体（《雉子斑》《上邪》）等形式，这就使得一首曲辞中语言句式错杂。这种现象到后来的鼓吹曲辞中有了很大改变，在音乐规定的情境下，曲辞的句式变得较为整饬。试将《朱鹭》与《楚之平》比较，《朱鹭》一首共七句，为2333335句式，是以三言为主兼有二言、五言的杂言体。而《楚之平》共二十句，全部变成三言句式，东吴《炎精缺》和西晋《灵之祥》也全部变成整齐的三言体。再如《有所思》也是杂言，而《应帝期》等后来作品则基本以五言体为主。句式的整饬使得曲辞变得极为典雅，文人化的倾向显得十分突出。

韵式规律化。汉辞韵式的变化没有规律可循，但魏晋曲辞中可见韵式的有规律变化。比如《楚之平》等诗不换韵，有的诗则换韵，但每个韵部都有一定的长度，有的三句一韵，有的四句一韵，有的甚至更长。这种情况比汉古辞更有规律，与诗歌有类似之处。

曲辞骈偶化。其实汉辞也有少量的对偶，如《圣人出》中"圣人出，阴阳和。美人出，游九河"、《远如期》中"远如期，益如寿"、《君马黄》中"君马黄，臣马苍""美人归以南，驾车驰马，美人伤我心。佳人归以北，驾车驰马，佳人安终极"等。但在魏以后的鼓吹曲辞创作中，不仅大量使用对偶，而且对偶更为精严。比如《楚之平》有三句对偶："迈武德，扬洪名""越五帝，邈三王""兴礼乐，定纪纲"，还有"汉室微，社稷倾。皇道失，桓与灵。阉官炽，群雄争"等长句对偶，《应帝期》中"历数承天序，龙飞自许昌""联盟昭四表，恩德动遐方""白虎依山林，凤皇鸣高冈"，《宣受命》中"渊穆穆，赫明明"，《文皇统百揆》中"武将镇四隅，英佐盈朝堂"，《金灵运》中"百事理，万邦贺""鼓渊渊，钟喤喤。奠樽俎，实玉觞"，《玄云》中"龙飞何蜿蜿，凤翔何翩翩""桓桓征四表，济济理万机"，《伯益》中"嘉祥致天和，膏泽降青云"等，这些对偶与永明以后的近体诗相比毫不逊色。

总之，魏晋新辞文人化、雅化特征十分突出，从中可见作者文才之高妙。但与汉辞相比，由于新鼓吹的创作纳入到颂美朝廷的政治意图当中，所以在文人化、雅化的同时，也明显失去了汉铙歌辞意象优美生动、声情朴野真挚、神思宏廓飞动的特点，显得呆板、缺乏生气，诗歌韵味全无。

四　辞乐关系的新变

从鼓吹曲辞的制作来看，魏晋时期的乐府观念，已经由汉代的辞乐一体、先乐后辞转变成辞乐有所分离、重乐更重辞。

汉代曲与辞一体，从辞乐关系看，乐比辞更重要。李延年吸纳胡乐、先代军乐、汉代音乐制乘舆武乐，却没有专门创制曲辞。说明在汉代的辞乐关系中，歌辞还只是音乐的附属品，尚没有获得独立的意义。魏晋时期，依旧曲创制新辞的创作现象，除了鼓吹曲辞外，其他如曹操作《薤露》《蒿里》，曹丕作《善哉行》《钓竿》，曹植作《怨歌行》《陌上桑》《吁嗟篇》《鼙舞歌》等皆属依旧曲作新辞。可以看出，新曲辞的制作虽然在汉代旧曲的规定下，但显然更重视歌辞本身的制作，而且在填上新辞以后，又将新辞重新配乐，这样形成了新的辞—乐关系。这类乐府诗的创作虽仍不脱离汉代旧乐，但在自汉代乐—辞关系到魏晋辞—乐的转变过程中，显然更重在发挥歌辞的主体性和能动性，这样就使得魏晋乐府诗的创作从音乐的束缚中渐渐脱离出来，迈出了乐与辞分离过程中的第一步。

魏晋新辞的制作在实现了上述转变后，对后世鼓吹曲辞的创作提供了具体的范式，并渐渐从军乐中独立出来。魏晋以后，梁、北齐、北周各朝也依照魏晋鼓吹的创作理念进行了系列创作（见表3-4）。这些曲辞与魏晋有一致之处，即称颂功德，其中又以称颂武功为主。这样，短箫铙歌曲自汉代李延年时虽作为乘舆武乐，到蔡邕时又归为短箫铙歌乐，但由于没有专门的歌辞，个别乐曲还有被借用到食举等其他用乐中去的情况，所以汉代的短箫铙歌十八曲还不具备独立的意义。应该说直到魏、晋时期，由于缪袭等人重新制辞，借用这套曲目来称述功德，使短箫铙歌的乐辞关系形成了鲜明的新特征，并在梁、北齐、北周各朝的礼乐建设中继续得到呼应，这样就使得短箫铙歌曲的曲辞制作定型，并获得了经典化的意义。作为套曲，它自魏晋开始成为一个系统化的音乐类型，据《通典》："（北齐）宣帝时，改前代鼓吹朱鹭等曲，制为十五曲，述受魏禅及战功之事。帝每晨出夜还，恒陈鼓吹。尝幸同州，自应门至赤岸，数十里间，鼓吹俱作。祈雨仲山还，令京城士女，于街巷奏乐以迎之。公私顿弊，以至于亡也。""鼓吹朱鹭等二十曲，皆改古名，以叙功德。古又有黄雀、钓竿二曲，略而不用。并议定其名，被于鼓吹。诸州镇戍，各给鼓吹乐，多少各以大小等级为差。诸王为州，皆给赤鼓、赤角，皇子则增给吴鼓、长鸣角，上州刺史皆给青鼓、青角，中州刺史以下及诸镇戍皆给黑鼓、黑角。乐器皆有衣，并同鼓色。"[①]可以看出，北齐时的《朱鹭》等曲，显然已经不用于军乐，而是作为道路出行、仪式之用的鼓吹。由军乐到鼓吹的这种分化，虽然早在汉武帝时就已在个别单曲范围内不同程度地出现，但自魏晋时期，由于对短箫铙歌曲统一制辞，作为套曲的短箫铙歌曲遂从军乐当中开始真正地分化、独立出来，成为郭茂倩所说的用于朝会、道路等的"鼓吹曲"，这一结论与韩宁所说的鼓吹在三国时期就基本上固定为了一种仪式用乐，尤其是在送葬和出行这两种使用方式中更为明显，也是基本能够吻合的。

---

① 杜佑：《通典》第 142 卷，第 3618 页。

表3-4 汉魏吴西晋梁北齐北周各朝鼓吹铙歌创作情况对照表

曲名	朝代	篇名	内容
朱鹭行	汉	朱鹭	鹭惟白色，汉有朱鹭之祥，因而为诗。描写刻在鼓上的朱鹭之情态
	魏	楚之平	从东汉写起，到魏武帝起旗旌、创武功、兴礼乐，定纪纲
	吴	炎精缺	汉室衰微，孙坚奋志匡救，王迹始化
	西晋	灵之祥	从宣皇佐魏写到石瑞之征、武诛孟度
	梁	木纪谢	言齐谢梁升也
	北齐	水德谢	言魏谢齐兴也
	后周	玄精季	言魏道陵迟，太祖肇开王业也
思悲翁行	汉	思悲翁	叙田猎之诗
	魏	战荥阳	言曹公也。具体写荥阳之战
	吴	汉之季	言孙坚痛董卓之乱，兴兵奋击，功盖海内
	西晋	宣受命	言宣帝御诸葛也
	梁	贤首山	言武帝破魏军于司州，肇王迹也
	北齐	出山东	言神武战广阿，破尔朱兆也
	后周	征陇西	言太祖诛侯莫陈悦，扫清陇右也
艾如张行	汉	艾如张	言田猎必徼遮禽兽之倦极者尽取焉，则物亦贪生，谁肯甘心蒙弋者乎
	魏	获吕布	具写围临淮，生擒吕布事
	吴	摅武师	言孙权征伐也
	西晋	征辽东	言宣帝讨灭公孙氏也
	梁	桐柏山	言武帝牧司州兴王业也
	北齐	战韩陵	言神武灭四胡定京洛也
	后周	迎魏帝	言武帝西幸，太祖奉迎宅关中也
上之回行	汉	上之回	汉武帝元封初盖夸时事也
	魏	克官渡	言曹公破袁绍于官渡也
	吴	伐乌林	言周瑜破魏武于乌林也
	西晋	宣辅政	言宣帝之业也
	梁	道亡	言东昏失道，义师起樊邓也
	北齐	殄关陇	言神武遣侯莫陈悦诛贺拔岳，定关陇也
	后周	平窦泰	言太祖讨平窦泰也

曲名	朝代	篇 名	内 容
拥离行	汉	拥离	古辞云："拥离趾中可筑室，何用茝之蕙用兰。拥离趾中。"
	魏	旧邦	言曹公胜袁绍于官渡，还谯，收死亡士卒也
	吴	秋风	言孙权悦以使民，民忘其死也
	西晋	时运多难	言宣帝致讨吴方，有征而无战也
	梁	抗威	言破加湖元勋也
	北齐	灭山胡	言神武屠蠡升高车而蠕蠕向化也
	后周	复弘农	言太祖收复陕城，关东震惧也
战城南行	汉	战城南	辞言野死不得葬，为乌鸟所食，愿为忠臣义士，朝出战而暮不得归
	魏	定武功	言曹公初破邺也
	吴	克皖城	言孙权胜魏武于此城也
	西晋	景龙飞	言景帝也。景帝克明威教，赏从夷逆，崇此洪基
	梁	汉东流	言克鲁山城也
	北齐	立武定	言神武立魏主，迁都于邺而定天下也
	后周	克沙苑	言太祖俘齐军十万于沙苑，神武脱身遁也
巫山高行	汉	巫山高	古辞大略言江淮深，无梁以渡，临水远望，思归而已
	魏	屠柳城	言曹公破三郡乌丸于柳城也
	吴	关背德	言关羽背吴为孙权所擒也
	西晋	平玉衡	言景帝调万国也
	梁	鹤楼峻	言平郢城也
	北齐	战芒山	言神武克周师也
	后周	战河阴	言太祖破神武于河上，斩其三将也
上陵行	汉	上陵	盖因上陵而为之也
	魏	平南荆	言曹公平荆州也
	吴	通荆州	言吴与蜀通好也
	西晋	文皇统百揆	言文帝也
	梁	昏主恣淫慝	言东昏政乱，武帝起义伐罪吊民也
	北齐	禽萧明	言梁遣明来寇，为清河王岳所禽也
	后周	平汉东	言太祖命将平随郡安陆也

续表

曲名	朝代	篇　名	内　　　容
将进酒行	汉	将进酒	劝饮之词
	魏	平关中	言曹公征马超定关中也
	吴	章洪德	言孙权之德也
	西晋	因时运	言时运之变，圣策潜施也
	梁	石首篇	言平京城废东昏也
	北齐	破侯景	言清河王岳破侯景复河南也
	后周	取巴蜀	言太祖遣军平定蜀地也
有所思行	汉	有所思	亦曰《嗟佳人》，男女决绝之词
	魏	应帝期	言文帝以圣德受命，应期运也
	吴	顺历数	言孙权建大号也
	西晋	惟庸蜀	言文帝平蜀，封建复五等之爵也
	梁	期运集	言武帝受禅也
	北齐	嗣丕基	言文宣帝也
	后周	拔江陵	言太祖命将禽萧绎平南土也
芳树行	汉	芳　树	恋情词
	魏	邕　熙	言君臣邕穆，庶绩咸熙也
	吴	承天命	言践位也
	西晋	天　序	言用人尽其才也
	梁	于　穆	言君臣和乐也
	北齐	克淮南	言文宣遣清河王岳禽梁司徒陆法和，克寿春，尽取江北之地也
	后周	受魏禅	言闵帝受魏禅作周也
上邪行	汉	上　邪	盟誓之辞
	魏	太　和	言明帝继统，得太和平而改元也
	吴	玄　化	言孙权修文训武，以道化天下也
	西晋	大晋承运期	言圣皇应箓受图，化象神明
	梁	惟大梁	言梁德广运也
	北齐	平瀚海	言文宣命将灭蠕蠕国也
	后周	宣重光	言明帝入承大统也

曲名	朝代	篇 名	内 容
君马黄行	汉	君马黄	古辞但取第一句以命题，其主意不在马也
	西晋	金灵运	言晋乘金运也
	北齐	定汝颍	言文襄遣清河王岳禽周将王思政于长葛，汝颍悉平也
	后周	哲皇出	言高祖之圣德也
雉子行	汉	雉子班	写雉鸟死别哀情，盖田猎之词，同《郑风·大叔于田》
	西晋	于穆我皇	言武帝受命，德合神明也
	北齐	圣道洽	言文宣之德，无思不服也
	后周	平东夏	言高祖禽齐主于青州，一举定山东也
圣人出行	汉	圣人出	颂美德政
	西晋	仲春振旅	大晋申文武之教，畋猎以时
	北齐	受魏禅	言文宣受禅，应天顺人
	后周	禽明彻	言高祖遣将克陈将吴明彻而俘之也
临高台行	汉	临高台	游宴颂美之词
	西晋	夏苗田	言大晋畋狩顺时，为苗除害
	北齐	服江南	言梁主萧绎来附化也
远期行	汉	远如期	魏时以《远期》《承元气》《海淡淡》三曲多不通利，故省之
	西晋	仲秋弥田	言狩猎以时，虽有文德，不废武事也
	北齐	刑罚中	言孝昭举直措枉，狱讼无怨也
石留行	汉	石 留	有声无辞
	西晋	顺天道	言仲冬大阅，用武修文，大晋之德配天
	北齐	远夷至	言至海外西夷诸国遣使朝贡也
务成行	汉	务 成	有声无辞
	西晋	唐 尧	言圣皇陟位，化被四表也
	北齐	嘉瑞臻	言圣王应期，河清龙见，符瑞总至也
玄云行	汉	玄 云	有声无辞
	西晋	玄 云	言圣皇用人，各尽其才
	北齐	成礼乐	言功成化洽，制礼作乐也

续表

曲名	朝代	篇 名	内 容
黄爵行	汉	黄爵行	有声无辞
	西晋	伯 益	言赤鸟衔书，有周以兴，今圣皇受命，神雀来也
钓竿行	汉	钓 竿	伯常子避河滨为渔父，其妻思之，而为《钓竿歌》，每至河侧辄歌之。后司马相如作《钓竿》诗，遂传以为乐曲
	西晋	钓 竿	言圣皇协配尧舜，又有吕望之佐，以济天功，致太平

小　结

本章考察了魏晋鼓吹曲辞的创制背景、曹魏鼓吹曲辞的创制时间、新鼓吹曲辞的体式特点及新变等问题。

第一节探讨魏晋鼓吹曲辞的创制背景。魏晋鼓吹曲辞的创制与郊庙乐建设、郊庙歌辞的建设具有趋同性，二者皆是新帝受命以后朝廷礼乐建设的重要内容，称颂魏、晋各朝的历史和武功，明其盛德源流，赋予魏晋鼓吹曲辞浓厚的政治色彩。

第二节对学界尚存歧义的缪袭创作鼓吹曲辞的时间问题作了具体考辨，将缪袭作鼓吹的时间定在魏明帝受命后的太和初年，为鼓吹曲辞的深入研究奠定了基础。

第三节就新鼓吹曲辞的体式进行了纵向、横向的考察。"依前曲作新歌"以后，新鼓吹曲辞在句式、用韵、歌辞长度上等都有不同程度的变化。由于歌唱的需要，新辞在句式上对汉辞还有明显的继承，比如七言句转化成四三式、三三式等，但由于内容上的需要，歌辞明显的加长，韵部的变化也较大，韵式较汉辞的使用更加有规律，隔句用韵的韵式已经普遍使用。总的来看，"依前曲作新歌"的创作方式，虽然还受着音乐的限定，但歌辞在句式、韵式、长度等方面仍有很大的发挥自由度和灵活性，它与后世"亦步亦趋"依曲谱填词迥然不同。通过对魏、吴、西晋鼓吹曲辞的横向对比考察发现，曹魏与西晋两朝新辞在句式、韵式等方面有明显的承袭一致性，而东吴的某些新辞则带有不同的特点。

第四节主要探讨了魏晋新鼓吹曲辞的新变与影响。新鼓吹曲辞在创作队伍的专业化、创作方式的系统化与模式化、曲辞风格的雅化、辞乐关系中重辞的变化等方面，体现出鲜明的新变特征，这些特征使得魏晋鼓吹曲辞获得了经典化的意义，成为一种歌辞范式，对后世鼓吹曲辞的创作形成深远的影响。

第四章
魏晋相和歌辞研究

相和歌辞是魏晋时期数量最多、影响后世最巨的一类歌辞。学界在相和歌辞曲类的音乐、文学研究方面已经取得不少成果，王传飞《相和歌辞研究》、邹晓艳《魏晋文人乐府研究》、吴大顺《魏晋南北朝音乐文化与歌辞研究》及刘怀荣《曹魏及西晋歌诗艺术考论》《西晋故事体歌诗与后代说唱文学之关系》，李媛《魏晋乐府诗的音乐特点与文化阐释》等，分别就题材、体式、歌诗创作与表演、辞乐关系，与汉乐府的继承与新变等角度，展开了深入系统研究，其中包括魏晋相和歌辞部分。不足之处在于：第一，缺乏魏晋相和歌辞总体风貌、曲调曲题特点的专题研究；第二，缺乏魏晋相和歌辞入乐传播情况的考察；第三，魏晋"挽歌""艳歌"的研究还有延展空间。

第一节　魏晋相和歌辞的曲调与题名

魏晋时期的相和歌辞包括相和曲、平调曲、清调曲、瑟调曲、楚调曲、吟叹曲六种类型。相和各曲调的创作情况及其曲调、题名详见表4-1。

表4-1　汉魏晋相和曲创作总表

曲名 ＼ 作者	古辞	魏武帝	魏文帝	魏明帝	曹植	缪袭	傅玄	陆机
气出唱		3						
精　列		1						
江　南	1							
度关山		1						
东　光	1							
十　五			1					
薤　露	1	1			1			
惟汉行					1		1	
蒿　里	1	1						
挽　歌						1		1
对　酒		1						
鸡　鸣	1							
乌　生	1							
平陵东	1				1			
陌上桑	2	1	1					
艳歌行							1	
日出东南隅行								1

相和曲曲调源于汉旧曲。《惟汉行》是曹植据曹操《薤露》"惟汉

二十二世"首句加"行"而创制的新题,《惟汉行》曲调渊源实为汉《薤露》曲;《日出东南隅行》是陆机据《陌上桑》首句"日出东南隅"创制的新题,这二首曲调渊源也相同;《艳歌行》与《陌上桑》曲调渊源也相同。缪袭《挽歌》与汉旧曲《薤露》《蒿里》皆属挽歌,有相同的曲调渊源。

魏明帝没有创作相和曲,魏武帝最多,有七曲九首,魏文帝二曲二首,曹植二首。魏武帝、文帝时期相和曲比较流行,至魏明帝既已不再创作新的相和曲,表明相和曲不再流行。相和曲创作主要集中于汉魏时期。西晋只有《日出东南隅行》《艳歌行》《惟汉行》《挽歌》四首,而前两首与《陌上桑》有关,后两者属于挽歌。《江南》《东光》《乌生》《鸡鸣》四曲皆有汉古辞,但魏晋时期却没有新辞产生。再来看清调曲的情况。

表 4-2　清调曲创作总体情况表

曲名　　作者	古辞	曹操	曹丕	曹叡	曹植	嵇康	傅玄	陆机
苦寒行		2		1	1			1
豫章行	1				1		1	1
董逃行	1						1	1
长安有								
狭邪行	1							1
塘上行		1			1			1
秋胡行		2	1			7	2	1
相逢行	1							

清调曲中的《豫章行》《董逃行》《长安有狭邪行》《相逢行》四首皆有古辞,曲调来源为汉代旧曲。

《秋胡行》《塘上行》《苦寒行》三首皆无古辞，但是汉代既有鲁人秋胡戏妻的本事，《秋胡行》的曲调应与秋胡有关。《塘上行》的作者有争议，暂不讨论。《苦寒行》《秋胡行》两首现存最早的歌辞是魏武帝辞，且辞之首句均与曲名无关，依据曲名与歌诗首句多一致的原则，这三首歌诗应该不是最早的歌辞，而是在旧曲基础上另作新辞。至于无古辞的原因，可能有两种情况：一是古辞亡佚，二是本无古辞，只有曲调。

清调曲的曲调来源皆汉代旧曲，魏晋时期据旧曲创作了新辞。魏武帝所作清调曲均无古辞，陆机却将所有清调曲另制了新辞。以《秋胡行》数量最多，为十三首，魏、晋皆有创制。从作者身份来看，武帝、明帝均创制了《苦寒行》，武帝、文帝均创制了《秋胡行》，这两曲在晋代也有新辞，应是清调曲中较受两朝乐府关注的曲目。

清调曲的题名基本仍以旧曲名为题名，不过也有新题出现。曹植据《苦寒行》制《吁嗟篇》，据《塘上行》制《蒲生行浮萍篇》，这两首皆有魏武帝所作歌辞在前，因此在曲调名下又出现了歌辞题名，与魏武之作在题名上有所区分。西晋唯傅玄据《豫章行》作《苦相篇》，据《董逃行》作《历九秋篇》，傅玄所作均无帝王之辞在前，不过《苦相篇》《董逃行》皆有古辞。"篇"题的出现是一个值得关注的现象，这些"篇"题歌辞皆有对应的曲名，是针对某一曲调而作的新辞，对新辞则以首句加"篇"为题。客观上来看，这种命名方法有效避免了同一曲名下多篇歌辞的命名重复。接下是平调曲的创作情况。

表 4-3　相和平调曲创作总体情况表

曲名＼作者	古辞	曹操	曹丕	曹叡	曹植	王粲	傅玄	陆机
长歌行	2			1	1		1	1
短歌行		3	1	1			1	1
猛虎行			1					1
君子行	1							1
燕歌行			3	1				1
从军行						5		1
鞠歌行								1

　　陆机仍然是据旧曲各创新辞一首，这与清调曲的情况大致相同。所不同者，在清调曲的创制中，陆机不是首创者，但是平调曲的《鞠歌行》《君子行》，陆机皆是魏晋唯一另创新辞之人。从作者来看，《短歌行》《燕歌行》《猛虎行》《长歌行》皆有帝王之辞，想必极受魏乐府的推崇。另外像《从军行》只有王粲、陆机有作。从题名来看，作者仍均以旧曲名为题名，唯一不同者是曹植据《长歌行》创制的《虾鳝篇》，《长歌行》有魏明帝歌辞。傅玄《长歌行》《短歌行》仍取旧曲名为题，这与清调曲另制新题的情况有所不同。瑟调曲是相和歌辞中最多的一类，总体创作情况如表4-4。

表 4-4　相和瑟调曲创作总体情况表

曲名＼作者	古辞	曹操	曹丕	曹叡	曹植	陈琳	傅玄	陆机
善哉行	1	2	4		1			
陇西行	1							1
步出夏门行	1	1		1				
丹霞碧日行		1			1			
折杨柳行	1		1					1

续表

作者 曲名	古辞	曹操	曹丕	曹叡	曹植	陈琳	傅玄	陆机
西门行	1							
东门行	1							
却东西门行		1						
鸿雁生塞北行							1	
顺东西门行								1
饮马长城窟行	1		1			1	1	1
上留田行			1					1
妇病行	1							
孤儿行	1							
放歌行			1				1	
大墙上蒿行			1					
野田黄雀行					3			
雁门太守行	1							
艳歌何尝行	1		1					
艳歌行	2						1	
煌煌京洛行			1					
门有车马客行								1
门有万里客行					1			
墙上难为趋							1	
日重光行							1	
月重轮行			1	1				1
櫂歌行				1				1
白杨行							1	

  瑟调曲中有古辞的只有四首，不过《日重光行》《月重轮行》《櫂歌行》虽无古辞，但可肯定汉代有旧曲。从创作时间来看，只在曹魏有作的是《善哉行》《步出夏门行》《丹霞碧日行》《却东西门行》《大墙上蒿行》《野田黄雀行》《艳歌何尝行》《煌煌京洛行》《门有万里客

138

行》九曲。其中《却东西门行》只有魏武帝一首，《大墙上蒿行》《艳歌何尝行》《煌煌京洛行》各有魏文帝一首，《野田黄雀行》《门有万里客行》各有曹植一首。只在西晋有作的是《陇西行》《鸿雁生塞北行》《顺东西门行》《艳歌行》《日重光行》《墙上难为趋》《门有车马客行》《白杨行》八首。其中《陇西行》《艳歌行》《日重光行》皆有古辞，而《顺东西门行》与魏武帝的《却东西门行》，《门有车马客行》与曹植的《门有万里客行》，《墙上难为趋》与魏文帝的《大墙上蒿行》都有渊源关系，《白杨行》与《豫章行》二者也有明显的曲调渊源。

从题名来看，以汉旧曲为题者多。魏文帝的《艳歌何尝行》是在《艳歌行》的曲名基础上摘首句"何尝"两字而为《艳歌何尝行》；傅玄的《有女篇》是取《艳歌行》加首句"有女"，这与魏文帝的命题方法一致。曹植的《当来日大难》是拟《善哉行》为新辞，未取首句为篇名，却用《当来日大难》为题，意思是创作新辞取代汉古辞中的《善哉行·来日大难》之意。楚调曲的创作情况表4-5。

表4-5 相和楚调曲的创作总体情况表

作者 曲名	古辞	曹植	阮瑀	诸葛亮	傅玄	陆机
白头吟	1					
泰山吟						1
梁甫吟				1		1
泰山梁甫行		1				
东武吟行						1
怨诗行	1	2				
怨诗			1			
怨歌行	1	1			1	
班婕妤						1

《怨诗》《怨歌行》《班婕妤》皆属宫怨题材，为失宠女性的悲歌；而《白头吟》是怨愤失恋之词，与前者颇有关联；《泰山吟》《梁甫吟》《泰山梁甫行》《东武吟行》在地域上有一致性。由于泰山梁甫历来与挽歌有关，皆悲悼人生的歌曲，其曲名均缀以"吟"字，也从一方面说明这些曲调具有哀怨的特点。从题名看，唯傅玄《怨歌行》取首句"朝时"加"篇"为题，这与曹植的"篇"题命名情况相似。

相和曲的最后一类是吟叹曲。魏晋的吟叹曲皆石崇所作，除《大雅吟》曲调不明外，《王明君》《楚妃叹》两曲皆有本事，应是石崇根据汉代旧曲创作的新辞，可能在曲调上与汉代有关，也可能在汉代旧曲基础上又作了新的音乐加工。

总而言之，相和歌辞的六种类型当中，以瑟调曲在魏晋时期的创作曲调最为丰富。相和曲的创作主要集中于魏武帝时期。吟叹曲仅限于石崇所作。西晋陆机是相和歌辞创作最多最丰富的作家，其次为傅玄。

魏晋相和歌辞多以汉旧曲为题，也有一些新题出现，主要为曹丕、曹植、傅玄三人作品。从命名看，魏文帝是在"艳歌行"曲基础上，取首句中的两字加入"何尝"为题，表明"何尝"篇是据《艳歌行》曲调创制的新辞。曹植新题的拟制最值得注意，有三种方法：第一，以曹操新作的首句两字加"行"另成为新题，如《惟汉行》；第二，以汉乐府古辞的首句前面加"当"为题，如"当来日大难"；第三，以自己所作的首句两字加篇为题，如《虾䱇篇》《吁嗟篇》。虽然方法不同，但内涵相同，皆是依旧曲作新辞以代之。傅玄的题名对曹魏有明显的继承，所不同者他在"篇"题之前都标明了曲调名，如《豫章行·苦相篇》。

第二节　魏晋相和歌辞的入乐传播

魏晋相和歌辞的创作虽有明确而具体的音乐背景，存在明显的入乐动机，但从文献记载看，只有部分乐府诗实现了入乐，且入乐时间、入乐方式也是各不相同、极为复杂的。本节拟考察魏晋时期哪些相和歌辞通过何种方式入乐，入乐以后的歌辞文本经历了哪些具体的改造，以此来了解魏晋相和歌辞的创作实质、流传过程以及辞乐关系的变化。

一　曹魏相和歌辞的入乐情况

据《乐府诗集》，曹魏相和歌辞的入乐分作四种情况：第一，仅限于魏乐所奏；第二，魏晋乐所奏；第三，不入魏乐却入晋乐；第四，从魏晋延续至南朝一直入乐。不过由于文献记载的缺佚，关于它们在曹魏时期的入乐情况，郭茂倩只是根据一定的标准进行大致的判断。逯钦立先生认为，《乐府诗集》于《宋书》所列相和曲，皆目为魏乐所奏，于《宋书》所列三调曲，皆目为晋乐所奏。但是也有例外者，如魏武帝的《陌上桑》"驾虹霓"是相和曲，却标为"魏晋乐所奏"。再如，魏文帝的《短歌行》"仰瞻"是三调曲，却标为"魏乐所奏"，所以《乐府诗集》对入乐情况的标注情况似乎不像逯钦立先生所认为的那么简单。值得注意的是，《乐府诗集》对相和三调曲的入乐只标注到晋，至于其在南朝的入乐情况则未予标注。鉴于以上两种情况，以下对曹魏相和歌辞的入乐情况进行综合考察。依照时代顺序，曹魏相和歌辞的入乐可分为以下五种情况。

（一）魏乐所奏

魏乐所奏的相和歌辞应包括"三祖"所创全部相和歌辞以及王粲

等专职人员所作歌辞。不过,这些乐府诗在魏乐演奏的时间应该是各不相同的,比如曹操、曹丕、曹叡创作的相和歌辞主要是在其执政时间入乐演唱,在时间上有所交替。曹植的相和歌辞不具备直接入魏乐演奏的资格。

(二) 魏晋乐所奏

西晋时期荀勖整理清商三调歌诗,选用部分汉魏旧辞进行重新配乐加工,"三祖"的部分歌辞就被淘汰,不再入乐。以下便是"魏晋乐所奏"的相和歌辞。

表 4-6 "魏晋乐所奏"相和歌辞一览表

作　者	曲　类	篇　名	文献出处及依据
曹　操	相和曲	精　列	"魏晋乐所奏。"(《乐府诗集》卷26,第384页)
		陌上桑	"晋乐所奏。"(《乐府诗集》卷28,第412页)
	瑟调曲	善哉行2首	"魏晋乐所奏。"(《乐府诗集》卷36,第538页) "《荀氏录》所载十五曲,传者九曲。武帝'朝日''自惜''古公',文帝'朝游''上山',明帝'赫赫''我祖',古辞'来日',并《善哉》,古辞《艳歌罗敷行》是也……"(《乐府诗集》卷36,第534页)
		却东西门行	"魏晋乐所奏。"(《乐府诗集》,卷37,第546页) 《古今乐录》曰:"王僧虔《技录》云:《却东西门行》,荀录所载。武帝《鸿雁》一篇,今不传。"(《乐府诗集》卷35,第552页)
		步出夏门行	"魏晋乐所奏。"(《乐府诗集》,卷37,第546页) 王僧虔《技录》云:"《陇西行》歌武帝'碣石'、文帝'夏门'二篇。"(《乐府诗集》卷37,第542页)
	清调曲	秋胡行2首	"魏晋乐所奏。"(《乐府诗集》卷36,第528页)
		苦寒行	《乐府解题》:"晋乐奏魏武帝《北上篇》……""晋乐所奏"(《乐府诗集》卷33,第496页)
甄　后	清调曲	塘上行	《乐府解题》:"前志云:晋乐奏魏武帝《蒲生篇》,而诸集录皆言其词文帝甄后所作……""晋乐所奏。"(《乐府诗集》卷35,第521~522页)

续表

作　者	曲　类	篇　名	文献出处及依据
曹丕	相和曲	十　五	"魏晋乐所奏。"《古今乐录》曰："《十五》歌文帝辞，后解歌瑟调'西山一何高''彭祖称七百'篇。"（《乐府诗集》卷27，第395页）
		陌上桑	"晋乐所奏。"（《乐府诗集》卷28，第412页）
	平调曲	燕歌行2首	"晋乐所奏。"《乐府解题》："晋乐奏魏文帝'秋风'、'别日'二曲。"（《乐府诗集》卷32，第469页）
	清调曲	苦寒行	"晋乐所奏。"（《乐府诗集》卷33，第496页）
	瑟调曲	善哉行	"魏晋乐所奏。"（《乐府诗集》卷36，第538页）
		折杨柳行	"魏晋乐所奏。"《古今乐录》："王僧虔《技录》云：'《折杨柳行》歌文帝"西山"、古"默默"二篇，今不歌。'"（《乐府诗集》卷37，第547页）
		艳歌何尝行	"晋乐所奏。"《古今乐录》曰："王僧虔《技录》云：《艳歌何尝行》歌文帝《何尝》《古白鹄》二篇。"（《乐府诗集》卷39，第576页）
		煌煌京洛行	"晋乐所奏。"《古今乐录》："王僧虔《技录》云：'《煌煌京洛行》，歌文帝园桃一篇。'"（《乐府诗集》卷39，第582页）
曹叡	瑟调曲	善哉行2首	"魏晋乐所奏。"（《乐府诗集》卷36，第539页）
		步出夏门行	"魏晋乐所奏。"（《乐府诗集》卷37，第546页）
		櫂歌行	"晋乐所奏"、《古今乐录》曰："王僧虔《技录》云：《櫂歌行》歌明帝'王者布大化'一篇，或云左延年作，今不歌。"《乐府解题》曰："晋乐奏魏明帝辞云'王者布大化'，备言平吴之勋。……"（《乐府诗集》卷40，第592页）
	清调曲	苦寒行	"晋乐所奏。"（《乐府诗集》卷33，第496页）

魏晋乐演奏的乐曲包括曹操相和曲五首、瑟调曲四首、清调曲三首、平调曲二首，计14首，其相和曲《度关山》《薤露》《蒿里》《对酒》等不再入乐。魏文帝曹丕有相和曲二首、瑟调曲六首、平调曲二首，计十首，其《短歌行》不再入乐。魏明帝有瑟调曲四首、清调曲一首，计五首。

从调类看，由魏至晋仍在演奏的相和歌中，瑟调曲最多，为14首，其次为相和曲七首，再次为清调曲五首，平调曲四首。《乐府诗集》中的相和歌辞分作相和六引、相和曲、吟叹曲、四弦曲、平调曲、清调曲、瑟调曲、楚调曲、侧调曲九种，在这样的九种相和调类中，曹魏乐府诗向西晋提供了其中的四种类型。

从曲名看，包括《气出唱》《精列》《陌上桑》《善哉行》《却东西门行》《步出夏门行》《秋胡行》《苦寒行》《塘上行》《短歌行》《十五》《折杨柳行》《艳歌何尝行》《煌煌京洛行》《上留田行》《大墙上蒿行》《燕歌行》《櫂歌行》共18曲。这18曲当中，除了魏武帝的《气出唱》《精列》《步出夏门行》《塘上行》，魏文帝《十五》《折杨柳行》，魏明帝的《櫂歌行》几曲没有古辞，其余皆有汉古辞。

以上皆是流传下来的魏晋乐演奏的相和歌辞。实际上除了以上这些歌辞，还有一些入晋乐演奏的歌辞，因为在南朝以后失传，《乐府诗集》则没有收录。不过，从晋乐演奏的实际情况来看，它们也属于魏晋乐演奏的情况。这些失传的歌辞有：清调曲二首（魏明帝《苦寒行》"悠悠"、魏武帝《董逃行》"白日"）、瑟调曲一首（魏武帝《却东西门行》）、平调曲五首（《长歌行》魏文帝"功名"、魏明帝"青青"二首、《猛虎行》魏武帝"吾年"、魏明帝"双桐"二首、左延年《从军行》"苦哉"一首），共八首。

（三）晋乐所奏

这主要是指曹植的相和歌辞，包括表4-7中的三曲。

需说明的是曹植相和歌辞不入魏乐，并不意味其辞"乖调"，不可入乐。曹植歌辞在西晋的入乐以及魏氏三祖某些歌辞的不再入乐，使得曹植辞不入魏乐的原因昭然若揭，主要受限于其政治地位。曹植奏入晋乐之辞，一首为瑟调，另两首是楚调。楚调曲作为相和的一种调式，在"魏氏三祖"的歌辞调类中没有出现过，楚调曲应是曹植对西晋相和曲调类的一种补充。

表4-7　"晋乐所奏"相和歌辞一览表

调　类	篇　名	文献出处与依据
楚调曲	怨歌行	"晋乐所奏。"（《乐府诗集》卷42，第617页）
	怨诗行	"晋乐所奏。"《古今乐录》曰："《怨诗行》歌东阿王'明月照高楼'一篇。"（《乐府诗集》卷41，第610—611页）
瑟调曲	野田黄雀行（门有车马客行）	"晋乐所奏。"《乐府解题》曰："晋乐奏东阿王'置酒高殿上'……"（《乐府诗集》卷39，第570页） 《古今乐录》曰："王僧虔《技录》云：'《门有车马客行》歌东阿王置酒一篇。'"（《乐府诗集》卷40，第585页）

（四）延续至南朝晋、宋、齐一直入乐

虽然郭茂倩对歌辞入乐的时间下限只标到晋，但实际上许多歌辞在南朝时期仍然一直演唱。凡在刘宋张永《元嘉正声伎录》、王僧虔《技录》中仍有著录的歌辞，通常都表明它们在刘宋时期仍在演唱；而《古今乐录》对张录、王录多所引用，又在其后注明"今不歌""今不传"的情况，又说明这些刘宋时期仍在演唱的曲辞，到了梁、陈时代则可能不再歌唱。不过，到南朝仍在演唱的歌辞，都是经过西晋荀勖进行加工过的"清商三调"歌诗。

（1）清调曲在南朝的传唱情况。《乐府诗集》引《古今乐录》曰：

王僧虔《技录》清调有六曲：一《苦寒行》，二《豫章行》，三《董逃行》，四《相逢狭路间行》，五《塘上行》，六《秋胡行》。荀氏录所载九曲，传者五曲。晋、宋、齐所歌，今不歌：武帝"北上"《苦寒行》，"上谒"《董逃行》，"蒲生"《塘上行》，"晨上""愿登"并《秋胡行》是也。其四曲今不传：明帝"悠悠"《苦寒行》，古辞"白杨"《豫章行》，武帝"白日"《董逃行》，古辞《相逢狭路间行》是也。其器有笙、笛、（下声弄、高弄、游弄）、篪、节、琴、瑟、筝、琵琶八种。歌弦四弦。张永录

云："未歌之前，有五部弦，又在弄后。晋、宋、齐，止四器也。"①

这段话笔者这样理解：第一，王僧虔《技录》所说的清调六曲，是指的六种曲调。第二，荀录所载九曲，这个"曲"不是指的曲调，而是指的曲辞篇数。第三，这九首歌辞在传唱中有变化。九首当中的五首（武帝《苦寒行》、谒上《董逃行》、蒲生《塘上行》、晨上、愿登《秋胡行》）流传了下来，历晋、宋、齐一直入乐，至梁、陈时不再歌唱。另外的四首（明帝的《苦寒行》、古辞《豫章行》、武帝"白日"《董逃行》，古辞《相逢狭路间行》）"今失传"，应指其音乐或歌辞已失传。为清楚起见，将以上情况制成表4-8形式。

表4-8　清调曲在南朝入乐情况表

曲　名	篇名	作者	原标注情况	实际入乐情况
苦寒行	北　上	武　帝	晋乐所奏	晋宋齐所歌
	悠　悠	明　帝	晋乐所奏	音乐失传
豫章行	白　杨	古　辞	晋乐所奏	音乐失传
董逃行	上　谒	古　辞	无标注	晋宋齐所歌
	白　日	武　帝	无　辞	音乐、歌辞失传
相逢行	相　逢	古　辞	晋乐所奏	音乐失传
塘上行	蒲　生	武　帝	晋乐所奏	晋宋齐所歌
秋胡行	晨　上	武　帝	魏晋乐所奏	晋宋齐所歌
	愿　登	武　帝	魏晋乐所奏	晋宋齐所歌

据表4-8，相和清调曲魏武帝《秋胡行》二首、《苦寒行》一首，在晋、宋、齐三朝仍在演唱。

---

① 《乐府诗集》第33卷，第495页。

（2）瑟调曲在南朝的传唱情况。《乐府诗集》引《古今乐录》云：

王僧虔《技录》，瑟调曲有《善哉行》《陇西行》《折杨柳行》《西门行》《东门行》《东西门行》《却东西门行》《顺东西门行》《饮马行》《上留田行》《新成安乐宫行》《妇病行》《孤子生行》《放歌行》《大墙上蒿行》《野田黄爵行》《钓竿行》《临高台行》《长安城西行》《武舍之中行》《雁门太守行》《艳歌何尝行》《艳歌福钟行》《艳歌双鸿行》《煌煌京洛行》《帝王所居行》《门有车马客行》《墙上难用趋行》《日重光行》《蜀道难行》《櫂歌行》《有所思行》《蒲坂行》《采梨橘行》《白杨行》《胡无人行》《青龙行》《公无渡河行》。《荀氏录》所载十五曲，传者九曲：武帝"朝日""自惜""古公"，文帝"朝游""上山"，明帝"赫赫""我祖"，古辞"来日"，并《善哉》，古辞《罗敷艳歌行》是也。其六曲今不传："五岳"《善哉行》，武帝"鸿雁"《却东西门行》，"长安"《长安城西行》，"双鸿""福钟"并《艳歌行》，"墙上"《墙上难用趋行》是也。其器有笙、笛、节、琴、瑟、筝、琵琶七种，歌弦六部。张永录云："未歌之前有七部，弦又在弄后。晋、宋、齐止四器也。"①

王僧虔《技录》载瑟调曲38首，但《荀氏录》却只有15首，这说明，《王录》所收不限于《荀氏录》。15首中包括了《善哉行》《艳歌罗敷行》《却东西门行》《长安城西行》《艳歌行》《墙上难用趋行》六种曲调。其中《却东西门行》《长安城西行》《艳歌行》三曲不传，三曲中又有六首歌辞至南朝已不传。如表4-9所示。

---

① 《乐府诗集》第36卷，第534～535页。

表 4-9　瑟调曲在南朝入乐情况表

曲　调	篇　名	作　者	标注情况	实际入乐情况
善哉行	来日大难	古　辞	魏晋乐所奏	晋宋齐所歌
	古　公	武　帝	魏晋乐所奏	晋宋齐所歌
	自　惜	武　帝	魏晋乐所奏	晋宋齐所歌
	朝　日	文　帝	魏晋乐所奏	晋宋齐所歌
	上　山	文　帝	魏晋乐所奏	晋宋齐所歌
	朝　游	文　帝	魏晋乐所奏	宋齐梁仍在歌
	我　徂	明　帝	魏晋乐所奏	宋齐梁仍在歌
	赫　赫	明　帝	魏晋乐所奏	晋宋齐所歌
	五　岳			音乐、歌辞失传
步出夏门行	碣　石	武　帝	魏晋乐所奏	晋宋齐所歌
	步　出	明　帝	魏晋乐所奏	晋宋齐所歌
折杨柳行	默　默	古　辞	魏晋乐所奏	晋宋齐所歌
	西　山	文　帝	魏晋乐所奏	晋宋齐所歌
西门行	出西门	古　辞	晋乐所奏	音乐、歌辞失传
东门行	出东门	古　辞	晋乐所奏	音乐、歌辞失传
却东西门行	鸿　雁	武　帝	魏晋乐所奏	音乐、歌辞失传
长安城西行	长　安			音乐、歌辞失传
野田黄雀行	置　酒	曹　植	晋乐所奏	晋宋齐所歌
雁门太守行	孝和帝	古　辞	晋乐所奏	晋宋齐所歌
艳歌何尝行	飞来双白鹄	古　辞	晋乐所奏	晋宋齐所歌
	何　尝	文　帝	晋乐所奏	晋宋齐所歌
罗敷艳歌行	日　出	古　辞	魏晋乐所奏	晋宋齐所歌
艳歌福钟行				音乐、歌辞失传
艳歌双鸿行				音乐、歌辞失传
煌煌京洛行	园　桃	文　帝	晋乐所奏	晋宋齐所歌
门有车马客行	置　酒	曹　植	晋乐所奏	晋宋齐所歌
櫂歌行	王者布大化	明　帝	晋乐所奏	晋宋齐所歌
墙上难用趋行	墙　上			音乐、歌辞失传

　　据表 4-9，有 16 首瑟调曲在晋、宋、齐时仍在传唱，分别为武帝《善哉行》二首：《步出夏门行》《却东西门行》；文帝《善哉行》三

首：《折杨柳行》《艳歌何尝行》《煌煌京洛行》；明帝《善哉行》二首：《步出夏门行》《櫂歌行》以及曹植《野田黄雀行》《门有车马客行》。

（3）平调曲在南朝的传唱情况。《乐府诗集》引《古今乐录》曰：

> 王僧虔《大明三年宴乐技录》平调有七曲：一曰《长歌行》，二曰《短歌行》，三曰《猛虎行》，四曰《君子行》，五曰《燕歌行》，六曰《从军行》，七曰《鞠歌行》。苟氏录所载十二曲，传者五曲：武帝"周西""对酒"，文帝"仰瞻"，并《短歌行》，文帝"秋风""别日"，并《燕歌行》是也。其七曲今不传：文帝"功名"，明帝"青青"，并《长歌行》，武帝"吾年"，明帝"双桐"，并《猛虎行》，"燕赵"《君子行》，左延年"苦哉"《从军行》，"雉朝飞"《短歌行》是也。①

《苟录》载汉魏平调共12曲，至南朝流传有五曲，分别隶属于《短歌行》《燕歌行》。而据刘宋大明三年（459年）王僧虔《技录》，平调曲共有七曲。这说明，平调曲的曲目在《技录》中还有，直到《古今乐录》失传，只余五曲。如表4-10所示。

平调曲辞在南朝流传五曲，是三调中最少的一类。三调歌辞在南朝的流传在《古今乐录》中常标明为"晋宋齐所歌"，说明到了梁、陈时期不再流传了。不流传的原因一为"今不歌"，一为"今不传"。"不歌"即不唱，至于曲调、歌辞是否还有，不能断定。而"不传"则明确为曲调、歌辞失传了，这可能是"不歌"的一个原因。

---

① 《乐府诗集》第30卷，第441页。

表 4-10　平调曲在南朝入乐情况表

曲　名	篇　名	作　者	原标注情况	实际入乐情况
长歌行	功　名	文帝		音乐、歌辞失传
	青　青	明帝		音乐、歌辞失传
短歌行	对　酒	武帝	晋乐所奏	晋宋齐所歌
	周　西	武帝	晋乐所奏	晋宋齐所歌
	仰　瞻	文帝	魏乐所奏	晋宋齐所歌
	雉朝飞			音乐、歌辞失传
猛虎行	吾　年	武帝		音乐、歌辞失传
猛虎行	双　桐	明帝		音乐、歌辞失传
君子行	燕　赵			音乐、歌辞失传
燕歌行	秋　风	文帝	晋乐所奏	晋宋齐所歌
	别　日	文帝	晋乐所奏	晋宋齐所歌
从军行	苦　哉	左延年		音乐、歌辞失传

（五）不入晋乐，但在南朝又被歌唱

这主要是指魏文帝的瑟调曲《上留田行》《大墙上蒿行》两首。这两首在王僧虔的《技录》中均有记录，但却不见于《荀氏录》，说明这两曲不入晋乐，但到了南朝又被传唱。

通过考察，曹魏相和歌辞的入乐分五种情况：一是魏乐所奏，指三祖所创相和歌辞，曹植辞不入乐；二是魏晋乐所奏，指魏晋两朝一直演奏的三祖歌辞；三是晋乐所奏，主要指曹植入选晋乐的歌辞；四是魏晋宋齐一直演唱，这仍是指三祖一直入乐的歌辞；五是不入晋乐却入南朝演唱的歌辞，主要指文帝的《上留田行》《大墙上蒿行》两曲。

二　西晋相和歌辞的入乐情况

西晋相和歌辞的作者是傅玄、陆机、石崇三人。石崇辞全部入乐，《乐府诗集》已有标注，下面主要考察傅玄、陆机相和歌辞与音乐的关系。

傅玄共创作相和歌辞 14 首，分别是相和曲《惟汉行》《艳歌行》二首；平调曲《长歌行》《短歌行》二首；清调曲《豫章行》《董逃行》《秋胡行》二首共四首；瑟调曲《鸿雁生塞北行》《饮马长城窟行》《放歌行》《艳歌行》《墙上难用趋行》五首；楚调曲《怨歌行》一首。陆机共创作了相和歌辞 30 首。分别是：相和曲《挽歌》三首；《日出东南隅行》一首共四首；平调曲《长歌行》《短歌行》《猛虎行》《君子行》《燕歌行》《从军行》《鞠歌行》七首；清调曲《苦寒行》《豫章行》《董逃行》《长安有狭邪行》《塘上行》《秋胡行》六首；瑟调曲《陇西行》《折杨柳行》《顺东西门行》《饮马长城窟行》《上留田行》《门有车马客行》《日重光行》《月重轮行》《櫂歌行》《泰山吟》《梁甫吟》《东武吟行》12 首；楚调曲《班婕妤》一首。

首先来看傅玄、陆机所作相和歌辞的曲调。

《挽歌》的曲调是汉代《薤露》曲。据陆机《挽歌》云"殡宫何嘈嘈，哀响沸中闱。闱中且勿喧，听我《薤露》诗"①，可明显看出这首《挽歌》辞是入乐的，且确为送葬之用。由于《薤露》诗经曹操改造为社会的挽歌，曹植改造为歌功颂德的"挽歌"，所以，《薤露》曲在曹魏时期变成了上层社会流行的艺术歌曲，原先用于送葬的功能已经被欣赏功能所代替，而陆机的这首《挽歌》不称《薤露》，表明陆机曲辞与曹魏用于宴会欣赏的《薤露》不同，这首《挽歌》上承汉代，是用于挽悼死者的送葬曲。

傅玄的《艳歌行》《艳歌行有女篇》，陆机的《日出东南隅行》皆是艳歌。据《古今乐录》曰："《艳歌行》非一，有直云'艳歌'，即《艳歌行》是也。若《罗敷》《何尝》《双鸿》《福钟》等行，亦皆'艳

---

① 《乐府诗集》第 27 卷，第 399 页。

歌'。"①《罗敷》《何尝》是被选入《艳歌行》曲调演唱的曲辞，傅玄、陆机则是直接据《艳歌行》曲调所作的"艳歌"。陆机《日出东南隅行》曰："悲歌吐清响""赴曲迅惊鸿，蹈节如集鸾"，歌是"悲歌清响"，舞如"惊鸿集鸾"，表明《日出东南隅行》是用于这一特定歌舞场合的歌辞，因此傅玄、陆机新创的《艳歌行》歌辞应是表演歌唱的。这些歌辞张永《元嘉正声伎录》、王僧虔《大明三年宴乐技录》、智匠的《古今乐录》均有记载，说明到南朝时期这些歌诗还在入乐，因为它们在艺术上具有趋同性，才将其统一称作"艳歌"。

傅玄有《放歌行》一曲，郭茂倩将其放在《孤儿生行》后面，并引无名氏《歌录》曰："《孤儿生行》，亦曰《放歌行》。"② 从时间看，《放歌行》是西晋才有的曲名，而《孤儿生行》是汉旧曲。另外歌辞上也有较大差异：《孤儿生行》描述了孤儿在父母死后遭兄嫂迫害的悲惨情状，用故事体和杂言句式。傅玄的《放歌行》已全为五言，不用故事体，以抒情为主，描写旷野墓地的惨淡景象，充满悲悼人生的情绪，类似"挽歌"。凡此说明，《放歌行》已经不同于《孤儿生行》。王僧虔《技录》也能证明这一点：

> 王僧虔《技录》，瑟调曲有《善哉行》《陇西行》《折杨柳行》《西门行》《东门行》《东西门行》《却东西门行》《顺东西门行》《饮马行》《上留田行》《新成安乐宫行》《妇病行》《孤子生行》《放歌行》《大墙上蒿行》《野田黄雀行》《钓竿行》《临高台行》《长安城西行》《武舍之中行》《雁门太守行》《艳歌何尝行》《艳歌福钟行》《艳歌双鸿行》《煌煌京洛行》《帝王所居行》《门有车

---

① 《乐府诗集》第 39 卷，第 579 页。
② 《乐府诗集》第 38 卷，第 567 页。

马客行》《墙上难用趋行》《日重光行》《蜀道难行》《櫂歌行》《有所思行》《蒲坂行》《采梨橘行》《白杨行》《胡无人行》《青龙行》《公无渡河行》。……①

《伎录》所著录的瑟调曲中，既有《孤儿生行》又有《放歌行》，说明它们是两曲。另外张永的《元嘉正声伎录》对包括《放歌行》在内的瑟调曲在魏晋以及晋、宋、齐的乐器演唱情况作了比较，这说明傅玄所作《放歌行》在刘宋时期是入乐的。

傅玄《鸿雁生塞北行》从魏武帝《却东西门行》首句"鸿雁生塞北"而来，与曹植《惟汉行》取魏武帝《薤露》"惟汉二十世"为题一样，因此《鸿雁生塞北行》实际是由《却东西门行》变化出的新题、新辞。陆机的《顺东西门行》首句曰"出西门"，与汉古辞《西门行》首句相同，与魏武帝《却东西门行》的题意相反，可知《顺东西门行》与魏武帝之《却东西门行》、汉古曲《东门行》《西门行》有同源关系。从《伎录》可知，《东门行》《西门行》《却东西门行》《顺东西门行》皆有入乐的明确记载，说明这些歌辞的制作有着明确的音乐背景，作者是根据流行曲调创制新辞，由于异代之文未必相袭的作乐传统，傅玄、陆机所创新辞应该具有入乐的极大可能。

傅玄、陆机的其他相和歌辞，曲名基本上与汉魏旧曲保持一致，也有些歌辞虽不用旧曲名，但也可看出明显的源流关系，如傅玄《怨诗行·朝时篇》、陆机《班婕妤》实际上皆是据汉旧曲《怨歌行》《怨诗行》新创歌辞。总之，傅玄、陆机的相和歌辞所用曲调多为汉魏旧曲，而它们在傅玄、陆机的时代仍然入乐。

除了曲调仍在入乐外，二人所作相和歌辞本身还有大量音乐环境

---

① 《乐府诗集》第36卷，第534～535页。

的具体描写。除了上文提到的陆机《挽歌》"阃中且勿喧，听我薤露诗"；陆机《日出东南隅行》有"悲歌吐清响""赴曲迅惊鸿，蹈节如集鸾"的歌舞描写外，像陆机《短歌行》云："悲歌临觞""短歌可咏"；傅玄《董逃行·历九秋篇》有："乃命妙伎才人""宾主递起雁行"等宴会场面的描写；陆机《鸿雁生塞北行》曰："迨未暮，及时平，置酒高堂宴友生。激郎笛，弹哀筝，取乐今日尽欢情"，宴会歌舞场景非常具体。陆机《櫂歌行》："名讴激清唱，榜人纵櫂歌"，其《泰山吟》又曰："长吟泰山侧"等。写到如此具体的音乐场景，说明歌辞是在当时的宴会现场表演歌唱的，这与曹操等人相和曲的创作特点相同。

另外也有一些歌辞虽无具体的宴会场景，但其体式与汉魏旧曲保持着一致。如傅玄《艳歌行·有女篇》《豫章行·苦相篇》《艳歌行》《惟汉行》《秋胡行》等，皆采用对话体，写具体人物的故事或场景，类似于戏剧的脚本。陆机的《燕歌行》《短歌行》《长安有狭邪行》《上留田行》《日重光行》《从军行》《月重轮行》《门有车马客行》《饮马长城窟行》等在句式、韵式、内容上都与汉魏旧辞保持着一致，说明它们都是按照乐辞的范式创作的，所以也是可以入乐的。除了齐言歌辞外，另有一些歌辞运用杂言句式。如陆机《鞠歌行》《顺东西门行》皆用三三七句式，傅玄的《董逃行·历九秋篇》用骚体句式，《鸿雁出塞北行》《放歌行》皆用杂言句式。选用杂言句式而不用时下流行的五言，说明作者在创作时是极力遵守音乐的曲调的，皆是明显的歌辞体式。

总之，西晋傅玄、陆机的相和歌辞既有确切可入乐的曲调，不少歌辞又有具体的宴会音乐场景，还在题名、题材、体式上严格遵循歌辞的制作规范。综合这些特点来看，陆机、傅玄的相和歌辞入乐的可能性很大，它们与脱离音乐背景的乐府拟作是有严格区别的。

三　魏晋相和歌辞的多次入乐情况

一首完整意义上的乐府诗是诗人、乐人共同创造的结晶。乐府诗创作完成以后，就进入了音乐加工和表演的环节。从入乐情况看，魏晋时期的不少乐府诗在音乐表演的过程中，经历过多次入乐的情况。考察这些作品，有助于了解这些乐府诗多次入乐的具体情形，在多次入乐的过程中，乐府诗又有哪些变化？这些变化由什么原因导致，它反映了怎样的诗乐关系？

（一）魏武帝《步出夏门行》"碣石"

1. 配入大曲

《步出夏门行》本为汉乐府游仙诗，魏武帝据旧曲另作新辞，不再写游仙内容，转而叙写自己于北征乌桓途中的所见所感。歌辞由四首不同时间、不同内容的歌诗组成，乐工将此四首配入大曲演唱。

> 云行雨步，超越九江之皋。临观异同，心意怀游豫，不知当复何从。经过至我碣石，心惆怅我东海。临行至此为艳
>
> 东临碣石，以观沧海。水何澹澹，山岛竦峙。树木丛生，百草丰茂。秋风萧瑟，洪波涌起。日月之行，若出其中。星汉粲烂，若出其里。幸甚至哉，歌以咏志。观沧海一解
>
> 孟冬十月，北风徘徊。天气肃清，繁霜霏霏。鹍鸡晨鸣，鸿雁南飞。鸷鸟潜藏，熊罴窟栖。钱镈停置，农收积场。逆旅整设，以通贾商。幸甚至哉，歌以咏志。冬十月二解
>
> 乡土不同，河朔隆寒。流澌浮漂，舟船行难。锥不入地，蘴藾深奥。水竭不流，冰坚可蹈。士隐者贫，勇侠轻非。心常叹怨，戚戚多悲。幸甚至哉，歌以咏志。河朔寒三解
>
> 神龟虽寿，犹有竟时。腾蛇乘雾，终为土灰。骥老伏枥，志在

千里。烈士暮年，壮心不已。盈缩之期，不但在天。养怡之福，可得永年。幸甚至哉，歌以咏志。_{神龟虽寿四解}[1]

四首歌辞在内容上并不贯通。第一首写在"秋风萧瑟，洪波涌起"的秋天，东临碣石，见沧海之广，日月出入其中；第二首虽也写秋天，但从"天气肃清，繁霜霏霏"来看，秋意更浓，时间上往前推进，入秋以后的天气、鸟兽及农收完毕、商贾往来等整体景象尽入作者胸怀；第三首写到"河朔隆寒""水竭不流，冰坚可蹈"，俨然已是隆冬景象，行旅途中感受到乡土不同，人性各异；最后一首抒发作者壮心不已的情怀。原本各自独立的四首诗，配入一首大曲演唱，需要做哪些工作呢？

第一，前面加上艳。"云行雨步，超越九江之皋。临观异同，心意怀游豫，不知当复何从。经过至我碣石，心惆怅我东海"应为入乐之时所加，作为大曲的"艳"。安海民在《试论汉魏乐府诗之艳、趋、乱》中认为，"艳"是乐曲的序曲，置于曲之前，艳的歌辞内容与全诗有关，相当于诗歌起兴，有引起、发端作用。《步出夏门行》曲的艳辞表现了作者（或表演者）的惆怅心态，可作为大曲主体表演前的引起部分。从句式看，"艳"采用杂言体，与后面整齐的四言唱词不类。

第二，给歌辞分解。"解"是音乐的段落，它与歌辞的段落有时可以一致，分解是乐人为歌辞配乐留下的痕迹。

第三，歌辞的贯通和排序。这本是时间、内容并不连缀的四首诗，若想放到一首大曲中表演，须将这些歌辞按照表演的需要进行安排。虽然这四首诗各不连贯，但从时间上有一个推进的过程，因此按照时间的顺序就可以将四首诗连到一起，最后一首"龟虽寿"没有时间性，抒发曹操踌躇满志的情怀，所以将之放到最后。通过"时间"这样一个

---

[1] 《乐府诗集》第37卷，第545～546页。

切入点，就将各不搭界的四首诗整合到一起。

正是因为有了如上乐人的加工，才有了这样一首大曲的出现，并且这首大曲在魏晋时期的乐府中都在演唱。

2. 西晋时期配入晋拂舞曲

魏武帝《碣石》在晋代又被配入拂舞。据《晋书·乐志》："《拂舞》出自江左，旧云吴舞也。晋曲五篇：一曰《白鸠》，二曰《济济》，三曰《独禄》，四曰《碣石》，五曰《淮南王》。齐多删旧辞，而因其曲名。"《古今乐录》曰："梁《拂舞歌》并用晋辞。"[①]《乐府解题》曰："读其辞，除《白鸠》一曲，馀非吴歌，未知所起也。"[②]

拂舞属于江南舞蹈形式。西晋统一后，也将江南的乐工艺人收拢来，拂舞得以进入西晋宫廷。拂舞有的有原辞，如《白鸠》，出自无名氏之手，但到了西晋，又配入了新的歌辞，武帝《碣石》就被选入配舞。配入拂舞的《碣石》将前面的"艳"去掉了，其余照旧。"艳"是相和大曲的基本组成部分，到了舞曲当中则不再需要。由于大曲本身就是歌舞表演的形式，《碣石》歌辞因而很容易配合拂舞演唱，无需作较大改动。

3. 刘宋时期配入《陇西行》曲调继续演唱

据王僧虔《技录》云："《陇西行》歌武帝'碣石'、文帝'夏门'二篇。"[③]刘宋时期的宴乐仍在歌唱《碣石》，不过又被配入了《陇西行》。

这里有必要对《陇西行》与《步出夏门行》之间的关系作一说明。郭茂倩在《陇西行》曲调下云："一曰《步出夏门行》。"[④]认为《陇西

---

① 《乐府诗集》第54卷，第788～789页。
② 《乐府诗集》第54卷，第788～789页。
③ 《乐府诗集》第37卷，第542页。
④ 《乐府诗集》第37卷，第542页。

行》与《步出夏门行》实为一曲，属于同曲异名。原因从解题可知，《陇西行》是指陇西郡一带的音乐。《通典》曰："秦置陇西郡，以居陇坻之西为名……"郭茂倩按曰："今首阳山亦在焉。"① 而魏明帝《步出夏门行》首句便说"步出夏门，东登首阳山"②，两曲的产地相同。另外《陇西行》古辞开篇有"天上何所有，历历种白榆。桂树夹道生，青龙对道隅"四句，与《步出夏门行》歌辞末尾"天上何所有，历历种白榆。桂树夹道生，青龙对伏跌"四句也基本相同，这似乎皆能说明《陇西行》即《步出夏门行》。但是这两曲又不可简单加以等同。首先，《陇西行》与《步出夏门行》在《乐府诗集》中是分作两曲来著录的。《乐府诗集》卷三十七首先著录的是《陇西行》，其下著录汉古辞"天上何所有"及陆机的四言"我静如镜，民动如烟"两首。《步出夏门行》著录其后，将汉古辞"邪径过空庐"一首、魏武帝"碣石"及魏明帝"步出夏门"著录其下。第二，《陇西行》曲辞皆为相和曲，不分解。而《步出夏门行》除汉古辞外，其余两首皆为大曲。歌辞分解，有艳有趋，显然《步出夏门行》比《陇西行》在表演形式上更为复杂。说明魏晋时期的《步出夏门行》与《陇西行》已经有了明显不同。

综上所述，《陇西行》与《步出夏门行》虽皆为产生于陇西一带的曲调，在音乐上可能有相通之处，但至魏晋时期，《步出夏门行》已用作大曲，而《陇西行》只是相和曲，二者从表演形式到歌辞内容出现明显分化。从著录情况看，《乐府诗集》也是将二者分开著录的，因而理应视作两曲。不过毕竟它们有音乐上的相通之处，南朝时期又将大曲《步出夏门行》"碣石"配入《陇西行》曲调演唱。

---

① 《乐府诗集》第 37 卷，第 542 页。
② 《乐府诗集》第 37 卷，第 546 页。

（二）魏文帝《长歌行》"西山一何高"

1. 曹魏时期配入《长歌行》曲调演唱

据《乐府解题》："古辞云'青青园中葵，朝露待日晞'，言芳华不久，当努力为乐，无至老大乃伤悲也。魏改奏文帝所赋曲'西山一何高'，言仙道茫茫不可识，如王乔、赤松，皆空言虚词，迂怪难言，当观圣道而已。"① 汉旧曲《长歌行》到了曹魏时期，改唱魏文帝的"西山一何高"。

2. 晋宋时期配入《折杨柳行》曲调演唱

据《古今乐录》："王僧虔《技录》云：《折杨柳行》歌文帝'西山'、古'默默'二篇，今不歌。"② 《长歌行》"西山一何高"至刘宋时期用《折杨柳行》曲调演唱。

3. 南朝时还曾作为《十五》的解曲演唱

据《古今乐录》："《十五》歌，文帝辞，后解歌瑟调'西山一何高'，'彭祖称七百'篇。辞在瑟调。"③ 笔者以为标点不确，应改为："《十五》，歌文帝辞，后解歌瑟调'西山一何高''彭祖称七百'篇。"《十五》原为汉代街陌讴谣之曲，后演唱魏文帝歌辞。其辞曰：

> 登山而远望，溪谷多所有。榠枏千馀尺，众草之盛茂。华叶耀人目，五色难可纪。雉雊山鸡鸣，虎啸谷风起。号噟当我道，狂顾动牙齿。④

魏文帝《十五》并不分解，更不会有解曲，只是一首单曲。至刘宋

---

① 《乐府诗集》第30卷，第442页。
② 《乐府诗集》第37卷，第547页。
③ 《乐府诗集》第27卷，第395页。
④ 《乐府诗集》第27卷，第395页。

又对其音乐加工，用瑟调《折杨柳行》作为解曲，从而使《十五》曲在音乐上更趋于完善。何为"解歌"？黄节、李济阻、冯轩洁、杨荫浏等先生均对"解"提出过自己的看法①，以杨荫浏先生对"解"的论述最为全面，其《中国古代音乐史稿》指出"解"有六种音乐特点：

1. "解"在速度上一定是快速的；它不是慢曲，而是"急遍"。

2. 它在情调上，不是"澹"、"雅淡"或是"清雅"的，而可能是强烈、奔放、热闹的；若依后来所用"文曲""武曲"等名词来分类的话，则它不是文曲而是武曲。

3. 它常用在乐曲的末尾；在地位上，它前面的乐曲是主体，它是一个附加上去的部分。

4. 有时在用同一个曲调配合多节歌词，作多次反复歌唱的歌曲中，或在作多次反复演奏的器乐曲调中，每反复一次，就可以其后用一次"解"。例如，在李延年所作的《新声二十八解》中共用"解"二十八次；在相和大曲《艳歌何尝行》古辞中共用"解"

---

① 黄节先生认为："此（《十五》）即魏风瑟调之折杨柳行也。"（见《汉魏乐府风笺》，人民文学出版社，1958，第73页）李济阻认为："'西山一何高''彭祖称七百'分别是文帝作《折杨柳行》的第一、三两段，把它们放在《十五》歌后边歌唱，便是用带辞的歌曲作为解乐。"（李济阻：《乐府音乐中的"解"与歌辞中的"拼凑分割"》，《天水师范学院学报》1985年第1期，第4～5页）冯轩洁认为："《乐府诗集》卷二十七载《十五》一曲的歌辞未注有'解'。但《乐府诗集》引《古今乐录》说：'《十五》歌，文帝辞。后解歌瑟调"西山一何高""彭祖称七百"篇'，可见单歌《十五》无解，其后再加一段歌曲上去，则加在后面的称为'后解'，也就等于说《十五》原辞变为'前解'。这再清楚不过地说明，'解'是指《十五》和《西山一何高·彭祖称七百》歌曲本身，而非歌曲以外另加的器乐段落……"（冯轩洁：《说"解"》，《艺术探索》1995年第1期，第4页）笔者既不同意黄节先生将《十五》视作魏风瑟调《折杨柳行》，也不同意李济阻先生关于解歌位置的说法，冯轩洁先生关于"前解""后解"的说法也不符合古代音乐学的术语规范，因此，对此问题还要再作考察。

四次。

5. 有时在一个完整的（也可能是较大的）乐曲之后，仅用"解"一次。例如，在《耶婆色鸡》之后，用《榲柘急遍》作"解"。

6. 有些独立的快速曲调，特别适宜于用作别的乐曲的"解"；这样的曲调，特别被称为"解曲"。①

第1、2两条论述"解"的旋律特点，第3、4、5条讲"解"的位置和使用频率，或在一首乐曲的末尾，或用于一首曲当中。用于末尾时仅用"解"一次，用于曲中时则多次反复使用。第6条说某些快速的曲调会成为专门的"解曲"。

那么《十五》解歌瑟调"西山一何高"就很清楚了：乐曲《十五》的主体歌魏文帝辞"登山而远望"，后用快速的瑟调曲《折杨柳行》来"解"，《折杨柳行》的歌辞即魏文帝的"西山一何高""彭祖称七百"篇。瑟调曲"西山一何高"解歌《十五》，时间上应滞后于《折杨柳行》，至少应在南朝刘宋时期或更晚。这与王僧虔《技录》所云也基本吻合。《古今乐录》引王僧虔启云："古曰章，今曰解；解有多少。当时先诗而后声；诗叙事，声成文；必使志尽于诗，音尽于曲。是以作诗有丰约，制解有多少；犹诗《君子阳阳》两解，《南山有台》五解之类也。"②《十五》虽为汉旧曲，但由于魏文帝之特殊地位，将其辞配入《十五》演唱时，乐工艺人必然要以"登山而远望"的歌辞为主，在此基础上进行音乐加工。但这种入乐方式存在着志尽于诗而音未尽于曲的矛盾。《乐府诗集》引唐南卓《羯鼓录》云："凡曲有意尽声

---

① 杨荫浏：《中国古代音乐史稿》上册，第116～117页。
② 《乐府诗集》第26卷，第376页。

不尽者，须以他曲解之，如《耶婆色鸡》用《屈柘急遍》解，《屈柘》用《浑脱》解之类是也。"① 可知用作解曲的瑟调《折杨柳行》"西山一何高"，它是附加于《十五》主体以后的部分。

综上所述，《十五》原是汉相和旧曲，魏时歌唱文帝辞，为一首单曲。到了刘宋以后，又对《十五》重新进行音乐加工，这时《折杨柳行》"西山一何高"已形成固定曲调，便用瑟调《折杨柳行》曲调连同歌辞"西山一何高""彭祖称七百"篇唱入《十五》作解曲。"后解歌"，应为"后来解歌"之意。

（三）曹植《门有车马客行》"置酒"

《乐府诗集》卷三十九载曹植所作"置酒"一篇，其辞隶于《野田黄雀行》之下，并标明"晋乐所奏"：

置酒高殿上，亲交从我游。中厨办丰膳，烹羊宰肥牛。秦筝何慷慨，齐瑟和且柔。一解

阳阿奏奇舞，京洛出名讴。乐饮过三爵，缓带倾庶羞。主称千金寿，宾奉万年酬。二解

久要不可忘，薄终义所尤。谦谦君子德，磬折欲何求。盛时不再来，百年忽我道。三解

惊风飘白日，光景驰西流。生存华屋处，零落归山丘。先民谁不死，知命复何忧！四解

右一曲，晋乐所奏。

置酒高殿上，亲交从我游。中厨办丰膳，烹羊宰肥牛。秦筝何慷慨，齐瑟和且柔。阳阿奏奇舞，京洛出名讴。乐饮过三爵，缓带倾庶羞。主称千金寿，宾奉万年酬。久要不可忘，薄终义所尤。谦

① 《乐府诗集》第56卷，第818页。

谦君子德，磬折欲何求。惊风飘白日，光景驰西流。盛时不可再，百年忽我遒。生存华屋处，零落归山丘。先民谁不死，知命亦何忧！

　　右一曲，本辞。①

在解题中，郭茂倩引《古今乐录》、《乐府解题》云：

　　《古今乐录》曰："王僧虔《技录》有《野田黄雀行》，今不歌。"《乐府解题》曰："晋乐奏东阿王'置酒高殿上'，始言丰膳乐饮，盛宾主之献酬。中言欢极而悲，嗟盛时不再。终言归于知命而无忧也。"《箜篌引》亦用此曲。按汉鼓吹铙歌亦有《黄雀行》，不知与此同否？②

曹植所作"置酒"曾入晋乐，歌入《野田黄雀行》曲调，且王僧虔《技录》还录有此曲，说明晋乐《野田黄雀行》"置酒"至刘宋时期仍演唱，陈时才不再歌唱。歌入《野田黄雀行》的"置酒"被分作四解，其后又录有本辞。将本辞与乐辞比较，可见入晋乐所奏时，"置酒"已分解，并有个别辞句变动和调整的情况。如本辞"盛时不可再"一句，晋乐所奏变作"盛时不再来"，且这句话的位置被调整到"惊风飘白日，光景驰西流"两句的前面，构成第三解的歌辞。

　　从"置酒"内容看，与曲名"野田黄雀行"无任何关联，这种歌辞与曲名不一致的现象，通常是选词以入乐的结果，说明曹植"置酒"一篇，原不属于此曲调。另据《箜篌引》"亦用此曲"，这个"曲"不

① 《乐府诗集》第 39 卷，第 570 页。
② 《乐府诗集》第 37 卷，第 570 页。

是曲调之意，而是指歌辞，也就是说，"置酒"篇还曾被歌入《箜篌引》。问题是，在"置酒"被奏入《野田黄雀行》之前，原来的《野田黄雀行》歌辞应是哪一首？《乐府诗集》在"置酒"篇以后，就著录了曹植的另一首《野田黄雀行》歌辞，其辞曰：

> 高树多悲风，海水扬其波。利剑不在掌，结友何须多。不见篱间雀，见鹞自投罗。罗家得雀喜，少年见雀悲。拔剑捎罗网，黄雀得飞飞。飞飞摩苍天，来下谢少年。①

这首歌辞写到少年救黄雀故事，与《野田黄雀行》曲调相一致，可据以判断《野田黄雀行》最初应是指这篇歌辞。西晋时期《野田黄雀行》仍在演唱，但原创的这篇歌辞却被替换成了"置酒"。那么"置酒"在配入晋乐之前，其曲调是什么呢？遍察《乐府诗集》，涉及"置酒"篇的还有这样几条内容。《乐府诗集》卷二十六引《古今乐录》曰：

> 张永《技录》相和有四引，一曰箜篌，二曰商引，三曰徵引，四曰羽引。箜篌引歌瑟调，东阿王辞。《门有车马客行》《置酒篇》，并晋、宋、齐奏之。古有六引，其宫引、角引二曲阙，宋为箜篌引有辞，三引有歌声，而辞不传。梁具五引，有歌有辞。②

古代引曲有箜篌引、宫引、商引、角引、徵引、羽引六种。至刘宋时期，宫引、角引已不传，余下"四引"中，商引、徵引、羽引有声无

---

① 《乐诗诗集》第39卷，第571页。
② 《乐府诗集》第26卷，第377页。

辞，刘宋时将《箜篌引》重新配辞，即《门有车马客行》"置酒"篇，因而刘宋时的《箜篌引》是有辞有声的乐曲。张永最早提到"置酒"篇的曲调原是《门有车马客行》，之后又被奏入《箜篌引》。在另一条解题中，也可看到"置酒"篇与《门有车马客行》的关系。《乐府诗集》卷四十又引《古今乐录》曰："王僧虔《技录》云：'《门有车马客行》歌东阿王置酒一篇。'"①《技录》与张永说法一致，西晋时"置酒"确是歌入《门有车马客行》的曲辞。由此不难总结"置酒"篇与《门有车马客行》《野田黄雀行》《箜篌引》三曲之间的关系："置酒"原是曹植为《门有车马客行》所创歌辞，晋、宋时也入《门有车马客行》曲调。由于曹植所创《野田黄雀行》入晋乐时，原辞被换掉，重新配入了这首"置酒"，所以"置酒"在西晋时期实际被配入了两首曲调演唱。刘宋时期，"置酒"篇仍唱入《门有车马客行》《野田黄雀行》，另外又被配入《箜篌引》曲调，"置酒"篇因而在刘宋时期被配入三种曲调演唱。

　　乐府诗的多次入乐再次明确了辞乐关系的辩证性及音乐的重要性。歌辞创作与音乐加工是音乐艺术的两个重要组成部分。魏晋时期据旧曲创新辞的行为中，歌辞的地位被明显予以加强和突出，音乐加工要围绕着歌辞来进行。但随着音乐的发展或表演欣赏的需要，这些乐府诗又被配入了其他曲调演唱，显然音乐的主体地位再次凸显，歌辞则又沦为音乐的从属地位。虽然辞乐关系在不同时期因主观的需要被不同程度地予以突出，但总的来看，纳入在音乐艺术范畴内便决定了音乐自始至终的重要性。乐辞虽然具有独立的表意功能，但它们却是为着入乐的目的而作，只有将表意的乐辞实现与音乐的结合，才成其为乐辞，乐辞创作的首要目的是指向入乐的。从魏晋旧辞在南朝的

① 《乐府诗集》第 40 卷，第 585 页。

入乐情况看，如音乐改变了，歌辞即使不变，但随着音乐和表演形式的改变，它们所隶属的曲调也会发生改变，又或乐工在重新配乐加工时，会对歌辞进行分解，对其句子的顺序进行重排，或者会连缀上其他乐府诗，而使原来的乐府诗呈现出轻重各异的新面貌来。乐工艺人对乐府诗的音乐加工不再会考虑到原初创作的具体音乐目的和需要，因此，魏晋乐辞与乐曲的原有关系被新的音乐表演打破，从而再次形成新的辞乐关系。

第三节　魏晋"挽歌"考论

"挽歌"音乐的盛行始于武帝时期，李延年将《薤露》《蒿里》分别确立为送王公贵人及士庶之人的仪式"挽歌"。东汉时除殡葬之用，宾婚嘉会也以"挽歌"佐欢。《续汉书·五行志》注曰："《风俗通》曰：'（灵帝）时京师宾婚嘉会，皆作《魁㯟》，酒酣之后，续以挽歌。'《魁㯟》，丧家之乐。挽歌，执绋相偶和之者。天戒若曰：国家当急殄悴，诸贵乐皆死亡也。自灵帝崩后，京师坏灭，户有兼尸，虫而相食，魁㯟、挽歌，斯之效乎？"[①]魏晋时期，"挽歌"佐欢的风尚继续盛行，并引发了挽歌创作的新高潮。

学界关于"挽歌"已有不少探讨。范文澜《文心雕龙注》之《乐府》篇第三十六条注最早开启挽歌研究之先路，此后日本学者一海知义、冈村贞雄分别著有《文选挽歌诗考》（载 1960 年 4 月日本《中国文学报》第 12 册）、《乐府挽歌考》（载 1967 年 6 月日本《中国中世文学研究》第 6 号）。范子烨《永恒的悲美：中古时代的挽歌与挽歌诗》一文分别从音乐文化及歌诗创作两个方面论析了挽歌的起源，在魏晋

---

① 司马彪撰、刘昭补注《后汉书志》，中华书局，1965，第 3273 页。

南北朝的发展，以及挽歌诗的文学流变，其悲哀情调与中古士人哲学、美学观念的关系。此文资料翔实丰富，论析具体辩证，特别是将挽歌的意蕴纳入到时人的生存状态、美学哲学发展的时代大背景下加以观照，为"挽歌"研究打开了宽广的学术视野。① 吴承学《汉魏六朝挽歌》②虽然后出，但论述重点与前者不同。此文主要是从"挽歌"的渊源，挽歌文体的形态及变化等角度，对汉魏六朝的挽歌进行了音乐文化学、文体形态学的考察，特别是对陆机为首的自挽体挽歌的出现及其影响进行了较为详细的论述。这两篇文章皆采取音乐文化与挽歌诗互为表里、分而论析的思路，此点对笔者启发很大。虽然二文已将挽歌所涉问题作了全面论析，但限于研究目的及论述角度的不同，二文尚不能体现魏晋挽歌音乐发展及歌诗创作的总体风貌及二者之关系。魏晋挽歌与先秦挽歌的联系已作充分论析，但对两者之区别则未予重点辨析。此外，尚存一些遗留问题需作辨正。鉴此，以下对魏晋"挽歌"从文献学、音乐学及文学的角度作全面系统地考察。

一　"挽歌"溯源

《乐府诗集》引崔豹《古今注》曰："《薤露》《蒿里》，泣丧歌也。本出田横门人，横自杀，门人伤之，为作悲歌。言人命奄忽，如薤上之露，易晞灭也。亦谓人死魂魄归于蒿里。至汉武帝时，李延年分为二曲，《薤露》送王公贵人，《蒿里》送士大夫庶人。使挽柩者歌之，亦谓之挽歌。"引谯周《法训》曰："挽歌者，汉高帝召田横，至尸乡自杀。从者不敢哭而不胜哀，故为挽歌以寄哀音。"又引《乐

---

① 范子烨：《永恒的悲美：中古时代的挽歌与挽歌诗》，《求是学刊》1996 年第 2 期，第 77 ~ 80 页。
② 此文发表于《文学评论》2002 年第 3 期，后收入其《中国古代文体形态研究》（增订本）一书，中山大学出版社，2002，第 67 ~ 85 页。

府解题》曰："《左传》云：'齐将与吴战于艾陵，公孙夏命其徒歌《虞殡》。'杜预云：'送死'。《薤露》歌即丧歌，不自田横始也。"①可见"挽歌"的起源有两种：一说始自田横门人，一说早于田横，春秋齐国即有丧歌《虞殡》之曲。目前学术界关于"挽歌"起源的（源于先秦，源于汉代）两种观点，便是从以上材料而来，两种观点各有依据，相持不下。吴承学指出，两种争议的内涵其实有别，"挽歌"始于先秦是指作为送葬歌曲的挽歌，所谓始于汉代是指作为正式送葬礼仪的挽歌，后者是指经官方所确认和规定有比较正规的礼仪形态和音乐形式。② 笔者同意其说，但需说明，先秦诸国的送葬歌曲并不限于齐国的《虞殡》，宋、楚诸国也有丧歌，且各国丧歌有别。笔者以为，这些丧歌都是各国礼俗的产物，产生的时间很长，应用也很普遍，但之所以未像《薤露》《蒿里》那样成为统一的官方礼仪音乐，与《周礼》颇相关。

先说《虞殡》。杜预注："《虞殡》，送葬歌曲，示必死。"孔颖达疏曰："盖以启殡将虞之歌谓之'虞殡'。歌者，乐也；丧者，哀也。送葬得有歌者，盖挽引之人为歌声以助哀，今之挽歌是也。旧说《挽歌》汉初田横之臣为之，据此挽歌之有久矣。"③孔颖达将《虞殡》疏有以今例古之嫌，因"挽引之人为歌者以助哀"，并不符合春秋礼仪。谯子《法训》云："有丧而歌者，或曰：'彼为乐丧也，有不可乎？'谯子曰：'《书》云："四海遏密八音"。何乐之有！'曰：'今丧有挽歌者，何以哉？'谯子曰：'周闻之，盖高帝召齐田横，至于尸乡亭，自刎奉首。从者挽至于宫，不敢哭而不胜哀，故为歌以寄哀

---

① 《乐府诗集》第27卷，第396页。
② 吴承学：《汉魏六朝挽歌》，收录于《中国古代文体形态研究》（增订本），中山大学出版社，2002，第69页。
③ 阮元：《十三经注疏》，中华书局影印本，1980，第2166页。

音。彼则一时之为也。邻有丧，舂不相，引挽人衔枚，孰乐丧者邪？'"① 徐震堮云："谯氏引礼之文，颇有明据，非固陋者所能详闻"，② 笔者同意徐说，《虞殡》不过是符合齐国习俗的葬歌，虽在齐国的土风习俗中使用，但因不符礼仪，不可能被朝廷礼仪音乐吸纳。至于说像田横门人那种"不敢哭而不胜哀，故为歌以寄音"的做法，实为特殊情境下的特殊行为，非但与《周礼》"邻有丧，舂不相"的规定相违背，与《虞殡》送葬歌曲的性质也不完全一样。由此可知，礼仪所规定的是一种官方形态，而在官方形态之下，在各国习俗中，有类似《虞殡》这种送葬歌曲的存在及普遍使用。除齐国，其他诸国也有葬歌。

关于楚国送葬之歌，《隋书·地理下》讲荆楚蛮俗是"始死，置尸馆舍，邻里少年，各持弓箭，绕尸而歌，以箭扣弓为节。其歌词说平生乐事，以至终卒，大概亦犹今之挽歌。歌数十阕，乃衣衾棺敛，送往山林，别为庐舍，安置棺柩"③，邻里少年绕尸而唱，歌辞内容是死者平生乐事，因此带有即兴特点，并没有或者也不需要固定的歌辞内容。宋玉《对楚王问》云："客有歌于郢中者，其始曰《下里》《巴人》，国中属而和者数千人；其为《阳阿》《薤露》，国中属而和者百人；其为《阳春》《白雪》，国中属而和者不过数十人；引商刻羽，杂以流徵，国中属而和者不过数人而已民。是其曲弥高，其和弥寡。"④ 从"客"之歌唱来看，《薤露》是一种表演性质的歌曲；从国中属而和者仅有百人来看，《薤露》的歌唱比起《下里》《巴人》来，仍有一定的难度，正因为其歌唱的这种难度，绝不会是《隋书》所说的那种邻里少年绕尸

---

① 徐震堮：《世说新语校笺》，中华书局，1984，第407页。
② 徐震堮：《世说新语校笺》，第407页。
③ 《隋书》第31卷，第1058页。
④ 李善注《文选》第45卷，中华书局，1977，第628页。

便能唱的关于死者平生乐事之歌。客在楚国演唱的《薤露》应是有一定知名度的艺术歌曲，不同于楚国挽歌。

再来看宋国。《庄子·大宗师》谈到子桑户死，其友相和而歌，庄子妻死，他会鼓盆而歌，那么对着朋友子桑户所唱的歌，可能也并非悲哀之曲。不过，据《庄子》"绋讴所生，必于斥苦"云，司马彪注曰："绋，引柩索也。斥，疏缓也。苦，用力也。引绋所以有讴歌者，为人有用力不齐，故促急之也。"① 在将死者下葬时，引棺入柩者为统一动作，要唱一种相当于劳动号子的歌，应该说先秦宋国的"绋讴"之歌与宋、楚诸国的丧歌及后世歌以助哀的"挽歌"并非一回事。

综上所述，由于各国习俗不同，对生命和死亡的态度也不尽相同，先秦存在的丧歌可分作两种：一种是寄托哀音的"挽歌"，像《虞殡》，或者是吴承学所说《诗经》中的悼亡诗等，它们与后世"挽歌"为歌以寄哀音在性质上有相通之处；另一种就是达观的丧歌，像楚、宋等国的鼓盆或击弓之歌，有点乐丧的意味。两种丧歌表现了不同风俗下对死亡的不同态度和看法，对后世的挽歌创作皆有影响。但是由于不符合周礼，它们只能以民间音乐形态存在和使用，而不能成为正式的礼仪形态和音乐形式。

诚如吴文指出，"挽歌"作为正式的礼仪形态和音乐形式，从李延年开始。李延年将田横门人的挽歌曲，分为两曲，《薤露》送王公贵人，《蒿里》送士大夫庶人，且作为一种礼制固定下来，挽歌的流行与李延年的音乐加工应该大有关系，不仅《薤露》《蒿里》得到了认可，带有"挽歌"哀音特点的音乐亦随之发展起来。比如西汉出现了专门的吹箫乐丧人员，鼓吹曲也用于丧仪，东汉出现的佐欢挽歌曲《魁榅》

---

① 徐震堮：《世说新语校笺》，第 407 页。

等，吴文已论，此不赘言。

二　魏晋"挽歌"曲调

汉挽歌除用于丧仪外，还作为佐欢娱乐之曲，获得了普世性价值。汉末大乱，挽歌却由于其广泛的流行而不至于湮没，社会乱离反使得挽歌哀音更贴合时人的心灵，在魏晋时代继续流行不衰。

魏晋的"挽歌"曲调分为相和曲、楚调曲、瑟调曲、平调曲四类。相和曲包括《薤露》《惟汉行》《蒿里》《挽歌》四种，楚调曲包括《泰山吟》《梁甫吟》《泰山梁甫行》《东武吟行》《怨诗行》《怨诗》。瑟调曲有《大墙上蒿行》《放歌行》《櫂歌行》等。平调曲有《短歌行》。下面考察这些曲目在魏晋的发展演变情况。

（一）相和挽歌曲

《薤露》《蒿里》曲名在魏仍然沿用。曹操新辞仍以《薤露》《蒿里》为题，依旧曲作新歌，新辞仍用汉《薤露》《蒿里》挽歌曲调演唱。

曹植和傅玄各作《惟汉行》一首，曹植《惟汉行》曲题系摘取曹操《薤露》首句"惟汉二十二世"两字加"行"为题。魏晋摘取首句另制新题是惯例，如缪袭、韦昭、傅玄鼓吹曲皆取首句两三个字为题。另有曹操《阳春篇》《往古篇》及曹植的《美女篇》等也是据旧曲作新辞，新辞取首句两字加"篇"为题。可见《惟汉行》虽系新题，但其曲调与曹操《薤露》一致。

魏晋出现直接以《挽歌》命名的歌辞，最早始自曹魏缪袭，之后陆机又作三首《挽歌》。陆机《挽歌》云："卜择考休贞，嘉命咸在兹。凤驾警徒御，结辔顿重基。龙幬被广柳，前驱矫轻旗。"[1] 从诗中描绘

---

[1]《乐府诗集》第27卷，第399页。

的情境来看，"殡宫何嘈嘈，哀响沸中闱"两句清晰描绘了殡葬场面，"闱中且勿喧，听我《薤露》诗"两句则表明，此首《挽歌》相当于汉曲《薤露》。而从"卜择考休贞，嘉命咸在兹。夙驾警徒御，结辔顿重基"等的描写，也可以明显看出死者为王公贵族。因此，《挽歌》是陆机为王公贵族所作送葬的挽歌，用《薤露》的曲调演唱。虽然缪袭《挽歌》辞中没有这些信息，但由于魏晋乐府曲题有其一贯性和规范性，所以缪袭《挽歌》亦相当于《薤露》之曲。

从魏晋曲辞的创制看，《薤露》依然流行，而《蒿里》则除曹操一曲外，不再填入新辞，说明《蒿里》在魏晋时代已经淡出乐府创作视野。其原因可想而知，乐府诗的创制皆有一定的创作动机和目的，为作者本阶级或者其上层阶级服务，魏晋乐府诗的作者或为帝王，或为专职创作人员，如此一来，为士大夫庶人创作送葬新歌则不属于其服务范围，《蒿里》因而失去了艺术生产与消费市场，乏人问津。在遵循《薤露》曲调的情况下，魏晋《薤露》呈现分化趋势：《惟汉行》曲代表了《薤露》曲向欣赏、表演功能的转化，《挽歌》则延续了传统丧仪乐歌的实用功能。

（二）楚调挽歌曲

楚调挽歌曲皆有着鲜明的地域特色。《泰山吟》《梁甫吟》《泰山梁甫行》《东武吟行》的曲名已经明确标示它们皆为产生于泰山一带的齐地音乐。《怨诗行》与《怨诗》则有明确的本事，曲调与本事相关。不妨将它们分开来谈。

先看地域特色鲜明的《泰山吟》等曲。左思《齐都赋》注云："《东武》《泰山》，皆齐之土风，弦歌讴吟之曲名也。"[①] 它们与挽歌的关系如何呢？《乐府解题》曰："《泰山吟》，言人死精魄归于泰山，亦

---

① 《乐府诗集》第41卷，第608页。

《薤露》《蒿里》之类也"①。关于《东武吟》,《通典》曰:"汉有东武郡,今高密、诸城县是也。"可见东武吟是产生于今山东高密、诸城一带的音乐。关于《梁甫吟》,应为梁甫一带产生的乐曲。《乐府诗集》引有相关题解:唐李勉《琴说》曰:"《梁甫吟》,曾子撰。"《琴操》曰:"曾子耕泰山之下,天雨雪冻,旬月不得归,思其父母,作《梁山歌》。"蔡邕《琴颂》曰:"梁甫悲吟,周公越裳。"郭茂倩因此认为:"梁甫,山名,在泰山下。《梁甫吟》,盖言人死葬此山,亦葬歌也。又有《泰山梁甫吟》,与此颇同。"② 与《梁甫吟》有关的还有梁山,梁山与梁甫又有何关系呢? 原来梁山与梁甫并非一山。梁山,在山东东平县西南,本名良山。《史记·梁孝王世家》:"北猎良山",《索隐》云:"《汉书》作梁山",《正义》云:"《括地志》云梁山在郓州寿张县南三十五里,即猎处也。"③ 而梁甫,却是在山东新泰县西。梁甫即梁父,是泰山下的一座小山,《史记·封禅书》云:"管仲曰:古者封泰山禅梁父者七十二家,而夷吾所记者十有二焉。"④ 不过,《梁山歌》与《梁甫吟》从地名上来看,都是泰山一带的曲调,与《泰山吟》《东武吟》相同,而且与挽歌有关是确信无疑的。关于《泰山梁甫行》,余冠英先生认为,"梁甫是山名,在泰山下。古代迷信泰山梁甫是人死后魂魄所归处。古曲'泰山梁甫吟'分为'泰山吟'和'梁甫吟'二曲,皆为葬歌,和'薤露''蒿里'同类"⑤。可见这一组挽歌曲主要为泰山齐地产生的音乐,音乐性质与《薤露》《蒿里》一类挽歌相同。所不同者,《薤露》《蒿里》属于相和曲,在调类上没作细分,这些歌曲则属于楚调曲。

---

① 《乐府诗集》第 41 卷,第 605 页。
② 《乐府诗集》第 41 卷,第 605 页。
③ 《史记》第 58 卷,中华书局,1975,第 2086 页。
④ 《史记》第 28 卷,第 1361 页。
⑤ 余冠英:《乐府诗选》,人民文学出版社,1955,第 46 页。

泰山、梁甫之曲在魏晋时期多用为宴会佐欢之曲。陆机的《拟今日良宴会》便记录了梁甫等曲在当时宴会上演唱的情形：

> 闲夜命欢友，置酒迎风馆。齐僮梁甫吟，秦娥张女弹。哀音绕栋宇，遗响入云汉。四座咸同志，羽觞不可算。高谈一何绮，蔚若朝霞烂。人生无几何，为乐常苦晏。譬彼伺晨鸟，扬声当及旦。曷为恒忧苦，守此贫与贱。①

在悠闲的夜晚与二三知己一起饮酒听歌，酒席宴上齐地的乐舞伎人演唱《梁甫》等曲，"哀音绕栋宇，遗响入云汉"便是《梁甫》等曲音声高亢、余音回旋不绝的情形。可见，《梁甫》挽歌是宴会佐欢之曲。这与魏晋时期以听《挽歌》为风尚的情形一致。

再看《怨诗行》与《怨歌行》。《乐府诗集》将《怨诗行》与《怨歌行》视作两曲，曲辞分而著录。《怨诗行》存汉古辞一首，其辞曰：

> 天德悠且长，人命一何促。百年未几时，奄若风吹烛。嘉宾难再遇，人命不可续。齐度游四方，各系太山录。人间乐未央，忽然归东岳。当须荡中情，游心恣所欲。②

短促和唯一是生命的悲剧本质，歌辞前六句充满了悲悼之感。既然东岳"太山"系生命殒亡的不久归所，人人皆所不免，那么在这有限的时间里，更应当重视当下生命的质量，活得恣情适意，歌辞后六句便表达了人生短暂及时行乐的思想，可见汉时《怨诗行》曲即属于佐欢之用的

---

① 逯钦立：《先秦汉魏晋南北朝诗》，第 686 页。
② 《乐府诗集》第 41 卷，第 610 页。

挽歌曲。《怨歌行》是汉成帝班婕妤失宠而作的自伤之辞，与"死亡"主题似有距离，何以将之归为挽歌呢？从《乐府诗集》题解来看，无论是《怨诗行》还是《怨歌行》，二曲的产生及性质有着异代同悲的特色。从这个意义上看，二曲之间虽然歌辞不同，但相通之处显见。《乐府诗集》将二曲的本事皆归在《怨诗行》曲下：

> 《琴操》曰："卞和得玉璞以献楚怀王，王使乐正子治之，曰：'非玉。'刖其右足。平王立，复献之，又以为欺，刖其左足。平王死，子立，复献之，乃抱玉而哭，继之以血，荆山为之崩。王使剖之，果有宝。乃封和为陵阳侯。辞不受而作怨歌焉。"班婕妤《怨诗行》序曰："汉成帝班婕妤失宠，求供养太后于长信宫，乃作怨诗以自伤。托辞于纨扇云。"①

《怨诗行》的音乐可以追溯到春秋时期卞和的怨歌。卞和所作怨歌虽已不存，但从怨歌产生的本事来看，卞和的悲哀在于，自己一片献玉的赤诚却屡遭无知君臣的怀疑、冤诬，两受砍足酷刑，饱尝对自己精神意志的致命摧残。而最后陵阳封侯的任命，已经远不能抵偿卞和献玉所付出的血泪代价，他屡遭迫害而坚持献玉的行为意义本身，已经不在于指向一个遥远的封侯结果，而沦为对自己心志的一种澄清，所以最后的封侯对于卞和的生命理想及行为意志，构成了巨大的嘲弄！当此境遇之下，他将一腔郁积的哀怨发而为歌，虽然我们不能复现怨歌的音乐，但可以想见，泪尽泣之以血，荆山为之崩解会是怎样的一种哀恸，直可令天地为之动容！时光流转，而人生的悲剧却亘古不变。汉朝的班婕妤在得宠与失宠之间，饱尝了命运的无常，体味了世事的悲凉，无奈之际托团扇

---

① 《乐府诗集》第 41 卷，第 610 页。

以自伤，以一己之遭遇再次拨响了《怨诗行》，首开宫怨之先河。一曲怨歌虽然被赋予不同的内涵，但哀婉的情调却始终不变，无论是"为君既不易"还是"明月照高楼"，魏晋时期的悲情人生里，这些似曾相识的幽怨在怨歌的旋律中仍在不断唱响。而入晋乐所奏的曹植《怨诗行·明月》及《怨歌行·为君》歌辞套语皆云："我欲竟此曲，此曲悲且长。今日乐相乐，别后莫相忘"，[①] 提示我们这些歌曲确为欣赏表演的艺术歌曲。

（三）瑟调挽歌曲

吴承学指出："魏晋南北朝，还有一些诗歌虽然不是以挽歌为题目，但所表达的内容性质与挽歌相同，如阮瑀的《七哀诗》也是挽歌。"[②] 笔者同意其说，不过还可补充一些类似歌曲。曹丕《大墙上蒿行》云："中心独立一何茕，四时舍我驱驰，今我隐约欲何为？人生居天壤间，忽如飞鸟栖枯枝，我今隐约欲何为？"在极度沉痛的生命悲情最后，作者宕开一笔，"为乐常苦迟，岁月逝，忽若飞，何为自苦，使我心悲"，所以要趁现在"奏桓瑟，舞赵倡……酌桂酒，鱼会鲤鲂"，从"今日乐，不可忘，乐未央"来看，此曲也是用为佐欢的挽歌曲。曹植《野田黄雀行·置酒》云："盛时不再来，百年忽我遒。……生存华屋处，零落归山丘。先民谁不死，知命复何忧"，此曲也是在高殿上演奏的佐欢之曲。

（四）平调挽歌曲

相和平调曲《短歌行》在魏晋时候也用为悲悼生命的挽歌曲。"短歌"含义有两种：西晋崔豹《古今注》曰："长歌、短歌，言人

---

① 分别参见郭茂倩《乐府诗集》，中华书局，1979，第 41 卷，第 611 页及第 42 卷，第 617 页。

② 吴承学：《中国古代文体形态研究》（增订本），中山大学出版社，2002，第 83 页。

寿命长短，各不定分，不可妄求"①，指寿命长短之意。据古诗云"长歌正激烈"，《燕歌行》云"短歌微吟不能长"，傅玄《艳歌行》云"咄来长歌续短歌"，则短歌指歌声短促之意。正因如此，言人寿长短的《短歌行》才有挽歌曲的意味。曹丕的《短歌行·仰瞻》、陆机的《短歌行·置酒》一为怀念故逝的曹操，一为临觞感逝的悲歌，都属于挽歌曲。

据《后汉书·礼仪志下》："公卿以下子弟凡三百人，皆素帻委貌冠，衣素裳。校尉三百人，皆赤帻不冠，绛科单衣，持幢幡。候司马丞为行首，皆衔枚。羽林孤儿、《巴渝》櫂歌者六十人，为六列。"② 可以看出，汉代丧仪中既然有巴渝櫂歌者出现，那么巴渝櫂歌也属于挽歌曲。曹魏时期，王粲所作的《巴渝舞歌》曾用于庙乐及宴飨，说明巴渝舞歌可能也会借用于丧仪当中。魏明帝作有《櫂歌行》，可能也是一种哀苦之音，相当于"挽歌"曲。

综上所述，当歌唱和欣赏"挽歌"变成一种艺术好尚以后，人们对"挽歌"的艺术需求大大增加，魏晋时期可能将许多悲哀的曲调都作为"挽歌"艺术来欣赏，这样，"挽歌"的演唱及创作较汉代更丰富，成为一种乐歌类型，《薤露》《蒿里》以外，《惟汉行》《东武吟》《泰山吟》《梁甫吟》，甚至连同《七哀诗》《櫂歌行》等与死亡关系不太大，但因其音乐旋律具有悲哀的特点，可能也被视为或用为"挽歌"，"挽歌"的外延被明显地放大了。

三　魏晋的挽歌诗创作及其特点

挽歌诗创作是魏晋作者最多，数量最为丰富的乐歌类型，从魏至

---

① 《乐府诗集》第 30 卷，第 442 页。
② 司马彪撰、刘昭补注《后汉书志》，第 3145 页。

晋，挽歌创作一直不衰。详见表 4-11 所示。

表 4-11　魏晋挽歌创作情况表

调　类	曲题名	曹操	曹丕	王粲	阮瑀	曹植	曹叡	缪袭	诸葛亮	傅玄	陆机	张华
相和曲	薤　露	1				1						
	惟汉行					1				1		
	蒿　里	1										
	挽　歌							1		1	.3	
楚调曲	泰山吟										1	
	梁甫吟								辞不传		1	
	泰山梁甫行					1						
	东武吟行										1	
	怨诗行					2						
	怨　诗				1							
瑟调曲	櫂歌行						1				1	
	大墙上蒿行		1									
	放歌行										1	
	置　酒					1						
平调曲	短歌行		1								1	
	七哀诗			2	1	1						2

　　魏晋时期的挽歌曲对传统挽歌既有继承，又有创新，下面通过具体曲辞的辨析来揭示魏晋挽歌的嬗变轨迹。

　　（一）《薤露》与《惟汉行》对传统《薤露》曲所作的创新

　　曹操《薤露》诗创作于初平元年（190 年），是曹操现存年代可考的乐府诗中最早的一首，入魏乐所奏。诗云：

　　　　惟汉二十二世，所任诚不良。沐猴而冠带，知小而谋强。犹豫不敢断，因狩执君王。白虹为贯日，已亦先受殃。贼臣持国柄，杀主灭宇京。荡覆帝基业，宗庙以燔丧。播越西迁移，号泣而且行。瞻彼洛城郭，微子为哀伤。[①]

此首《薤露》与李延年所定哀悼王公贵族的《薤露》已经不同，汉曲只四句，三三七七句式，而曹诗十六句，数倍加长，句式全用五言。汉曲押微韵，而曹诗改押阳韵，隔句用韵，一韵到底。歌辞体式的这种变化自然会引起歌唱的变化。内容上也有较大变化，汉曲歌人生短暂、死而不能复生的悲伤，曹诗则变为哀悼汉代社会覆亡的挽歌，意义已经完全不同。自曹操开始，扩展了《薤露》作为"挽歌"的内涵，不仅可以哀悼生命，也可用以挽悼社会历史，对传统挽歌的内容、功能等都是极具开创性质的拓展和丰富。随后曹植的《薤露》诗也沿着曹操的思路进行个性化的写作，诗云：

> 天地无穷极，阴阳转相因。人居一世间，忽若风吹尘。愿得展功勤，输力于明君。怀此王佐才，慷慨独不群。鳞介尊神龙，走兽宗麒麟。虫兽犹知德，何况于士人。孔氏删诗书，王业粲已分。骋我径寸翰，流藻垂华芬。（曹植《薤露》）
>
> 太极定二仪，清浊始以形。三光焴八极，天道甚著明。为人立君长，欲以遂其生。行仁章以瑞，变故诚骄盈。神高而听卑，报若响应声。明主敬细微，三季蠹天经。二皇称至化，盛哉唐、虞庭。禹、汤继厥德，周亦致太平。在昔怀帝京，日昃不敢宁。济济在公朝，万载驰其名。（曹植《惟汉行》）

① 《乐府诗集》第 27 卷，第 396 页。

将曹植的《薤露》和《惟汉行》比较，会发现这两首诗的最大区别是：《薤露》篇着眼于个人角度，写曹植对自己生命的惋叹：人生一世，最大的意义乃在于建功立业，但自己却怀王佐之才而独无所用，只有慨叹命运。而《惟汉行》则是歌颂当今明主居安思危，诫骄诫盈，一片大好局面，完全是从社会历史角度来颂盛赞皇。从内容上来看，《惟汉行》已经摆脱了"挽歌"的功能及意义。再看傅玄的《惟汉行》就更明显：

> 危哉鸿门会，沛公几不还。轻装入人军，投身汤火间。两雄不俱立，亚父见此权。项庄奋剑起，白刃何翩翩。伯身虽为蔽，事促不及旋。张良慑坐侧，高祖变龙颜。赖得樊将军，虎叱项王前。瞋目骇三军，磨牙咀豚肩。空厄让霸主，临急吐奇言。威凌万乘主，指顾回泰山。神龙困鼎镬，非唅岂得全？狗屠登上将，功业信不原。健儿实可慕，腐儒何足叹。

傅玄《惟汉行》是重新赋咏鸿门宴的故事，借以颂美樊哙将军危难救主、建功立业的神武和智慧。可以说，《惟汉行》虽然是从《薤露》变化而来，但是从曹植拟制新题以来，《惟汉行》已经不是传统意义上的挽歌，而成为一种歌功颂德的歌诗。

从《薤露》到《惟汉行》的演变，可以看出魏晋乐府诗的演变轨迹：从歌辞方面来讲，魏晋作者从旧的曲辞中演化出新题，再根据新题创作新的内容。曹植《惟汉行》是沿袭曹操《薤露》诗的社会历史的角度，傅玄《惟汉行》则是紧紧围绕新题的内涵，来赋咏汉代的名人轶事。"挽歌"歌辞经过这样的翻新以后，可以确信已经与传统"挽歌"哀悼生命的特征无缘了；从音乐方面来讲，汉代的杂曲《薤露》被曹操改成了五言诗，武帝"登高必赋"的诗经乐工被之管弦以后，将会成为新的乐章，这个乐章在旋律上可能还会保持着"挽歌"悲哀的曲调，但是由于句式的巨大变化，曹操之诗必然在音乐上有新的特点，而不可能保持原调，因此，曹植赋予这样的新曲调以《惟汉行》的曲名。另外，新曲《惟汉行》由于在歌辞内容上不再与个体的死亡相关，自然不会再用于专门的葬仪，不再发挥实用功能，而转变为一种上层贵族所喜爱的娱乐歌曲。

（二）《蒿里》曲名内涵的变化

《蒿里》曲在魏晋时期只有曹操有作，仍是哀悼下层百姓的挽歌。但在西晋时期，"蒿里"的内涵发生了变化，与此同时，《蒿里》消失于乐府诗创作视野。此消彼长之间是否有何关联？另外，"蒿里"在西晋以后的变化也一直影响着今人对此曲内涵的认识，不妨先从"蒿里"内涵谈起。

西晋崔豹《古今注》仅谓"蒿里"为人死魂魄所归之处，并未对"蒿里"另作阐释。但其同时代人陆机所作挽歌《泰山吟》却云："梁甫亦有馆，蒿里亦有亭。幽涂延万鬼，神房集百灵。"① 魏晋时期，挽歌音乐十分发达，在汉代挽歌基础上，又产生了许多新的挽歌曲，《泰山吟》便是其一。从地域上来看，《蒿里》为田横门人所创，当与齐地音乐有着较深渊源。而陆机此曲，左思《齐都赋》注云："《东武》、《泰山》，皆齐之土风，弦歌讴吟之曲名也。"② 此曲亦属齐地音乐无疑。《乐府解题》曰："《泰山吟》，言人死精魄归于泰山，亦《薤露》《蒿里》之类也。"③ 加上歌辞当中"幽涂延万鬼，神房集百灵"的相关描写，可见陆机的《泰山吟》即西晋的挽歌。在这首挽歌辞中，魂归之所在泰山附近的山上。歌中以"蒿里"与"梁甫"互文对举，显然陆

---

① 《乐府诗集》第41卷，第605页。
② 《乐府诗集》第41卷，第608页。
③ 《乐府诗集》第41卷，第605页。

机已将"蒿里"视作泰山附近与"梁甫"同类的小山。的确，泰山附近虽无"蒿里"山，却有一处"高里"山，同属泰山支脉，在山东泰安县西南。汉太初元年（前104年），武帝至泰山，曾于此封禅，而陆机则称"蒿里亦有亭"，故此山又名亭禅山。《汉书·武帝纪》曰："太初元年冬十月，行幸泰山。十一月甲子朔旦，冬至，祀上帝于明堂。乙酉，柏梁台灾。十二月，禅高里，祠后土。"颜注引伏俨注"高里"曰："山名，在泰山下。"师古辨之曰："此高字自作高下之高，而死人之里谓之蒿里，或呼为下里者也，字即为蓬蒿之蒿。或者既见太山神灵之府，高里山又在其旁，即误以高里为蒿里。混同一事，文学之士共有此谬，陆士衡尚不免，况其余乎？今流俗书本此高字有作蒿者，妄加增耳。"① 按照师古注，汉武帝封禅之处为"高里"山，是陆机之流文士误作"蒿里"。说明陆机理解的"人死魂归之处"的"蒿里（高里）"已与汉代挽歌所唱的"蒿里谁家地"之"蒿里"毫无关联：《蒿里》既是为士大夫、庶人送葬的挽歌，也是埋葬死者之处，并非指帝王封禅的"高里山"。但是颜师古指出陆机谬误之后，又提出"蒿里，或呼为下里者也"，此说显系沿袭传闻。将"下里"与挽歌中所唱的"蒿里"混为一谈，颇值得存疑。到了宋代，郭茂倩注"蒿里"则曰"山名，在泰山南"，当然也是沿袭陆机臆测之词的结果。

余冠英先生对颜师古说作了进一步阐发，指明"蒿里"与"下里"的关系：

> 《蒿里》，古代迷信的说法，人死后魂魄聚居的地方，名为"蒿里"，又名"薧里"。"蒿"就是"薧"，也就是"槁"，人死则

---

① 《汉书》第6卷，中华书局，1962，第199页。

枯槁，故名。又名"下里"，因为假想的蒿里一直是在地下。①

他先把"蒿"与"薨"乃至人死后之"枯槁"相联系，丰富了"蒿里"与死者形态的各种联想；又由"下里"之名再猜测，因为人死后须埋于地下，所以"蒿里一直是在地下"的。我们试厘清前人对这些文字的训释，便可以清晰见出这种联想的思路脉络：《说文》释"藁"称"稈也，或作蒿。"即蒿草；至于"薨"，《周礼·天官·獻人》："辨鱼物为鱻薨"，郑玄注"薨"曰"干"。《礼记·曲礼》称"藁鱼曰商祭"，孔颖达疏曰："藁，干也。商，量也。祭，用干鱼量度燥湿得中而用之也。"《说文·死部》释"薨"为"死人里也"。正是通过训诂互释，才让这些语意婉转纠缠在一起。其难通之处，正如同说 A 与 B 相关，B 又与 C 相关，因此便断言 A 与 C 也相关一样，这在逻辑上是无法说通的。当然判断余冠英先生这种推论是否正确，还需要对历史语境中的活态话语作进一步分析。

《说苑》卷十四《至公》载令尹虞丘子向楚庄王报告曰："臣为令尹十年矣，国不加治，狱讼不息，处士不升，淫祸不讨，久践高位，妨群贤路，尸禄素餐，贪欲无厌，臣之罪当稽于理，臣窃选国俊下里之士孙叔敖，秀赢多能，其性无欲，君举而授之政，则国可使治而士民可使附。"② 虞丘子向庄王举荐的孙叔敖只是乡里贫士。晋人嵇含《困热赋序》："余以下里贫生，居室卑陋"③ 及束皙《近游赋》："世有逸民，在乎田畴。宅弥五亩，志狭九州。安穷贱于下里，寞玄澹而无求。"④ 这些说明汉晋之时"下里"仍是指社会下层的穷乡僻壤，并无其他语义变化。

---

① 余冠英：《乐府诗选》，第 10 页。
② 刘向：《说苑》，上海古籍出版社，1990，第 122 页。
③ 严可均：《全上古三代秦汉三国六朝文》，中华书局，1958，第 1829 页。
④ 严可均：《全上古三代秦汉三国六朝文》，第 1962 页。

但班固《汉书》中曾以"下里物"一词用来指称陪葬物品。《汉书·韩延寿传》曰:"颍川由是以为俗,民多怨仇。延寿欲改更之,教以礼让,恐百姓不从,乃历召郡中长老为乡里所信向者数十人,设酒具食,亲与相对,接以礼意,人人问以谣俗,民所疾苦,为陈和睦亲爱销除怨咎之路。长老皆以为便,可施行,因与议定嫁娶丧祭仪品,略依古礼,不得过法。延寿于是令文学校官诸生皮弁执俎豆,为吏民行丧嫁娶礼。百姓遵用其教,卖偶车马下里伪物者,弃之市道。"① 所谓"下里伪物"是指民间老百姓仿造的车马及童婢等供死者阴间使用的随葬之物,"伪"者,仿造之意,行为主体是居于"下里"的民间百姓,此处所谓"下里"并没有改变"民间穷乡僻壤"的含义,与《说苑》中虞丘子的语意并无歧义。类似的例子还有《汉书·田延年传》:

> 先是,茂陵富人焦氏、贾氏以数千万阴积贮炭苇诸下里物。昭帝大行时,方上事暴起,用度未办,延年奏言:"商贾或豫收方上不祥器物,冀其疾用,欲以求利,非民臣所当为。请没入县官。"奏可。②

茂陵富户焦氏、贾氏花费几千万钱,收购木炭、芦苇等修造坟墓的物资,囤积起来,欲牟取暴利。汉昭帝刘弗 21 岁暴病而亡,皇室事先并没有预备好修造陵墓的物资。田延年主管财政,不肯花钱从商人手里购买,便向宣帝上奏说焦氏贾氏等蓄积建陵物资是非法的,应全部没收。因炭苇之类产于下层民间,故径称"下里物"。

值得注意的是,三国曹魏学者孟康注《汉书》"下里物"曰:"死

---

① 班固:《汉书》第 76 卷,第 3210 页。
② 班固:《汉书》第 90 卷,第 3665 页。

者归蒿里，葬地下，故曰下里。"① "下里"被解释成"地下"之"蒿里"，余冠英先生说"因为假想的蒿里一直在地下"概源于此。这与先秦乃至晋人话语里的"下里"已经大相径庭，孟康对"蒿里"的阐释，等于想当然地为之赋予一层新的语义。"蒿里"果真在地下吗？田横门人所唱："蒿里谁家地，聚敛魂魄无贤愚"，明明是说在地面上的"谁家地"，怎么会误会到"地下"了呢？直接以"下里"与"蒿里"等同。

从时间上说，"蒿里"早在西汉时期就已作为固定的挽歌曲名，"下里"一词在《蒿里》曲产生的时代一直是"贫贱陋乡"之意，沿袭此意，东汉仍以"下里物"指称产自民间的随葬物品。具体语境中尚未发现以"下里"径直指代"蒿里""蒿里"的例子。

先秦时期还流行着《下里》之曲。余冠英先生又从音乐角度将《蒿里》与《下里》联系起来，他说：

> 《薤露》和《蒿里》都是东齐产生的谣讴，《蒿里》与《薤露》更普遍些。宋玉《对楚王问》说：有人唱"下里"（就是蒿里），几千人和着他唱，等他唱"薤露"，只有几百人和他。崔豹《古今注》说"薤露"是王公贵人出殡时用的，"蒿里"是士大夫庶人出殡用的。②

刘向《新序》卷一所录《对楚王问》原文如下：

> 楚威王（《文选》作"襄王"）问于宋玉曰："先生其有遗行邪（《文选》作"与"）？何士民众庶不誉之甚也？"宋玉对曰：

---

① 班固：《汉书》第90卷，第3666页。
② 余冠英：《乐府诗选》，第10页。

"唯,然,有之。愿大王宽其罪,使得毕其辞。客有歌于郢中者,其始曰《下里》《巴人》,国中属而和者数千人。其为《阳陵》《采薇》(《文选》作《阳阿》《薤露》),国中属而和者数百人。其为《阳春》《白雪》,国中属而和者数十人而已也。引商刻角(《文选》作"刻羽"),杂以流徵,国中属而和者不过数人。是其曲弥高者,其和弥寡。……世俗之民,又安知臣之所为哉?"①

这里并没有指明《下里》与《蒿里》有何直接联系。尽管《文选》将《阳陵》《采薇》换作《阳阿》《薤露》,却无法证明《采薇》就是挽歌《薤露》。我们当然更没有理由断定《下里》就是挽歌《蒿里》。

《列子·汤问》也曾记载韩国的著名歌者韩娥东到齐国,因断粮而鬻歌假食的故事,其中以余音绕梁、三日不绝来渲染韩娥歌声的感染力。《对楚王问》中的歌者既称为"客",大约也是像韩娥那样从其他国家到楚国作歌唱表演的演员。"属而和"是指听众追随"客"相唱和的情景,《下里》属而和者可多达数千人,说明其曲调简易,极易流行,至《阳陵》《采薇》(或《阳阿》《薤露》)之曲则只有数百人和,而《阳春》《白雪》则只有几十人能和,这与曲子的演唱技巧难易程度密切相关,容易的曲子会唱的就多,技巧难度大则能和者少。《文选》李善注陆机《文赋》及马融《长笛赋》引曰:

> 宋玉《笛赋》曰:师旷为《白雪》之曲。《淮南子》曰:师旷奏《白雪》,而神禽下降。《白雪》,五十弦瑟乐曲名。《下里》,俗之谣歌。②

---

① 刘向:《新序》,上海古籍出版社,1990,第122页。
② 《文选》,第242页。

宋玉《讽赋》曰：臣援琴而鼓之，作幽兰《白雪》之曲……

《淮南子》曰：歌《采菱》，发《阳阿》，鄙人听之，不若《延露》以和。①

《白雪》为五十弦瑟曲，神禽下降是渲染师旷演奏所达到的神奇效果，如同《荀子·劝学》所云："瓠巴鼓瑟，而沉鱼出听。伯牙鼓琴，而六马仰秣"，都是极言音乐演奏的生动美妙。从演奏者来看，师旷是春秋晋国著名乐师，善弹琴，辨音力极强，以"师旷之聪"闻名后世。《阳春》《白雪》之曲需要精湛的技巧，只能被少数专业乐师演奏。《下里》《巴人》之曲俗众普遍能唱，正是因为此类俗谣无需什么技巧。刘向《对楚王问》并未提到《薤露》，但据《文选》，《薤露》之曲能有数百人和，不及《下里》曲流行广。其实根据《文选》李善注马融《长笛赋》"下采制于《延露》《巴人》"句引《淮南子》所谓："歌《采菱》，发《阳阿》，鄙人听之，不若《延露》以和"，《采薇》似或作《采菱》，《薤露》似或作《延露》。《薤露》或属传抄致误。可见宋玉《对楚王问》所涉及的歌曲，未必与挽歌有何关联。

因此迄今尚没有理由因为《下里》与《薤露》同时出现，且《下里》《巴人》之曲因为和者数千，带有更多平民化的色彩，就径将《下里》视同为平民送葬的《蒿里》。这在逻辑上于理难通。再者，《下里》《薤露》是两首不同的曲调，且演唱难度不一。而战国时期田横门人伤其自杀所作的挽歌是一曲，到汉武帝时代才由李延年分为两曲，所以《薤露》很可能与田横门人创作的挽歌有关，而《下里》却难能断定就是《蒿里》，而应是较为流行的其他谣俗之曲。很明显，《下里》指谣

① 《文选》，第253页。

俗之曲与先秦时期"下里"作"贫乡贱里"的内涵是一致的，而与人死丛葬之处全不相干。

其实，在汉代丧葬礼仪中，《蒿里》与《薤露》是供不同身份和等级的人使用的挽歌，二者的功能区分极为明确，那么"蒿里"的本义应该放到汉代的殡葬礼仪文化中去溯求，方能寻找到比较确当的阐释。作为哀悼士庶之人的挽歌，"蒿里"与汉代下层百姓的殡葬文化有着怎样的关系呢？我们不妨直接从"蒿里"本身入手来寻绎其意。

"蒿"，野草名，艾类。"里"，据《诗经·郑风·将仲子》："将仲子兮，无逾我里。"《传》："里，居也，二十五家为里"。如果将"蒿里"合起来讲，就是一大片野草丛生之处。实际上古代许多文献中都可看出野草丛生之处与死人聚居之所的密切联系。汉广陵王刘胥所作《歌》曰："欲久生兮无终，长不乐兮安穷。奉天期兮不得须臾，千里马兮驻待路。黄泉下兮幽深，人生要死，何为苦心。何用为乐心所喜，出入无悰为乐哑。蒿里召兮郭门阅，死不得取代庸，身自逝。"① 广陵王胥，是武帝第五子，元狩六年（前117年）封广陵王，立六十四年，五凤四年（前54年）被诛，谥曰厉。据《汉书》，昭帝时，刘胥见帝年少无子，有觊觎心，迎女巫李女须，使下神祝诅。宣帝时，祝诅事发觉，胥置酒显阳殿，召太子霸及子女等夜饮，使所幸鼓瑟歌舞，王自歌曰云云，左右悉涕泣奏酒，至鸡鸣时方罢。刘胥在即将被诛时，作了这首歌总结和表达自己的心情：长期以来心情郁郁不乐，预谋篡夺帝位，命运却早有安排，已将自己早早地推向死亡之路。此时此刻反思，"蒿里召兮郭门阅，死不得取代庸，身自逝"，后悔晚矣。"蒿里"就是广陵王的葬身之地，它是在"郭门"之外。

---

① 逯钦立：《先秦汉魏晋南北朝诗》，第111页。

再看挽歌《梁甫吟》："步出齐城门，遥望荡阴里。里中有三墓，累累正相似"[1]，齐国城门外的"荡阴里"就是墓地。孟子《齐人有一妻一妾》中的齐人，每天都到郭外墦间乞食，那个地方就是城郭四五里之外的坟冢草野之间。所以刘胥《歌》中的"蒿里"就是草野坟冢之地的意思。"荡阴里"或者"蒿里"都是对死人居所的形象描述。汉曲《蒿里》云"蒿里谁家地，聚敛魂魄无贤愚"，不知是谁家之地，这正可以说明人死葬处不一，故"蒿里"绝不可能专指某处固定的地方。

《蒿里》曲专用于送士庶之丧，我们再来看看"蒿里"与贫士、庶人之死又有什么关系？原来古代等级制度森严，不同身份的人，其墓地、丧祭等礼仪也大不同。尚秉禾先生据《周礼·冢人》疏引《春秋纬》云"天子坟高三仞，诸侯半之，大夫八尺，士四尺，庶人无坟"，《檀弓》又云"庶人县封，葬不为雨止，不封不树"，认为："坟高有制，若庶人则不得起坟。八尺曰仞，三仞两丈四，周律尺合今营造尺八寸二分，然则周天子坟合今二丈微弱。至汉，诸侯尚高四丈，天子则益高。若士只四尺，虽今庶民尚过之，盖时益后则益侈。"[2] 天子、王公、贵族都可以修建很高的坟墓，周天子之坟合于今日不到两丈，但至汉代诸侯尚可高达四丈，天子之坟则更高，故武帝之坟曰"茂陵"等，都是极形象的说法。然而庶人死不得起坟，也不得于坟前种树，而士的坟高限制在一米左右。可以想象，士的墓葬仅仅是一个小土丘，庶民则不封不树，仅以不积雨水为率，当然很快就会被野草掩没成茫茫一片，这不就是名副其实的"蒿里"吗？

"里"作为居住所的命名由来已久，从先秦至汉代一直沿用，盛行

---

① 《乐府诗集》第41卷，第606页。
② 尚秉禾：《历代社会风俗事物考》，中国书店，2001，第265页。

不衰。据《周礼·地官·大司徒》："令五家为比，使之相保，五比为闾，使之相受……"①《史记·索隐》云："古者二十五家为里，里则各立社。"② 可以看出，二十五家为里、为闾，"里"即"闾里"，每二十五家为一闾里，共出一门，相当于一个较小的聚居单元。汉代的长安皆以"里"命名，《汉书》云："万石君奋徙居陵里"，又"徙家长安戚里""宣帝在民间里，常在尚冠里"，刘向《列女传》："节女，长安大昌里人也"，既然"蒿"是指长满杂草的样子，"里"是居住所的命名，"蒿里"就是指长满野草的士庶之人的聚葬之地，是对死者墓地的形象概括。

汉代以后以"蒿里"指埋魂之所仍然屡见诸于文人笔端。东汉灵帝建宁三年（170 年）六月《淳于长夏承碑》曰："抱器幽潜，永归蒿里。痛矣如之，行路感动。傥魂有灵，垂后不朽。"③ 东晋陶渊明《祭程氏妹文》："奈何程妹，于此永已。死如有知，相见蒿里。呜呼哀哉！"④ 其《祭从弟敬远文》："年甫过立，奄与世辞。长归蒿里，邈无还期。"⑤ 梁元帝萧绎《玄览赋》："将鸡鸣於天上，遂埋魂於蒿里。"⑥ 基本上还是忠于汉曲《蒿里》的本义而来。

总之，"蒿里"本义就是士大夫、庶人死后埋葬之地，由于不封不树，被野草掩没，故名"蒿里"。挽歌摘取首句"蒿里谁家地"作为曲名，遂为汉代士大夫、庶人丧葬用的挽歌。东汉以后，略去汉代葬仪的具体背景泛泛而论死后埋葬之处，才出现"蒿里""藁里""高里""下里"等不同的说法，最终离《蒿里》曲名的

---

① 郑元注、贾公彦疏《周礼注疏》上册，中华书局，《十三经注疏》影印本，第 707 页。
② 《史记》第 47 卷，第 1932 页。
③ 严可均：《全上古三代秦汉三国六朝文》，第 1020 页。
④ 严可均：《全上古三代秦汉三国六朝文》，第 2102 页。
⑤ 严可均：《全上古三代秦汉三国六朝文》，第 2103 页。
⑥ 严可均：《全上古三代秦汉三国六朝文》，第 3036 页。

本义渐行渐远。

"蒿里"本为下层百姓死亡的葬身之处，是具有比兴象征意义的曲名。魏武帝《蒿里》仍是对汉代曲调内涵的具现、诠释，与其《薤露》一起分别哀悼社稷与民众的死亡图景。其辞曰：

> 关东有义士，兴兵讨群凶。初期会盟津，乃心在咸阳。军合力不齐，踌躇而雁行。势利使人争，嗣还自相戕。淮南弟称号，刻玺于北方。铠甲生虮虱，万姓以死亡。白骨露于野，千里无鸡鸣。生民百遗一，念之断人肠。

"白骨露于野，千里无鸡鸣"与《薤露》"荡覆帝基业，宗庙以燔丧"正是分写帝王与百姓两种不同的悲凉场景，所以魏武帝《蒿里》是一曲哀悼下层百姓生命的挽歌。但是魏晋再无其他作者再作《蒿里》，"蒿里"已经与"高里"同化，成为地域的代称，对于曲调内涵的理解与音乐上《蒿里》向《泰山吟》等曲的转化似并非全无关系。

（三）"无复依傍"：《泰山梁甫行》《泰山吟》《东武吟》《櫂歌行》《大墙上蒿行》《放歌行》《野田黄雀行》

"无复依傍"在文学史上一般指杜甫新乐府诗从曲题到曲辞的彻底创新，此处笔者所云"无复依傍"主要是就曲辞内容来说的。因为这些曲辞全无对应的汉古辞，一种可能是旧辞失传，另一种可能是它们本无旧辞，魏晋据曲题造新辞。

据余冠英所说，《泰山梁甫行》是古曲，后分为《泰山吟》《梁甫吟》，那么曹植创作《泰山梁甫行》应是据汉旧曲创作新辞。此曲据徐公持先生考辨，乃创作于曹植16岁那年，是较早的一首乐府诗。受曹操乐府以古题写时事的影响，曹植利用旧曲调，写在征战途中所见边地

191

居民的悲惨生活。辞曰：

八方各异气，千里殊风雨。剧哉边海民，寄身于草野。妻子象禽兽，行止依林阻。柴门何萧条，狐兔翔我宇。

根据其内容特点，这首诗也不会用于丧仪，而主要是一种娱乐欣赏之曲。《泰山吟》《东武吟》全篇采用五言形式：

泰山一何高，迢迢造天庭。峻极周已远，层云郁冥冥。梁甫亦有馆，蒿里亦有亭。幽涂延万鬼，神房集百灵。长吟泰山侧，慷慨激楚声。（《泰山吟》）

投迹短世间，高步长生闱。濯发冒云冠，洗身被羽衣。饥从韩众餐，寒就佚女栖。（《东武吟》）

两首曲辞中已无哀悼个体生命死亡的相关内容，说明它们不会用于丧仪，更重在欣赏、娱乐。

魏明帝所作《棹歌行》，据汉武帝《秋风辞》："箫鼓鸣兮发棹歌，欢乐极兮哀情多"，则棹歌是汉代就已在宫廷演唱的曲调，其特点是传达出悲哀的情调，《汉武帝故事》云："上行幸河东，祠后土，顾视帝京，欣然中流，与群臣饮燕，上欢甚，乃自作《秋风辞》"①，这首哀歌在汉武帝时代便是用于宴会佐欢之曲。由于其旋律哀感的特点，棹歌后来也用于丧仪。魏明帝的《棹歌行》是据汉旧曲而作，应兼有实用及欣赏两种用途，而要以后者为主。其辞曰：

---

① 逯钦立：《先秦汉魏晋南北朝诗》，第94页。

　　王者布大化，配乾稽后祇。阳育则阴杀，晷景应度移。文德以时振，武功伐不随。重华舞干戚，有苗服从妩。蠢尔吴蜀虏，凭江栖山阻。哀哉王士民，瞻仰靡依怙。皇上悼愍斯，宿昔奋天怒。发我许昌宫，列舟于长浦。翌日乘波扬，棹歌悲且凉。太常拂白日，旗帜纷设张。将抗旄与钺，曜威于彼方。伐罪以吊民，清我东南疆。①

　　《乐府解题》曰："晋乐奏魏明帝辞云'王者布大化'，备言平吴之勋。"②，魏明帝此歌也是据乐府旧题写时事，而与传统棹歌有所不同。此曲被配入晋乐所奏，另据《古今乐录》："王僧虔《技录》云：《棹歌行》歌明帝'王者布大化'一篇，或云左延年作，今不歌。梁简文帝在东宫更制歌，少异此也"，魏明帝此歌在南朝晋、宋、齐时仍然歌唱。西晋陆机也创作了一首《棹歌行》，其辞曰：

　　迟迟暮春日，天气柔且嘉。元吉隆初巳，濯秽游黄河。龙舟浮鹢首，羽旗垂藻葩。乘风宣飞景，逍遥戏中波。名讴激清唱，榜人纵棹歌。投纶沉洪川，飞缴入紫霞。

　　据"名讴激清唱，榜人纵棹歌"的描写，陆机此诗则是暮春游宴助兴之曲，与汉武帝《秋风辞》基本相同。而《大墙上蒿行》《野田黄雀行》《放歌行》等曲从歌辞内容看，也主要用为宴会佐欢之曲，前已论及，此处不赘。

　　以上各曲都是据旧曲创新辞的"挽歌"类型，新挽歌辞主要用于

---

① 《乐府诗集》第 40 卷，第 593 页。
② 《乐府诗集》第 40 卷，第 592~593 页。

娱乐用途，不再用作丧祭仪式。

（四）《梁甫吟》与诸葛亮之关系

《乐府诗集》卷四十一录有诸葛亮《梁甫吟》"步出齐城门"歌辞，其题解引《古今乐录》曰："王僧虔《技录》有《梁甫吟行》，今不歌。"又引谢希逸《琴论》曰："诸葛亮作《梁甫吟》。"引《蜀志》曰："诸葛亮好为《梁甫吟》。"却认为此曲不始于诸葛亮，"然则不起于亮矣"，引李勉《琴说》曰："《梁甫吟》，曾子撰。"又引《琴操》曰："曾子耕泰山之下，天雨雪冻，旬月不得归，思其父母，作《梁山歌》。"引蔡邕《琴颂》曰："梁甫悲吟，周公越裳。"因此郭茂倩认为："梁甫，山名，在泰山下。《梁甫吟》，盖言人死葬此山，亦葬歌也。又有《泰山梁甫吟》，与此颇同。"① 此后，逯钦立先生在其《先秦汉魏晋南北朝诗·汉诗卷十》云："（《梁甫吟》"步出齐城门"）古文苑作《古梁父吟》，不题诸葛亮名字。《类聚》《乐府诗集》均题蜀诸葛亮作。按李勉《琴说》曰：'梁甫吟，曾子撰。'《琴操》曰：'曾子耕太山之下，天雨雪冻，旬月不得归，思其父母，作梁山歌。'蔡邕《琴颂》曰'梁甫悲吟，周公越裳'，按梁甫，山名，在泰山下。据此，《梁甫吟》不始于孔明，而此辞亦与孔明无关。"② 逯钦立先生同意郭茂倩《梁父吟》之曲不始于诸葛之说，但同时又认为"步出齐城门"诗也不是孔明所作。与逯先生相反，王炎平《释诸葛亮"好为〈梁父吟〉"》认为，"诸葛亮《梁父吟》之所寄寓，一为士之道，一为相之体。盖士之处世，志在行道，而又不能无禄，故进退出处颇费斟酌，亦甚难处理适当。而牢笼制驭之术，即'二桃杀三士'之类。士惟淡泊可以免祸，亦惟淡泊可以全节。至于

---

① 《乐府诗集》第41卷，第605页。

② 逯钦立：《先秦汉魏晋南北朝诗》，第283页。

为相，当为国惜才，尽其器用，开诚布公，集思广益。故诸葛亮'好
为《梁父吟》'，盖悲士之立身处世之不易，讽为相之不仁也。此乃
诸葛亮礴观古今之士道与治道，有所感慨而作。其在乱世，能如此读
史并观世，是其器识甚远大，而立身甚崇高也"①。那么，《梁甫吟》
的曲调及"步出齐城门"曲辞究竟与诸葛亮有何关系呢？

　　《三国志·蜀书》如是记载："诸葛亮字孔明，琅邪阳都人也。汉
司隶校尉诸葛丰后也。父珪，字君贡，汉末为太山郡丞。亮早孤，从父
玄为袁术所署豫章太守，玄将亮及亮弟均之官。会汉朝更选朱皓代玄。
玄素与荆州牧刘表有旧，往依之。玄卒，亮躬耕陇亩，好为《梁父
吟》。身长八尺，每自比于管仲、乐毅，时人莫之许也。惟博陵崔州
平、颍川徐庶元直与亮友善，谓为信然。"②《后汉纪·孝献皇帝纪》卷
三十载："刘备屯新野，荆州豪杰归者日众。琅琊阳都人诸葛亮，字孔
明，躬耕陇亩，好为梁甫吟。身长八尺，尝自比于管仲、乐毅，时人莫
之许也。"③ 又《太平御览》卷三百九十二引《蜀志》曰："诸葛亮字
孔明，早孤，躬耕垅亩，好为《梁甫吟》，每自比于管、乐。"④ 诸葛亮
归附刘备之前，曾躬耕陇亩，那时的他经常创作《梁甫吟》曲，以管
仲、乐毅自比。可以看出，诸葛亮所作为《梁甫吟》不错，以管仲、
乐毅自比与他躬耕陇亩而心怀大志的思想也极为吻合，而《梁甫吟》
"步出齐城门"则似乎与诸葛亮的心态无关，因此，笔者赞同逯钦立先
生的看法，但逯钦立先生又将"步出齐城门"归为杂曲歌辞，笔者认
为不妥，以下作一说明。

① 王炎平：《释"诸葛亮好为〈梁父吟〉"》，见中国魏晋南北朝史学会·四川大学历史文化
　　学院编《魏晋南北朝史论文集》，四川出版集团巴蜀书社，2006，第88页。
② 《三国志》第35卷，第911页。
③ 张璠：《后汉纪·孝献皇帝纪》，见《八家后汉书辑注》，上海古籍出版社，1986，第711
　　页。
④ 李昉：《太平御览》第2册，第392卷，中华书局影印本，1960，第1812页。

首先，从曲调上来看，曾子所撰《梁山歌》为悲苦之音，"步出齐城门"的内容与其音乐性质还是极为吻合的，因此，"步出齐城门"歌辞适宜用曾子所撰《梁山歌》曲调来演唱，蔡邕《琴颂》中已不称述《梁山歌》，而称为《梁甫吟》，其原因可能在于两个方面。

第一，《梁甫吟》即《梁山歌》，由于梁山与梁甫原都是泰山下的山名，从地名到音乐都极为相近，而梁甫比梁山知名度更大，因而被蔡邕改称为《梁甫吟》。第二，《梁甫吟》与《梁山歌》不是同一曲，《梁甫吟》乃据《梁山歌》变化而来的新曲。这两种可能性应该都有。因为"步出齐城门"歌辞与"梁甫悲吟"是一脉相承的，"步出齐城门"的曲调应为《梁甫吟》，既然其曲调是明确的，不必将其归入杂曲歌辞类。

其次，《梁甫吟》不应该是诸葛亮所创。《梁甫吟》为诸葛亮所创的观点来自是刘宋谢希逸的《琴论》，他的这一说法应是根据《蜀志》《后汉纪》等而来，但《蜀志》只云其"好为梁甫吟"，是经常创作或歌梁甫吟的意思，并不能据此得出《梁甫吟》曲调是诸葛所创的观点。笔者以为，从魏晋乐府诗的创作风气来看，多是依旧曲作新辞，诸葛亮所作《梁甫吟》应是据原已存在的旧曲《梁甫吟》另创表达自己心志的新歌辞，这种情况类似魏氏三祖，曹操便经常用汉旧曲创作出新歌辞来表达自己的情志，这样在内容上新歌辞的内容便与旧曲辞有很大不同，实质是改造了旧曲。

（五）魏晋生命意识的折射——"挽歌"

魏晋时期出现了直接以"挽歌"命名的歌辞，据上文所论，这些《挽歌》应当皆是用《薤露》曲调创制的新辞。其辞如下：

> 生时游国都，死没弃中野。朝发高堂上，暮宿黄泉下。白日入虞渊，悬车息驷马。造化虽神明，安能复存我。形容稍歇灭，齿发

行当堕。自古皆有然，谁能离此者。（缪袭《挽歌》）

卜择考休贞，嘉命咸在兹。凤驾警徒御，结辔顿重基。龙幰被广柳，前驱矫轻旗。殡宫何嘈嘈，哀响沸中闱。闱中且勿喧，听我《薤露》诗。死生各异伦，祖载当有时。舍爵两楹位。启殡进灵轜。饮饯觞莫举，出宿归无期。帷衽旷遗影，栋宇与子辞。周亲咸奔凑，友朋自远来。翼翼飞轻轩，骎骎策素骐。按辔遵长薄，送子长夜台。呼子子不闻，泣子子不知。叹息重榇侧，念我畴昔时。三秋犹足收，万世安可思。殉殁身易亡，救子非所能。含言言哽咽，挥涕涕流离。

重阜何崔嵬，玄庐窜其间。磅礴立四极，穹崇效苍天。测听阴沟涌，卧观天井悬。广霄何寥廓，大暮安可晨。人往有返岁，我行无归年。昔居四民宅，今讬万鬼邻。昔为七尺躯，今成灰与尘。金玉昔所佩，鸿毛今不振。丰肌飨蝼蚁，妍骸永夷泯。寿堂延魑魅，虚无自相宾。蝼蚁尔何怨？魑魅我何亲？拊心痛荼毒，永叹莫为陈。

流离亲友思，惆怅神不泰。素骖伫轜轩，玄驷骛飞盖。哀鸣兴殡宫，回迟悲野外。魂舆寂无响，但见冠与带。备物象平生，长旃谁为旆。悲风鼓行轨，倾云结流蔼，振策指灵丘，驾言从此逝。（陆机《挽歌》三首）

这些《挽歌》直写个体的死亡意识，具现殡宫等葬仪环境，内容具体，主要沿袭了汉代丧仪乐歌的实用功能，可用为王公贵族送葬。值得注意的是自挽形式的出现，缪袭《挽歌》首开此风，歌辞拟死者之口吻，描绘为自己送葬的全过程及随之而生的感想。陆机的《挽歌》之二虽也是假以死者之口，不过描绘的是死者在葬入地下以后的情状。两首自挽体挽歌的相通之处在于，以生来想象死，借死者之感知、思想来反观、回味、彻悟人生。某种意义上说，生死问题是亘古不变的哲学命题，任何人任何时代都回避不了，不同时代的人们在其文学、美学、哲学思考中都在直接、间接地表达着对这一问题的态度和感悟，以期更好地引导现世的生命。各时代的《挽歌》便是直接面对、描述这一问题的音乐文化。先秦至汉代以来的挽歌皆沿用生者哀悼死者的形式，这一形式的挽歌对生死问题的观照属于封闭式的，只有反过来从死反观生，才能实现生—死—生的循环，这样的思维模式才能促进生命意识的真正自觉。如果说一代有一代之挽歌，各个朝代的挽歌都体现出对生命的态度和思考的话，那么融入了新的生命自觉意识以后，魏晋的《挽歌》在歌辞创作上更带有个性化、文人化色彩，打上了魏晋朝代的烙印。吴承学对此类挽歌的特点及文体意义进行了深刻地论析，他特别指出："自挽是一个活着的自我对死去的自我的哀悼与祭奠，是现在的我对于将来的我的纪念，这在身份上与时间上都具有某种荒诞性。这些因素构成了自挽歌的特殊风味，自挽歌的外在形态虽然沿用挽歌文体，其实与传统挽歌不同，可说是一种文体创造。在文体性质上，它完全弱化传统挽歌的实用功能，而将之转化为虚拟的、想象的、有很强文学意味的创作"①。魏晋陆机等人的创作对于后来陶渊明的《拟挽歌辞》的艺术构思产生了明显的影响。

李泽厚《美的历程》说："这种对生死存亡的重视、哀伤，对人生短促的感慨、喟叹，从建安到晋宋，从中下层到皇家贵族，在相当长一段时间中和空间内弥漫开来，成为整个时代的典型音调"，"表面看来似乎是如此颓废、悲观、消极的感叹中，深藏着的恰恰是它的反面，是对人生、生命、命运、生活的强烈欲求和留恋"②，笔者以为，魏晋挽

---

① 吴承学：《汉魏六朝挽歌》，《中国古代文体形态研究》（增订本），中山大学出版社，2002，第79页。

② 李泽厚：《美的历程》，文物出版社，1981，第88~89页。

歌音乐的流行，挽歌辞的创作，恰恰是这样的一种时代精神的外化和体现。

　　总而言之，"挽歌"音乐在李延年的推动下进入了官方礼仪形态，并由此引发了欣赏"挽歌"的热潮，"挽歌"在实用功能及审美娱乐两个层面上被广泛使用，魏晋时期的"挽歌"得到了更进一步的发展。表现在音乐上，在传统的《薤露》曲基础上，又将另外一些悲哀的乐曲《泰山吟》《梁甫吟》《东武吟》等也纳入"挽歌"，填入新词，成为审美娱乐的艺术歌曲在嘉会时表演欣赏；表现在歌辞创作上，新的挽歌词在语言句式上更加整齐、五言化，内容上有许多变化，可以哀悼个体生命的死亡，也可以描绘乱离的社会现实，或者咏史，或者抒情，挽歌的题材内容不断地得到拓展丰富，在社会乱离的情感体验基础上，个体生命的自觉意识不断加强，自然而然地出现了自挽的歌辞，形成了新的挽歌文体。在依旧曲填入新词这一过程中，新歌辞使得挽歌的功能发生着变化，作为实用的葬歌的功能不断被弱化，作为艺术歌曲的娱乐功能则逐渐加强，文人自挽歌辞使得挽歌的文学性和思想性不断加强，在六朝发展成为一种新的挽歌文体。挽歌在魏晋的发展经历了由实用到娱乐，由音乐到文学的嬗变过程。

第四节　魏晋"艳歌"考论

　　"艳歌"本自汉代，是指《艳歌行》单曲。至魏晋时期，艳歌在艺术上又吸纳了其他音乐表演艺术的元素，成为大曲，在曲辞创作上则经历了文人化的过程。荀勖的《荀氏录》、王僧虔的《大明三年宴乐技录》乃至陈释智匠的《古今乐录》，对魏晋时期"艳歌"的曲目、曲辞都作了明确记载，可见"艳歌"在魏晋时期曾得到较大发展，成为一种带有魏晋时代特色的流行乐歌类型。

目前学界对于"艳歌"的研究还非常之少，除了对"艳歌"的曲辞《罗敷》《艳歌行》"翩翩堂前燕"等进行文学文本意义上的探讨之外①，试图对魏晋"艳歌"进行音乐的探讨尚且没有。石观海《"艳歌"新论》一文所说的"艳歌"是指在《玉台新咏》中出现的"艳歌"，与魏晋艳歌关系不大。② 不过，齐天举《古乐府艳歌之演变》对"艳歌"及其流变过程作了探讨，作者认为："'艳'，就是引子、序曲。艳曲所填的辞叫作'艳辞'，通称'艳歌'。""艳歌的作用，是放在正歌之前，以组织听众情绪。艳歌在演奏过程中歌辞不断增加，结构逐渐扩展完善，最后脱离正歌，由附庸蔚为大国，于是游离正歌而单行。如作为瑟调曲的《艳歌何尝行》（'飞来双白鹄'）就明显是几段旧歌的拼合体，这即说明它从开始作为艳歌，由于歌辞的不断'滚雪球'，最终从正歌独立出去。"③ 岳珍《"艳词"考》虽然是针对隋唐五代的"艳词""侧艳之词"所作的文体辨析，但其中对"艳"的名、实关系进行了考辨，对于乐府"艳歌"的探讨很有启迪。比如作者认为："'艳词'原不是用来专门概括艳情词或辞藻艳丽的词的术语。'艳词'是一个较为宽泛的概念，它泛指在酒宴、聚会等场合用于演唱的歌词"④。这种情况同样也适用于"艳歌"。她认为，"艳曲"即"艳"，是专门的歌乐，源于荆楚歌乐，即杨荫浏先生所说的"（大曲）有时又另外加进了华丽而婉转的抒情部分"。总之，二文皆强调"艳"即"艳歌"，是音乐概念，与我们通常所理解的"艳情"或华艳的辞藻有别。笔者认为，二文对"艳歌"作为乐歌类型的内涵作了强调，但是对于

① 王海波：《读〈艳歌行〉札记》，《中国韵文学刊》2004 年第 2 期。
② 石观海：《"艳歌"新论》，《武汉大学学报》2002 年第 5 期。
③ 齐天举：《古乐府艳歌之演变》，《阴山学刊》1989 年第 1 期，第 1 页。
④ 岳珍：《"艳词"考》，《文学遗产》2002 年第 5 期，第 44 页。

"艳歌"的演变过程及与"艳"的关系的论述，尚不够细致深入，也未能反映魏晋艳歌的特点及其与古"艳歌"、荆艳楚舞之间的关系。鉴此，笔者的探讨即以魏晋为主，溯其源流，探讨"艳歌"在魏晋时代的发展变化情况。

从文献遗存来看，"艳歌"在汉代就已产生，我们的探讨就从汉代开始。

一 汉代的古"艳歌"

汉代古"艳歌"以《列仙传》中的记录为最早。刘向《列仙传》是西汉时作品，可见古艳歌早在西汉即已产生。其辞云："荥荥白兔，东走西顾。衣不如新，人不如故。"① 这篇歌辞比较短小，全为四言句式，歌辞采用比兴手法，以白兔东走西顾的惶惶之态，兴起遭弃女性惘然若失的心情，发出"衣不如新，人不如故"的怨愤之辞。与此首歌辞在体式上极为相似的还有两首：

　　孔雀东飞，苦寒无衣。为君作妻，中心恻悲。夜夜织作，不得下机。三日载匹，尚言吾迟。②
　　马啖柏叶，人啖树脂。不可常饱，聊可遏饥。③

这两首在《太平御览》中都称作《艳歌》。第一首"孔雀东飞"也是写女性的不幸遭遇。前两句以"孔雀东飞，苦寒无衣"起兴，自然引入女性夜夜织作的生活。但是歌中女子虽然不分昼夜地劳作，仍然遭到夫家的谴责，所以内心十分伤悲。第二首只有四句，首句以"马啖柏

---

① 李昉：《太平御览》第 689 卷，第 3078 页。
② 李昉：《太平御览》第 826 卷，第 3681 页。
③ 李昉：《太平御览》第 953 卷，第 4233 页。

叶"兴起，引入对人的饮食生活的咏叹。从"人啖树脂""不可常饱，聊可遏饥"来看，歌唱者的生存状态也是极其不幸的。

从这三首歌辞的内容及表现手法来看，现存汉代古"艳歌"皆为民间歌曲，皆以女性歌唱自己的生活境遇或感情为主，或歌唱被丈夫抛弃的悲哀，或表现拼命劳作也换不来夫家认可的不幸，这些女性在物质生活方面，处于苦寒无衣或仅能免于饥饿的最低生活状态，在精神方面，又不得不忍受着被丈夫抛弃或夫家呵斥的痛苦。总之，三首古"艳歌"都是女性所唱的悲酸之歌。

除了这三首民间古艳歌之外，逯钦立先生《先秦汉魏晋南北朝诗》卷十载有一首欢快的"艳歌"，辞云：

> 今日乐上乐，相从步云衢。天公出美酒，河伯出鲤鱼。青龙前铺席，白虎持榼壶。南斗工鼓瑟，北斗吹笙竽。姮娥垂明珰，织女奉瑛琚。苍霞扬东讴，清风流西歈。垂露成帷幄，奔星扶轮舆。①

从歌辞内容所描绘的歌舞场景来看，这是一首在宴会上用来助兴佐欢的歌曲，用的是游仙乐府诗的形式，这与汉代流行的以歌咏求仙长生为乐的乐歌风气有关。与民间艳歌的四言句式不同，这首歌辞全为五言句式。自"天公"而下，描绘宴会歌舞的场景。歌辞以铺排笔法，分别描述了酒宴上的饮食，乐工的器乐演奏，女乐的服饰舞容及歌声等，句子两两相对，呈现对偶特点。天公、河伯、青龙、白虎、南斗、北斗、姮娥、织女、苍霞、清风、垂露、奔星等的描绘显示出宴会的极尽奢华：姮娥、织女用以代称歌舞女伎，鼓瑟、吹笙指的是布在不同方位的乐队，至于美酒、鲤鱼、青龙席、帷幄、轮舆等应是酒宴环境的真实描

---

① 逯钦立：《先秦汉魏晋南北朝诗》，第289页。

绘，因此这首《艳歌》应是在汉代宫廷或贵族家庭演唱的乐歌，且是经过乐人加工以后用于贵族宴会佐欢的艺术歌曲。从这首《艳歌》当中描绘的歌舞情形来看，此首《艳歌》有乐器伴奏，也有女子的歌舞表演，而且语言形式由四言换作五言，歌辞内容由悲苦转而欢快，这些变化自然也会影响到音乐，说明此曲与民间"艳歌"在表演形式及乐曲风格上已经有所不同。

乐曲的发展往往呈现这样的规律：先由民间产生，然后采入宫廷，经历由民间歌曲到宫廷艺术化的过程。不难推知，"艳歌"作为一种曲调，它最初产生时，主要是民间女子歌唱自己的生活及感情为主。进入宫廷以后，则被用作贵族宴会佐欢的歌曲，歌辞内容也随之有了较大的改变，以描写贵族宴会场景或展示上层贵族的生活内容为主。但它既然仍称为《艳歌》，说明在音乐上与民间"艳歌"仍有某种沿袭性，比如它可能仍然会采用民间"艳歌"的基本旋律，从表演主体来讲也仍然是以女性为主。

总之，从现存作品来看，早在西汉时期"艳歌"就已经产生了。民间"艳歌"以女性婚姻和感情生活的描绘和歌唱为主，而入宫廷或贵族之乐的"艳歌"则成为一种用以宴会佐欢的歌曲。从宴会娱乐场景的描绘来看，其中包括"姮娥""织女"所代称歌舞伎人，可以推想，宫廷"艳歌"也是以女性歌舞为突出特色的，这与民间"艳歌"抒写女性生活和感情的特点有一致之处。因此，汉代"艳歌"是以女性为抒写对象和表演主体的乐歌类型。

以上"艳歌"虽然早在汉代即已产生，但从著录情况来看，它们皆不被后来的音乐文献如《荀录》《歌录》《技录》《古今乐录》等收录。说明这些"艳歌"虽然在汉代产生，而且在宫廷上层及民间各有其传唱渠道，但至魏晋以后，这些"艳歌"似乎都没有再入乐演唱的记载，汉代的"艳歌"在后世发生了新的变化。

二 "艳歌"在魏晋的发展演变及其特征

《乐府诗集》引《古今乐录》曰："《艳歌行》非一，有直云'艳歌'，即《艳歌行》是也。若《罗敷》《何尝》《双鸿》《福钟》等行，亦皆'艳歌'。"王僧虔《技录》云："《艳歌双鸿行》，荀录所载，《双鸿》一篇；《艳歌福钟行》，荀录所载，《福钟》一篇，今皆不传。《艳歌罗敷行》'日出东南隅'篇，荀录所载，《罗敷》一篇，相和中歌之，今不歌。"① 从这段话来看，魏晋之世的"艳歌"包括两种类型。一是直接以艳歌命名的作品，如《艳歌行》。《乐府诗集》中现存最早的《艳歌行》是曹植的作品，西晋傅玄也有一首《艳歌行》，陆机有一首《日出东南隅行》，《玉台新咏》将其著录为《艳歌行》，可见这三首都是据汉代旧曲所创的《艳歌行》新辞。从其命名特点来看，《艳歌行》是以汉代的艳歌加"行"为名。魏晋时人将汉代的曲名加"行"是一种惯常的做法，如《薤露》《蒿里》等变成《薤露行》《蒿里行》等。但是，从《艳歌行》的创作者来看，整个魏晋之世只有曹植、傅玄、陆机三人创作了新的《艳歌行》，而热衷于歌辞创作的魏氏三祖曹操、曹丕、曹叡等人皆没有相应的歌辞，限于曹魏时期的乐府话语权把握在三祖手中，而曹植的乐府诗最多只能在其藩国之中演唱，因此，《艳歌行》这一曲调自汉代产生以后，在曹魏一朝的乐府中似乎并没有受到充分重视，不具备在曹魏宫廷乐府流行的可能。《艳歌行》大概是因为曹植的关系，受到西晋傅玄、陆机等人的关注，才开始进入西晋乐府诗创作的视野，并陆续创作起《艳歌》歌辞来。另外一种情况，即把《双鸿》《福钟》《何尝》《罗敷》等配入"艳歌"，而荀勖《荀氏录》著录时并不直接以"艳歌"命名，到王僧虔《技录》中才统一称其为

① 《乐府诗集》第39卷，第579页。

《艳歌双鸿行》《艳歌罗敷行》《艳歌何尝行》《艳歌福钟行》等，实际上也都属于"艳歌"。

这些不同的曲调既然在王僧虔时代又用"艳歌"来命名，说明它们在刘宋时期的音乐类型与《艳歌行》是相同的。但是，《荀录》中仅载录为《罗敷》《何尝》《双鸿》《福钟》，显然荀勖在著录时只是从歌辞的内容进行命名，并未考虑或体现出它们在音乐上的一致性。刘宋时期对西晋乐歌的表演等情况比较清楚，张永《元嘉正声伎录》、王僧虔《大明三年宴乐技录》的记载中保留了大量西晋时期乐歌的曲辞和演唱情况，王僧虔将《罗敷》《何尝》《双鸿》《福钟》的曲名统一为《艳歌罗敷行》《艳歌何尝行》《艳歌双鸿行》《艳歌双鸿行》，应是据其在西晋乐府表演的情况来进行统一追加命名的。从这些命名来看，虽然它们是不同的曲调，但是前面既然都贯以"艳歌"，说明这些不同的曲辞在表演时都属于"艳歌"类。《古今乐录》在引述王僧虔《技录》基础上便对这一点进行了明确解释，"《艳歌行》非一，有直云'艳歌'，即《艳歌行》是也。若《罗敷》《何尝》《双鸿》《福钟》等行，亦皆'艳歌'"[1]。因此，《罗敷》等皆因其音乐上的特点而统一标注为"艳歌"。这说明，魏晋时期的"艳歌"在经由了曹植的创作以后，至西晋以后又有不少的新歌辞出现，再加上选旧词入乐以后，又形成了新的"艳歌"曲调。历经这些过程以后，"艳歌"已由最初的单曲《艳歌行》发展成为"艳歌"乐歌类型，与"挽歌"从汉末的《薤露》《蒿里》发展成为"挽歌"乐歌类型属于相同情况。

"艳歌"发展为一种乐歌类型，除了上述曲辞、曲调的扩充和丰富以外，它在音乐上应该经历了同样的丰富和发展的过程。下面，我们就来看一下"艳歌"的艺术发展过程。

---

① 《乐府诗集》第39卷，第579页。

汉代的"艳歌",无论是民间自由抒唱的《艳歌》,还是宫廷用于佐欢的《艳歌》,皆是以女子为抒写和表演主体的乐歌。也许从表演主体皆为女子来看,我们可以回溯《艳歌》曲名的由来。

"艳"的本义有"华丽""华艳"之意,与女子颇有关系。可以指女性的容貌、衣饰之美丽,也可以指女性的舞容歌态。联系《艳歌》的演唱情况,特别是《艳歌》"今日乐上乐"中所描绘的"姮娥垂明珰,织女奉瑛琚"之句来看,《艳歌》中关于女子衣饰华美的描写,只是用"明珰""瑛琚"来作一种以点带面式的描述,"姮娥垂明珰"是说女子佩戴着明月形状的耳珠。与《古诗为焦仲卿妻作》中的刘兰芝"腰若流纨素,耳著明月珰"相同。"瑛琚"是指女子所佩之玉,《诗经·卫风·木瓜》云:"投我以木瓜,报之以琼琚",曹植《洛神赋》云:"披罗衣之璀璨兮,珥瑶碧之华琚",可见"明珰"与"瑛琚"是互文,都是指女子容饰之高贵华美,无论是歌辞还是其他文学作品,皆常以美玉佩饰等来形容女子,而《艳歌》中所描绘的歌舞女伎也直可与天上的"姮娥""织女"相媲美,这皆说明从本义上看,"艳歌"之"艳"与女子是大有关系的。

西晋左思《吴都赋》中有"荆艳楚舞,吴愉越吟"之说,左思是西晋人,他的《吴都赋》既然讲到"荆艳楚舞",那么,三国时期荆楚一带的歌舞必定非常盛行,因而才被左思写进了《吴都赋》,可以说"荆艳楚舞"是被左思作为东吴艺术的代表来加以歌颂。左思既然将"荆艳楚舞"并提,可知"艳"与舞是互文对举,"艳"即"舞",指南方荆楚的乐舞。从西晋的舞曲歌辞创作来看,其时的舞曲已经吸收了吴地的《拂舞》《白纻舞》等南方舞蹈形式,还将魏武帝的《碣石》配入《拂舞》表演,可见南方荆楚的乐舞形式在西晋的宫廷乐舞中已经非常流行,以致会再将《步出夏门行》配入拂舞曲。《步出夏门行》又叫《陇西行》,是指西北一带的曲调,将陇西一带的《步出夏门行》

曲调配以南方荆楚的乐舞，这又说明，西晋时期的宫廷艺术表演中，已经开始将南方的荆艳楚舞与曹魏时期北方的乐曲两种不同地域的艺术融合在一起进行表演，魏武帝、魏明帝都作有《步出夏门行》，《步出夏门行》在《宋书·乐志》中又是大曲，王小盾认为，大曲这一艺术产生于魏，流行于晋，杨荫浏先生认为，大曲是相和歌的最高艺术类型，是歌舞表演的综合艺术，大曲作为相和歌的最高艺术类型，它在艺术上的完善过程是需要一个时间和艺术积淀的过程的，可以推想，曹魏乐府中流行的《步出夏门行》在经历了西晋时期的艺术融合以后，以一种极为繁复和庞大的艺术形式表演时，它从艺术上已经走向了当时所能的极致，而成为相和歌的最高类型——大曲。

而大曲的结构组成通常都是由歌舞主体加上前"艳"或后"趋"的，杨荫浏先生指出，"艳"与"趋"可能与歌舞的形象和动作有着联系。"歌音宛转抒情的部分配合着'艳'丽的舞姿"，笔者以为，流行于西晋的大曲，其前面的"艳"既然是一种歌舞的形象或动作，而三国吴地的"荆艳楚舞"在西晋时期又十分流行，又有将《步出夏门行》配入荆艳楚舞的《拂舞》的艺术案例，说明西晋的大曲表演是将北方曹魏的乐歌与南方的荆艳楚舞两种艺术糅合到一起，形成了歌舞艺术的大曲。西晋流行的"艳歌"应该就是一种类似大曲表演形式的歌伴舞的乐歌。下面我们再从"艳歌"的曲调、表演情况来印证上述推断。《乐府诗集》引《宋书·乐志》曰：

> 大曲十五曲：一曰《东门》，二曰《西山》，三曰《罗敷》，四曰《西门》，五曰《默默》，六曰《园桃》，七曰《白鹄》，八曰《碣石》，九曰《何尝》，十曰《置酒》，十一曰《为乐》，十二曰《夏门》，十三曰《王者布大化》，十四曰《洛阳令》，十五曰《白头吟》。《东门》《东门行》，《罗敷》《艳歌罗敷行》，《西门》《西

门行》,《默默》《折杨柳行》,《白鹄》《何尝》并《艳歌何尝行》;
《为乐》《满歌行》,《洛阳令》《雁门太守行》,《白头吟》并古辞。
《碣石》《步出夏门行》,武帝辞。《西山》《折杨柳行》,《园桃》
《煌煌京洛行》并文帝辞。《夏门》《步出夏门行》,《王者布大化》
《棹歌行》并明帝辞。《置酒》《野田黄雀行》,东阿王辞。《白头
吟》,与《棹歌》同调。其《罗敷》《何尝》《夏门》三曲,前有
艳,后有趋。《碣石》一篇,有艳。《白鹄》《为乐》《王者布大
化》三曲有趋,《白头吟》一曲有乱。①

十五"曲"的"曲"不是曲名,而是歌辞题名,所以十五曲相当于
十五首。十五首的曲调有的是相同的:《默默》《西山》隶属于《折
杨柳行》曲调;《白鹄》《何尝》隶属于《艳歌何尝行》曲调;《碣
石》《夏门》隶属于《步出夏门行》曲调;《白头吟》与《王者布大
化》都用的《棹歌行》曲调。因此《罗敷》《何尝》《白鹄》都是大
曲曲辞,但实际上隶属于《艳歌罗敷行》《艳歌何尝行》两个曲调,
《罗敷》用《艳歌罗敷行》曲调,《白鹄》《何尝》都是用《艳歌何
尝行》曲调。所以这三首曲辞在曲调上都隶属于"艳歌",都是
大曲。

杨荫浏先生指出:"《大曲》除了像一般歌曲,有着多节歌词,可
以用同一个曲调反复歌唱以外,它在每次歌唱之后,又加上了不唱的
'解';有时又另外加进了华丽而宛转的抒情,叫做'艳';又加进了紧
张的快速的部分,叫做'趋';有时也继承了春秋、战国以来已有的曲
式,在末尾用一个带有结束性的'乱'。"② 从大曲中的《罗敷》《何

---

① 《乐府诗集》第43卷,第635页。按:此为郭茂倩以《宋书·乐志》所载大曲的演述之
辞。
② 杨荫浏:《中国古代音乐史稿》上册,第115页。

尝》的歌辞来看，这两曲在演唱时都加入了"艳"，而其他大曲则不一定有。关于大曲的表演构成情况，如表4-12所示①。

表4-12　大曲歌辞表演情况表

序号	艳	趋	乱	大曲实例
1	用	用	否	《罗敷》《何尝》《夏门》
2	用	否	否	《碣石》
3	否	用	否	《白鹄》《为乐》《王者布大化》
4	否	否	用	《白头吟》
5	否	否	否	《东门》《西山》《西门》《默默》《园桃》《置酒》《洛阳行》

歌辞《罗敷》是有"艳"有"趋"的，因此大曲《艳歌罗敷行》歌《罗敷》一篇，其音乐结构由主体部分加上前"艳"后"趋"构成；歌辞《何尝》有"艳"有"趋"，而《白鹄》只有"趋"，因此大曲《艳歌何尝行》歌《何尝》《白鹄》两篇，音乐结构是主体部分加前"艳"后"趋"构成；歌辞《夏门》有"艳"有"趋"，而《碣石》有"艳"无"趋"，因此大曲《步出夏门行》歌《夏门》《碣石》两篇，主体部分加"艳"和"趋"构成其表演形式；《满歌行》只歌《为乐》一篇，表演时无"艳"，只有主体部分加"趋"构成；歌辞《王者布大化》有"趋"，《白头吟》有"乱"，所以大曲《櫂歌行》歌《王者布大化》《白头吟》两篇，加上"趋""乱"构成；其余如《东门行》《西门行》《煌煌京洛行》《野田黄雀行》《折杨柳行》《雁门太守行》都只有主体部分组成，无"艳"、"趋"或"乱"。表4-13是这些歌辞在大曲表演中的分布情况。

---

① 此表见于杨荫浏《中国古代音乐史稿》上册，第118页。

表 4-13　大曲表演构成及歌辞分布情况表

序号	曲　调	表演情形
1	艳歌罗敷行	艳+罗敷+趋
2	艳歌何尝行	艳+何尝+趋+白鹄+趋
3	步出夏门行	艳+夏门+趋+艳+碣石
4	满歌行	为乐+趋
5	櫂歌行	王者布大化+趋+白头吟+乱
6	东门行	东门
7	西门行	西门
8	煌煌京洛行	园桃
9	雁门太守行	洛阳令
10	折杨柳行	默默+西山
11	野田黄雀行	置酒

　　从表 4-13 可以看出，大曲并不是全有"艳""趋"和"乱"。但是《艳歌罗敷行》《艳歌何尝行》两首大曲都有"艳"和"趋"，这两首曲调都贯以"艳歌"，说明"艳歌"的确与"艳"有关，但"艳歌"与大曲中的"艳"又有不同。"艳"是指大曲主体前边附加的"艳"，而"艳歌"是指大曲中主体部分所唱的曲调。与《步出夏门行》相比，《步出夏门行》也由"艳"加主体歌辞组成，但是《夏门》《碣石》都不叫"艳歌"，为什么呢？这是因为，从歌辞上来看，《步出夏门行》前面有"艳"，但是同时也配有"艳辞"，如歌辞主体前面的"云行雨步，超越九江之皋。临观异同，心意怀游豫，不知当复何从。经过至我碣石，心惆怅我东海"就明确说是"艳"，那么，《步出夏门行》中前面的"艳"就是表演前面的唱辞内容。而《罗敷》《何尝》前面都没有"艳辞"，进行大曲表演时，是先有"艳舞"开始，却是没有唱辞的。再从主体部分来看，《步出夏门行》写魏武帝曹操的志向怀抱及其行军途中所见景物等，可以想象《步出夏门行》不可能呈现出婉转的

曲调与优美的舞姿，所以不能称作"艳歌"。而《艳歌罗敷行》《艳歌何尝行》都有女性歌唱的内容，所以大曲在进行主体部分的歌唱时，是以婉转的曲调配以优美的"艳"舞，因此，它们才被称为"艳歌"，就是以"艳"舞与"歌"相配合表演的意思。

由此，我们可以归纳出魏晋"艳歌"的特征：第一，"艳歌"以歌为主，是指大曲中主体部分的乐歌，它在大曲中的位置非常重要，这与"艳"仅作为主体部分演唱前的引入性质的乐歌或乐舞表演在性质上是不同的；第二，从表演上来看，"艳歌"与"艳"是有关系的，那就是婉转抒情的曲调配以优美的舞姿。第三，从选旧词以入乐的情况来看，"艳歌"多选汉魏旧辞，但在舞蹈方面，又配入了荆楚的"艳舞"，成为一种南北融合的乐歌艺术。第四，"艳歌"作为大曲，主要用于大型的娱乐表演，从艺术阶段上看，它已经走过了徒歌、但歌等相和歌艺术的初级阶段，而迈入歌舞综合表演的最高艺术阶段。

三 魏晋"艳歌"的曲辞特点

上文已论，魏晋"艳歌"包括两种：一种是直接以《艳歌行》命名的作品，包括魏晋乐曹植的《艳歌行》、傅玄的《艳歌行》、陆机的《日出东南隅行》（在《玉台新咏》中也称作《艳歌行》），属于据旧曲创新辞的类型。另一种则是选辞以入乐的"艳歌"，包括《罗敷》《双鸿》《福钟》《何尝》等。

首先我们来看一下魏晋文人的新作《艳歌行》。从时间上来看，魏晋文人创作《艳歌行》的第一人，当推曹植。其《艳歌行》云："出自蓟北门，遥望胡地桑。枝枝自相值，叶叶自相当。"此歌只有四句，描写了蓟北、胡地的桑树，用整齐的五言形式，隔句押韵。傅玄《艳歌行》云：

日出东南隅，照我秦氏楼。秦氏有好女，自字为罗敷。首戴金翠饰，耳缀明月珠。白素为下裙，丹霞为上襦。一顾倾朝市，再顾国为虚。问女居安在，堂在城南居。青楼临大巷，幽门结重枢。使君自南来，驷马立踟蹰。遣吏谢贤女："岂可同行车。"斯女长跪对："使君言何殊！使君自有妇，贱妾有鄙夫。天地正厥位，愿君改其图"①。

从主人公到故事情节，再到句式及结构，傅玄的《艳歌行》不啻《陌上桑》的翻版。仍以赋咏罗敷采桑的本事为主，整个的故事情节与《陌上桑》古辞相同，只在表现手法上有所不同。首四句与《陌上桑》完全相同，只是"自名为罗敷"改成"自字为罗敷"；接着写罗敷之美。"首戴"四句写罗敷的穿戴，每句各用不同的颜色和形状来刻画其容饰，美艳的妆扮起到了先声夺人的效果；在具体刻画罗敷容饰之后，"一顾倾朝市，再顾国为虚"更将罗敷之美提到了倾城倾国的程度，这两句明显化用了李延年"一顾倾人城，再顾倾人国"的歌辞。与《陌上桑》相比，《艳歌行》歌辞不再用罗敷夸夫来拒绝使君，而是以"天地正厥位"更文人化和直接的方式进行说教，与古辞相比少了朴野生动的气息。

傅玄与曹植的《艳歌行》有一点是相通的，那就是似乎都继承了汉曲罗敷采桑的文化内涵。曹植辞只余四句，但已经交代了"胡地桑"的背景，傅玄辞虽然没直接写采桑，但是由于《陌上桑》与罗敷采桑于陌上的本事已经成为魏晋人所熟知的音乐文化背景，所以"罗敷"与采桑已是不可分割的乐歌文化传统了，提到"罗敷"的话，实际上就已经将采桑的背景顺便带出来了。由于采桑总与女子相关，所以我们

---

① 《乐府诗集》第28卷，第417～418页。

可以相信，《艳歌行》应是以女性歌唱为主或歌唱女性的艳歌。再来看傅玄的另一篇《艳歌行·有女篇》：

> 有女怀芬芳，媞媞步东厢。蛾眉分翠羽，明眸发清扬。丹唇翳
> 皓齿，秀色若珪璋。巧笑露权厴，众媚不可详。令仪希世出，无乃
> 古毛嫱。头安金步摇，耳系明月珰。珠环约素腕，翠羽垂鲜光。文
> 袍缀藻黼，玉体映罗裳。容华既已艳，志节拟秋霜。徽音冠青云，
> 声响流四方。妙哉英媛德，宜配侯与王。灵应万世合，日月时相
> 望。媒氏陈束帛，羔雁鸣前堂。百两盈中路，起苦鸾凤翔。凡夫徒
> 踊跃，望绝殊参商。[1]

"有女"篇不像《艳歌行》具有浓重的模拟《陌上桑》的痕迹，歌辞所写已经不是采桑女，而是宫廷女子，这从"媞媞步东厢"可以看出来。首八句仍是极尽笔墨赋陈女子之美，从女子"蛾眉""明眸""丹唇""秀色"分别写来，虽然结构上与《陌上桑》相同，但语言已经完全的雅化。这四句完全对偶，特别是动词用得极为妥帖，"分""发""翳""若"各不重复，体现出傅玄讲究辞采精心选用词汇的特点。而"明眸发清扬"句无疑是化用了《诗经》"有美一人"而来。在对女子的五官进行描摹之后，傅玄直接将此女子比作王昭君，这个比喻与宫廷女子的身份更加吻合。下面六句集中写女子的穿戴，结构与着笔点与《陌上桑》也是相同的，但"文袍""玉体"等词刻画出来的不再是活泼的采桑女的形象，而是典型的宫廷女子。对于女子才艺品德的描绘是《陌上桑》所没有的，写她志节如秋霜，又写其美妙的歌声流布四方。最后作者又用烘托描写笔法，以媒氏、凡夫的各种表现来烘托女子之

---

[1] 《乐府诗集》第39卷，第580页。

美。总的来看，“有女”篇是用《陌上桑》的结构和笔法刻画了一个美艳的宫中女子的形象。

陆机的《日出东南隅行》歌咏的也是宫廷或贵族社会的“佳人”，与傅玄写法有异：

扶桑升朝晖，照此高台端。高台多妖丽，濬房出清颜。淑貌耀皎日，惠心清且闲。美目扬玉泽，峨眉象翠翰。鲜肤一何润，秀色若可餐。窈窕多容仪，婉媚巧笑言。暮春春服成，粲粲绮与纨。金雀垂藻翘，琼佩结瑶璠。方驾扬清尘，濯足洛水澜。蔼蔼风云会，佳人一何繁。南崖充罗幕，北渚盈軿轩。清川含藻景，高岸被华丹。馥馥芳袖挥，泠泠纤指弹。悲歌吐清响；雅韵播幽兰。丹唇含九秋，妍迹凌七盘。赴曲迅惊鸿，蹈节如集鸾。绮态随颜变，沈姿无定源。俯仰纷阿那，顾步咸可欢。遗芳结飞飙，浮景映清湍。冶容不足咏，春游良可叹。①

首先，陆机“艳歌”所写是女性群体形象，这与歌咏某一女性明显不同。其次将这群女子与春天的景色及歌舞场景描绘结合起来，其中“方驾扬清尘”“蔼蔼风云会”“悲歌吐清响”“赴曲迅惊鸿”等描写使人明显产生一种现场感和真实感，与傅玄“艳歌行”相比，既没有明显的模拟《陌上桑》的特点，甚至已看不出与《陌上桑》的关系。

如此看来，无论是曹植，抑或是傅玄、陆机，他们所作的“艳歌”都以女性之美的刻画为主，特别是傅玄的“艳歌”，以汉相和曲《陌上桑》为蓝本或原型的痕迹很重，有亦步亦趋模拟旧曲的特点。但到了陆机手里，除了对女子五官穿戴的打扮仍采用传统《陌上桑》的角度

① 《乐府诗集》第28卷，第419页。

和笔法外，其他都更体现出摆脱旧模式的特点，他的重点已经不再突出于写女子之美，而是写一次春游的过程和感受，对于女性美的刻画虽然仍占据了很大的篇幅，但从作者最后两句"冶容不足咏，春游良可叹"来看，作者本身关注的更是春游，女子只是作为这次春游中一道不可缺少的亮丽风景来描绘的，所以从歌咏采桑女到歌咏宫女再到歌咏春游歌舞活动，艳歌的主题悄然发生着变化。但变化当中有不变者在：那就是"艳歌"以女性为主人公，以女性美的刻画为主，可以想象，这种"艳歌"从表演的角度来看，与婉转抒情或舞姿优美的音乐特点都是极吻合的。

有一个值得注意的现象，即曹植、傅玄、陆机所创《艳歌行》新辞面貌虽然各不相同，但它们基本上都与《陌上桑》有着直接、间接或隐或显的化用关系。比如，曹植的《艳歌行》虽然只有四句，却描写了桑树，很明显是将歌者置于采桑的背景之下；傅玄的《艳歌行》无异于《陌上桑》在晋代的新版；陆机的歌辞既然用《日出东南隅行》为题，作者在创作时以《陌上桑》为歌辞模版的用意也是极为显豁的，那么由此引出一个问题，汉代既然已有民间《艳歌》，又有上层贵族佐欢的《艳歌》，魏晋新作《艳歌行》为何并不以之为模版，却以《陌上桑》为创作蓝本呢？带着这个问题，下面我们就来看一下《陌上桑》在魏晋时期的演变情况。

汉曲《陌上桑》，据崔豹《古今注》："陌上桑者，出秦氏女子。秦氏，邯郸人，有女名罗敷，为邑人千乘王仁妻。王仁后为赵王家令，罗敷出采桑于陌上，赵王登台见而悦之，因置酒欲夺焉。罗敷巧弹筝，乃作陌上桑之歌以自明，赵王乃止。"[①]崔豹认为《陌上桑》是邯郸人秦罗敷智斗赵王时弹筝所创的曲调，而汉曲《陌上桑》辞却是写秦罗敷

---

① 黄节：《汉魏乐府风笺》，人民文学出版社，1958，第10页。

智斗太守的故事，两者显然并不吻合。不过乐府诗的本事在口耳相传的过程中会发生变异，民间说唱文学都有这种特点，我们不妨以歌辞为据。这首《陌上桑》在魏晋乐府中一直入乐演唱，其辞如下：

> 日出东南隅，照我秦氏楼。秦氏有好女，自名为罗敷。罗敷憙蚕桑，采桑城南隅。青丝为笼系，桂枝为笼钩。头上倭堕髻，耳中明月珠。缃绮为下裙，紫绮为上襦。行者见罗敷，下担捋髭须；少年见罗敷，脱帽著帩头。耕者忘其犁，锄者忘其锄。来归相怨怒，但坐观罗敷。一解
>
> 使君从南来，五马立踟蹰。使君遣吏往，问是谁家姝？秦氏有好女，自名为罗敷。罗敷年几何？二十尚不足，十五颇有馀。使君谢罗敷："宁可共载不？"罗敷前置辞："使君一何愚！使君自有妇，罗敷自有夫。"二解
>
> 东方千余骑，夫婿居上头。何用识夫婿，白马从骊驹。青丝系马尾，黄金络马头。腰中鹿卢剑，可直千万馀。十五府小史，二十朝大夫。三十侍中郎，四十专城居。为人洁白皙，鬑鬑颇有须。盈盈公府步，冉冉府中趋。坐中数千人，皆言夫婿殊。三解，前有艳歌曲，后有趋。①

就歌辞整体而言，《陌上桑》全用五言句式，用叙事笔法描述了罗敷的衣饰容貌、行为动作，除了主要人物秦罗敷之外，剧中尚有太守及观者，歌辞特别突出罗敷与太守之间的对话，根据《陌上桑》的写法，如果将其进行表演的话，就会出现罗敷与太守、观者等不同的剧中人物，《陌上桑》其实相当于一幕具有完整情节的戏剧。

---

① 《乐府诗集》第28卷，第410～411页。

从表演情况来看，这首歌辞分为三解，实际上就是三个不同的音乐段落。第一解主要歌罗敷之美；第二解则写罗敷与使君之间的故事，主要用对话体；第三解写罗敷夸夫。《乐府诗集》著录此辞的入乐情况为魏晋乐所奏。歌辞最后又云"前有艳歌曲，后有趋"，这句话相当于戏剧脚本中的提示语，告诉我们在《陌上桑》各解歌辞表演之前，有所谓"艳歌曲"，相当于正曲的交代或引曲性质，而在这些歌辞表演之后尚有"趋"作为结束。而这些所谓的前"艳"后"趋"皆没有相对应的歌辞，可能是由音乐或舞蹈来构成的。不过，《陌上桑》第一解的内容以表现罗敷的居住环境、衣饰及采桑行为，及旁观者为罗敷之美所震撼的种种情态为主，这段"艳"曲既用作引起罗敷之美的引曲，想必应以女性歌者的婉转歌声配以艳丽的舞蹈，方能与正辞的内容实现完美对接，而这与杨荫浏先生所谓"艳"的描述是大致不差的。

曹操、曹丕等人据旧曲《陌上桑》所作新辞与汉曲《陌上桑》已有较大差别。《乐府诗集》将之归为相和曲，著录如下：

> 驾虹霓，乘赤云，登彼九疑历玉门，济天汉，至昆仑，见西王母谒东君。交赤松，及美门，受要秘道爱精神。食芝英，饮醴泉，挂杖挂枝佩秋兰。绝人事，游浑元，若疾风游欻飘翩。景未移，行数千，寿如南山不忘愆。（魏武帝）

> 弃故乡，离室宅，远从军旅万里客。披荆棘，求阡陌，侧足独窘步，路局笮。虎豹嗥动，鸡惊，禽失群，鸣相索。登南山，奈何蹈盤石，树木丛生郁差错。寝蒿草，荫松柏，涕泣雨面霑枕席。伴旅单，稍稍日零落，惆怅窃自怜，相痛惜。（魏文帝）①

---

① 《乐府诗集》第28卷，第412页。

这两首歌辞著录为"晋乐所奏",但从歌辞作者的身份地位来看,他们的新作《陌上桑》必然是入魏乐所奏的。因此,这两首与《陌上桑》应该也是魏晋乐所奏,都隶属于《陌上桑》曲调之下。但是,曹操、曹丕的这两首不分解,歌辞比较短小,歌唱游仙或军旅生活,从歌辞内容看与女性为主体的汉曲《陌上桑》已经毫无关系。这两首全用的是楚辞体"三三七"句式,曹氏父子显然是仿照楚辞钞《陌上桑》而来:

> 今有人,山之阿,被服薜荔带女萝。既含睇,又宜笑,子恋慕予善窈窕。乘赤豹,从文狸,辛夷车驾结桂旗。被石兰,带杜衡,折芳拔荃遗所思。处幽室,终不见,天路险艰独后来。表独立,山之上,云何容容而在下。杳冥冥,羌昼晦,东风飘飘神灵雨。风瑟瑟,木榱榱,思念公子徒以忧。①

可见,汉代的《陌上桑》曲有两种不同的类型,一种是楚歌,另一种是出自燕赵邯郸一带的歌曲。可以想象,《陌上桑》最早应为燕赵采桑女所唱之歌,但由于汉代乐楚声,又据此曲调创作了楚歌版的《陌上桑》。曹操、曹丕父子则是据楚歌创作了自己的《陌上桑》。从楚歌《陌上桑》的歌辞短小,不分解,没有故事性等来看,曹氏父子的新作《陌上桑》不可能用大曲形式来表演,而曹操所喜好的是一人唱三人和的相和但歌,因此,笔者以为,曹魏父子的《陌上桑》与后来入晋乐所奏大曲《陌上桑》并不相同。

从曲名上来看,曹操、曹丕父子所作的歌辞只有一个曲名,即《陌上桑》,而汉代旧曲《陌上桑》在荀勖《荀录》中称为《罗敷》,

---

① 《乐府诗集》第28卷,第411～412页。

王僧虔《技录》详细著录为《艳歌罗敷行》。同一歌辞在后世的曲名变化当与其在表演上的不同特征是相关的，故此笔者认为，曹操、曹丕所作《陌上桑》只是相和瑟调曲，采用较简单的一人唱三人和的表演形式，而《艳歌罗敷行》是作为大曲表演，以女子婉转的歌调配以柔美的舞姿，根据这种表演特点，将其归属于"艳歌"。

《艳歌罗敷行》的"艳歌"表演特点既然较曹操、曹丕父子的《陌上桑》在艺术上更为时尚，具有更加优美的舞台表演效果，因此，曹植、傅玄、陆机等人在创作《艳歌行》时必然要以之为模本，而不会倒退回去仿照曹操、曹丕父子的相和歌来创作。

《艳歌罗敷行》在刘宋时期张永《元嘉正声伎录》中仍有记载，《乐府诗集》引《古今乐录》曰：

> 张永《元嘉技录》相和有十五曲：一曰《气出唱》，二曰《精列》，三曰《江南》，四曰《度关山》，五曰《东光》，六曰《十五》，七曰《薤露》，八曰《蒿里》，九曰《觐歌》，十曰《对酒》，十一曰《鸡鸣》，十二曰《乌生》，十三曰《平陵东》，十四曰《东门》，十五曰《陌上桑》。十三曲有辞：《气出唱》《精列》《度关山》《薤露》《蒿里》《对酒》并魏武帝辞，《十五》文帝辞，《江南》《东光》《鸡鸣》《乌生》《平陵东》《陌上桑》并古辞是也。二曲无辞，《觐歌》《东门》是也。其辞《陌上桑》歌瑟调，古辞《艳歌罗敷行》"日出东南隅"篇。《觐歌》，张录云无辞，而武帝有《往古篇》。《东门》，张录云无辞，而武帝有《阳春篇》。或云歌瑟调古辞《东门行》"入门怅欲悲"也。古有十七曲，其《武陵》《鹍鸡》二曲亡。①

---

① 《乐府诗集》第 26 卷，第 382 页。

张录著录的是其时仍演唱的宴乐曲辞及表演情况，刘宋时代歌唱的
《艳歌罗敷行》"日出东南隅"篇，根据郭茂倩按语："按《宋书·乐
志》《陌上桑》又有文帝《弃故乡》一曲，亦在瑟调。《东西门行》及
《楚辞钞》'今有人'、武帝'驾虹蜺'二曲，皆张录所不载也。"① 隶
属于《陌上桑》之下的楚辞体歌辞已不被张录所载，说明已经失去了
艺术市场，而《艳歌罗敷行》正大行其道。王僧虔《技录》也能证明
《艳歌罗敷行》在刘宋时期仍在演唱。《乐府诗集》引《古今乐
录》曰：

　　王僧虔《技录》瑟调曲有《善哉行》《陇西行》《折杨柳行》
《西门行》《东门行》《东西门行》《却东西门行》《顺东西门行》
《饮门行》《上留田行》《新成安乐宫行》《妇病行》《孤子生行》
《放歌行》《大墙上蒿行》《野田黄爵行》《钓竿行》《临高台行》
《长安城西行》《武舍之中行》《雁门太守行》《艳歌何尝行》《艳
歌福钟行》《艳歌双鸿行》《煌煌京洛行》《帝王所居行》《门有车
马客行》《墙上难用趋行》《日重光行》《蜀道难行》《櫂歌行》
《有所思行》《蒲坂行》《采梨橘行》《白杨行》《胡无人行》《青龙
行》《公无渡河行》。《荀氏录》所载十五曲，传者九曲：武帝
"朝日""自惜""古公"，文帝"朝游""上山"，明帝"赫赫"
"我徂"，古辞"来日"，并《善哉》，古辞《艳歌罗敷行》是也。
其六曲今不传："五岳"《善哉行》，武帝"鸿雁"《却东西门行》，
"长安"《长安城西行》，"双鸿""福钟"并《艳歌行》，"墙上"
《墙上难用趋行》是也。其器有笙、笛、节、琴、瑟、筝、琵琶七

种，歌弦六部。①

据王僧虔《技录》，瑟调曲《艳歌罗敷行》见载于《荀氏录》，加上《善哉行》中的八曲共九曲流传了下来，直到《古今乐录》的时代仍然存在。而"艳歌"中的《何尝》《福钟》《双鸿》等曲虽也同样见载于《荀氏录》及王僧虔《技录》，但是自《宋书·乐志》开始，对《双鸿》《福钟》二曲不见载录，之后《古今乐录》云"今不传"，据此，"艳歌"中的《双鸿》《福钟》自南朝宋齐以后就可能失传了。

下面我们再来看一下"艳歌"中的另一曲《何尝》。据《宋书·乐志》，入晋乐所奏的《艳歌何尝行》选用了汉古辞《白鹄行》及魏文帝《何尝》两首，按照演唱的顺序《何尝》曲辞应如下：

何尝快，独无忧，但当饮醇酒，炙肥牛。一解

长兄为二千石，中兄被貂裘。二解

小弟虽无官爵，鞍马驱驱。往来王侯长者游。三解

但当在王侯殿上，快独撜蒲六博，对坐弹棋。四解

男儿居世，各当努力，蹙迫日暮，殊不久留。五解

少小相触抵，寒苦常相随。忿恚安足诤。吾中道与卿共别离。约身奉事君，礼节不可亏。上惭仓浪之天，下顾黄口小儿。奈何复老心皇皇。独悲谁能知。"少小"下为趋曲，前为艳。

飞来双白鹄，乃从西北来。十十五五，罗列成行。一解

妻卒被病，行不能相随。五里一反顾，六里一徘徊。二解

吾欲衔汝去，口噤不能开；吾欲负汝去，毛羽何摧颓。三解

乐哉新相知，忧来生别离，踌躇顾群侣，泪下不自知。四解

---

① 《乐府诗集》第30卷，第441页。

念与君离别，气结不能言，各各重自爱，远道归还难。妾当守空房，闭门下重关。若生当相见，亡者会黄泉。今日乐相乐，延年万岁期。"念与"下为趋。①

《艳歌何尝行》大曲曲辞是由两首歌辞组成，有明显的拼凑痕迹，这种情况类似魏武帝的《步出夏门行》，也是将魏武帝作于不同时期不同内容的歌辞，按照某种顺序组合起来，成为可以互相连缀表演的大曲。《艳歌何尝行》的表演应是先唱《何尝》，前面先有"艳"，然后唱几解歌辞，"少小"以后是"趋"，接着再唱《白鹄》，《白鹄》无"艳"，应该是紧跟着《何尝》的"趋"后就唱四解歌辞，最后"念与君"以下又是"趋"。可以看出，大曲《艳歌何尝行》的表演是由"艳舞"开始，中间的主体歌辞是用具有歌舞动作的"趋"连缀的，最后又是以"趋"结束，其表演形式是歌与舞穿插着进行表演的，这正符合大曲的表演特点。

从歌辞内容来看，第一首《何尝》应是以男性的口吻歌唱，如"但当在王侯殿上，快独拇蒲六博，对坐弹棋""男儿居世，各当努力"歌唱的都是男性的思想感情，而且是一种欢快的情绪，从"趋"以下开始转悲，随着岁月的滋长，男主人公意识到追求更有意义的生活之必要，于是开始了与妻儿的离别。"趋"的一节歌辞从"少小相抵触"至"吾中道与卿共别离"，应是男子对妻子所说的话。"约事奉事君"以下应是妻子对男子所说的话。第二首歌辞《白鹄》便沿着"趋"的剧情，转入妻子送别丈夫时的情景，歌辞开始转化为妻子的口吻在歌唱，"若生当相见，亡者会黄泉"一句，表达对男子的忠贞之情。最后一句"今日乐相乐，延年万岁期"是歌辞的套语，提示人们以上的表演及歌

① 《乐府诗集》第39卷，第576～577页。

唱的功能及目的，是为了娱乐、佐欢之用。

晋乐《艳歌何尝行》采取选词以入乐的创作和表演方式，创作了一首剧情曲折、故事性强，结尾唱段令人凄然泪下的"艳歌"大曲，这种不同角色进行穿插表演的模式实际上渊源有自，承袭汉代"艳歌"而来。我们看汉古辞《艳歌行》：

> 翩翩堂前燕，冬藏夏来见。兄弟两三人，流宕在他县。故衣谁当补，新衣谁当绽。赖得贤主人，览取为吾绽。夫婿从门来，斜柯西北眄。语卿且勿眄，水清石自见。石见何累累，远行不如归。①

这首《艳歌行》叙述的是两三流浪兄弟中的一位与女主人之间发生的故事：两三兄弟在异地谋生，年复一年，过着十分艰辛的生活，歌辞"故衣谁当补，新衣谁当绽"即准确地反映了流浪兄弟的痛苦；"赖得贤主人，览取为吾绽"，幸好他遇到了一位贤明的女主人，为其缝补衣服，解决了不少生活难题。歌辞通过"衣服"这样一个细节，以小见大，以点带面，描述了流浪兄弟与女主人之间发生的故事，可谓细腻自然，生动传神。但是好景不长，随着男主人从外地回来，这种温馨祥和的生活，被无端的猜疑打乱了。"夫婿从门来，斜柯西北眄"，"眄"，斜视意。丈夫怀疑女主人与流浪兄弟之间发生了不正常的感情，因而对妻子一脸的不屑和狐疑。为了消解丈夫的不满和敌意情绪，女主人极力澄清自己，"语卿且勿眄，水清石自见"两句是对丈夫的申辩之辞。而流浪兄弟对于此事的反应则没有这么简单，无端地遭受着男主人的怀疑，使他们深感委屈、无奈，但流浪在外的处境和生活又决定了他们不得不低眉顺眼，暂且忍受这种无端的猜忌，矛盾的内心泛起了无限酸楚

---

① 《乐府诗集》第39卷，第579页。

和伤感，甚至对自己多年来的艰辛流浪生活产生了否定的想法，尽管总有一天，他们与女主人清清白白的感情会得到澄清，可是那又能如何，还是不如在家里过一种自由自在的生活，于是发出了"远行不如归"的慨叹。

这篇《艳歌行》所涉及的人物主要是三个：流浪兄弟、女主人、男主人。从"翩翩堂前燕"，到"流宕在他县"，故事在流浪兄弟的年复一年的异地漂泊中拉开了帷幕；女主人公的出现是剧情发展的一个小高潮。"故衣谁当补，新衣谁当绽。赖得贤主人，览取为吾组。"以流浪兄弟的歌唱交代了故事的发展，引出了关键的人物——贤明的女主人；男主人的出现则是剧情转折，"夫婿从门来，斜柯西北眄。语卿且勿眄，水清石自见"，这四句是通过女主人的表演来完成的。《诗筏》云："古《艳歌行》'夫婿从门来，斜倚西北眄。'无限深情，在此一疑，后面如许温存，皆从'斜倚西北眄'出。妇人值深情男子，着假不得，认真不得，太庄则疑疏，太谑则疑亵，故以'语卿且勿眄'微谑之。'水清石自见'一语，楚楚可怜，不费分辨，疑团自破。"① 这段话作为故事的注解，给人以身临其境的真实感和现场感，而且基本符合角色特点。最后两句则又应是转到流浪兄弟的表演作结。

这首歌辞有着曲折的剧情，以女主人与流浪兄弟不断穿插的演唱推衍着剧情向前发展。这种角色和场景的变换与晋乐所奏的以《艳歌何尝行》《艳歌罗敷行》等大曲的歌舞穿插、人物变换等表演结构相比，后者显然能够体现出一脉相承，不断丰富和完善的艺术进步轨迹。这首《艳歌行》故事虽然是以流浪兄弟的视角来展开的，但剧情的起承转折却都是围绕着贤明女主人而产生和变化的，而且此歌以细腻的

---

① 吴大受：《诗筏》，《丛书集成续编》第 157 册，上海书店出版社，第 145 页。按："眄"原书作"盼"。

细节描写见长，既抒发出浪游兄弟微妙深隐的心理变化，又能展现一个贤明、智慧的女主人的形象。因此，它与《罗敷》《何尝》等，均适合以歌舞大曲的形式，以旋律婉转的曲调配以优美的舞蹈来加以表演、呈现，体现出魏晋"艳歌"的表演特色。

综上所述，魏晋"艳歌"有两种，一种是选词以入乐的"艳歌"，这类"艳歌"，无论是《艳歌行》"翩翩"，还是魏文帝《何尝》，又或《白鹄》，或叙写异地谋生的艰辛和屈辱；或描绘夫妇间的生离死别；或抒发兄弟别离及人生易老的伤感，是一种令人悲伤的"艳歌"。另外一种是因声制辞的"艳歌"，曹植、傅玄、陆机的"艳歌"主要是仿照《艳歌罗敷行》来创作的，新"艳歌"的突出特点是：刻画女性之美，描摹宴会歌舞场景，传达快乐的情绪。应该说，魏晋"艳歌"的格调无论是欢快还是悲伤，都是用于宴会佐欢的，而且这些"艳歌"都是故事体的形式，情节曲折，感情细腻真实，适宜于以抒情的旋律配着舞蹈的形式来表演，但是曹植等文人的创作，应该更能代表魏晋人心中的"艳歌"类型内涵，"艳歌"逐渐趋于以女性之美的刻画，以女性婉转的声情表演为主体。

从单曲《艳歌行》到一种乐歌类型，"艳歌"的这种艺术转变是在魏晋之世才能够完成的。由于西晋的统一，将荆楚一带的歌舞引进宫廷，并与汉魏北方的相和歌曲相结合，完成南北歌舞艺术的融合，在这样的艺术条件下，"艳歌"艺术脱颖而出，其婉转的曲调与优美的舞蹈吸引了曹植、傅玄、陆机等人加入到"艳歌"的创作中，从而形成了以女子为表演主体，以宴会娱乐佐欢为实际功用，以歌伴舞的形式为表演特征的"艳歌"。这种"艳歌"在南朝时期仍然受到欢迎，王僧虔《技录》遵照"艳歌"的乐歌特征，从音乐上统一命名其为"艳歌"。

小　结

　　本章围绕魏晋相和歌辞的创作总体特征、入乐情况以及两种独特乐歌类型"挽歌""艳歌"，从文献、音乐、文学等角度，进行了深入系统地考察。

　　第一节，主要就魏晋相和歌辞的创作总体情况进行了描述和分析，分别从音乐的角度，对相和曲、清调曲、平调曲、瑟调曲、楚调曲、吟叹曲的创作，在作者、创作时间、曲题、曲调等方面的特征进行了考察，观点如下：瑟调曲的曲调最为丰富，相和曲的创作主要集中于魏武帝时期，吟叹曲主要是石崇所作。在西晋的相和歌辞作家中，陆机是创作最多最丰富的作家，其次就是傅玄。从歌辞的题名来看，大多数歌辞仍是以汉代旧曲调为题，但是在魏文帝、曹植、傅玄等人的歌辞当中，出现了新题，新题的变化反映出魏晋作家对歌辞创作的文学自觉及音乐区分意识。

　　第二节对相和歌辞的入乐情况进行了系统考察，首先分别考察了魏和西晋相和歌辞的入乐情况。曹魏相和歌辞的入乐情况比较复杂，有魏乐、晋乐、南朝入乐、不入魏乐却入晋乐、不入晋乐却入南朝之乐五种入乐情况；西晋相和歌辞没有明确的入乐记载，笔者从曲调、曲题、歌辞本身的音乐环境、歌辞的体式特征等入手，认为西晋傅玄、陆机的相和歌辞应该都是可以入乐的。随后又对相和歌辞中部分乐府诗的多次入乐情况进行了考察，通过考察，我们发现，乐府诗的一诗多题与入乐是有关系的，题名的变化反映出歌辞入乐情况的变化，魏晋乐府诗的创作、流传过程存在着依旧曲创新辞、选辞以入乐两种入乐方式，而无论哪种入乐方式，都很明确地昭示着魏晋乐府诗与音乐的关系极为密切，在辞乐关系中，音乐仍然是主要的，音乐对歌辞起着决定性的作用，不过辞的变化对音乐也会造成影响。

第三节对魏晋挽歌进行考察。为歌以助哀是挽歌的功能实质，魏晋挽歌在汉代挽歌的基础上，更加强化了欣赏、娱乐功能，弱化了实用功能。由于挽歌曲调的丰富、曲辞内容及思想性的拓展，魏晋挽歌几乎成为一种带有普遍意义的乐歌类型。在悲哀的旋律当中，魏晋人反复涵咏着生命的感伤、无奈，表达出他们对生命的留恋、达观。其中自挽歌辞的出现，越发体现出挽歌文人化、个性化的特点，使得挽歌在实用功能、艺术欣赏功能基础上，又多了一层自娱自遣的意味，文学功能得到加强，成为一种新的挽歌文体，对后世挽歌创作产生了深远的影响。

第四节对魏晋艳歌进行考察。如果说魏晋挽歌是魏晋时代的主旋律抒情音乐，更贴合时人的心灵，那么魏晋艳歌则相当于音乐剧，更重在剧情，重在歌舞形式表演，体现出魏晋音乐艺术水平的进步。魏晋艳歌都是大曲，采取歌舞相间的表演形式，特别是以吴楚南方的舞姿舞容来配合表演，体现出美艳的艺术表演效果。因为这样的歌舞表演形式，魏晋依旧曲填新辞及选辞以入乐的艳歌，都有关于女性舞容声情的描写，而且情节曲折、生动，讲究歌与舞、章解间的配合等。因此，魏晋艳歌在艺术形式上较挽歌更为复杂，体现出相和歌艺术的最高水平。

第五章
魏晋杂曲歌辞研究

概　说

　　郭茂倩《乐府诗集》共收入魏、晋杂曲歌辞 49 首，这个数量在魏、晋乐府歌辞的十种类型中，仅次于相和歌辞，其意义不可低估。从作者来看，曹魏时期主要有曹植、左延年、阮瑀、魏明帝，西晋主要有傅玄、陆机、张华、刘琨。这些作者不仅精通音乐，创作过不少乐府诗，而且也是当时诗坛上的重要作家。他们在何种音乐文化背景下创作了这些杂曲歌辞，杂曲与其他歌辞类型有着怎样的趋同性或相异性，杂曲歌辞为当时的乐府诗创作或诗歌创作提供了怎样的艺术经验，这些作品在后代的接受流传情况以及对于文学的影响或贡献，这些问题的探讨都将是非常有意义的。

　　首先来回顾一下学界目前对于魏晋杂曲歌辞的研究状况。

　　魏晋杂曲歌辞的文献学研究最为突出。首先是歌辞的著录。《乐府诗集》之后，元左克明的《古乐府》、明梅鼎祚的《古乐苑》、徐献忠的《乐府原》等，主要对杂曲歌辞进行了分类著录。其次是歌辞的笺注、考释、赏析。清人朱嘉征《乐府广序》、朱乾的《乐府正义》对歌辞的作者情况、创作背景、具体词句加以考释、注释，对前人题解或评议加以辑录。20世纪以后，黄节的《汉魏乐府风笺》、余冠英的《乐府诗选》、曹道衡的《乐府诗选》对歌辞进行了笺释。吴世昌、俞绍初、葛晓音对左延年的《秦女休行》的本事进行过专门的探讨①。

魏晋杂曲歌辞的音乐学研究比较薄弱。学界没有从音乐方面对这些歌辞进行细致深入的探讨，只是笼统地对其是否入乐问题尝试进行一些猜论性质的研究。如黄节先生认为，杂曲乃乐府之遗，为四方之新声，"魏书称武帝诗皆被管弦，文帝时左延年以新声协律，故乐府犹有可传者；陈思诸贤之篇，在当时必复可歌也"②。林庚先生认为曹植乐府诗"通俗活泼"的特色与入乐歌唱是有关系的③，而萧涤非先生则认为曹植的乐府诗有更多不入乐的成分。钱志熙先生认为曹植篇题乐府诗开始实现文学与音乐的分离倾向。向回对郭茂倩"杂曲"的类目成因进行了探讨，在对个别杂曲歌辞的曲调补充了入乐依据以后进行了重新归类，并就曹植杂曲歌辞的入乐问题谈了自己的见解。笔者认为，杂曲歌辞是否入乐的问题不能一概而论，应该就具体问题具体探讨。

杂曲歌辞的文学研究方面没有专门的探讨，林庚先生、萧涤非先生的探讨仍嫌笼统，其他所涉及的有关题材、风格等方面的探讨既不具体，也较少，值得强调的是，从文学文本角度和意义进行的探讨，不能

---

① 吴世昌：《〈秦女休行〉本事探源——兼批胡适对此诗的错误推测》，《文学评论》1978年第5期。俞绍初：《〈秦女休行〉本事探源质疑》，《文学评论丛刊》1980年第5期。葛晓音：《左延年〈秦女休行〉本事新探》，原载于《苏州大学学报》1984年第4期，后收入《汉唐文学嬗变》，北京大学出版社，1998，第447～453页。
② 黄节笺释，陈伯君校订《汉魏乐府风笺》，人民文学出版社，1958，第190页。
③ 林庚：《中国文学简史》，北京大学出版社，1995，第120页。

具现它们之于杂曲歌辞的特殊意义。

综上所述，魏晋杂曲歌辞的研究还十分薄弱，杂曲歌辞的音乐文献不存，音乐文化背景模糊，无法纳入相应的参照体系，是魏晋所有的歌辞类别中最难于着手的一类。此种情况下，将魏晋杂曲歌辞的研究放在作者及魏晋时期的其他歌辞类别两个参照系下切入研究，通过比较的方法，见出魏晋杂曲歌辞创作的特点，将是一条客观有效的途径。

第一节　魏晋杂曲歌辞的曲调、曲题特点及创作情况考察

魏晋两朝皆有杂曲歌辞创作，其中以曹植、傅玄、陆机、张华的创作较为突出。具体情况详见表5-1。

表5-1　魏晋杂曲歌辞创作一览表

曲题名	曹植	傅玄	陆机	张华	阮瑀	左延年	曹叡	刘琨
桂之树行	1							
当墙欲高行	1							
当事君行	1							
当车已驾行	1							
妾薄命行	2							
名都篇	1							
美女篇	1	1						
白马篇	1							
苦思行	1							
升天行	2							
五　游	1							
远游篇	1							
仙人篇	1							
飞龙篇	1							

续表

曲题名	曹植	傅玄	陆机	张华	阮瑀	左延年	曹叡	刘琨
斗鸡篇	1							
磐石篇	1							
驱车篇	1							
种葛篇	1							
秦女休行		1				1		
云中白子高行		1						
秋兰篇		1						
飞尘篇		1						
西长安行		1						
明月篇		1						
前有一樽酒行		1						
昔思君		1						
何当行		1						
驾言出北阙行			1					
君子有所思行			1					
悲哉行			1				1	
齐讴行			1					
吴趋行			1					
前缓声歌			1					
饮酒乐			1					
轻薄篇				1				
游侠篇				1				
博陵王宫侠曲				2				
游猎篇				1				
壮士篇				1				
驾出北郭门行					1			
胡姬年十五								1

如表 5-1 所示，魏晋杂曲歌辞的作者包括曹植、傅玄、陆机、张华、阮瑀、左延年、魏明帝等人，这些作者都曾创作过相和歌辞，其中曹植、魏明帝又曾创作过舞曲歌辞，而傅玄、张华则是西晋郊庙、燕射

歌辞的作者，左延年、陆机、阮瑀都有着相当的音乐才能，具备从事乐府诗创作的资格。可以看出，"杂曲"与相和或其他歌辞类型在作者方面并无本质的区别。

从《乐府诗集》的著录情况来看，杂曲歌辞的曲调、曲题均不载于荀录、王录、张录、古今乐录等，这是杂曲歌辞与相和等歌辞类型的明显不同之处。这种情况说明，魏晋杂曲歌辞不像相和歌辞一直入乐传唱，因而在历朝历代的音乐文献中皆无相关著录，造成杂曲的曲调，入乐情况逐渐湮没无闻。不过，《乐府诗集》还是对杂曲歌辞的个别曲调进行了简要著录，它们是：

《出自蓟北门行》

《乐府解题》曰："《出自蓟北门行》，其致与《从军行》同，而兼言燕蓟风物，及突骑勇悍之状。若鲍照云'羽檄起边亭'，备叙征战苦辛之意。"[1]

《君子有所思行》

《乐府解题》曰："《君子有所思行》，晋陆机云'命驾登北山'，宋鲍照云'西上登雀台'，梁沈约云'晨策终南首'，其旨言雕室丽色，不足为久欢，宴安酖毒，满盈所宜敬忌，与《君子行》异也。"[2]

《悲哉行》

《歌录》曰："《悲哉行》，魏明帝造。"《乐府解题》曰："陆机云'游客芳春林'，谢惠连云'羁人感淑节'，皆言客游感物忧思而作也。"[3]

《齐瑟行》

《歌录》曰："《名都》《美女》《白马》，并《齐瑟行》也。曹植

---

① 《乐府诗集》第61卷，第891页。
② 《乐府诗集》第61卷，第893～894页。
③ 《乐府诗集》第62卷，第899页。

《名都篇》曰'名都多妖女'，《美女篇》曰'美女妖且闲'，《白马篇》曰'白马饰金羁'，皆以首句名篇，犹《艳歌罗敷行》有《日出东南隅篇》，《豫章行》有《鸳鸯篇》是也。"①

《升天行》等

《乐府解题》曰："《升天行》，曹植云'日月何时留'，鲍照云'家世宅关辅'，曹植又有《上仙箓》与《神游》《五游》《龙欲升天》等篇，皆伤人世不永，俗情险艰，当求神仙，翱翔六合之外，与《飞龙》《仙人》《远游篇》《前缓声歌》同意。"②

《仙人篇》

《乐府广题》曰："秦始皇三十六年，使博士为《仙真人诗》，游行天下，令乐人歌之。曹植《仙人篇》曰'仙人揽六著'，言人生如寄，当养羽翼，徘徊九天，以从韩终、王乔于天衢也。齐陆瑜又有《仙人览六著篇》，盖出于此。"③

《齐讴行》

《汉书》曰："汉王至南郑，诸将及士卒皆歌讴思东归。"颜师古曰："讴，齐歌也，谓齐声而歌，或曰齐地之歌。"《礼乐志》曰："齐古讴员六人。"梁元帝《纂要》曰"齐歌曰讴"是也。陆机《齐讴行》，备言齐地之美，亦欲使人推分直进，不可妄有所营也。④

《吴趋行》

崔豹《古今注》曰："《吴趋行》，吴人以歌其地。陆机《吴趋行》曰'听我歌吴趋'，趋，步也。"⑤

---

① 《乐府诗集》第 63 卷，第 911 页。
② 《乐府诗集》第 63 卷，第 919 页。
③ 《乐府诗集》第 64 卷，第 923 页。
④ 《乐府诗集》第 64 卷，第 933 页。
⑤ 《乐府诗集》第 64 卷，第 934 页。

《游侠篇》

《汉书·游侠传》曰："战国时列国公子，魏有信陵，赵有平原，齐有孟尝，楚有春申，皆藉王公之势，竞为游侠，以取重诸侯，显名天下。故后世称游侠者，以四豪为首焉。汉兴，有鲁人朱家及剧孟、郭解之徒，驰骛于闾里，皆以侠闻。其后长安炽盛，街闾各有豪侠。时萬章在城西柳市，号曰城西萬章。酒市有赵君都、贾子光，皆长安名豪，报仇怨、养刺客者也。"《魏志》曰："杨阿若后名丰，字伯阳，少游侠，常以报仇解怨为事。故时人为之号曰：'东市相斫杨阿若，西市相斫杨阿若。'后世遂有《游侠曲》。"魏陈琳、晋张华，又有《博陵王宫侠曲》。①

《饮酒乐》

《乐苑》曰："《饮酒乐》，商调曲也。"②

杂曲歌辞中的《齐瑟行》《吴趋行》《齐讴行》《出自蓟北门行》《饮酒乐》都是带有地域特色的曲调，但对于各曲调更具体的曲名、演唱等情况则失载；《悲哉行》只知其为魏明帝所造；对《游侠篇》《仙人篇》等虽然知道其音乐或题材来源，但具体的入乐表演情况也已经没有确切记载。尽管魏晋杂曲歌辞不像相和歌辞有着具体的官方音乐的表演功用和流传演唱的记录，但杂曲作为娱乐歌辞，它的创作仍然有着确切的音乐基础，因此按照乐府诗的范式创作出来的杂曲也是可以入乐的。

从曲调曲题来看，魏晋杂曲歌辞与相和歌辞一致，这些歌辞均带有音乐性特征的曲题名，如"行""曲""篇""当"题，在相和歌辞或舞曲歌辞当中也有类似的曲题名，这说明杂曲歌辞的命名依然是按照

---

① 《乐府诗集》第 67 卷，第 966 页。
② 《乐府诗集》第 74 卷，第 1049 页。

歌辞的范式而来，与音乐有着密切的关系。从题材来看，杂曲歌辞当中有大量的游仙题材，如曹植的《桂之树行》《升天行》《仙人篇》《飞龙篇》；有女性爱情的描写，如《妾薄命行》《美女篇》；也有关于社会现象的描绘，如《游侠篇》《壮士篇》；有类似挽歌的题材，如《驾出北郭门行》《驱车上东门》；有宴饮的描写，如《饮酒乐》《前有一樽酒行》《吴趋行》《当车已驾行》等，总之杂曲歌辞的题材与相和等娱乐歌辞相比，也有一致之处。因此，魏晋杂曲歌辞作为一种娱乐歌辞，与相和歌辞在题材、作者、曲题特点上都无本质区别，只是从文献著录情况来看，这些杂曲不见于历代相传的音乐文献，说明杂曲与相和的区别主要在于音乐的传承方面，杂曲由于没有固定的官方入乐渠道，逐渐与音乐疏离，虽然它们仍然在曲调、曲题、歌辞内容、体式上都还保留着歌辞的特点，但只能归作"杂曲"一类。这是它与相和歌辞最主要的区别。

第二节　曹植杂曲歌辞的创作与音乐之关系

郭茂倩《乐府诗集》载录曹植乐府诗 43 首，其中包括相和歌辞 17 首、舞曲歌辞 5 首及杂曲歌辞 21 首。据沈约《宋书·乐志》、释智匠《古今乐录》等记载，曹植所作鼙舞歌辞全部入魏乐演奏，其相和歌辞《怨诗行》《怨歌行》《门有车马客行》虽不入魏乐，但是在西晋及南朝时期却有入乐的记载，可以确定这些歌辞曾被选入西晋至南朝的乐府演唱。与音乐关系最不明确的要数杂曲歌辞，由于文献失录、音乐背景不明等原因，使得这些歌辞的来历悬疑重重，郭茂倩《乐府诗集》虽专门设"杂曲"一类，将其归入，但由于史料阙如，杂曲与音乐的关系仍然是个难解的未知之谜，虽众说纷纭，却难有定论，目前关于曹植乐府与音乐关系的观点分歧，仍主要集中在杂曲歌辞。

关于曹植乐府诗的音乐性，自刘勰《文心雕龙·乐府》云"子建士衡，咸有佳篇；并无诏伶人，故事谢丝管"以来，清代学者多将"无诏伶人""事谢丝管"之诗视同不可入乐之诗。① 20世纪以来，乐府诗研究在以往片面重视文学性研究的基础上，更加重视其音乐性与文学性的全面探究。关于曹植乐府与音乐的关系问题，也引起了学者们的广泛关注，影响较大的观点认为，曹植的乐府诗已经脱离音乐而文学化，② 与此同时，也有研究者认为，曹植的乐府诗仍有着确切的音乐环境，基本可以入乐。③ 这些研究多是从零星的文献入手发微、推理，间接考察它们的音乐性质，即使对作为重要依据的刘勰那段论述，也不免有断章取义之嫌。笔者认为，有关魏晋时期的音乐文献缺佚较为严重，仅据此简单推断其与音乐关系之疏密，距离真正的事实本身肯定还有许多缺失环节无法弥补。鉴于此，本文将从史实与文本的考察入手，围绕曹植杂曲歌辞创作的背景与动机、曲题特点、与汉魏乐府传统之关系等具体问题，对曹植杂曲歌辞的音乐性质再作探讨。

一　对《文心雕龙》论述的重新阐释

刘勰评论曹植乐府的完整论述是："观高祖之咏'大风'，孝武之叹'来迟'，歌童被声，莫敢不协；子建士衡，咸有佳篇，并无诏伶

---

① 周振甫注"无诏伶人"引清人黄叔琳评曰："唐人用乐府古题及自立新题者，皆所谓'无诏伶人'。"纪昀评曰："唐伶人所歌，皆当时之诗也。"（参见《文心雕龙注释》，人民文学出版社，1981，第66页）此后，"无诏伶人"之诗即不可入乐之诗，成为一种代表性的学术观点，后此学者多从之。

② 钱志熙认为曹植杂曲以"篇"系题，"可能正说明这种拟乐府诗是以文章辞藻为主，不同于真正的乐歌"（参见《汉魏乐府的音乐与诗》，大象出版社，2000，第152页）；王立增认为"篇"题属于拟辞，非真正的歌辞（参见其《唐代乐府诗研究》，国家图书馆博士论文库，2004），"'篇'诗是古代文人最早具有自觉意识的徒诗，'篇'诗产生的深长意味，在于标志着魏晋文人以'文学意味'为主导的诗歌创作"，"标志着文人真正进入到乐府诗的领域"（参见其《乐府诗题'行''篇'的音乐含义与诗体特征》，《文学遗产》2007年第3期）。

③ 向回：《曹植乐府不入乐说质疑》，《暨南学报》2008年第1期。

人，故事谢丝管，俗称乖调，盖未思也。"① 能否准确理解这段话，对于认识曹植的杂曲歌辞的音乐性质，至关重要。观其文意，刘勰实在是为曹植、陆机鸣不平：像高、武二帝有感而发的即兴之作，尽管未必合于音律，但命歌童合乐演唱，没有人敢不尽力使之协乐，哪怕"乖调"也在所不惜；而曹植、陆机虽有乐府佳作，朝廷却不让伶人演唱，以致其乐府诗与丝管无缘。他首先批驳了曹、陆歌辞不合乐律的谬说，"俗称乖调，盖未思也"。另外指出，曹植乐府诗不被入乐，原因在于"无诏伶人"，而高祖武帝之诗虽未必协律，但并不影响其在朝廷入乐演唱。很显然，决定乐府诗是否入乐的关键并不在于是否协律，而是另有音乐之外的其他原因。反过来说，乐府诗究竟算不算真正的歌辞，并不能以入乐结果作为最终评判的客观标准，合于音律的乐府诗创作完成以后，并不会因为最终没有入乐而使其符合入乐规范的性质发生改变。至于清代学者径将"无诏伶人"与不可入乐等同起来，应该是基于这样一种判断：由于音乐风尚的变化，入唐代乐府演唱的乐府诗多为绝句，而古体乐府则不再适合入乐演唱。那么，视曹植"事谢丝管"之诗为拟辞，非真正的歌辞，或曰其杂曲歌辞以文章辞藻为主，非真正的歌辞，这些观点不过是将"无诏伶人"的结果与曹植杂曲歌辞的文学化、个性化作了"巧妙"的嫁接，使人感觉二者之间隐秘地存在着互为因果的关系，从而倒果为因，循环推理，然而这终究不过是臆断之辞，难以服人。刘勰的观点已经明确告诉我们，曹植的乐府诗不被入乐，问题绝非出在歌辞本身，所谓文章辞藻等，当然也不能作为曹植乐府诗脱离音乐的依据。曹植的乐府诗与音乐的关系究竟如何，不妨回到历史的情境当中，对曹植杂曲歌辞的创作动机、创作环境去作具体而微地全面探究，从而彻底厘清曹植杂曲歌辞的音乐性质。

---

① 詹锳：《文心雕龙义证》，第 259~260 页。

二　曹植杂曲歌辞创作的背景及功用

曹植的 21 首杂曲歌辞，从创作时间上看，除《斗鸡篇》外，其余皆作于黄初、太和年间，其时曹植及诸侯王的生活境遇开始发生了较大的变化。建安二十二年十月曹丕被立为太子，《魏略》称："太子嗣立，既葬，遣彰之国。"① 建安二十五年正月，"文帝即王位，诛丁仪、丁廙并其男口。植与诸侯并就国"②。也就是说，曹植及曹彰诸人自曹丕登帝以后，就被遣至各自的藩国，而且下令诸侯不朝。其目的在曹叡太和五年八月的诏书中说得极为明白："古者诸侯朝聘，所以敦睦亲亲协和万国也。先帝著令，不欲使诸王在京都者，谓幼主在位，母后摄政，防微以渐，关诸兴衰也。"③ 各诸侯王当中，曹植又是朝廷严加防范的对象，不仅有监国使者对其严密监视，待遇较诸王也更为苛刻。曹植于黄初二年，贬爵安乡侯，又改封鄄城侯。三年，立为鄄城王。四年，徙封雍丘王。太和元年徙封浚仪。二年复还雍丘。三年徙封东阿。太和六年二月，封为陈王。在曹丕、曹叡执政时期，曹植唯在黄初四年、太和五年到过京都，其余时间都只能待在自己的藩国。这种政治上被压抑的痛苦和渴求展露才华的愿望，在他的《求通亲亲表》和《求自试表》等文章中表现得十分强烈。一方面是政治上不断遭到排挤、迫害，生活境遇日渐窘迫，一方面却大量而又集中地创作了那么多杂曲歌辞。试问两者之间有何联系？抑或仅仅出于某种偶然？

从魏晋时期乐府诗的创作总体情况看，乐府歌辞的创作，除了曹氏父子，多是由侍中或其他音乐专职人员来完成的，其时对乐府诗作者的资格限定极为严格，一般文人不能随便创作乐府诗。笔者曾对这些乐府

① 《三国志》第 19 卷，第 557 页。
② 《三国志》第 19 卷，第 561 页。
③ 《三国志》第 3 卷，第 98 页。

诗作者的职衔职能作过全面考察，发现魏晋乐府诗作者皆为皇帝的近侍之臣，具体来说，他们都属于省官，相对于宫官及外官来讲，与皇帝的关系更为近密，极受皇帝宠信。他们兼擅文学与音乐，是礼乐治国的能臣，礼乐制度与乐府歌辞多出其手。即便如此，魏明帝时期的散骑常侍王肃曾经私造宗庙歌诗 12 篇，却不被歌，这又说明，除了作者拥有创作乐府诗的资格，还要经朝廷诏可，其所造乐府诗方可歌入乐府。因此，曹植在藩国时期大量创作杂曲歌辞，不能说是完全出于偶然，应该有着明确的创作动机。既然如此，曹植创作杂曲歌辞会出于何种动机呢？他在《求通亲亲表》中说："每四节之会，块然独处，左右唯仆隶，所对惟妻子，高谈无所与陈，发义无所与展，未尝不闻乐而拊心，临觞而叹息也。"① 而在其《求自试表》中也有"耳倦丝竹"的自述，可见藩国时期的曹植虽然政治上备受压抑和迫害，但是仍然可以拥有自己的藩国音乐。其《鼙舞歌序》又云："汉灵帝西园鼓吹有李坚者，能鼙舞，遭乱西随段颎。先帝闻其旧有技，召之。坚既中废，兼古曲多谬误，异代之文，未必相袭，故依前曲，改作新歌五篇。不敢充之黄门，近以成下国之陋乐焉。"② 曹植在藩国既然有自己的"陋乐"，必然需要合乐演唱的乐府歌辞，音乐修养极高的曹植既然可以依前曲作鼙舞新歌，当然也会创作其他乐府，除了满足自己藩国的娱乐之需，还可以通过进献的方式实现入朝廷乐府的目的。比如曹植杂曲歌辞中的《名都篇》《美女篇》《白马篇》，《歌录》云"并齐瑟行也"，吴兢《乐府古题要解》注为拟《齐瑟行》而作。《齐瑟行》是齐地的很有名的乐舞艺术，曹植《侍太子坐》诗云："齐人进奇乐，歌者出西秦"，其《野田黄雀行》云："秦筝何慷慨，齐瑟和且柔。阳阿奏奇舞，京洛出

---

① 赵幼文：《曹植集校注》，第 437 页。
② 赵幼文：《曹植集校注》，第 323 页。

名讴",曹丕《善哉行》亦云:"齐倡发东舞,秦筝奏西音。有客从南来,为我弹清琴",从这些诗句可以看出,曹魏时期齐地的乐舞比较发达,早在曹操执政时期就被进献到宫廷表演,而且深得曹丕、曹植兄弟的喜爱,曹植的藩国位处齐地,他拟《齐瑟行》乐调创作诸多"篇"题杂诗,既可以满足娱乐需要,也可以向朝廷进献,其创作动机应与改作鼙舞新歌并无二致。大量文献证明,各地都有进献奇乐歌舞者,可以说,所有进献给朝廷的歌诗,都曾经在当地经过入乐彩排,否则是不可能进献的。既然如此,即使是那些被朝廷淘汰,未能在朝廷下诏伶人、被之管弦的作品也不能说它们与音乐全无关系,纯然是只讲究辞藻的徒诗、拟辞。同样,曹植的杂曲歌辞即使不曾入朝廷之乐,也不能说与音乐无关,至少还可以入其藩国之乐。所以轻率断言曹植的杂曲歌辞脱离音乐,是没有道理的。

三 曹植杂曲歌辞的曲题特征与乐府传统

乐府诗因为要配乐演唱,受到乐歌传统的极大限制,在文本特征上自来有别于一般意义上的诗歌,曹植杂曲歌辞的创作如果在文本特征方面符合当时的乐歌传统和范式,自然也能充分说明它与音乐的关系。虽然歌与诗古来一体,很难区分,但是乐府诗往往会在曲调、题名、本事、体式、风格等方面,体现出它们与音乐的特殊关系,在这些方面当中,又以曲名或题名与音乐联系最为近密。以下不妨从曲题特征方面将曹植杂曲与汉魏乐府传统作一对照,来具体分析它们的音乐性质。

从曲名、题名上看,曹植的杂曲歌辞分为三种类型:一是"行"类,共有七首;二是"篇"类,共有十首;另有两首,从题名上看没有表现出前两类这么明显的曲题特征。

首先,我们将"行"类与"篇"类歌辞的命名方法及其意义略作分析。先说"行"类。"行"最早作为动词,与音乐相关的有如下记载：

> 《庄子·知北游》曰："啮缺问道乎被衣。被衣曰：'若正汝形，一汝视。天和将至，摄汝知，一汝度。神将来舍，神精将为汝美，道将为汝居。汝瞳焉如新生之犊而无求其故。'其言未卒，啮缺睡寐。被衣大说，行歌而去之。"
>
> 郭庆藩疏云："行于大道歌而去之。"
>
> 又《达生》："孔子观于吕梁，悬水三十仞，流沫四十里。……见一丈夫游之，以为有苦而欲死也，使弟子并流而拯之，数百步而出，被发行歌而游于塘下。"
>
> 郭庆藩疏云："塘，岸也。既安于水，故散发而行歌，自得逍遥，遨游岸下。"①

显然"行歌"是歌之一种。其特点何在呢？郭氏的解释已经说明：歌者应是怀着喜悦的心情，边走边歌，这才符合"行歌"的涵义。既然是行走时唱歌，一方面当然可以称作"行歌"，另一方面，我们也可体会到行走时的歌唱与静止不动地歌唱，在音乐特点上应该有所不同，至少"行歌"的旋律特点与行走的步调是能够配合的。学界目前的研究也能证明这一点。据李纯一音乐考古发现，战国时期即有行钟、歌钟两种不同的乐器。日本学者清水茂《乐府"行"的本义》认为："依'行钟'简单的大音程跳跃的音阶演奏的乐曲，因其具有旅行音乐的意味，而被题名作'行'，或即使乐曲并非用于旅行，但'行'的名称照样保留了下来。"② 葛晓音先生也持相同观点。因此，"行"对行旅音乐

---

① 郭庆藩：《庄子集释》，《诸子集成》第3册，第6卷，上海书店，1986，第322、288页。
② 清水茂：《清水茂汉学论集》，中华书局，2003，第333～339页。

的节奏特点带有某种规定的性质。李善及其同时代人将"行"视为"歌"或"曲"，从逻辑关系上讲，这是没有问题的。但是反过来则不可，因为只有符合大音程跳跃特点的歌曲才可以称为"行"。因此，"行"是指的曲调特点，缀以"行"字的乐府诗，如《长歌行》《短歌行》《艳歌行》《燕歌行》《陇西行》《相逢行》等，都应该是"行"类音乐的曲调名。

曹植的七首杂曲"行"题乐府诗，显然也是乐府曲调名。但是我们发现，曹植的某些"行"题曲调中，多了一个"当"字，比如《当事君行》《当墙欲高行》《当欲游南山行》《当车已驾行》。与此类似，曹植相和歌辞中有一首《当来日大难》，也是以"当"命名。在曹魏时期的乐府诗题名中，除了曹植外，再无一人使用此种命名方法。因此，以"当"加"行"为题，是曹植的创造。"当"字何解，曹植的这种命名方法与乐府诗的创作有何关系呢？

魏晋新鼓吹曲辞皆依汉旧曲作新歌，述以功德代汉，萧涤非先生《汉魏六朝乐府文学史》认为："'当'为乐府诗中之术语，有时用'代'，其意则一。"①《方言》卷十："皆南楚江湘之间代语也。"郭璞注："凡以异语相易谓之代也。"②缪袭创作新鼓吹曲辞时在魏明帝时期，但类似这种依旧曲创新词的现象，早在东汉东平王苍作武德舞歌诗中就已出现。到了曹魏时期，注重乐章歌辞建设，异代之文未必相袭，依汉旧曲作新歌蔚为风气。而曹植所作的《鼙舞歌》五曲，也是依前曲改作新歌，与"当"的创作方式也是相同的，只是它们在题名上没有体现出来而已。这充分说明，曹魏时期对于乐府诗的命名，并没有一而化之，可以是多样化的。"当"加"行"题的内涵是指依照某种乐府

① 萧涤非：《汉魏六朝乐府文学史》，第164页。
② 阮元：《经籍纂诂》，成都古籍书店，1982，第740页。

曲调，另创新辞以代之，这在曹魏时期是一种极为普遍和流行的乐歌创作模式。

再看"篇"类。曹植杂曲歌辞中出现了大量以"篇"为题的乐府诗，如《名都篇》《美女篇》《白马篇》《远游篇》《仙人篇》《飞龙篇》《磐石篇》《斗鸡篇》《驱车篇》《种葛篇》，这些歌辞皆是以歌辞首句前两字加"篇"为题。"篇"与"行"不同，它们不是曲调名，而是指歌辞的诗题名。不过，以"篇"为题不是曹植的首创，也不仅限于杂曲歌辞。

最早以"篇"为题，应始于汉代的铎舞曲辞。《宋书·乐志》云："《铎舞》歌诗二篇。《圣人制礼乐篇》……"①《乐府诗集》转引《古今乐录》曰：

> 古《铎舞曲》有《圣人制礼乐》一篇，声辞杂写，不复可辨，相传如此。魏曲有《太和时》，晋曲有《云门篇》，傅玄造，以当魏曲，齐因之。②

按照《古今乐录》的说法，好像古辞"圣人制礼乐"本无篇，是沈约加上了"篇"字。除此而外，《宋书·乐志》载录的鞞舞、拂舞歌诗也都以"篇"为题。"篇"题是否沈约加上的呢？对《宋书·乐志》载录的汉魏晋杂舞歌辞作一统计，就可以看出并非如此。

汉鞞舞歌五篇：《关东有贤女》《章和二年中》《乐久长》《四方皇》《殿前生桂树》。

魏明帝鞞舞歌五篇：《明明魏皇帝》《太和有圣帝》《魏历长》《天

---

① 《宋书》第 22 卷，第 632 页。
② 《乐府诗集》第 54 卷，第 784 页。

生烝民》《为君既不易》。

魏陈思王鼙舞五篇：《圣皇篇》《灵芝篇》《大魏篇》《精微篇》《孟冬篇》。

晋鼙舞歌五篇：《洪业篇》《天命篇》《景皇帝》《大晋篇》《明君篇》。

铎舞歌诗两篇：《圣人制礼乐篇》《云门篇》。

拂舞歌诗五篇：《白鸠篇》《济济篇》《独禄篇》《碣石篇》《淮南王篇》。

这些歌诗并非统一加"篇"为题，更何况舞曲歌辞中还有众多非"篇"题歌辞。田青认为，《宋书·乐志》始修于齐永明五年至六年（487~488 年），全部完成当在梁代，在刘宋何承天旧稿本《宋书》基础上完成，是梁武帝乐议以后的产物。[1] 沈约载录的歌辞必有所本，想必应该是当时能够见到的脚本或演出记录。况且沈约在前而陈释智匠的《古今乐录》在后，按道理应以前者为是。

另外，魏武帝的《步出夏门行》，魏晋乐所奏解作相和歌瑟调曲，晋时又配入《拂舞》舞曲，改称"碣石篇"。[2] 曹操的歌辞原不称"篇"，配入舞曲才改称"篇"，乐书中所载的类似一诗多题现象，应是此诗多次入乐的判断依据。又因为曹植的鼙舞曲也是入乐的，这似乎可以说，"篇"题诗恰是魏晋时期入乐杂舞歌辞的一个标志。不过舞曲歌辞以"篇"为题，从有限的记载来看，在汉代还只限于《圣人制礼乐篇》一题，而统一以"篇"为题，始于曹植《鼙舞歌》。这与杂曲歌辞的"篇"题命名呈现出一种鲜明的命题特征。

除了舞曲歌辞，在曹操的相和歌辞中也有"篇"题。《乐府诗集》

---

① 田青：《沈约及其〈宋书·乐志〉》，《中国音乐学》2001 年第 1 期。
② 《宋书》第 22 卷，第 633~635 页。

卷二十六"相和曲"注曰：

> 《古今乐录》曰："张永《元嘉技录》：相和有十五曲……二曲无辞，《觎歌》《东门》是也。其辞《陌上桑》歌瑟调，古辞《艳歌罗敷行》'日出东南隅'篇。《觎歌》，张录云无辞，而武帝有《往古篇》。《东门》，张录云无辞，而武帝有《阳春篇》。……"①

根据《古今乐录》的说法，《阳春篇》是魏武帝据相和《东门》曲所作的歌辞，《往古篇》是据《觎歌》曲所作的歌辞。从"其辞《陌上桑》歌瑟调，《古辞》《艳歌罗敷行》'日出东南隅'"篇来看，对一首歌辞从音乐上进行完整的命名应包括调类名、曲名、歌辞名，而"篇"指的是歌辞名。但是如果某一首曲的调类通常是固定的，而且只有一篇歌辞的话，只需说歌辞名或者曲名即可以让人明白，而不必这么麻烦。实际上我们发现，以"篇"为题主要出现在魏，这与魏以来的乐府诗创作是有关系的。魏以来据汉旧曲创作新辞成为一种风尚，在一首曲拥有多篇歌辞的情况下，就产生了在曲名下特别注明歌辞名称以示区分的必要。

从舞曲歌辞、相和歌辞的情况来看，"篇"题无疑是指歌辞的一种命名方法，至于钱志熙所说曹植杂曲以"篇"系题，"可能正说明这种拟乐府诗是以文章辞藻为主，不同于真正的乐歌"②，王立增所说"'篇'题与'拟'题、'当'题、'代'题、'效'题、'学'题等都属于拟辞，非为真正的歌辞"③，显然没有综合考虑曹植时期乐府诗创作的背景和风气。因为舞曲的"篇"题显然已经入乐了，而魏武帝的

---

① 《乐府诗集》第 26 卷，第 382 页。
② 钱志熙：《汉魏乐府的音乐与诗》，大象出版社，2000，第 152 页。
③ 王立增：《乐府诗题"行""篇"的音乐含义与诗体特征》，《文学遗产》2007 年第 3 期。

相和歌辞应该也是入乐的，只是文献失传罢了。曹植的杂曲"篇"题既是为入乐的目的而创作的，又据《文选》注引《歌录》，《名都》《美女》《白马》《磐石》诸篇，皆属《齐瑟行》，这部分杂曲歌辞都有具体的曲调名。加之曹植藩国位处齐地，以齐地之乐调将这些杂曲歌辞入其藩国之乐，合乎情理。只不过《齐瑟行》的曲调已经搞不清楚，故郭茂倩《乐府诗集》将其归为杂曲罢了。

关于"妾薄命"和"五游"，这两首没上述两类明显的曲名或题名的类型特征。不过，"妾薄命"渊源有自，可以找到相关本事。此词最早见于《汉书·外戚传》，汉成帝减省后宫椒房掖庭用度，许皇后上疏皇帝曰："其萌芽所以约制妾者，恐失人理。今但损车驾，及毋若未央宫有所发，遗赐衣服如故事，则可矣。其馀诚太迫急，奈何？妾薄命，端遇竟宁前。竟宁前于今世而比之，岂可耶？"① 后来，汉成帝专宠赵飞燕，许皇后和班婕妤等人失宠，最后许皇后被诛死，其余人等被遣回故郡。总之"妾薄命"是许皇后失宠以后的怨嗟之辞，汉魏之际清商怨曲十分流行，"妾薄命"与班婕妤《怨歌行》在本事、性质方面相仿，而曹植作有《怨歌行》《怨诗行》，足见其对这类音乐的喜爱，因此创作"妾薄命"既顺应了音乐上的娱乐需求，也应有音乐流行的具体背景。

关于"五游"，此篇歌辞创作于太和年间，据《三国志》，植于太和二年，复还雍丘，常自怨愤，抱利器而无所施，上疏求自试曰：

> 今臣……而位窃东藩，爵在上列，身被轻暖，口厌百味，目极华靡，耳倦丝竹者，爵重禄厚之所致也。退念古之受爵禄者，有异于此，皆以功勤济国，辅主惠民。今臣无德可述，无功可纪，若此

---

① 班固：《汉书》第97卷下，第3976～3977页。

终年，无益国朝，将挂风人彼己之讥。是以上惭玄冕，俯愧朱绂。①

曹植这篇《求自试表》当作于曹休战败之后，明帝诏令公卿近臣举良将各一人，曹植因上此表，阐述自己为国立功之宿愿，请求试用，但毫无结果，次年又被徙东阿。《五游》写到天上游历所见，陈胤倩曰："此有托而言神仙者。观'九州不足步'五字，其不得志于今之天下者审矣。"② 可见《五游》托言神仙，乃有迫不得已的隐衷，这种借游仙以抒泄愤懑自《离骚》开其端，汉乐府中游仙诗极为流行，或述酣宴娱乐，或渴慕长生。特别值得指出的是，魏乐府中游仙诗仍然十分流行，而且自曹操开始对游仙乐府诗作了大量的翻新，将《步出夏门行》由游仙题材完全写成一首山水诗，变成抒发亲身经历和感情的新歌辞，曹植此篇则借游仙之名，写出自己特殊境遇下的无奈以自宽。

　　因此，无论《妾薄命》还是《五游》，都是汉魏乐府中极为常见的题材。虽然我们无法确知《妾薄命》《五游》的具体音乐曲调，但其创作具有汉魏乐府的音乐文化背景。曹植根据这种音乐背景，抒写自己心志所感，这与上述两类根据音乐曲调创作歌辞也是一致的。

　　总之，曹植杂曲歌辞的题名具有明显的类别性特点，"行"类命名与曲调直接相关，"篇"类命名则与对一首曲调下的多首歌辞作必要的区分有关，而《妾薄命》《五游》则有可能是曹植本人新创或当时流行的一种曲调。杂曲歌辞题名类型化的特征表明，它们不是文学化的"诗"，而是融入了曹植的思想与境遇，带有个性化特点与政治隐情的

---

① 赵幼文：《曹植集校注》，第 368 页。
② 黄节、陈伯君：《汉魏乐府风笺》，人民文学出版社，1958，第 207 页。

"歌"。

综上所述，曹植杂曲歌辞的创作有其明显的音乐功用。黄初、太和年间的曹植，从政治身份上看，虽缺乏魏氏三祖直接将自己所作歌辞用于宫廷乐府的资格，但从其《鼙舞歌自序》所述，仍可以将其所创歌辞用于藩国"陋乐"，还可以争取通过向朝廷献乐的途径，为自己的乐府诗创造进入曹魏宫廷之机会。从曹植杂曲歌辞的曲题特征来看，他所作杂曲歌辞仍然有着确切的音乐环境，并且深受乐府诗创作传统的影响，曲题的命名符合当时的乐府诗范式。因此，综合曹植杂曲歌辞创作的动机、功用、传播途径等，笔者认为，曹植杂曲歌辞创作不仅与音乐有着极为密切的关系，而且从情理上推测，这些乐府诗应都是在其藩国入乐演唱的。

第三节　杂曲歌辞的音乐学考察
——以《齐瑟行》与《桂之树行》为例

郭茂倩云："杂曲者，历代有之，或心志之所存，或情思之所感，或宴游欢乐之所发，或忧愁愤怨之所兴，或叙离别悲伤之怀，或言征战行役之苦，或缘于佛老，或出自夷虏。兼收备载，故总谓之杂曲。"[1]所谓"或心志之所存，情思之所感，宴游欢乐之所发，或忧愁愤怨之所兴，或叙离别悲伤之怀，或言征战行役之苦"，讲述了杂曲歌辞的内容，"或缘于佛老，或出自夷虏"可能是说杂曲歌辞的内容，也可能是说杂曲曲调的来源。郭茂倩此说并没有言及杂曲的具体曲调，而只是说杂曲是"兼收备载"的一类。因此，若想搞清上表中各杂曲歌辞的音乐曲调，尚需具体考辨。

---

[1] 《乐府诗集》第 61 卷，第 885 页。

　　通过以上论述，我们发现曹植的杂曲游仙诗与汉乐府旧曲乃至同时代的其他相和歌辞，无论在题材内容还是在艺术表现上并没有本质不同，那么它被收入杂曲，实际只在于音乐曲调或性质的区别。下面即以《齐瑟行》与《桂之树行》为例，说明两者音乐性质上的差异。

　　据《歌录》，曹植杂曲《名都篇》《美女篇》《白马篇》，"并齐瑟行也"。吴兢《乐府古题要解》注为拟《齐瑟行》而作。《齐瑟行》是什么曲调，《乐府诗集》等文献皆无记载。笔者认为，《齐瑟行》既称为"行"，根据清水茂的观点，"行"的音乐，从旋律特点上来看，体现出行钟用跳跃式大音程的特点，这与相和歌辞等其他入乐歌辞中的"行"并无不同。它的不同主要在于前面的限定词"齐瑟"。齐是地名，是曹植的封国所在地，如果按照《诗经》音乐中的分类，它不属于雅乐，而是属于国风性质。瑟可作两种理解，一是乐器，一是调式，相和歌便有"瑟调"。"齐瑟"既可能指齐人用瑟演奏的"行"乐，也可指齐人演奏的带有大音程跳跃旋律特点的瑟调曲。曹植《侍太子坐》诗云："齐人进奇乐，歌者出西秦"，《野田黄雀行》云"秦筝何慷慨，齐瑟和且柔。阳阿奏奇舞，京洛出名讴"，曹丕《善哉行》亦云"齐倡发东舞，秦筝奏西音。有客从南来，为我弹清琴"，从这几首诗可以看出，曹魏时期齐地的乐舞比较发达，已进献到宫廷表演，齐乐与秦乐对比鲜明，一为东舞，一是西音，一个"何慷慨"，一个"和且柔"。故此，《齐瑟行》是带有齐地特色的一种风格柔和的音乐。曹植的藩国位处齐地，可能根据这种地方乐调创作了新辞，又因为"齐瑟行"的音乐风格属于地方乐调，其音乐地位不能与相和歌诸调相比，只能类同"杂曲"。

　　《桂之树行》作为曲调名，首次出现在曹植杂曲歌辞《桂之树行》中。其后明、清之际仍有《桂之树行》歌辞的创作。现将曹植和明僧宗泐及清人所作《桂之树行》，胪列如下：

　　桂之树，桂之树，桂生一何丽佳！杨朱华而翠叶，流芳布天涯。上有棲鸾，下有盘螭。

　　桂之树，行道之真人，咸来会讲仙：教尔服食日精，要道甚省不烦，澹泊无为自然。乘蹻万里之外，去留随意所欲存：高高上际于众外，下下乃穷极于天。（曹植《桂之树行》）

　　桂之树，桂生一何偏。两株分立于庭前，西株憔悴东株妍。

　　桂之树，桂生一何蠹。西株方来采其荣，东株又复无人顾。桂兮桂兮非汝怜，纵面万事无不然。武安堂上席方暖，魏其门前秋草芊。莫道荣枯长异势，从来反覆无根蒂。高歌感激君不听，请君试看庭前桂。①

　　桂之树，桂之树，乃在苍梧之阳。岭曼衍而嶕峣，翠羽为叶，苍虬为株，萼何蔵蕤，葢敷黄如黄金。粟赤如珊瑚珠。

　　桂之树，仙者四五人。骖驾凤皇来，谓是日精月华，教迹采，服不衰。一岁口泽馨，二岁体骨轻，三岁毛羽生。朝见上帝，赐女麟车霓旌，翱翔玉虚太清，翱翔太清天，为乐不可言。②

　　桂之树，枝叶何纷披。托根三山阳，流辉南海湄。隆冬霜露常不衰，扳桂之枝仰母慈，云衣霓带皇所绥，荣光炜煜无休期，丹穴之鸟将来仪。

　　桂之树，其实何离离。惟母有子载以驰，南觐上元西瑶池。鹏鸠均平巢树枝，岭海之珉饱而嬉，非母之德嗟何为？狝桂樹，寿无极，长江如虹流不息，踆乌之飞矫其翼，何以寿母？此其匹于万，

---

① 释正勉、释性涌：《古今禅藻集》，文津阁《四库全书》影印本，第473册，第20卷，商务印书馆，第74页。
② 王世贞：《弇州四部稿》，文津阁《四库全书》影印本，第472册，第5卷，商务印书馆，第550页。

斯年保贞吉。①

这些作品有相通之处。表现在章句结构方面，都采用两段式结构，尤其曹植与王世贞所作极相似。段落首句采用两种模式：一是以"桂之树，桂之树"加上六言句，一是以"桂之树"加五言句。在句式方面，主要采用三言、四言、五言、七言夹杂的杂言体式。歌辞的内容也仍然沿袭咏桂树及求仙两个方面。这种一脉相承性表明，《桂之树行》在从曹植至明清之际的时间里，一直作为歌辞的模式来创作，并没有脱离音乐而文学化。《桂之树行》是否一直有着音乐的环境呢？皎然云"谢公南楼送客还，高歌桂树凌寒山"②，说明桂树音乐在唐代是传唱的。《晋书·乐志》云：

> 后汉正旦，天子临德阳殿受朝贺，舍利从西方来，戏于殿前，激水化成比目鱼，跳跃漱水，作雾翳日。毕，又化成龙，长八九丈，出水游戏，炫耀日光。以两大丝绳系两柱头，相去数丈，两倡女对舞，行于绳上，相逢切肩而不倾。魏晋讫江左，犹有《夏育扛鼎》《巨象行乳》《神龟抃舞》《背负灵岳》《桂树白雪》《画地成川》之乐。③

这是汉代正旦大会接待西方舍利时进行"百戏"表演的情景，百戏内容包括鱼龙幻化、作雾翳日等，还包括两倡女在丝绳上对舞等，到了魏晋至南朝，还有《夏育扛鼎》《巨象行乳》《神龟抃舞》《桂树白雪》

---

① 黎民表：《瑶石山人稿》，文津阁《四库全书》影印本，第 472 册，第 3 卷，商务印书馆，第 12 页。

② 皎然：《裴端公使君清席，赋得青桂歌送徐长史》，《全唐诗》第 821 卷，中华书局，1960，第 9258 页。

③ 《晋书》第 23 卷，第 718 页。

《画地成川》等乐舞曲目。可见，"桂树白雪"之乐是汉代"百戏"表演的组成部分。据《中国舞蹈史》，"宫廷举行宴集时，多用大型'百戏'招待外来宾客或使臣，以夸耀汉王朝的强大"①。而汉代的各类舞蹈一般都穿插在"百戏"中变化表演，因而"百戏"与汉代舞蹈的表演经常是联系在一起的，两种艺术形式也因此互相产生影响。汉代著名的《盘鼓舞》在表演时，地面上置放七个盘鼓，舞者踏盘鼓而舞，要完成难度较大的动作技巧。其中"曾挠摩地，扶旋猗那""濯似摧折"等高难的腰肢技巧，都受到"百戏"技艺的影响。汉灵帝西园鼓吹乐人李坚所表演的鞞舞也是汉代流行的一种乐舞，舞者手执鞞鼓（扁形小鼓）而舞，汉代已施于宴享，因而也产生了有关鞞舞的乐曲、乐辞。汉章帝的《殿中生桂树》就是流传到曹魏的鞞舞音乐。到了魏晋，魏明帝创作的《为君既不易》、曹植的《灵芝篇》、傅玄的《明君篇》乐辞都是据汉旧曲《殿中生桂树》改易的新舞辞，可以推想，这就是《晋书·乐志》所云魏晋讫江左一直流传的所谓"桂树白雪"之乐。

汉代宫廷以外，"百戏"娱乐之风也极为盛行，《盐铁论·崇礼篇》云："夫家人有客，尚有倡优奇变之乐，而况县官乎？"汉乐府《相逢行》云：

相逢狭路间，道隘不容车。不知何年少，夹毂问君家。君家诚易知，易知复难忘。黄金为君门，白玉为君堂。堂上置樽酒，作使邯郸倡。中庭生桂树，华灯何煌煌。兄弟两三人，中子为侍郎。五日一来归，道上自生光。黄金络马头，观者盈道傍。入门时左顾，但见双鸳鸯。鸳鸯七十二，罗列自成行。音声何嘈嘈，鹤鸣东西

---

① 王宁宁：《中国舞蹈史》，文化艺术出版社，1998，第20页。

厢。大妇织绮罗，中妇织流黄。小妇无所为，挟琴上高堂。

反映了汉代贵族之家在煌煌华灯、中庭桂树之下对酒当歌、宴饮欢娱、乐舞隆盛的情景。汉乐府《陇西行》又云："天上何所有，历历种白榆。桂树夹道生，青龙对道隅"，又云："请客北堂上，坐客氈氍毹。清白各异樽，酒上正华疏。""天上何所有"四句系乐府歌辞套语，桂树乃天上所有，已有道教中的仙境意味；后面讲实景，所谓酒上"华疏"，乃指在北堂桂树之下饮酒，所以，桂树在汉乐府相和歌中，也是常常歌咏的内容。到了曹植的《桂之树行》，便以桂树及求仙作为咏写内容，赵幼文注曰："考《沂南墓画像石》，描绘着想象中的神仙讲道的形状，内容存着浓厚的道教思想。曹植此篇素朴地叙述这一社会风尚，也反映着统治阶层追求长生的热烈愿望。此属鼙舞歌辞，即《殿前生桂树》。"[①] 其实清代的朱嘉徵对《桂之树行》的来历也曾有过类似的猜测："汉鼙舞曲五曰'殿前生桂树'一篇，曲题疑本此。"[②]《桂之树行》与《殿中生桂树》应该都与《桂树白雪》之乐有关，但至曹魏时期，两曲却有了不同的分化。我们可以从两个方面来看待这种分化。

首先，从作者方面看，《殿中生桂树》曲的作者为魏明帝，魏明帝的鼙舞歌辞虽已不存，但可以推想其舞辞必然用于曹魏宫廷乐舞当中；另外曹植也创作了鼙舞曲《灵芝篇》，从其序中可以看出，《灵芝篇》舞辞先是在曹植的藩国中演奏，后来又献到朝廷中去了。而《桂之树行》的作者却只有曹植，这个曲目创作出来后，就只可能在藩国中演奏。

其次，从曲辞文本上看。明帝歌辞虽不存，但我们可以将曹植的

---

① 赵幼文：《曹植集校注》，第399～400页。
② 朱嘉徵：《乐府广序》，转引自黄节《汉魏乐府风笺》，人民文学出版社，1958，第191页。

《灵芝篇》与《桂之树行》作比较。

灵芝生玉地，朱草被洛滨。荣华相晃耀，光采晔如神。古时有虞舜，父母顽且嚚。尽孝于田垄，烝烝不违仁。伯瑜年七十，彩衣以娱亲。慈母笞不痛，歔欷涕沾巾。丁兰少失母，自伤早降茕。刻木当严亲，朝夕致三牲。暴子见陵侮，犯罪以亡刑。丈夫为泣血，免庖全其名。董永遭家贫，父老财无遗。举假以供养，佣作致甘肥。责家填门至，不知何用归。天灵感至德，神女为秉机。岁月不安居，呜呼我皇考。生我既已晚，弃我何其早。蓼莪谁所兴，念之令人老。退咏南风诗，洒泪满裪抱。

乱曰：圣皇君四海，德教朝夕宣。万国咸礼让，百姓家肃虔。庠序不失仪，孝悌处中田。户有曾闵子，比屋皆仁贤。髫龀无天齿，黄发尽其年。陛下三万岁，慈母亦复然。（《灵芝篇》）①

桂之树，桂之树，桂生一何丽佳！杨朱华而翠叶，流芳布天涯。上有栖鸾，下有盘螭。

桂之树，行道之真人，咸来会讲仙：教尔服食日精，要道甚省不烦，澹泊无为自然。乘蹻万里之外，去留随意所欲存：高高上际于众外，下下乃穷极于天。（《桂之树行》）

《灵芝篇》的结构由歌辞加"乱曰"两部分组成，歌辞采用记叙的方式，分别叙述虞舜、韩伯瑜、丁兰、董永等人的孝悌故事，后面"乱曰"则起到总领全篇的作用。根据黄震云、孙娟《"乱曰"的乐舞功能与诗文艺术特征》一文的观点，"'乱曰'在《诗经》的时代是声乐与舞容相配合的诗性表达，主要起调节诗乐以及结构照应、调整场景或主

---

① 《乐府诗集》第 53 卷，第 773～774 页。

体转换作用"①，在汉乐府歌诗中，"乱曰"仍然保留了这种功能和方式，因此曹植的《灵芝篇》采取的"乱曰"结构，也是舞曲歌辞的传统方式及功能的继续。总之，《灵芝篇》是典型的舞曲歌辞体式。而《桂之树行》则不同，它的首章是咏写桂树的外在状貌，其余刻画讲道的场景，如何长生的道理是其重点表现内容，歌辞较短，内容也单一，体现不出场景的变化或主体转换等，因此，据《桂之树行》与《灵芝篇》的不同体式，可以看出二者在用乐场合或表演方式上有着很大的不同。

句式上看，二者也有较大差异，《灵芝篇》采用整齐的五言句，《桂之树行》则是杂言体；从歌辞的内容来看，《灵芝篇》已经与"桂树"情境之下的求仙娱乐无关，而代之以宣扬孝忠圣皇为主，《桂之树行》则系宴会娱乐之辞。这说明《灵芝篇》与《桂之树行》实际可能承担的功能已经有较大差异，如果说《桂之树行》还是继承汉乐府以来的娱乐功能的话，《灵芝篇》到了魏晋，已经从内容及体式上被加以改造，作为曹魏朝廷的雅乐歌辞被保留下来，因此一个被收入舞曲歌辞，一个则只能是"杂曲"。

第四节　杂曲歌辞与歌乐传统

杂曲歌辞除了在作者、音乐、曲题方面符合魏晋歌诗制作的特点，另外在题材及体式方面更能体现出杂曲与歌乐传统的密切关系。下面就以曹植杂曲为例，从游仙、宴饮等题材入手，考察这些杂曲乐府诗与歌乐传统的关系。

---

① 黄震云、孙娟：《"乱曰"的乐舞功能与诗文艺术特征》，《文艺研究》2006 年第 7 期，第 61 页。

一 游仙杂曲

曹植杂曲中有不少写游历求仙的内容，如《五游》《远游篇》《仙人篇》《飞龙篇》皆属于游仙题材，歌辞仙境中的人物、居处环境、游历求仙活动等方面的内容及表现手法与汉乐府、曹操、曹丕等人的游仙乐府诗都有着雷同之处。为便于比较，兹将有关作品胪列如下：

仙人骑白鹿，发短耳何长！导我上太华，揽芝获赤幢。来到主人门，奉药一玉箱。主人服此药，身体日康强，发白复更黑，延年寿命长。（汉乐府《长歌行》）

王子乔，参驾白鹿云中遨。（汉乐府《王子乔》）

经历名山，芝草翻翻；仙人王乔，奉药一丸。（二解）（汉乐府《善哉行》）

乘驾云车，骖驾白鹿，上到天之门，来赐神之药。（曹操《气出唱》）

王子奉仙药，羡门进奇方。服食享遐纪，延寿保无疆。（曹植《五游》）

邪径过空庐，好人常独居。卒得神仙道，上与天相扶，过谒王父母，乃在太山隅。（汉乐府《步出夏门行》）

郁郁西岳巅，石室青葱与天连，中有耆年一隐士，须发皆皓然。策杖从吾游，教我要忘言。（曹植《苦思行》）

西山一何高！高高殊无极。上有两仙僮，不饮亦不食；与我一丸药，光耀有五色。（曹丕《长歌行》《折杨柳行》）

晨游泰山，云雾窈窕。忽逢二童，颜色鲜好，乘彼白鹿，手翳芝草。（曹植《飞龙篇》）

驾六龙乘风而行，行四海外，路下之八荒；历登高山，临谿谷，乘云而行，行四海外，东到泰山。……东到海，与天连。神仙之道，出窈入冥。常当专之，心恬淡无所愒欲，闭门坐自守。……（曹操《气出唱》）

驾虹蜺，乘赤云，登彼九疑历玉门；济天汉，至昆仑，见西王母谒东君；交赤松，乃美门，受要秘道爱精神。食芝英，饮醴泉，拄杖桂枝佩秋兰。（曹操《陌上桑》）

乘蹻追术士，远之蓬莱山；灵液飞素波，兰桂上参天，玄豹游其下，翔鹍戏其巅。乘风忽登举，仿佛见众仙。（曹植《升天行》）

愿登华泰山，神人共远游。愿登华泰山，神人共远游。经历昆仑山，到蓬莱。飘摇八极，与神人俱。思得神药，万岁为期。歌以言志，愿登华泰山。（曹操《秋胡行》）

阊阖开，天衢通，被我羽衣乘飞龙。乘飞龙，与天期，东上蓬莱采灵芝。（曹植《平陵东》）

乃到王母台：金阶玉为堂，芝草生殿旁，东西厢，客满堂。（曹操《气出唱》）

上帝休西櫺，群后集东厢。（曹植《五游》）

西登玉堂，金楼复道。（曹植《飞龙篇》）

离天四五里，道逢赤松俱。揽辔为我御，将吾天上游。天上何所有，历历种白榆。桂树夹道生，青龙对伏趺。（汉乐府《步出夏门行》）

桂之树，桂之树，桂生一何丽佳！……桂之树，得道之真人咸来会讲仙。（曹植《桂之树行》）

淮南八公，要道不烦，参驾六龙，游戏云端。（六解）（汉乐府《善哉行》）

教尔服食日精，要道甚省不烦，澹泊无为自然。（曹植《桂之树行》）

可以看出，无论在汉代，抑或在曹魏时期，无论在曹植杂曲，抑或在曹操、曹丕甚至曹植自己的相和歌辞中，皆有不少描写游仙题材的乐府诗。饶有意味的是，在这些作者的非乐府诗当中却没有发现游仙的内容。据此，我们可以认为，游仙是当时乐府创作领域的一个传统内容。

从歌辞的体式上讲，曹植杂曲中的"游仙"诸篇，在人物（主人、客人）、场景及地点（玉堂、东西厢）、活动内容（长生讲道）、句式（五言或杂言）、结构等方面，与汉乐府、曹操乐府诗歌辞内容或表现手法上都没有本质的不同。足以说明，曹植的这些"杂曲"歌辞与汉、魏时代的其他入乐歌辞一样，都是按照歌辞的特点来创作的。所谓歌辞特点与诗歌特点的不同，就在于歌辞是要用于演唱的，演唱的歌辞都有通俗、活泼、生动的特点，而诗歌主要用来抒情言志，并不以追求通俗、生动、活泼为主要目的。因而"游仙"的雷同、模式化特征，就是为了歌唱表演的需要而服务的。

汉乐府的精神传统是"感于哀乐，缘事而发"，有着极强的现实依据和讽谏现实的目的，这一传统仍然体现在曹植的游仙乐府诗中。曹植后期的游仙乐府诗创作在其他作品中都能找到可以相互印证的创作情境。比如《桂之树行》创作于太和年间，其中关于桂树求仙的描写，我们不仅在汉乐府或曹操、曹丕游仙诗中能够找到这种描写传统，另外曹植的《承露盘铭》写魏明帝芳林园中的承露盘，其中就有"鸾凤晨栖"与《桂之树行》中"上有栖鸾，下有盘螭"的描写相符合，而且曹植在太和六年曾到京朝见，想必是亲眼见过这个承露盘，就既写了《承露盘铭》，又创作了这篇杂曲《桂之树行》，描写宫中宴会求仙娱乐的场景。另外，游仙诗中的地点、人物、歌舞活动等内容也都是现实生活的反映。曹植《辩道论》说："世有方士，吾王悉所招致……本所以集之于魏国者，诚恐此人之徒，接奸诡以欺众，行妖慝以惑人，故聚而禁之。"① 从这句话可以看出，曹氏父子在思想层面上虽不信神仙方术，但在生活层面上却以此为乐。曹植的游仙乐府诗创作正是在这样的娱乐风气及歌诗创作影响下的产物。

但由于曹植后期在政治上长期遭受迫害和压抑，在怀抱利器无所施用情况下，他的许多游仙诗篇成了其思想苦闷的精神载体。起伏跌宕的命运及超凡脱俗的才华，使他很容易从屈原那里汲取精神和艺术养料，不仅在艺术上体现出奇幻瑰丽的色彩，更将自己功业无成的苦闷，政治与生活层面的双重压抑，对神仙自由王国的无限向往，以及游仙也终归于虚无的悲哀，统统融入，呈现出独特的艺术情调和思想深度。

总之，曹植的游仙在曹魏时期的乐府游仙诗中更多了一种屈原式的深沉意味，将身世之感并入游仙，使游仙在他那里成为一种有意味的艺术形式。这种创作一方面写出自己精神层面上像屈原一样的政治情怀，同时又是生活层面上朝廷乃至藩国求仙娱乐生活的现实反映。

二　宴饮杂曲

宴饮也是较为普遍的题材，将宴饮题材的乐府诗与非乐府诗比较研究，有助于认识乐府诗独特的体性特征。曹植杂曲歌辞中描写宴饮的诗有《斗鸡篇》《妾薄命》二首、《当车已驾行》。

游目极妙伎，清听厌宫商。主人寂无为，众宾进乐方。长筵坐戏客，斗鸡观闲房。群雄正翕赫，双翅自飞扬。挥羽邀清风，悍目发朱光。嘴落轻毛散，严距往往伤。长鸣入青云，扇翼独翱翔。愿蒙狸膏助，常得擅此场。（《斗鸡篇》）

---

① 曹植：《辩道论》，《广弘明集》，文津阁《四库全书》第 349 册，第 5 卷，商务印书馆，第 89 页。

欢坐玉殿，会诸宾客，侍者行觞，主人离席；顾视东西厢，丝竹与謇铎。不醉无归来！明灯已继夕。(《当车已驾行》)

携玉手，喜同车，比上云阁飞除。钓台蹇产清虚，池塘灵沼可娱。仰泛龙舟绿波，俯擢神草枝柯。想彼宓妃洛河，退咏汉女湘娥。

日月既逝西藏，更会兰室洞房，华灯步障舒光，皎若日出扶桑。促樽合坐行觞，主人起舞娑盘，能者穴触别端，腾觚飞爵兰干。同量等色齐颜，任意交属所欢，朱颜发外形兰。袖随礼容极情，妙舞仙仙体轻，裳解履遗绝缨，俯仰笑喧无呈。览持佳人玉颜，齐举金爵翠盘，手形罗袖良难，腕弱不胜朱环，坐者叹息舒颜。御巾褏粉君傍，中有霍纳都梁，鸡舌五味杂香，进者何人齐姜，恩重爱深难忘。召延亲好宴私，但歌杯来何迟！客赋既醉言归，主人称露未晞。(《妾薄命》二首)

曹植的宴会诗有如下几首：

公子爱敬客，终宴不知疲。清波游西园，飞盖相追随。明月澄清景，列宿正参差。秋兰被长坂，朱华冒绿池。潜鱼跃清波，好鸟鸣高枝。神飙接丹毂，轻辇随风移。飘摇放志意，千秋长若斯！(《公宴》)

白日曜青春，时雨静飞尘。寒冰辟炎景，凉风飘我身。清醴盈金觞，肴馔纵横陈。齐人进奇乐，歌者出西秦。翩翩我公子，机巧忽若神。(《侍太子坐》)

嘉宾填城阙，丰膳出中厨。吾与二三子，曲宴此城隅。秦筝发西气，齐瑟扬东讴。肴来不虚归，觞至反无馀。我岂狎异人！朋友与我俱。大国多良才，譬海出明珠。君子义休偫，小人德无储。积

善有馀庆，荣枯立可须。滔荡固大节，世俗多所拘。君子通大道，无愿为世儒！（《赠丁翼》）

初岁元祚，吉日惟良。乃为佳会，宴此高堂。尊卑列叙，典而有章。衣裳鲜洁，黼黻玄黄。清酤盈爵，中坐腾光。珍膳杂沓，充溢圆方。笙磬既设，筝瑟俱张。悲歌厉响，咀嚼清商。俯视文轩，仰瞻华梁。愿保兹喜，千载为常。欢笑尽娱，乐哉未央。皇家荣贵，寿考无疆。（《元会》）

两相比较，可见如下差异：

第一，题名的差异。宴会乐府诗都有着音乐性特征的题名，而非乐府诗则没有。像《元会》《赠丁翼》《侍太子坐》《公宴》等，都是直接记述诗作的创作时间、创作场景或创作功用，而乐府诗则主要从音乐方面来进行命名，因此，乐府诗与非乐府诗虽然都写到宴会娱乐的内容，但从其不同的题名，却能看出作者的创作动机及创作功用，宴会诗主要是用于赠别或宴会献诗助兴，而乐府诗则有着明确的音乐动机。

第二，不同的创作动机决定了其创作体式特征的差异。从人称看，乐府中的人称比较类型化，如称主人、客、侍者等，而非乐府诗中则有公子、朋友、我、吾、皇家等，比较具体；从内容看，乐府宴会诗内容比较集中，围绕宴会要么写主、客的活动，要么写具体的场景，要么写宴会上的表演活动，生动具体，给人身临其境之感，由于展现公共的情境，作者的意识是不突出的；而非乐府诗则往往出之以客观介绍式的描写，体现出作者独特的视角和对主题的统筹安排。换句话说，乐府诗的内容是印象式的截取，以叙述为主；而非乐府诗则是全景式的安排，比较完整，给人的感觉是有始有终。从句式看，乐府诗的句式比较随意，可以是整齐的五言或四言，也可以是杂言；而非乐府诗的句式是一以贯之的；从语言风格看，乐府诗的语言比较通俗，而诗的语言比较雅正。

因此，在音乐表演情况不明的情况下，我们只能从杂曲歌辞的体式特征去区别乐府歌辞与诗歌的区别。《美女篇》《种葛篇》也是极为突出的例子。

《美女篇》《种葛篇》皆作于黄初年间。《美女篇》用"美女者以喻君子，言君子有美行，愿得明君而事之；若不遇时，虽见征求，终不屈也"①。《种葛篇》"托夫妇之好不终，以比君臣"②，两篇歌辞写出了曹植的心志及与曹丕的关系，极为符合曹植黄初年间的生活境遇。严酷的政治迫害，与政治中心——京城的空间暌隔，使得曹植的政治抱负无法施展，建金石之功的理想无从实现，犹如"盛年处房室，中夜起长叹"的美女；与曹丕一起邺下宴游、诗文相从的生活彻底结束，不仅如此，曹丕还在各方面对他严加防范，待他极为刻薄，兄弟二人的关系较前期发生了天壤之别，这种前后的悬殊，犹如《种葛篇》中遭弃的妻子。因此，两篇歌辞均借男女之情以比况自己与曹丕的君臣关系，比兴寄托之意极为显豁。应该说，以男女之情象征君臣关系，可溯源至屈原《离骚》。而在《汉乐府》中，也有《怨歌行》等类似的歌辞传统，所以这两篇是采用了《离骚》之主题，而体式上采用了歌辞的传统。

《美女篇》是依《齐瑟行》的乐调而创作，与音乐有着密切的关系，在体式结构上也体现出歌唱表演的特点。《美女篇》如是写到：

美女妖且闲，采桑歧路间。柔条纷冉冉，叶落何翩翩。攘袖见

① 《乐府诗集》第 63 卷，第 912 页。
② 黄节、陈伯君：《汉魏乐府风笺》，人民文学出版社，1958，第 215 页。

素手，皓腕约金环。头上三爵钗，腰佩翠琅玕。明珠交玉体，珊瑚间木难。罗衣何飘飘，轻裾随风还。顾眄遗光采，长啸气若兰。行徒用息驾，休者以忘餐。借问女何居，乃在城南端。青楼临大路，高门结重关。容华耀朝日，谁不希令颜。媒氏何所营，玉帛不时安。佳人慕高义，求贤良独难。众人徒嗷嗷，安知彼所观。盛年处房室，中夜起长叹。（《美女篇》）①

首先，美女采桑在《汉乐府》中比比皆是，如《陌上桑》《秋胡行》《艳歌何尝行》，将美女置于采桑的环境中加以描绘，这似乎已经形成了歌辞表现中的一个传统。其次，刻画美女之美，先从素手写起，次写头、腰、罗衣、姿态，极尽夸饰，然后用行徒、休者进行反衬，这都明显袭用了《陌上桑》的写法。另外，美女居处之美也是构成美女之美的重要一环，所以对美女居处环境的描写，也是《陌上桑》等歌辞中常常出现的内容。最后是女子的婚姻，婚姻也常常作为女子的一个隐性背景出现，《陌上桑》中的罗敷夸夫，就是一例，显然美女背后应该有一个理想的夫君，这一方面出于人们的心理期待，一方面也是歌辞中要作交代的一个部分，而曹植此篇系借美女自比以抒怀，政治理想上无所寄托，决定了篇中的"美女"是一个孤独、高贵，宁愿守候着理想而不肯屈尊的美女，成为一个迥异于《陌上桑》的美女形象。另外像"借问女所居，乃在城南端"的对话体，像五言句式，二句一韵等，都体现了歌辞体式的特点。

总之，从杂曲的题材及体式特征来看，它与相和歌辞一样，主要是按照入乐表演的需要来进行创作。无论是游仙还是宴饮，都与魏晋歌辞的娱乐、表演有着密切的关系。即便是相同内容的宴饮内容的描写，乐

---

① 《乐府诗集》第63卷，第912～913页。

府诗与非乐府诗在体式特征上仍然有着微妙的区别，这说明，魏晋的杂曲歌辞虽然没有了音乐，只剩下歌辞，但歌辞与诗还是有着不同的区别特征的，不能将歌辞直接当作诗来对待。

小　结

本章紧紧围绕杂曲歌辞的本质特征进行研究，所谓本质特征，就是指杂曲歌辞与相和等其他歌辞相比，它最本质的东西是什么，它与其他歌辞的区别又在何处？

第一节先对魏晋杂曲歌辞的创作情况进行总的分析。从作者、曲题等方面来看，它与相和歌辞并无本质的区别。二者的区别应主要在于音乐方面，从杂曲音乐文献的缺佚现象来看，杂曲可能不像相和歌辞那样经历着长期音乐表演和流传，逐渐导致具体曲调湮没无闻，只能归入"杂曲"。

第二节选取魏晋杂曲歌辞创作最丰的曹植为研究对象，对其杂曲歌辞的创作与音乐之关系问题再行探讨。以对刘勰观点的重新阐释为基础，通过综合考察曹植杂曲歌辞创作的背景、动机、功用，及当时乐府诗创作的风气，认为曹植杂曲歌辞创作不仅与音乐有密切关系，而且多是入其藩国之乐演唱的。

第三节以曹植的《桂之树行》《齐瑟行》为例，主要对杂曲歌辞的音乐学进行考察。《桂之树行》与汉魏讫江左一直都在表演的桂树音乐有关，但与同样与桂树音乐有关的舞曲歌辞《殿前生桂树》相比，可以明显见出杂曲与舞曲的分化及区别；《齐瑟行》是曹植藩国地流行的柔和的音乐，曾经在曹魏的宫廷表演过，也有一定的知名度，但是却没有被采入晋乐，后来则不再流传，所以只能归为杂曲。

第四节考察杂曲歌辞的体式特征及歌乐传统的关系。杂曲中的游仙、宴饮乐府诗都是按照乐歌的传统及表演的需要来进行创作的。将同题材的乐府诗与非乐府诗相比较，二者在题名、体式（人称、内容、句式、风格）等方面，显示出不同的风貌特征。二者的差异主要源于创作动机和功用的不同。歌辞是要用于演唱的，演唱的歌辞都有通俗、活泼、生动的特点，而诗歌主要用来抒情言志，并不以追求通俗、生动、活泼为主要目的。因而歌辞创作往往呈现出模式化特点，受着歌乐传统的影响，一切服务于歌唱表演的需要。因此歌辞与诗还是要区别看待，不可将二者直接等同起来。

第六章
魏晋游仙乐府诗研究

魏晋乐府诗中存在着大量的游仙诗，过去主要是将其作为诗歌文本，从文学、思想的角度进行研究，而实际上游仙乐府诗是乐歌，乐歌的本质及功能与诗歌不同，所以此前的研究可能并不能触及到其本质层面，对魏晋游仙乐府诗的创作源头、歌辞内容及体式特征的描述和分析，也多没有从乐歌传统的思路去进行梳理和研究。鉴于以上原因，本章拟从乐歌传统的角度对魏晋游仙乐府诗作全面系统地研究。

第一节　魏晋游仙歌辞的创作情况及特点

魏晋时期出现了不少游仙乐府诗。曹操的相和曲《气出唱》三首、《秋胡行》二首，曹丕的瑟调曲《折杨柳行》"西山一何高"，曹植的杂曲歌辞《桂之树行》《升天行》二首，《苦思行》《五游》《远游》《仙人篇》《飞龙篇》，西晋傅玄的《云中白子高行》、陆机的《前缓声歌》等，皆是全篇描写仙游的作品。魏晋游仙乐府诗的创作呈现出如下一些特点：

第一，从时间上来看，游仙诗的创作集中于曹魏时期，又以曹操和曹植的创作为多。

第二，魏晋游仙乐府诗的创作与音乐有着密切的联系。曹操的乐府游仙诗基本都用汉代旧曲调作辞，有明确的音乐曲调来源，而且都是入乐演奏的。曹植、傅玄、陆机三人的乐府诗皆有其音乐来源，只是杂曲中游仙歌辞音乐来源不明，但是傅玄、陆机显然都具备作乐府歌诗的资格。因此，曹植、傅玄、陆机等人的游仙乐府诗皆有基本的入乐动机和传播途径，魏晋游仙乐府诗的创作背景、创作动机、价值实现都与音乐有着密切的关系。

第三，魏晋乐府游仙诗的内容与结构有着惊人的相似性。比如在内容上都由这样几个部分构成：先写到仙界（地点都与山有关，东边是泰山、蓬莱山，西边是昆仑、华阴山，天上有天门）游历：驾六龙、骑白鹿或乘云霓，见到仙人（赤松、王乔、西王母、仙僮、玉女），听仙人讲道（所讲的长生之道无非是养气、守心恬淡、服神药等）。然后多写到宴饮场景与乐舞、祝寿内容。如表6-1所示。

不同作者、不同歌辞类型、不同调类、不同曲名的游仙诗，其歌辞内容有明显的共通之处，体现出了相通之处。第一，游仙内容的描写比较相似，地点、人物、凡人到仙界所见景物、仙人对凡人所讲的仙道以及服药长生等，内容无非如此，不过在各首诗中的描写比重并不相同而已。第二，游仙诗中并不单单只有仙游的内容，在游仙中间或者之后，还有祝寿、歌舞场景以及作者的思想情绪等相关内容的叙写。那么我们不禁要问，魏晋游仙乐府诗的这种共性源于何处？

前辈学人多从文学的角度溯游仙之源，笔者以为，入乐入舞是乐府诗不同于一般诗歌之处，乐府诗的创作必然要考虑到艺术表演的需求，因此乐舞表演对乐府诗起到重要的约束作用。而仅从文学的角度，显然还远远不能触及乐府诗最核心的本质及功能。鉴此，以下拟将魏晋乐府诗放在"乐歌"的大语境下来考察，而魏晋乐府诗的近源当然就是汉代的乐府游仙诗。

表 6-1　魏晋游仙乐府诗内容结构表

调类	曲名	篇名	作者	入乐情况	仙游、养生、祝寿及乐舞宴饮描写
相和曲	气出唱	驾六龙	曹操	魏晋乐所奏	行四海外，东到泰山。仙人玉女，下来翱游。心恬澹，无所愒欲。闭门坐自守，天与期气。愿得神之人，乘驾云车，骖驾白鹿，上到天之门，来赐神之药
		华阴山	曹操	魏晋乐所奏	仙人欲来，出随风，列之雨。吹我洞箫鼓瑟琴，何闿闿。酒与歌戏，今日相乐诚为乐。玉女起，起舞移数时。鼓吹一何嘈嘈。赤松、王乔，乃德旋之门。乐共饮食到黄昏，多驾合坐，万岁长，宜子孙
		游君山	曹操	魏晋乐所奏	乃到王母台，金阶玉为堂，芝草生殿旁。东西厢，客满堂。主人当行觞，坐者长寿遽라央。长乐甫始宜孙子，常愿主人增年，与天相守
	平陵东	阊阖开天衢	曹植		阊阖开天衢，通被我羽衣乘飞龙。乘飞龙，与仙期，东上蓬莱采灵芝。灵芝采之可服食，年若王父无终极
	陌上桑	驾虹霓	曹操	晋乐所奏	交赤松，及羡门，受要秘道爱精神。食芝英，饮醴泉，拄杖挂枝佩秋兰。绝人事，游浑元，若疾风游欻飘翻。景未移，行数千，寿如南山不忘愆
清调曲	秋胡行	晨上散关山	曹操	魏晋乐所奏	坐磐石之上，弹五弦之琴，作为清角韵
		愿登华泰山	曹操	魏晋乐所奏	经历昆仑山，到蓬莱，飘飘八极，与神人俱。思得神药，万岁为期
瑟调曲	折杨柳行	西山一何高	曹丕	魏晋乐所奏	西山一何高，高高殊无极。上有两仙僮，不饮亦不食。与我一丸药，光耀有五色。服药四五日，身体生羽翼。轻举乘浮云，倏忽行万亿。百家多迂怪，圣道我所观

续表

调类	曲名	篇名	作者	入乐情况	仙游、养生、祝寿及乐舞宴饮描写
杂曲歌辞	桂之树行	桂之树	曹植		桂之树，得道之真人，咸来会讲仙：教尔服食日精，要道甚省不烦。淡泊无为自然
	苦思行	绿萝缘玉树	曹植		下有两真人，举翅翻高飞。我心何踊跃，思欲攀云追。郁郁西岳颠，石室青葱与天连。中有耆年一隐士，须发皆皓然。策杖从吾游，教我要忘言
	升天行	乘跷追术士	曹植		乘跷追术士，远之蓬莱山。曹植又有《上仙箓》与《神游》《五游》《龙欲升天》等篇，皆伤人世不永，俗情险艰，当求神仙，翱翔六合之外，与《飞龙》《仙人》《远游篇》《前缓声歌》同意
		扶桑之所出	曹植		愿得纤阳辔，回日使东驰
	云中白子高行	陵阳子	傅玄		陵阳子，来明意，欲作天与仙人游。超登元气攀日月，遂造天门将上谒。阊阖辟，见紫微绛阙，紫宫崔嵬，高殿嵯峨，双阙万丈玉树罗。童女掣电策，童男挽雷车。云汉随天流，浩浩如江河。因王长公谒上皇，钧天乐不可详。龙仙神仙，教我灵祕，八风子仪，与游我祥
	五游	九州不足步	曹植		徘徊文昌殿，登陟太微堂。上帝休西棂，群后集东厢。带我琼瑶佩，漱我沉澧浆。跚蹰玩灵芝，徙倚弄华芳。王子奉仙药，羡门进奇方。服食享遐纪，延寿保无疆
	远游	远游临四海	曹植		仙人翔其隅，玉女戏其阿。琼蕊可疗饥，仰漱吸朝霞。昆仑本吾宅，中州非我家
	仙人篇	仙人揽六著	曹植		仙人揽六著，对博太山隅。湘娥拊琴瑟，秦女吹笙竽。玉樽盈桂酒，河伯献神鱼。四海一何局，九州安所如。韩终与王乔，要我于天衢。万里不足步，轻举凌太虚
	飞龙篇	晨游泰山	曹植		晨游泰山，云雾窈窕。忽逢二童，颜色鲜好。乘彼白鹿，手翳芝草。我知真人，长跪问道。西登玉堂，金楼复道。授我仙药，神皇所造。教我服食，还精补脑。寿同金石，永世难老
	前缓声歌	游仙聚灵族	陆机		宓妃兴洛浦，王韩起太华。北征瑶台女，南要湘川娥。肃肃霄驾动，翩翩翠盖罗。羽旗栖琼鸾，玉衡吐鸣和。太容挥高弦，洪崖发清歌

第二节　从汉乐府游仙诗看游仙乐歌
传统的实质及功能

　　魏晋游仙乐府诗是在汉代游仙乐府创作和表演的影响下产生和形成的。汉代受楚风影响，崇尚仙道思想，在郊祀歌、杂曲、相和歌辞等方面都创作有不少乐府游仙诗，而且汉代的平乐馆仙戏表演也很盛行。在这样的歌诗创作、乐舞表演相结合的基础上，"游仙"在汉代已经形成了比较成熟的乐歌传统。这个乐歌传统如果分开来说，应该包括乐府游仙歌辞的创作传统和表演功能两个方面，这两个方面互相制约又互为推动。从歌辞方面来说，乐府诗作为表演的脚本或唱辞，它在乐舞表演的大系统内，如何更好地表达出歌者、观者的性情和心声，并用乐舞的形式将它呈现出来，这是影响乐府诗创作并形成其共性的重要方面。因此，我们先从汉代游仙歌辞的分析入手，通过考察它们的歌辞特点、功能作用，来了解汉代游仙乐歌创作的共性、功能及其实质。

　　《乐府诗集》中存有汉代乐府游仙古辞《善哉行》"来日大难"、《王子乔》《长歌行》"仙人骑白鹿"、《董逃行》"吾欲上谒"、《步出夏门行》《艳歌》等。先看《善哉行》，其辞曰：

> 来日大难，口燥唇干。今日相乐，皆当喜欢。一解
> 经历名山，芝草翻翻。仙人王乔，奉药一丸。二解
> 自惜袖短，内手知寒。惭无灵辄，以报赵宣。三解
> 月没参横，北斗阑干。亲交在门，饥不及餐。四解
> 欢日尚少，戚日苦多。以何忘忧，弹筝酒歌。五解
> 淮南八公，要道不烦。参驾六龙，游戏云端。六解

古辞《善哉行》四言句式，四句一解。每一解既构成音乐的章解，同时也是乐歌的自然段落。第一解交代今日作乐；第二解写到游仙，名山、芝草及王乔、神药皆游仙具体内容；三四两解写现实人生，"惭无灵辄""饥不及餐"都是现实人生的不如意之处；第五解又回应第一解"今日作乐"，但对作乐的背景及目的有所补充，"戚日苦多"的心情下"弹筝酒歌"，以忘记烦忧、达到主客"皆当喜欢"的目的。最后一解写根据"淮南八公"的修持秘诀，达到了仙界，能够"参驾六龙，游戏云端"。可以看出，游仙乐府诗虽写游仙，但由于乐歌中的"游仙"情境需要由歌者来表演，由观众来欣赏，便决定了歌辞中的游仙不能只是泛泛而写。游仙的内容写什么，如何写，要考虑到歌者和观众两个方面。从歌者方面来说，歌辞应将歌者的意图传达给观众，还要与观众产生互动。游仙歌辞也会从观众方面着笔，将现场的观众情况、音乐表演的具体情境等，也都表现出来。

汉乐府平调曲《长歌行》稍有不同，只是叙写游仙的故事："仙人骑白鹿，发短耳何长！导我上太华，揽芝获赤幢。来到主人门，奉药一玉箱。主人服此药，身体日康强，发白复更黑，延年寿命长。"歌辞叙写了现实中的凡人到仙界游历，通过服药而长寿延年的故事，情节具体、完整，富有表演性，就像一幕神仙剧。

相和吟叹曲《王子乔》源于王子乔得道升仙的故事。据刘向《列仙传》："王子乔者，周灵王太子晋也，好吹笙作凤鸣。游伊、洛之间，道人浮丘公接以上嵩高山。三十馀年后，求之于山上，见桓良曰：'告我家，七月七日待我于缑氏山头。'至时，果乘白鹤驻山头，望之不得到，举手谢时人，数日而去。为立祠于缑氏山下及嵩高之首焉。"《王子乔》辞云：

王子乔，参驾白鹿云中遨。参驾白鹿云中遨，下游来，王子

乔。参驾白鹿上至云，戏游遨。上建逋阴广里践近高。结仙宫，过
谒三台，东游四海五岳，上过蓬莱紫云台。三王五帝不足令，令我
圣明应太平。养民若子事父明，当究天禄永康宁。玉女罗坐吹笛
箫。嗟行圣人游八极，鸣吐衔福翔殿侧。圣主享万年。悲吟皇帝延
寿命。

歌辞分为两部分：第一部分写王子乔在仙界游历的经过，不再叙写王子
乔成仙的本事；第二部分从"三皇五帝不足令"而下，与王子乔和游
仙没有了任何关联，而是写颂圣祝寿。"三王五帝不足令，令我圣明应
太平。养民若子事父明，当究天禄永康宁""圣皇享万年，悲吟皇帝延
寿命"，显系以乐人之口吻对皇帝歌唱、祝福。而"玉女罗坐吹笛箫"
"鸣吐衔福翔殿侧"应是当时祝寿场景的具体描绘，而从"悲吟皇帝延
寿命"也可见出吟叹而歌的音乐特点。

汉乐府《董逃行》一曲，据崔豹《古今注》所云："《董逃歌》，
后汉游童所作也。终有董卓作乱，卒以逃亡。后人习之为歌章，乐府奏
之以为儆诫焉。"《后汉书·五行志》曰："灵帝中平中，京都歌曰：
'承乐世，董逃，游四郭，董逃。蒙天恩，董逃，带金紫，董逃。行谢
恩，董逃，整车骑，董逃。垂欲发，董逃，与中辞，董逃。出西门，董
逃，瞻宫殿，董逃。望京城，董逃，日夜绝，董逃，心摧伤，董逃。'
案'董'谓董卓也。言欲跋扈，纵有残暴，终归逃窜，至于灭族也。"
《风俗通》曰："卓以《董逃》之歌，主为己发，太禁绝之。"杨阜
《董卓传》曰："卓改《董逃》为'董安'。"可见《董逃行》最早是后
汉游童讽刺董逃所作的曲调，后来传到京都，又曾改为"董安"。但汉
乐府所唱的《董逃行》又是经过乐府改创的歌曲，其辞曰：

吾欲上谒从高山，山头危险大难。遥望五岳端，黄金为阙，班

璘。但见芝草，叶落纷纷。百鸟集，来如烟。山兽纷纶，麟、辟邪；其端鹍鸡声鸣。但见山兽援戏相拘攀。小复前行玉堂，未心怀流还。传教出门来："门外人何求？"所言："欲从圣道求一得命延。"教敕凡吏受言，采取神药若木端。白兔长跪捣药虾蟆丸。奉上陛下一玉柈，服此药可得神仙。服尔神药，莫不欢喜。陛下长生老寿，四面肃肃稽首，天神拥护左右，陛下长与天相保守。

《董逃行》改创以后，除了音乐曲调之外，其他都已面目全非。内容上叙写游仙，与董卓毫不相关。歌辞写一个凡间之人为求长生，去高山之上拜谒仙人，并对其在仙境所见景物芝草、落叶、百鸟、山兽等作了描写，接下写向仙人求长生的过程。歌辞以第三者的口吻转述了神仙与凡人之间的对话，并且描写了凡人服药后的欢喜心情。最后以凡人向"陛下"祝寿结束。《董逃行》就像戏剧的脚本，由于歌辞的表演都是建立在现实场景的基础上的，因此歌辞剧终向"陛下"祝寿，其实也等同于向欣赏表演的主人祝寿。《善哉行》《王子乔》是将游仙与现场分别来写，而这篇却似乎是将表演功能与现场祝寿的功能合一，歌辞的表演与现实的祝寿功能巧妙地结合起来了。

从以上分析来看，汉乐府游仙诗是在宴饮歌舞表演时用来愉悦身心的歌辞，有的歌辞全部写游仙，情节完足，直是一部神仙剧，如《长歌行》；有的歌辞则明显不以游仙的叙写为主，而是将"游仙"作为一种现实人生的理想和愿望，以对游仙的歌唱来消解人生不得意的苦闷，如《善哉行》；有的歌辞经过乐官改造以后，成为向宫廷祝寿颂圣的歌辞，如《董逃行》《王子乔》都是如此。归结起来，"游仙"在歌辞中的叙写因其在歌辞中的表现方式而体现为不同的实质和功能，侧重于写游仙，情节完足，类似戏剧，游仙诗就相当于仙剧脚本的性质和功能；反之，"游仙"不作为重点，而以表达歌者、观众的性情与志意为主，就有抒情歌唱的性质。两种不同性质的歌辞其功能也有不同，前者的游仙描写主要为表演之用，歌辞中的游仙想象越具体，表演场景或剧情效果才会越生动；后者的游仙主要为抒泄人生的苦闷而设，现实人生中无法解决的矛盾只有通过游仙才能得以弥补，所以通过"游仙"的歌唱来造成一种乐舞艺术情境，将观众暂时引入自由王国，来消解苦闷，调适心态。

总之，乐府游仙诗中的"游仙"描写，并不是为了显示歌辞作者浪漫的艺术想象和文学才情，而是为了表演的需要来设置具体内容。"游仙"因为总是与歌舞场景中的表演者和观众发生关系，所以它本身非但不是与现实脱离的产物，反而正是现实的一种投射，要么是乐舞的真实场景，要么是歌者与观众心情的表达和释放。

第三节　曹魏游仙乐府诗对汉代
乐歌传统的创新

魏晋游仙诗的创作主要集中于曹魏时期。从歌辞来看，曹魏游仙诗的内容及结构与汉乐府仍然一脉相沿；从乐舞表演来看，曹魏游仙诗的表演仍应是对汉代仙剧表演的继承。但是从汉到魏，乐府游仙诗经历了无主名乐府到有主名乐府的变化。曹操、曹丕、曹植等都是才情具足的文人，他们通过歌辞的创作表达情感，用于不同场景的音乐表演，所以其乐府游仙诗又呈现出个性化的特点。

曹操、曹丕作为帝王，他们创作歌辞时的角度、立场就会出现歌辞作者与欣赏者重合的特点。而在乐工、文人那里，乐府诗的创作目的是用于向皇帝进献、表演，所以必须考虑到统治者的需要，只能以臣子或乐工的角度和口吻创制歌辞，而曹操、曹丕所作歌辞就可以是我辞歌我情，我口写我心，故而相对自由。

先来看曹操的乐府游仙诗。《气出唱》三首既有到仙界游历的情景描绘，也有仙人讲道、赐药等传统内容，而"酒与歌戏，今日相乐诚为乐""玉女起，起舞移数时。鼓吹一何嘈嘈""乐共饮食到黄昏，多驾合坐，万岁长，宜子孙""金阶玉为堂，芝草生殿旁。东西厢，客满堂。主人当行觞，坐者长寿遽何央。长乐甫始宜孙子，常愿主人增年，与天相守"等，既写到宴饮具体的时间是"今日"，又写到宴饮持续到黄昏的情况；歌辞还写到了玉女起舞的具体形态，"鼓吹一何嘈嘈"的音乐效果，东西厢的满堂坐客以及主人行觞的具体动作等，说明《气出唱》的歌辞是汉乐府的乐歌传统的延续。曹操这首《气出唱》是拟乐工的口吻来写，无论是乐舞场景还是游仙的描写，比起汉乐府来更为真切、生动。

《气出唱》由于没有古辞，这一曲调的歌辞在汉代的内容及结构已不清楚，但是另外两曲，《陌上桑》《秋胡行》原有生动、具体的本事，特别是魏晋乐所奏的《陌上桑》，歌辞写罗敷之美及智斗太守的故事，是戏剧脚本的性质，由于中间有罗敷与太守的对话，所以表演时一般会用说唱表演的形式。到了曹操手里，将罗敷与太守的故事变成了游仙诗。歌辞采用三三七句式，先写一个人至仙界游历，拜谒西王母、东君等仙人，然后跟着赤松学习长生秘道，接下所写"食芝英，饮醴泉""绝人事，游浑元，寿如南山不忘愆"等，想必都是长生秘道的具体化。黄节以为"爱精神、不忘愆，宜为房中夏秋之燕曲"[①]，与曹操的现实生活和思想作了勾连，联系游仙诗总是现实世俗生活的曲折反映来看，也不无道理。不过曹操的游仙诗显然是从楚辞钞"今有人"而来，钱志熙先生根据汉代平乐馆仙戏的表演情况推测楚辞钞"今有人"

---

① 黄节：《魏武帝魏文帝诗注》，人民文学出版社，1958，第13页。

是一篇"由《山鬼》改编而成的《陌上桑》，就是一个戏剧的'脚本'"①。那么曹操的《陌上桑》也是类似的"脚本"。

曹操的《秋胡行》有两首，"晨上散关山"一首分四解，实际写了四个不同的场景。先写晨上散关，从"牛顿不起，车堕谷间"，坐磐石之上，弹五弦之琴来看，似是出于对现实生活的实写。接下写遇到一个"三老公"，向他诉说自己人生的困苦。"三老公"自称是昆仑山上的得道真人，向他传授仙道及仙界之美，而他听后沉吟不决，三老公便离他升天而去。最后一解写仙人离去后的惆怅心态。看来这也极像一个情节完整的"脚本"，不过歌辞中所写的人物显然与曹操本人的生活经历和思想情感相关。如果说我们不好确定这个脚本中的人物就是曹操的话，那么第二首《秋胡行》就更明显地看出带有曹操本人的痕迹。其辞曰：

愿登泰华山，神人共远游。愿登泰华山，神人共远游。经历昆仑山，到蓬莱，飘飘八极，与神人俱。思得神药，万岁为期。歌以言志。愿登泰华山。

天地何长久，人道居之短。天地何长久，人道居之短。世言伯阳，殊不知老。赤松王乔，亦云得道。得之未闻，庶以寿考。歌以言志。天地何长久。

明明日月光，何所不光昭。明明日月光，何所不光昭。二仪合圣化，贵者独人不。万国率土，莫非王臣。仁义为名，礼乐为荣。歌以言志。明明日月光。

四时更逝去，昼夜以成岁。四时更逝去，昼夜以成岁。大人先天，而天弗违。不戚年往，忧世不治。存亡有命，虑之为蚩。歌以言志。四时更逝去。

---

① 钱志熙：《汉魏乐府的音乐与诗》，大象出版社，2000，第121页。

戚戚欲何念？欢笑意所之。戚戚欲何念，欢笑意所之。壮盛智惠，殊不再来。爱时进趣，将以惠谁？泛泛放逸，亦同何为。歌以言志。戚戚欲何念。

"赤松王乔，亦云得道。得之未闻，庶以寿考"四句对传闻中赤松、王乔得道成仙的事情表示怀疑，这种思想以及在游仙歌辞中直接质疑仙道传闻的这种写法，都与普通乐工的歌辞不同。非常巧合的是，我们在曹丕的游仙诗《长歌行》"西山一何高"中也看到了同样的写法及思想。其辞曰：

西山一何高，高高殊无极。上有两仙僮，不饮亦不食。与我一丸药，光耀有五色。服药四五日，身体生羽翼。轻举乘浮云，倏忽行万亿。流览观四海，茫茫非所识。

彭祖称七百，悠悠安可原。老聃适西戎，于今竟不还。王乔假虚辞，赤松垂空言。达人识真伪，愚夫好妄传。追念往古事，愦愦千万端。百家多迂怪，圣道我所观。

前两解十二句，都写到仙人、仙境、服药长生等游仙内容，而接下虽写到彭祖、老聃、王乔、赤松等长生成仙的传闻，却分别以"安可原""竟不还""假虚辞""垂空言"来表示出对俗传的质疑。从"达人识真伪，愚夫好妄传""百家多迂怪，圣道我所观"来看，曹丕对生死问题有自己特殊的体认。因此，曹操、曹丕的这两首诗都是先写游仙，后再对求仙传闻进行否定，看似互相矛盾。既然曹氏父子将长生游仙斥为妄言，为何还要创作、表演这种游仙诗，并以此自我安慰呢？这个问题容后考察。总之，两首诗中关于服药升仙思想的评价和体认都不是普通乐工所能持有，而且直白地在歌辞中进行这种前后矛盾式的表达，也不符合乐工的身份。除了对游仙思想的质疑否定外，像"不戚年往，忧世不治。存亡有命，虑之为蚩"等，也非常符合曹操的身份和口吻。因为普通文人在乐府歌辞中只能歌颂圣明，而绝不能说"忧世不治"之类的话。

从以上游仙诗所反映的内容和思想来看，曹操、曹丕都将个性化的特点融进了游仙诗创作，直白地表达自己对人生问题及政治态度的看法，这是汉乐府游仙诗所没有的。另外在曲调与表演上，他们也对汉代的乐歌传统作了灵活地改动，比如将原来不是游仙的曲调写成游仙诗，将原来已经用作游仙表演的歌辞和曲调又作其他变化。比如《善哉行》古辞在汉代为游仙内容的乐辞，主要用于在宴会上表演，主客通过游仙内容歌诗的演唱、表演，在欣赏乐舞的过程中达到消解和调适欢日尚少、戚日苦多思想情绪的功能。曹操据旧辞创作了两首新乐府诗，却完全与游仙无关。第一首辞曰：

> 古公亶甫，积德垂仁。思弘一道，哲王于豳。太伯、仲雍，王德之仁。行施百世，断发文身。伯夷、叔齐，古之遗贤。让国不用，饿殂首山。智哉山甫，相彼宣王。何用杜伯，累我圣贤。齐桓之霸，赖得仲父。后任竖刁，虫流出户。晏子平仲，积德兼仁。与世沈德，未必思命。仲尼之世，王国为君。随制饮酒，扬波使官。

朱乾《乐府正义》曰："此篇隐然以太王肇其王迹自居。以太伯仲雍伯夷叔齐让国为法，而责山甫管仲之不能任贤，平仲之不能讨贼，末以孔子之进退随时结之。皆非第二等人语也。魏志称操少机警，有权数。而任侠放荡，不治行业，饮酒扬波，其亦自道乎？"[1] 从曹操的生活实际

---

[1]　黄节：《魏武帝魏文帝诗注》，人民文学出版社，1958，第24页。

来看，它虽挟天子以令诸侯，但终其一生并未称帝，常以周公自居，将自己定位于一位辅佐君主的贤臣。我们从其《让县自明本志令》《短歌行》等作品当中也能看出这一点。所以此首歌辞所表达的感情极为真实，又非常契合曹操个人的身世和经历。不过这首辞是采用咏史抒怀的笔法，另一首《善哉行》则直写自己的遭遇和感情。辞曰：

> 自惜身薄祜，夙贱罹孤苦。既无三徒教，不闻过庭语。其穷如抽裂，自以思所怙。虽怀一介志，是时其能与。守穷者贫贱，惋叹泪如雨。泣涕于悲夫，乞活安能睹。我愿于天穷，琅邪倾侧左。虽欲竭忠诚，欣公归其楚。快人由为叹，抱情不得叙。显行天教人，谁知莫不绪。我愿何时随，此叹亦难处。今我将何照于光曜，释衔不如雨。

据《魏志》，曹嵩去官还谯，董卓之乱后避难于琅琊，为陶谦所害。此首歌辞以父死事件写起，前两解都是叙写对父亲的思念和悲痛之情，并于此事件中，寄寓了战乱流离给个人和国家带来的痛楚。"虽欲竭忠诚，欣公归其楚"以下转写自己对汉室欲尽忠孝之诚而一片苦心不为理解的痛苦。朱乾《乐府正义》曰："内痛父死，外悲君难。君父至情，忠孝至性，安得疑其有伪。"

总的来看，同样是借《善哉行》曲调来写，两首歌辞却面目迥异，从四言到五言，从游仙到抒一己之情，对汉乐府《善哉行》所作的创新是十分明显的。且歌辞抒写的感情和思想如此深隐幽微，已分明体现出将歌辞文学化的特点。

比《善哉行》创新程度更大的则是《步出夏门行》，汉乐府《步出夏门行》原是游仙乐府诗，其辞曰：

279

　　邪径过空卢，好人常独居。卒得神仙道，上与天相扶。过谒王父母，乃在太山隅。离天四五里，道逢赤松俱。揽辔为我御，将吾上天游。天上何所有，历历种白榆。桂树夹道生，青龙对伏趺。

歌辞前四句描写了一个人得道升仙的故事。接下来再写的似乎又是另一个人的故事：一个人在泰山脚下遇到了仙人赤松，随后赤松带着他游历仙境。最后四句写天上景物。"天上何所有"四句不仅见于此首，也见于汉乐府《相逢行》，说明这四句是汉乐府中常用的套语，整首歌辞带有加工拼凑的痕迹。而曹操的《步出夏门行》不再写游仙故事。其辞曰：

　　云行雨步，超越九江之皋。临观异同，心意怀游豫，不知当复何从。经过至我碣石，心惆怅我东海。

　　东临碣石，以观沧海。水何澹澹，山岛竦峙。树木丛生，百草丰茂。秋风萧瑟，洪波涌起。日月之行，若出其中。星汉粲烂，若出其里。幸甚至哉，歌以咏志。孟冬十月，北风徘徊。天气肃清，繁霜霏霏。鹍鸡晨鸣，鸿雁南飞。鸷鸟潜藏，熊黑窟栖。钱镈停置，农收积场。逆旅整设，以通贾商。幸甚至哉，歌以咏志。乡土不同，河朔隆寒。流澌浮漂，舟船行难。锥不入地，蘴藾深奥。水竭不流，冰坚可蹈。士隐者贫，勇侠轻非。心常叹怨，戚戚多悲。幸甚至哉，歌以咏志。神龟虽寿，犹有竟时。腾蛇乘雾，终为土灰。骥老伏枥，志在千里。烈士暮年，壮心不已。盈缩之期，不但在天。养怡之福，可得永年。幸甚至哉，歌以咏志。

《步出夏门行》为魏公北征乌桓时作。朱嘉徵《乐府广序》曰："'观沧海'，自序其功德之广大也；'山不厌高，水不厌深'，此志也。'孟冬十月'，务农通高，立国规模略见。'乡土不同'，得上又为致王之本，古今治乱之数，关陇尤宜如意，毋为敌资。'龟虽寿'，爱时进趋，壮思难任。"此曲四首歌辞从内容上来看，非写于一时一地，实际上是据汉旧曲《步出夏门行》撰写的四首新歌辞。四首歌辞从内容上与游仙无涉，全部写景，没有情节，也没有人物，只有一个隐身于歌辞之内的见证人或抒情主人公，这与汉辞中的"故事体"有很大区别；另外从歌辞的长度及句式等来看，较原辞也有很大变化，想必歌唱的曲调要进行重新加工，因此曹操《步出夏门行》从歌辞到表演都已面目一新。如果单从歌辞的角度来看，《步出夏门行》从一曲游仙歌辞到曹操的山水写景，这种变化不可谓不大，《步出夏门行》曾被看作中国文学史上最早的一首山水诗，从诗歌内容来看确乎如此。然而从游仙诗到最早的山水诗的这种变化的原因，如果仅从诗体或文学的角度去研究的话，首先似乎无法将两者联系起来，其次也是根本无法解释的。不过，如果我们还原了它们的创作实质和功能，将这种翻新还原到汉魏乐歌传统下去审视的话，就会知道，无论是曲调，亦或是歌辞，只要符合作者的心境，只要不违反乐舞表演的规律，完全允许这样的创新。

以上分析可见，曹操的游仙乐府诗创作仍是在对汉代乐歌传统本质和功能的限定下创作的，不过将《陌上桑》《秋胡行》等改造为宴会祝寿的游仙诗，而却将汉代原本用于游仙歌唱的乐府诗写成抒发亲身经历和感情的新歌辞。曹操的歌诗创作对汉代旧曲和表演形式作了翻新，这种翻新是在对乐歌传统功能及实质的理解和把握基础上，添加了个性化的东西，结合自己生活和思想的实际。与汉代游仙乐府诗比较，曹操乐府诗并不受前代游仙乐府诗曲调和表演的限制，虽以汉旧曲为题，但无论从内容到表演都是全新的，所以曹操的乐府与旧题乐府只是题名或曲调上的借用关系，而究其实质是一种创新，就具体的曲调而言，真正体现出一代有一代之乐，代不相袭。曹操曾被鲁迅誉为"改造文章的祖师"，其实就曹操在乐府诗的创新看，他更不亚于是一个改造乐歌的祖师。

曹植是游仙诗创作最多的一个作家。他以《平陵东》《桂之树行》《苦思行》《升天行》为曲名创作了5首游仙诗，又以《飞龙篇》《仙人篇》《五游》《远游》等为题，创作了9首游仙诗，居魏晋游仙诗之冠。

我们可以将曹植的游仙诗分为三种类型：一种是宴饮祝寿的乐歌，这类乐歌以描写现实乐歌场景为主，不明显加入个性感情和色彩。如《平陵东》《五游》，皆以传统的游仙为描写内容，《平陵东》最后以"年若王父无终极"结束，《五游》则以"服食享遐纪，延寿保无疆"收尾，表明这两首歌辞都是用来宴饮祝寿之用的歌辞；另一种是反映宴饮场景或游仙内容的乐歌，也没有明显的个性化特点。如《桂之树行》从传统游仙题材中的桂树描写开始，写宴会讲仙的内容与场景，是对当时讲仙风习的一种反映。《苦思行》则全写游仙及仙道内容，与汉乐府游仙诗等类似；第三种是带有曹植本人个性化色彩的类型，这种类型的乐歌写出了曹植所特有的思想感情。如《升天行》二首明显借用楚辞，第一首仙境描写中的"玄豹从我游，翔鲲戏其巅"的表达都是从楚辞而来，这在汉乐府以及曹操、曹丕的游仙诗中都未曾出现过，不过，诗歌所采用的五言句式和隔句押韵的韵式又是当时流行的歌辞体式；第二首从"扶桑"写到"回日"，都明显是借用楚辞，但却使用的是歌辞特有的体式。《仙人篇》刚开始"仙人揽六著，对博太山隅。湘娥拊琴瑟，秦女吹笙竽。玉樽盈桂树，河伯献神鱼"明显从汉古辞《艳歌》"天公出美酒，河伯出鲤鱼""南斗工鼓瑟，北斗吹笙竽"化用而来。余下写游仙内容，"玉树扶道生，白虎夹门枢。驱风游四海，东过王母庐"则与汉乐府、曹操游仙诗有相通之处，诗的最后写"潜光养羽翼，进趣且徐徐。不见昔轩辕，升龙出鼎湖。徘徊九天下，与尔长相须"

则写出曹植特殊遭遇下的特殊思想。《远游》与《仙人》在结构上相同，先写仙界游历，接着叙写"昆仑本吾宅，中州非我家。将归谒东父，一举超流沙。鼓翼舞时风，长啸激清歌。金石固易弊，日月同光华。齐年与天地，万乘安足多"，在现实人生不如意的情况下，作者只能以游仙来安慰自己。作者之所以创作了那么多游仙诗，与他后来长期在政治上遭受打击和迫害的遭遇是分不开的，一腔报国的赤诚非但无人理解，反被当做政治异己一再受到排斥，这种孤独和苦闷的心情在他的《求通亲亲表》中表露得极为真切："每四节之会，块然独处，左右唯仆隶，所对惟妻子，高谈无所与陈，发义无所与展，未尝不闻乐而拊心，临觞而叹息也。"[①] 正因如此，他创作了《升天行》《仙人篇》《远游》《飞龙篇》等许多的游仙诗来作为苦闷心情的调剂，又因为与屈原在政治上的苦况极为相似，所以他的许多游仙诗直接从楚辞化用而来，一方面楚辞当中瑰丽的仙境描写与游仙歌辞的表演传统并无相悖之处，另一方面在精神实质上又能恰切地表达出自己的心境。这使得曹植的游仙诗与曹操、曹丕相比，更多了一层士不遇的深层内涵。

曹植的游仙诗仍然是在游仙乐歌传统下的歌辞制作，不过是从楚辞当中找到了精神与文学的源头，这是他的明显创新之处。另外其游仙诗的题名并不像曹操、曹丕那样借用汉乐府旧曲调为题，而是从《楚辞》当中另制新题。新题的内涵与游仙总还保持着密切的联系，如《远游》《飞龙篇》《仙人篇》等，从题名一眼便可看出与游仙的联系，因此他的游仙诗无论从歌辞的体式（句式、韵式）还是歌辞的内容来看，仍然表现为对游仙乐歌传统的遵循。

总而言之，曹魏时期游仙诗的创作汉乐府既有继承又有创新。对汉乐府的继承表现在对汉代游仙乐歌传统的遵守，这一方面表现在乐歌

---

① 赵幼文：《曹植集校注》，第437页。

歌辞方面，另一方面表现在乐歌功能方面。在歌辞制作方面，曹魏游仙诗的内容、结构及体式对汉乐府游仙诗体现出明显的继承，在乐歌功能方面，曹魏游仙诗也同样用于音乐表演。曹魏游仙诗对汉乐府游仙诗又有着突破和创新之处，这突出表现在歌辞的制作及对前代具体曲调的改创方面。在歌辞的制作方面，曹操、曹丕、曹植除制作传统的游仙歌辞以外，更将个人的思想情绪直白地表现在歌辞当中，表达他们对生死问题的认识，抒写个人的生活经历和思想感情，赋予歌辞以文人化和个性化的格调。在乐歌的表演方面，曹操虽通常以汉旧曲为题，但他将游仙内容与非游仙的汉代旧曲或者将原用作游仙表演的曲调歌唱自己的经历、思想情绪等，使得其游仙诗无论在歌辞内容及表演方面都呈现出一种全新的面貌，所以，曹操的游仙诗除了在曲调上与汉乐府有一层借用关系外，其余完全是一种创新。曹植的游仙诗除了借用旧曲调外，还从楚辞当中自制新题，联系自己生活和藩国音乐的实际，创作了游仙歌辞。曹植的游仙歌辞在内容、结构、体式上较曹操歌辞更富有文学意味，这与曹植本人的才思、性情、遭遇等都是分不开的。

第四节 西晋游仙乐府诗的创作特点

西晋时期游仙诗创作较曹魏时期明显减少，只有傅玄、陆机两人各创作了一首游仙乐府诗，由于曲调来源不明，郭茂倩将其归属于杂曲歌辞。

首先，我们来看一下傅玄的《云中白子高行》，《乐府诗集》卷六十三、《广文选》卷十三、《诗纪》二十二录有此辞，另外《草堂诗笺》《书钞》《太平御览》都录引此诗部分字句。从文献载录的情况来看，都将此诗归属于傅玄。郭茂倩之前的《书钞》《御览》在载录此诗时只是将其作为注引，唯郭茂倩作为杂曲，明确其乐府诗的特点。其辞曰：

　　陵阳子，来明意，欲作天与仙人游。超登元气攀日月，遂造天门将上谒。阊阖辟，见紫微绛阙，紫宫崔嵬，高殿嵯峨，双阙万丈玉树罗。童女掣电策，童男挽雷车。云汉随天流，浩浩如江河。

　　因王长公谒上皇，钧天乐作不可详。龙仙神仙，教我灵祕，八风子仪，与游我祥。我心何戚戚，思故乡。俯看故乡，二仪设张。

　　乐哉二仪，日月运移，地东南倾，天西北驰。鹤五气所补，龟四足所支。齐驾飞龙骖赤螭，逍遥五岳间，东西驰。长与天地并，复何为，复何为？①

《乐府诗集》不明其音乐来源，所以归入杂曲，也没有对此诗作任何注释。

　　这首诗在《乐府诗集》中并不分解，也不分章节，但从其用韵来看，笔者认为，从"陵阳子"至"浩浩如江河"押同一韵脚，写陵阳子到天上游历所见。接下换韵，从"因王长公谒上皇"到"二仪设张"又换押阳韵，这段内容写陵阳子到天界的具体活动，跟着王长公拜谒了仙人，听仙人讲道，但是陵阳子因思念故乡而心中戚戚，回望故乡。从"乐哉二仪"至歌辞结束又换韵，写陵阳子离开天界在"故乡"神游的快乐和满足。

　　这首诗与曹魏游仙诗既有雷同之处，比如所写仙界的游历所见及活动。不同在于，曹魏游仙诗虽从游仙写起，但最后总要归结到现实的场景和情绪，或者写宴会娱乐，或者抒发个人的思想情绪，歌辞中的仙界与现实没有一体化，而是相对照或者相对比而存在的关系。比如曹

---

① 《乐府诗集》第63卷，第921页。

操、曹丕的游仙诗有时先写仙游，后面有时会写对仙游长生的批判，或者前面先写仙游内容，后面写宴会祝寿场景，后面的场景描写起到对前面歌辞的提示作用，提示我们前面歌唱表演的游仙内容，其主要目的是用于宴会娱乐。但傅玄此诗从头至尾所写内容始终是以"陵阳子"的视角来写，"陵阳子"这个人物贯串始终，从表演的角度来看，剧情完全是围绕"陵阳子"而来的，根据其韵脚的变化，这首歌辞可分为三个音乐段落，每个段落其实就是一幕，每一幕都是以"陵阳子"来自唱自演，完整统一，场景虽然有变化，但由于"陵阳子"人物的贯串而没有割裂感，叙事完整，情节或思想情绪的变化始终围绕着人物而设，这是本诗比较突出的特点。下面我们来看看"陵阳子"这个人物从何而来？"陵阳子"的故事最早记录在刘向的《列仙传》：

> 陵阳子明者，铚乡人也。好钓鱼于旋溪，钓得白龙。子明惧，解钓，拜而放之。后得白鱼，腹中有书，教子明服食之法。子明遂上黄山，采五石脂，沸水而服之。三年龙来迎去，止陵阳山上百馀年。山去地千馀丈，大呼下人，令上山半，告言："溪中子安当来，问子明钓车在否。"后二十馀年，子安死，人取葬石山下。有黄鹤来，栖其冢边树上，鸣呼子安云。
>
> 陵阳垂钓，白龙衔钩。终获瑞鱼，灵述是修。
>
> 五石溉水，腾山乘虬。子安果没，鸣鹤何求。[①]

从这段记载来看，"陵阳子"即"陵阳子明"，而陵阳是指山名，子明是人名。子明钓得白龙又放生，白龙为报答子明，教其服食之法，后来又迎其入陵阳山成仙。但成仙的子明思念着凡间的亲人"子安"，子安

---

① 刘向：《列仙传》，文津阁《四库全书》第352册，商务印书馆，第632~633页。

死后，黄鹤以子明的身份哭悼子安，诉说了自己成仙的过程和经历，但"子安果没，鸣鹤何求"一句，似乎表明了子明的内心，成仙长生固然令人向往，但如果失去了亲情，将没有任何快乐而言。另据《太平御览》卷六七：

> 陵阳山在石隶县北三里，按《舆地志》，陵阳令窦子明于溪侧钓鱼，一日钓得白龙，子明怜而放之，后数年又钓得一白鱼，割其腹，中乃有书，教子明烧炼食饵之术，三年后白龙来迎子明，遂得上昇。其溪环绕山足，今有仙坛，醮祭不绝。①

《太平御览》主要阐述了陵阳山的位置及其仙祭不绝的原因。陵阳山位于石隶县，此山之所以成为仙祭之地与陵阳子明的得道成仙大有关系。据《舆地志》的记载，陵阳子明即陵阳县令窦子明。这一段记载并没有记述黄鹤哭悼子安的事迹，大约更重实事而略去神异之说。窦子明是汉代的陵阳令，在求仙服药之风盛行的汉代，可能是较早负盛名的求仙有得的人物，并有相关的著述流传。《隋书》卷三十四有《陵阳子说黄金秘诀》一卷，《旧唐书》卷四十七载有明月公《陵阳子秘诀》一卷，《四家要诀》集刘向、陵阳子、抱朴子、狐刚子所记炼丹事。而且最早在王逸《楚辞注》中便引陵阳子《明经》曰："沦阴者，日没以后赤黄气也。"可见陵阳子是当时服食求仙极负盛名的人物，因此，关于陵阳子得道成仙的传闻轶事便在人们口中流传甚广，后人更加入了一些神异的成分，比如钓得白龙放生、白龙迎其入山、黄鹤哭悼子安等。不仅如此，陵阳子明后来还被道教列为第五神仙。《云笈七签》卷十八载：

---

① 《太平御览》，《四部丛刊》第 37 册，第 67 卷，上海涵芬楼影印宋刊本，第 6~7 页。

经曰：道君者，一也；皇天上帝中极北辰中央星是也。乃在九天之上，万丈之巅，太渊紫房宫中。衣五色之衣，冠九德之冠，上有太清元气，云曜五色。华盖九重之下，老子、太和侍之左右。姓制皇氏，名上皇德，字汉昌。人亦有之，在紫房宫中，华盖之下，元贵乡，平乐里，姓陵阳，字子明。身黄色，长九分，衣五色珠衣，冠九德之冠。思之长三寸，正在紫房宫中，华盖之下。①

卷一百零八又载：

陵阳子明，铚乡人。好钓鱼，于旋溪获得白龙。子明惧，解钓，拜而放之。后得白鱼，腹中有书，教子明服食之法。子明遂上黄山，采五石脂，沸水而服之。三年，龙来迎去，止陵阳山上百余年。山去地千余丈，大呼下人，令上山半。告言："溪中子安当来，问子明钓车在否？"后二十余年，子安死，人取葬著山中，有黄鹤来栖其冢边树上，鸣呼子安。②

从这些相关著述中，我们大致可知陵阳子明的事迹，他是汉代已经极负盛名的服食求仙者，关于他得道成仙的事迹以及相关服食炼丹的成仙方法在汉代就已广为流传。傅玄正是根据陵阳子明的故事传闻创作了这首《云中白子高行》。而且这首《云中白子高行》也有其曲调来源。《太平御览》载：

《淮南子》曰：歌《采菱》，发《阳阿》，鄙人听之，不若

---

① 张君房编，李永晟点校《云笈七签·三洞经教部》第 18 卷，中华书局，2003，第 420 页。
② 张君房编，李永晟点校《云笈七签·列传仙》第 108 卷，第 2355～2356 页。

《延露》《陵阳》。非歌拙也，听各异也。①

《淮南子》是汉淮南王刘安所撰，《汉书·艺文志》著录入杂家，包括内篇二十一，外篇三十三；内篇论道，外篇杂说，今仅存内篇。内容大旨归于道家的自然天道观，但亦糅合先秦各家学说。《淮南子》中记载的《陵阳》应该与陵阳子明有关，因为从这段话来看，《淮南子》认为《阳阿》《采菱》不及《延露》《陵阳》，之所以有如此不同流俗的观点，是从个人欣赏的角度来判断的。可以设想，如果不从听者的角度，而是从歌曲本身来判断的话，应该是《采菱》《阳阿》比《延露》《陵阳》要好。那么何以《淮南子》撰者以为《陵阳》《延露》要比前者更好，这应与其思想有关。联系陵阳子明的事迹，《陵阳》应该是仙道之曲，这种仙道之曲在信奉道家之说的刘安等人听来，也许更能传达出自己的心声，所以他从欣赏的角度认为《陵阳》更好。而在宋玉《对楚王问》中可以了解到另一种不同的音乐评判标准：

> 客有歌于郢中者，其始曰《下里》《巴人》，国中属而和者数千人；其为《阳陵》《采薇》，国中属而和者数百人；其为《阳春》《白雪》，国中属而和者不过数十人；引商刻角，杂以流徵，国中属而和者不过数人而已。是其曲弥高，其和弥寡。②

宋玉是从歌曲的艺术难度的高低来评判其层次的，在这里他将艺术歌曲分为了四个层次，最低者是《下里》《巴人》类，稍高一点的是《阳

---

① 《太平御览》，《四部丛刊》第48册，第572卷，上海涵芬楼影印宋刊本，第3页。
② 石光瑛、陈新：《新序校释》第1卷，中华书局，2001，第128～131页。

陵》《采薇》，更好一些的是《阳春》《白雪》，最难者是"引商刻角，杂以流徵"的这一类。我很怀疑《阳陵》就是《陵阳》，如果宋玉所说的《阳陵》与《淮南子》所说的《陵阳》就是一曲的话，我们便可知道，《淮南子》所欣赏的《陵阳》《延露》只是比《下里》《巴人》稍好一点的乐曲，艺术上属于较低层次，而《淮南子》却从自己个人的欣赏角度认为他比较好，实在只是代表个人观点的看法，与宋玉这种具有代表性的艺术评判是迥然不同的。

汉代就有《陵阳》之曲，且是比《下里》《巴人》好不到哪里去的歌曲，也许正因为其在音乐艺术上的成就不高，《陵阳》曲在后来很少见诸于记载，傅玄的《云中白子高行》既然是咏陵阳子明得道成仙的事迹，大约与汉代以后渐渐淡出人们音乐视野的《陵阳》一曲在音乐上有渊源关系，而后人不知其曲调所属，所以将与《陵阳》道曲有关的《云中白子高行》归入杂曲一类。

除了傅玄的这首外，陆机还创作了一首游仙乐府诗《前缓声歌》，《乐府诗集》解题曰：

> 晋陆机《前缓声歌》曰"游仙聚灵族，高会曾城阿"，言将前慕仙游，冀命长缓，故流声于歌曲也。宋谢惠连又有《后缓声歌》，大略戒居高位而为谗谄所蔽，与前歌之意异矣。按缓声本谓歌声之缓，非言命也。又有《缓歌行》，亦出于此。①

《缓声歌》应是指节奏或旋律缓慢的歌曲。陆机作有《前缓声歌》，谢惠连又有《后缓声歌》，音乐曲调都是《缓声歌》，汉、晋之辞称为《前缓声歌》，刘宋谢惠连所作则称《后缓声歌》。陆机此歌有古辞，我

---

① 《乐府诗集》第65卷，第944～945页。

们先来看一下汉古辞：

> 水中之马必有陆地之船，但有意气，不能自前。心非木石，荆根株数，得覆盖天，当复思。东流之水必有西上之鱼，不在大小，但有朝于复来。长笛续短笛，欲今皇帝陛下三千万。①

从古辞《缓声歌》最后一句来看，此歌辞在表演时有长笛、短笛伴奏，用于宫廷演唱。从歌辞来看，"水中之马""陆地之船""西上之鱼"等都是不合自然常态的东西，因为世间存在着诸如此类的复杂状况，所以要"当复思""但有意气，不能自前"，因为"西上之鱼"不可小视，"不在大小""有朝复来"，这首歌辞所表达的意思不太连贯，但大致多劝诫之意，至少丝毫看不出游仙或与人生寿命长短的相关意思。陆机的歌辞也叫《缓声歌》，应是依汉旧曲创作的新辞：

> 游仙聚灵族，高会曾城阿。长风万里举，庆云郁嵯峨。宓妃兴洛浦，王韩起太华。北征瑶台女，南要湘川娥。肃肃霄驾动，翩翩翠盖罗。羽旗栖琼鸾，玉衡吐鸣和。太容挥高弦，洪崖发清歌。献酬既已周，轻举乘紫霞。总辔扶桑枝，濯足旸谷波。清辉溢天门，垂庆惠皇家。②

歌辞句式已转换成整齐的五言，且隔句押韵。从最后"垂庆惠皇家"看，应为乐府表演而作。主要内容是写了一次聚会，地点在"曾城阿"，里面的人物既有宓妃、又有王韩，既有瑶台女，又有湘川娥，歌

---

① 《乐府诗集》第 65 卷，第 944～945 页。
② 《乐府诗集》第 65 卷，第 944～945 页。

舞的场面是"挥高弦""发清歌",写皇家赴会的情景是"肃肃宵驾""翩翩翠盖",绣着玉鸾的羽旗等。笔者以为,陆机的歌辞是借用游仙的笔法来写现实中皇家的一次歌舞聚会的情景。其中的"宓妃""王韩"大约是借喻皇族,而"瑶台女""湘川娥"大约是借喻当时宴会上的歌姬舞伎。

因此,从傅玄、陆机的两首创作来看,他们所创作的游仙乐府诗呈现出与曹魏诗不同的面貌。曹操、曹植的游仙素材主要取材于汉乐府诗及楚辞,以游仙歌辞的演唱作祝寿、宴饮之用,有时也传达出个人的思想情绪,比如曹操、曹丕诗虽然对成仙传闻作出批判,反映出对俗传的清醒态度,表达了对人生命运的理智思考,同时也对人生短促、功业未成流露出或怅惘或达观的情绪,曹植诗则或流露出对才能不得施展的苦闷和怨嗟之情。而傅玄、陆机主要的侧重点不在于对仙界的歌咏或歌颂,而在于将仙界与人生沟通,比如陆机的《前缓声歌》只是借用仙境中的人物或事物来指称现实中的皇族宴会场景,而傅玄《云中白子高行》中的陵阳子明并不留恋仙界的生活,因对现实人生有所牵系,而最终选择"神游故乡"逍遥凡间。如果说曹魏时期的仙游乐府诗,其游仙与现实还明显地分为两个层面的话,西晋的游仙乐府诗已将仙界与人生融合起来,写仙人的故事和思想其实就是反映作者的现实生活或思想情绪,仙界只不过是借以表达这种思想的一个媒介罢了,游仙真正变成了一种非常重要不可或缺的借用形式,因为乐歌表演需要这样一种媒介。

另外从歌辞的创作来源来看,西晋乐府游仙诗的仙游题材与曹魏不同,曹魏主要以汉乐府游仙乐歌或楚辞中的仙人仙事为歌咏对象,但在曲调上却不再沿袭汉旧,特别是曹操,将非游仙的《陌上桑》写成游仙题材,却将原为游仙内容的《步出夏门行》等写成自己的行旅诗。曹植创作了不少游仙诗,其曲题及素材从《楚辞》中化用而来得较多;

西晋的情形与曹魏似乎正好相反，他们所采用的曲调皆为将汉代旧曲根据歌辞的内容及表演相统一的需要，保持或者改换成游仙曲辞。前者如《陵阳》，后者如《前缓声歌》。

因此，曹魏与西晋游仙乐歌的真正区别在于，曹魏更重在发挥作者的性情或思想，为了这一需要，可以将旧曲的题、辞作较大的改动，还可以自制新题，以承载或抒泄内心更深沉的幽思。西晋游仙乐歌虽然也通过游仙曲辞表达着对现实人生的认识，但其表达方式却与曹魏游仙是不同的。如上所言，曹魏游仙诗中的仙境描写除了是汉乐府游仙乐歌传统的一种延续外，它从思想上来看，更是一种有意味的形式，他们是在对游仙的批判或者游仙娱乐表演的基础之上来驾设自己心灵的艺术之桥的，游仙内容仿佛就是那必不可少的桥基。现实世界与神仙世界作为对立面存在，充满了张力，反映了作者内心的冲突和矛盾，只有跨越了桥基，才能走上这桥，达到自由的高度。西晋游仙乐府诗作者心中却是没有这种矛盾的，反映在曹魏游仙曲辞当中的张力已经消解，他们通过游仙所表达的显然不是对人生观或思想层面的矛盾心理，而全然是对现实人生意趣的肯定。完整统一的游仙模式，不过是对乐歌表演形式的借用或看重，在他们的曲辞里，游仙不再是一种有意味的形式，而只是一种重要的表演形式。因此某种程度上说，曹魏游仙乐歌重在自我的抒唱，让曲调及表演皆为"我"服务；西晋游仙乐歌则更重在将现实的人生意趣以游仙乐歌的表演形式呈现出来，完整而且没有割裂感。

小　结

本章专门研究魏晋乐府游仙诗，有许多问题值得关注，比如曹氏父子既然不信神仙方术，为何创作了那么多的游仙乐府诗，其创作动机与价值是什么？魏晋乐府游仙诗与乐歌的关系如何？与汉代相比，魏晋游仙乐府诗经历了哪些变化？这都是我们需要解决的问题。

围绕这些问题，本章第一节首先对魏晋乐府游仙诗的创作特点进行了总体的描述和分析，发现魏晋乐府游仙诗呈现出两个明显的特征，一是游仙内容、结构的雷同化，二是游仙与祝寿、宴饮的结合。魏晋游仙诗的这种特征缘何形成？如何圆满地解释这两个特征，是亟待解决的。

第二节从汉代乐府游仙诗的乐歌文化背景，来解释魏晋游仙乐府诗的特征。在汉代的乐府游仙诗中，已经出现了上述两个特征，这说明魏晋游仙诗的这种特征与乐歌传统有关，游仙乐府诗的表演需要及娱乐功能，决定了魏晋乐府游仙乐府诗的雷同性特征。

第三节对曹魏乐府游仙诗进行了考察。曹魏游仙诗的创作是在遵守汉代游仙乐歌传统的基础上进行的，在乐歌歌辞的内容、结构及体式方面，在音乐表演方面，对汉乐府游仙诗体现出明显的继承，同时又有着突破和创新之处，曹操、曹丕、曹植更将个人的思想情绪直白地表现在歌辞当中，表达他们对生死问题的认识，抒写个人的生活经历和思想感情，赋予歌辞以文人化和个性化的格调。在曲目方面，他们打破了游仙与非游仙曲调的区别，任意改造传统的汉曲，使得魏晋游仙诗在曲调及表演方面呈现出全新的面貌。曹植的游仙诗除了借用旧曲调外，还从楚辞当中自制新题，在内容、结构、体式上较曹操歌辞更富有文学意味。

第四节对西晋乐府游仙诗进行了考察。与曹魏相比，西晋游仙诗创作明显地萧条了。西晋乐府游仙诗已经弥合了传统游仙诗仙界与现实世界的割裂性，游仙也已不再是一种有意味的形式，不再是达到艺术人生或自由王国的必经之路，而是变成了一种重要的借用形式，借用传统的游仙表演来诠释现实的人生意趣。歌辞内容与表演形式作为音乐艺术整体构成当中两个互为联系不可或缺的方面，在魏晋时代呈现出新的变化趋势。在曹魏时代的据旧曲创新辞的风气中，游仙乐歌更注重在歌辞当中表达出真实的思想体认，让曲调、曲辞、表演皆为这一内心的需求服务；西晋的游仙乐府诗则更注重游仙乐府诗的表演性和娱乐性，在曲辞内容与表演形式的相得益彰当中展示出从心灵到艺术，从内心到外在的单纯与平衡。

结　语

在本论题研究即将告一段落之时，笔者拟以这段时间从事魏晋乐府诗研究的几点思考作为结束。

一　乐府学的研究方法，是乐府诗研究的有效武器

方法是我们的工具，而正确的方法无疑是一把利器，使用得当往往能取得较为满意的效果，反之则费力而无功。这一点对于魏晋乐府诗研究来说，显得尤为重要。因为前人对此已经涉足很多，从文献、音乐、文学、美学、哲学等各个角度各个方面，都有不少研究成果，且有些观点已成学界共识，无法超越，很难实现学术突破和创新。近年来以魏晋乐府诗为研究论题的只有一两篇硕士论文，博士论文因为需要承载更多、更厚重的学术内涵，所以一般皆是将整个魏晋六朝作为研究对象，因此以魏晋乐府诗作为博士研究论题，又要在前人研究基础上有所突破和创新，其困难程度可想而知。但是当笔者以乐府学的研究理念和方法来重新审视魏晋乐府诗时，却发现这一论题仍存在不少可待挖掘、可

供拓展的空间。确切地讲，这是一个文献、音乐与文学支撑着的立体空间，只有在这个空间内，历史深处的魏晋乐府诗才可能鲜活、立体、真切起来。论文前两章通过对魏晋乐府诗创作、流传、接受的各个环节以及与之密切相关的体制问题等的全面系统考察，揭示了魏晋乐府诗创作表演的音乐机构、乐府诗作者的职能及创作资质、诗人乐人的具体分工、流传与文献载录情况等，从而展示了魏晋乐府诗生产、消费的外围环境；其余各章通过对各类乐府诗文本的细入研究，分别揭示了相和歌辞的入乐方式、鼓吹曲辞的体式特征、杂曲歌辞的音乐本质、游仙乐府诗与歌乐传统的关系，凸显了魏晋乐府诗的音乐文化内涵。经由这样一个由外到内，由浅入深的过程，魏晋乐府诗的本质特征逐渐明晰起来。这些探讨在以往研究当中都是不够深入和系统的，而它们却是乐府学研究方法所要关注的，因此乐府学的研究方法，为本论题确立了充实具体的研究思路和内容，使本研究得以顺利进行。

二 强化音乐研究，阐释各类现象，总结诗乐关系及其规律

乐府诗是音乐文学，入乐入舞贯串于其创作动机、价值实现、流传接受的整个过程，受此影响，乐府诗在曲名、题名、本事、体式、风格等各方面都不免受到音乐表演的限定，呈现出与一般诗歌不同的特点。但是由于乐谱及相关文献材料的匮乏，致使音乐研究的薄弱，长期以来的乐府诗研究等同于诗歌研究，无法切中乐府诗的本质问题。针对这种状况，本研究可望在音乐研究方面作出有价值的探讨。

在具体论证过程中，本研究始终坚持贯彻音乐本位的研究意识，以此区别于以往的乐府诗研究。目前条件下，音乐研究的有效途径是以音乐为核心要素，注重考察音乐所造成的魏晋乐府诗创作、入乐、流传过程的变化及在歌诗文本（曲名、题名、体式、本事）的体现，针对各类研究对象和文献材料的不同，探讨的问题各有侧重：比如鼓吹曲辞注

重体式的考察，相和歌辞相对注重曲名、题名的变化，杂曲和游仙则对曲名、题名、本事、体式、风格各要素作相对灵活的探索。这样就使得论证比较具体而实在，有效避免了空泛，减少了猜论。

当我们深入了解了乐府诗的本质，就可以澄清一些模糊和不正确的认识，使一些文学现象得到合理阐释。比如篇题曾被认为是脱离音乐而文学化的标志，通过考察，笔者认为，"篇"题恰恰表明它是针对某一曲调所作的歌辞，是对同一曲调的不同歌辞所进行的更细致的区分，符合乐歌的命名传统，与诗歌完全不同，因而不是文学化的标志。再如游仙诗，其与宴饮、祝寿内容相结合的体式特征，其故事性、现场性特点，其列仙之趣、坎廪之情，皆要服务于游仙剧表演的需要，是娱乐化的乐歌传统使然。另外乐府诗的曲题变化、一诗多调多题、体式的雷同性，凡此种种都必须在音乐情境的具现中才能得到合理的阐释，这是以往的研究所没有做到的。

诗乐关系是乐府诗研究的最终目的，在以上关于乐府诗体式特点、入乐流传情况等相关探讨的基础上，本文也较关注魏晋乐府诗的诗乐关系特点及变化。概括说来，魏晋乐府诗的创作、繁荣都明显受到音乐的推动和影响，其间较值得关注的创作现象比如艳歌、挽歌、游仙诗、新鼓吹曲辞莫不如此。魏晋乐府诗的创作方式是依前曲作新歌，通过对这一方式具体内涵的揭示，我们发现，新辞创作虽以音乐为前提和限制，但同时仍有较大的活动和变化空间，诗乐关系的灵活性决定了乐府诗强大的包容性，使得这一诗体始终不乏生命力，吸引着历朝历代的文人乐工为之倾注才艺，从而将乐府传统不断发扬光大，乐府诗也得以常变常新，魅力无穷。

三 凸显时段特征，思考深层原因

时段特征是要在前后的对比中方能显现的，本研究在探讨中也极力贯彻这一方法。比如魏晋鼓吹曲辞较汉鼓吹在创作队伍、创作方式、曲辞风格、诗乐关系方面的继承与新变，魏晋艳歌的发展，挽歌的繁荣等都注意与汉代作比，展现其与汉代的沿袭及变化性。其他如游仙诗、杂曲歌辞的探讨也莫不如此。从中确可发现魏晋乐府诗在音乐、歌辞方面的承变性及具体的发展脉络。其时段特征形成的深层原因及复杂性也在对比论证的过程中得到某种程度的揭示。

但是本研究目前关于时段特征及深层原因的揭示还不够全面和深刻。以后要努力的方向是，从注重音乐扩及文学、哲学、美学等方面的全面观照，从具体问题的探讨深入到理论的层面。

四　思考乐府诗与诗歌的关系，探讨乐府诗之于诗歌黄金时代形成的意义

本研究也极为关注乐府诗与诗歌的关系，但关注点主要在于乐府诗与诗歌的区别，在关于曲名、题名、本事、体式等的探讨中都强调的是乐府诗的音乐内涵，以此区别于诗歌。但是乐府诗与诗歌的联系更是普遍存在的，只有找到了二者之间的联系，才能探讨乐府诗对诗歌发展的贡献，具现诗歌黄金时代在魏晋形成的原因。这也是本研究以后仍然要努力的地方。

参考文献

论　著

四库全书研究所整理《钦定四库全书总目》，中华书局，1997。

阮元编《十三经注疏》，中华书局，1980。

阮元：《经籍籑诂》，成都古籍书店，1982。

司马迁撰，裴马因集解，司马贞索隐，张守节正义《史记》，中华书局，1975。

班固：《汉书》，中华书局，1962。

范晔：《后汉书》，《二十五史》百衲本，浙江古籍出版社，1998。

张璠：《后汉纪》，《八家后汉书辑注》本，上海古籍出版社，1986。

陈寿：《三国志》，裴松之注，中华书局，1959。

房玄龄：《晋书》，中华书局，1974。

沈约：《宋书》，中华书局，1974。

萧子显：《南齐书》，《二十五史》百衲本，浙江古籍出版社，1998。

萧子显：《南齐书》，中华书局，1972。

魏征：《隋书》，《二十五史》百衲本，浙江古籍出版社，1998。

刘知几：《史通》，文津阁《四库全书》，商务印书馆。

杜佑：《通典》，中华书局，1984。

马端临：《文献通考》，中华书局，1986。

司马光：《资治通鉴》，中华书局，1956。

徐震堮校笺《世说新语校笺》，中华书局，1984。

石光瑛、陈新校释《新序校释》，中华书局，2001。

《汉魏六朝笔记小说大观》，上海古籍出版社，2000。

释道宣：《广弘明集》，《文津阁四库全书》，商务印书馆。

释道宣：《广弘明集》，上海古籍出版社，1981。

张君房：《云笈七签》，文津阁四库全书本，商务印书馆。

李昉编《太平御览》，文津阁四库全书本，商务印书馆。

李昉编《太平御览》，四部丛刊，上海涵芬楼影印宋刊本。

李昉编《太平御览》，中华书局影印本。

周振甫注释《文心雕龙注释》，人民文学出版社，1981。

詹鍈义证《文心雕龙义证》，上海古籍出版社，1989。

吴大受：《诗筏》，《丛书集成续编》本，上海书店。

萧统撰，李善注《文选》，中华书局，1977。

逯钦立辑校《先秦汉魏晋南北朝诗》，中华书局，1983。

彭定求编《全唐诗》，中华书局点校整理，王重民、陈尚君补遗，中华书局，1999。

郭茂倩：《乐府诗集》，中华书局，1979。

朱嘉徵：《乐府广序》，《续修四库全书》，据上海辞书出版社图书馆藏本影印。

《曹操集》，中华书局，1959。

黄节注《魏武帝魏文帝诗注》，人民文学出版社，1958。

赵幼文校注《曹植集校注》，人民文学出版社，1998。

俞绍初辑校《建安七子集》，中华书局，1989。

朱绪曾：《曹集考异》，《丛书集成续编》，上海书店。

释正勉、释性通：《古今禅藻集》，文津阁《四库全书》影印本，商务印书馆。

王世贞：《弇州四部稿》，文津阁《四库全书》影印本，商务印书馆。

黎民表：《瑶石山人稿》，文津阁《四库全书》影印本，商务印书馆。

余冠英选注《乐府诗选》，人民文学出版社，1955。

黄节笺、陈伯君校订《汉魏乐府风笺》，人民文学出版社，1958。

张世彬：《中国音乐史述论稿》，香港：友联出版社有限公司，1975。

苏晋仁、萧炼子校注《宋书乐志校注》，齐鲁书社，1982。

吉联抗辑译《魏晋南北朝音乐史料》，上海文艺出版社，1982。

哈尔滨师范大学中文系古籍整理研究室编《燕乐三书》，黑龙江人民出版社，1986。

秦序编著《中国音乐史》，文化艺术出版社，1998。

王宁宁等：《中国舞蹈史》，文化艺术出版社，1998。

管林：《中国民族声乐史》，中国文联出版公司，1998。

袁静芳：《乐种学》，华乐出版社，1999。

杜亚雄：《中国传统乐理教程》，上海音乐出版社，2003。

刘明澜：《中国古代诗词音乐》，中国科学文化出版社，2003。

杨荫浏：《中国古代音乐史稿》，人民音乐出版社，2004。

王光祈编《中国音乐史》，广西师范大学出版社，2005。

萧涤非：《汉魏六朝乐府文学史》，人民文学出版社，1984。

杨生枝：《乐府诗史》，青海人民出版社，1985。

朱谦之：《中国音乐文学史》，北京大学出版社，1989。

王易：《乐府通论》，《民国丛书》，上海书店，1991。

罗根泽：《乐府文学史》，东方出版社，1996。

陆侃如：《乐府古辞考》，万有文库本，商务印书馆。

王运熙：《乐府诗述论》（增补本），上海古籍出版社，2006。

赵敏俐、吴相洲：《中国古代歌诗研究》，北京大学出版社，2005。

钱志熙：《汉魏乐府的音乐与诗》，大象出版社，2000。

吴相洲：《唐代歌诗与诗歌》，北京大学出版社，2000。

李小荣：《变文讲唱与华梵宗教艺术》，上海三联书店，2002。

吴相洲：《唐诗创作与歌诗传唱关系研究》，北京大学出版社，2004。

吴相洲：《永明体与音乐关系研究》，北京大学出版社，2005。

吴相洲主编《乐府学》第1辑，学苑出版社，2006。

刘知渐：《建安文学编年史》，重庆出版社，1985。

陆侃如：《中古文学系年》，人民文学出版社，1985。

林庚：《中国文学简史》，北京大学出版社，1995。

徐公持：《魏晋文学史》，人民文学出版社，1999。

曹道衡：《魏晋文学》，安徽教育出版社，2001。

逯钦立遗著，吴云整理《汉魏六朝文学论集》，陕西人民出版社，1984。

吴承学：《中国古代文体形态研究》（增订本），中山大学出版社，2002。

胡大雷：《中古诗人抒情方式的演进》，中华书局，2003。

〔日〕佐藤利行著，郭延良译《西晋文学研究》，中国社会科学出版社，2004。

北京大学中国文学史教研室选注《魏晋南北朝文学史参考资料》，中华书局，1962。

河北师范学院中文系古典文学教研组编《三曹资料汇编》，中华书局，1980。

熊方等：《后汉书三国志补表三十种》，中华书局，1984。

曹道衡：《中古文学史论集》，中华书局，1986。

刘岳霖：《汉晋学术编年》，《民国丛书》，上海书店，1991。

周一良：《魏晋南北朝史论集》，北京大学出版社，1997。

第十八辑《魏晋南北朝隋唐史资料》，武汉大学出版社，2001。

周建江辑校《三国两晋十六国纪事》，中州古籍出版社，2001。

吴云主编《魏晋南北朝文学研究》，北京出版社，2001。

曹道衡、沈玉成：《中古文学史料丛考》，中华书局，2003。

刘跃进编《中国古代文学通论·魏晋南北朝卷》，辽宁大学出版社，2005。

王运熙：《汉魏六朝唐代文学论丛》，复旦大学出版社，2006。

李泽厚：《美的历程》，文物出版社，1981。

郭锡良：《上古音手册》，北京大学出版社，1985。

罗宗真：《魏晋南北朝考古》，文物出版社，2001。

尚秉禾：《历代社会风俗事物考》，中国书店，2001。

王力主编《中国古代文化常识图典》，中国言实出版社，2002。

许虹、范大鹏主编《最新中国考古大发现》，山东画报出版社，2002。

清水茂：《清水茂汉学论集》，中华书局，2003。

杨鸿年：《汉魏制度丛考》，武汉大学出版社，2005。

孙昌武：《诗苑仙踪—诗歌与神仙信仰》，南开大学出版社，2005。

论　文

余冠英：《乐府歌辞的"拼凑"与分割》，载《汉魏六朝文学论丛》，古典文学出版社，1956。

吴世昌：《〈秦女休行〉本事探源——兼批胡适对此诗的错误推测》，载《文学评论》1978年第5期。

俞绍初：《〈秦女休行〉本事探源质疑》，载《文学评论丛刊》1980年第5期。

葛晓音：《左延年〈秦女休行〉本事新探》，原载于《苏州大学学报》1984年第4期。

徐公持：《曹植诗歌的写作年代》，参见《文史》第六辑。

王太阁：《曹操游仙诗主旨何在》，《殷都学刊》1985年第2期。

李济阻：《乐府音乐中的"解"与歌辞中的"拼凑分割"》，《天水师范学院学报》1985年第3期。

齐天举：《论古乐府艳歌之演变》，《阴山学刊》1989年第1期。

安海民：《试论汉魏乐府诗之艳、趋、乱》，《青海民族学院学报》1991年第1期。

冯轩洁：《说"解"》，《艺术探索》1995年第1期。

张宏：《曹操曹植游仙诗的艺术成就》，《殷都学刊》1996年第1期。

吴怀东：《建安诗歌形态论》，《安徽大学学报》1996年第2期。

吴怀东：《建安乐制及拟乐府形态考述》，《江淮论坛》1999年第3期。

贺天舒：《论曹植及其游仙诗》，《山东社会科学》1999 年第 2 期。

张伯伟：《略论魏晋南北朝时期音乐与文学的关系》，《文学评论》1999 年第 3 期。

胡大雷：《建安诗人对乐府民歌的改制与曹操的贡献》，《文学遗产》1999 年第 3 期。

田青：《沈约及其〈宋书·乐志〉》，见《中国音乐学》2001 年第 1 期。

吴怀东：《论曹植与中古诗歌创作范式的确立》，《吉首大学学报》2001 年第 3 期。

顾农：《建安时代诗—乐关系之新变动——以"魏之三祖"为中心》，《广西师范大学学报》2002 年第 3 期。

刘怀荣：《魏晋官署演变考》，《社会科学战线》2002 年第 5 期。

刘怀荣：《西晋故事体、代言体歌诗与汉晋歌诗艺术表演考论》，《中国诗歌与音乐关系研究学术研究讨会》会议论文。

岳珍：《"艳词"考》，《文学遗产》2002 年第 5 期。

刘怀荣：《曹魏及西晋歌诗艺术考论》，《东南大学学报》2003 年第 6 期。

李锦旺：《汉魏六朝乐府的分期与阶段特征》，《阜阳师范学院学报》2004 年第 1 期。

崔炼农：《歌弦唱奏方式与辞乐关系——乐府唱奏方式研究之二》，《西南民族大学学报》2004 年第 2 期。

崔炼农：《官私目录中的歌辞著录——古代歌辞文献研究之一》，《中国韵文学刊》2004 年第 2 期。

刘晓莉：《曹操诗歌对汉乐府叙事题材的突破》，《陕西师范大学学报》2004 年增刊第 2 期。

张振龙：《建安后期曹氏兄弟典籍编撰、交际活动和文学观念》，

《江汉论坛》2004 年第 10 期。

崔炼农：《乐府诗集本辞考》，《文学遗产》2005 年第 1 期。

箫文：《魏晋乐府的署名问题》，《文学遗产》2005 年第 6 期。

郑祖襄：《〈古今乐录〉"相和歌"文字的标点及释义》，《音乐研究》2006 年第 2 期。

杨明：《〈乐府诗集〉"相和歌辞"题解释读》，《古籍整理研究学刊》2006 年第 3 期。

黄震云、孙娟：《"乱曰"的乐舞功能与诗文艺术特征》，见《文艺研究》2006 年第 7 期。

王炎平：《释"诸葛亮好为〈梁父吟〉"》，见《魏晋南北朝史论文集》，四川出版集团巴蜀书社，2006。

《〈乐府诗集〉成书研究》，喻意志著，北京图书馆博士论文文库。

《唐代乐府诗研究》，王立增著，北京图书馆博士论文文库。

《清商曲辞研究》，曾智安著，首都师范大学 2006 年博士论文打印稿。

《杂曲歌辞与杂歌谣辞研究》，向回著，首都师范大学 2005 年硕士论文打印稿。

《舞曲歌辞研究》，梁海燕著，首都师范大学 2005 年硕士论文打印稿。

《相和歌辞研究》，王传飞著，首都师范大学 2006 年博士论文打印稿。

后 记

    2004 年 9 月，我终于可以在北京安顿身心，非常感谢命运的眷顾、导师的恩惠！这段求学的历程要以各方面的让步为代价，特别是离开朝夕不舍的女儿，一种切肤的担忧和思念，使我不能像过去那样轻松上阵，也许正因为如此，我才比以往任何时候都珍惜这次学习的机会，发誓要全心全意，学有所成，否则不能原谅自己。

    三年之于人生，不过短短一瞬，不足记取。然而当 33 年的生命已在混沌与颓唐中无声无息，要在这短短的三年重塑自己，脱胎换骨，那又将会是怎样的刻骨铭心！

    三年当中，得与失、苦与乐常相生相伴，因其鲜明而殊难忘怀：第一年通读先秦至唐五代的重要典籍和作家别集，紧张疲惫，却有久违的单纯而明净的快乐。第二年开始准备论文开题，虽不再紧张，却面临着更迫人的烦恼：挖空心思而无所得，就心灰意冷，寝食难安；偶有灵感一现，便难耐欣喜，走来走去漫想联翩，直到把自己消耗殆尽，复能安静地坐下。进入论文写作，一个个问题串起一个个章节，向心头涌动，一次次地向我宣战。我必得始终保持着紧张应对的状态，直到每一个问题和章节行将结束时，这才会有终于可以放手的轻松与愉悦。但是有时候前后章节的问题互相关联，写到后面方明白前边需要舍弃或者修正，这样的反反复复，令人欲罢不能，连绵不绝，简直就是无边的苦海。庆幸的是，当我觉得殊不可忍的时候，论文初稿却完成了。不知是极限战胜了论文，还是论文幽默了我的极限？

多年来我秉承个人奋斗的理念，但是这三年的生活却让我有所改变。因为我深深体会到，博士学业的完成并非个人努力的结果，这一过程也并不是个人奋斗的过程，其意义更不在于独自体验快乐或痛苦！

蒙相洲师不弃，方能进入博士阶段的学习，三年当中不断给予鼓励和点拨，才能顺利完成学业，没有老师的引领，学术和乐府学将是多么遥不可及！老师和师母一直关心我们的生活，体察我们的内心，想我们所想，为我们的一点点进步而喜形于色，大加鼓励，言犹在耳，情境印心，每每感动不已！在论文开题到答辩的过程中，赵敏俐师、邓小军师、左东岭师、中国社会科学院的陈铁民先生、范子烨先生，北京语言大学的彭庆生先生，北京大学的杜晓勤先生，北京师范大学的过常宝先生以及徐州师范大学的李昌集先生、王福利先生仔细审阅我的论文，指出不足之处，并提出宝贵的建议，付出了许多辛劳，没有他们的帮助，论文的完成和完善终将是不可想象的！北京大学的龙协涛先生，上海大学的董乃斌先生、李孝第先生，河北师范大学的赵志伟先生给予我的论文以充分肯定，并推荐发表，感谢他们无私的提携和关爱！我的硕士导师孙映逵先生、邱鸣皋先生，多年来一直关心我的学习和生活，培养和关照之恩始终不敢忘记。浙江大学的胡可先先生、中国政法大学的黄震云先生，正是他们使得我不敢轻言放弃，生怕辜负了他们的厚爱与期望！江苏师范大学的于盛庭先生、陈洪先生，既是引领我进入古代文学殿堂的良师，又是在我工作中不断给予点拨和教诲的益友。江苏师范大学文学院、人事处的领导支持我深造学习，每逢佳节必寄来贺卡慰问，浓浓的关怀和情意，化解了远离家乡独自过节的凄寂之感。同门王志清、张开、梁宇、雷乔英三年来一起探讨学术，共同度过学习阶段的每一关口，困苦中的相互扶持安慰之情，尤难忘怀！师兄曾智安、向回也曾给予过无数帮助，在此一并致以深深谢意！

三年来，父母、家人给予了我最大的理解和支持，他们是我快乐和力量的源泉，精神的寄托和安慰，我把心底最深切的爱和祝福送给他们！

正因为这一过程融入了那么多的关爱和帮助，使我深深感受到生命是那么的庄严和美丽，正如《华严经》所云"犹如众镜相照，众镜之影，见一镜中，如是影中复现众影，一一影中复现众影，即重重现影，成其无尽复无尽也"，愿每个个体的生命因了这样的方式，都能体会到更深广的快乐！

王淑梅
2007 年 6 月 6 日于北京

2007 年 6 月，我的论文《魏晋乐府诗研究》通过答辩，取得了博士学位。是年底，相洲师申请到教育部人文社科研究基地重大招投标项目"乐府诗断代研究"，这篇论文遂成为该项目的十个子课题之一。2008 年夏，因参加优秀博士论文评选的契机，再次梳理了论文各章节的总体逻辑安排及论述过程，对照博士论文答辩评议情况思考缺失之处及改进方向，作论文的进一步完善。作为子课题的成果，魏晋研究没有增添更多新的内容，但在将部分章节抽取成单篇论文发表的过程中，原先论述粗疏不当之处得到了某种程度的改善，甚而也不乏因新材料的补充、新角度的切入而与博士论文面目迥异的部分，比如"本辞"。

魏晋乐府诗研究的写作应该从 2006 年算起，到现在七年的时间里，把她看了无数遍，改了无数遍，甚至对她都产生了反感。但令人惭愧的是，每一次都会发现这样那样大大小小的问题，仿佛无穷无尽似的，恼煞人也。现在她要出版了，因之而起的所有悲愁忧喜的心情将随之结束，代之而来的是忐忑不安，因为还有许多未尽如人意的地方，除了结语里清清楚楚写着的，还有后来逐渐意识到的。不知道是我没有尽心，还是能力上的欠缺，或者兼而有之，总之现在这本书的样子与我心中的完美还隔着一段不短的距离。我想带着些许遗憾的结束，也许正是为了新的研究阶段的开启。

硕士毕业后在外工作了五年，学业荒疏殆尽，纵然可以用加倍的努力弥补，但精力状态却跟不上来，压力大时曾担心自己挺不过来，所以在首师的那三年，每一天以去操场跑步开始，名曰跑，其实比走快不了多少。但对我而言，那是一种排解压力、坚定信念的有意味的过程和形式。2008 年因为学科建设的需要，我们古代文学学科曾有意资助该书出版，为此要特别感谢李昌集老师。李老师既是我们古代文学学科发展顶层设计的总策划师，还是一个事必躬亲、勤苦操持的家长，身处这样的学科氛围始终给我很大的压力，但也正是压力让我不敢懈怠，不能停下脚步。

感谢相洲师，引领我进入乐府学研究领域，才有我的幸运，有今天这一切。还有王福利师兄，无论在北京还是徐州，曾给过我许多的鼓励和关心，这份情谊无论何时我都不会忘记。此时心里还有许许多多的温暖和感动，来自我的家人、老师、同门、好友，不能一一致谢，但都在我的心里，希望能报答他们！最后向社会科学文献出版社的黄丹编辑和宋淑洁编辑为本书所付出的辛劳致谢，也感谢江苏师范大学文学院为本书出版提供资助！

2013 年 5 月 1 日

图书在版编目（CIP）数据

魏晋乐府诗研究/王淑梅著. —北京：社会科学文献出版社，
2013.8
（乐府诗断代研究）
ISBN 978-7-5097-4814-5

Ⅰ.①魏… Ⅱ.①王… Ⅲ.①乐府诗-诗歌研究-中国-
魏晋南北朝时代 Ⅳ.①I207.22

中国版本图书馆 CIP 数据核字（2013）第 149213 号

·乐府诗断代研究·
魏晋乐府诗研究

主 编 / 吴相洲
著 者 / 王淑梅

出 版 人 / 谢寿光
出 版 者 / 社会科学文献出版社
地 址 / 北京市西城区北三环中路甲 29 号院 3 号楼华龙大厦
邮政编码 / 100029

责任部门 / 人文分社（010）59367215 责任编辑 / 宋淑洁
电子信箱 / renwen@ ssap. cn 责任校对 / 李学辉
项目统筹 / 黄 丹 责任印制 / 岳 阳
经 销 / 社会科学文献出版社市场营销中心（010）59367081 59367089
读者服务 / 读者服务中心（010）59367028

印 装 / 三河市尚艺印装有限公司
开 本 / 787mm×1092mm 1/16 印 张 / 20.5
版 次 / 2013 年 8 月第 1 版 字 数 / 272 千字
印 次 / 2013 年 8 月第 1 次印刷
书 号 / ISBN 978-7-5097-4814-5
定 价 / 79.00 元